시화적 상상력에 비쳐진

한국 문학

신화적 상상력에 비쳐진 한국 문학

2014년 12월 22일 초판 1쇄 펴냄

펴낸곳 (주)도서출판 삼인

글쓴이 표정옥
펴낸이 신길순
부사장 홍승권
편집 김종진 김하얀 이수미
미술제작 강미혜 김동호
마케팅 한광영
총무 정상희

등록 1996.9.16 제10-1338호
주소 120-828 서울시 서대문구 연희동 220-55 북산빌딩 1층
            (서울시 서대문구 성산로 312)
전화 (02) 322-1845
팩스 (02) 322-1846
전자우편 saminbooks@naver.com

제판 문형사
인쇄 영프린팅
제책 은정제책

(재)한국연구원은 사업의 일환으로 연구비를 지급, 그 성과를 한국연구총서로 출간하고 있습니다.

ISBN 978-89-6436-089-7 93810
값 23,800원

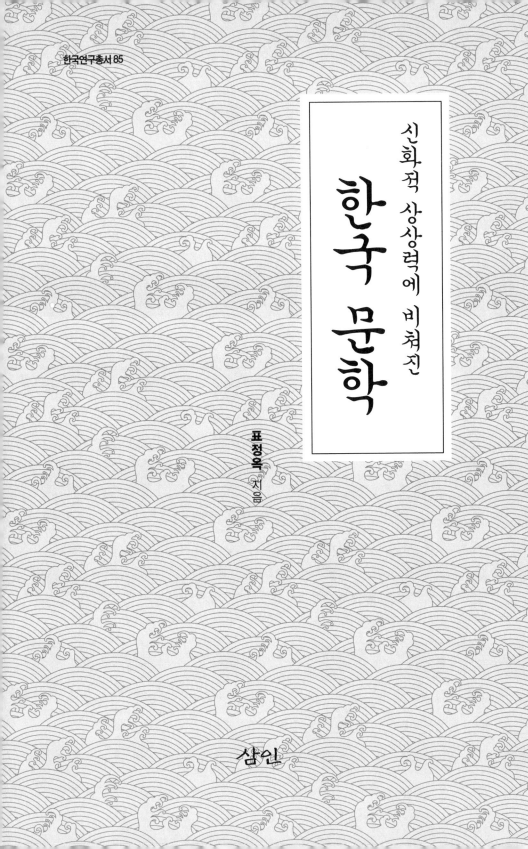

한국연구총서 85

신화적 상상력에 비쳐진

한국 문학

표정옥 지음

삼인

신화적 상상력에 비쳐진 한국 문학
Korean Literature in the Mythic imagination mirror

차례

들어가며

한국의 근대 문학을 신화라는 망원경으로 오랜 시간 동안 들여다보니 그 안에는 예기치 않은 수많은 호기심거리가 들끓고 있다는 것에 놀라게 된다. 우선 신화적 상상력의 무늬가 매우 다양하다는 사실에 놀랐고 그 하나하나의 신화 상상력 속에 무교, 도교, 불교, 유교, 기독교, 천도교, 원불교 등 다양한 종교가 신화라는 조개껍질 안에 마치 진주를 만들어내는 것처럼 오랜 시간 동안을 견디고 있음에 놀랐다. 그리고 조개 안에서 진주가 되기 위해 수많은 역사적 사건들이 마치 들고 나는 바닷물처럼 들락날락하고 있는 것에 또 한 번 놀랐다. 화석화된 문학과 문화를 연구하는 것이 아니라 살아 움직이는 유기체와 같은 문화를 연구하고 있음에 다시 한 번 감사함을 느끼게 되었다.

　이러한 나의 호기심 찾아가기는 19세기를 살면서 20세기와 21세기를 상상했던 다산 정약용의 어망득홍(漁網得鴻)식 사고 따라잡기이다. 신화 연구는 박사 논문을 쓰고 나서 어느 날 "왜 하늘은 높아요?"라고 하늘의 형성에 대해서 물어보던 아들의 어처구니없는 질문으로

운명처럼 시작되었고, 다양한 신화적 사유의 학문 방법은 그간 지식 유랑민처럼 떠도는 학문을 좋아했던 나에게 새로운 중심을 세우게 해 주었다. 중심과 주변이 고정된 것이 아니라는 포스트모던적 사유를 직접 경험한 것이다. 나는 문학을 전공했지만 종교, 역사, 철학, 인류학, 고고학 등 다양한 학문에 기웃거리는 것을 즐겨했다. 한쪽 분야의 스페셜리스트를 선호하던 그 당시 학풍에서 나의 잡다한 관심은 늘 덜 전문적이라는 콤플렉스를 가지게 하기에 충분했다. 그런데 바야흐로 21세기는 융합의 사유를 반겨했고 나는 운 좋게 나의 잡다한 관심을 학문이라는 이름으로 마음껏 연구하는 것에 용기를 얻게 되었다. 나의 신화 읽기는 다양한 분야의 어망득홍(漁網得鴻)을 자유롭게 하면서 더욱 힘을 얻게 되었다. 내가 10년만 먼저 태어났어도 나는 이렇게 소쇄하고 번잡한 연구를 즐겁게 하지 못하고 커다란 학문의 스페셜리즘에 좌절되고 말았을 것이다.

'물고기를 잡으려고 그물을 던졌더니 우연히 기러기도 잡힌다.' 가 바로 어망득홍(漁網得鴻)의 사유이다. 다산이 강진 유배지에서 서울에 있는 아들들에게 편지를 써서 학문의 자세를 알려주고자 하는 부정어린 글귀의 일부분이다. 지금까지 나는 이것이 그냥 학문적 비유인 줄로만 알았다. 어떻게 물속에 던진 그물에 하늘을 날아다니는 기러기가 잡힐 수 있겠는가. 아마도 다산의 자유로운 생각의 결과일 것이라고만 생각했다. 그런데 어느 날 텔레비전 다큐멘터리를 보고 있는데, 정말 어부가 물고기를 잡기 위해 그물을 던질 때 멀리서 기러기 떼가 몰려오는 것이었다. 그물 안에는 거짓말처럼 살아있는 기러기들이 잡히고 있었다. 그때 나는 머리가 환해지는 즐거움을 느꼈다. 지식은 단지 지식일 뿐이라는 나의 허탈한 생각이 깨지는 순간이었다. 이 단순한 광경이 나의 학문 연구에 커다란 자극제가 된 것은 우연이 아니다.

나는 문학을 전공했지만 대학에서 다행히 문학만을 가르치지 않는다. 그것이 문학에서 소외되었다고 결코 생각하지 않는다. 오히려 문학을 어망득홍하는 자유로움을 가진 것이라 생각한다. 대학에서 삼국유사, 논어, 장자, 일리아스, 오디세이, 종교, 신화, 다산, 성호, 연암, 엘리아데, 조지프 캠벨 등 커다란 의미에서 신화를 기획하고 학생들에게 쓰고, 발표하고, 토론하도록 하면서 어망득홍하는 다양한 학문의 방식을 가르친다. 자신이 관심을 가지고 있는 학문이 현실과 따로 떨어진 것이 아니라 여기 즉 현재 세상을 살아가는 과정 속에서 얼기설기 연결되어 있다는 연계적이고 종합적 사고를 가르치고자 한다. 나에게 신화와 학문은 바로 그런 세상살이의 총체적인 도구적 텍스트이다. 이 안에는 종교가 있을 수 있고, 역사도 있을 수 있고, 문학도 있을 수 있고, 과학도 있을 수 있고, 철학도 있을 수 있다. 그러니까 신화는 문화를 보는 총체적 지표이자 거울로서 나에게 작용하고 있는 셈이다.

예를 들어, 『삼국유사』 하나만 보더라도 분명해지는 것이다. 일연이 기술한 세간의 남겨진 이야기인 『삼국유사』는 당시의 생활상, 언어, 종교, 관습, 제의, 사상 등을 총체적으로 보유하고 있다. 즉 『삼국유사』는 삼국 시대를 읽어가는 문화 종합지와 같은 역할을 한다. 『일리아스』 역시 나에게는 서양의 문화를 총체적으로 읽어가는 문화 종합지가 된다. 나는 이 책을 쓰면서, 운이 좋게도 수많은 기러기들을 건져 올렸다. 신화를 알기 위해 우리의 종교를 섭렵했다. 민간 신화와 무속 신화를 통해 우리 고유의 사상이 최치원이 언급한 현묘의 도 즉 풍류와 맥을 같이하고 있음에 놀랐다. 유교적 사고가 어떻게 종교가 되고 신화가 되는지 살펴보기 위해 『조선왕조실록』과 〈삼강행실도〉를 비롯한 조선의 유명한 책들을 살펴보았다. 조선의 정신적 사고의 틀을 기획한 삼봉 정도전의 철학들을 또 다른 기러기로 만났고, 퇴계와 사상적으로 겨루던 고봉 기대승과 율곡 이이도 만났다. 기대승이 전하는 〈논사록〉과 이이가 쓴 〈경연일기〉를 가지고 학생들에게 토론의 반론이 어떻게 진행될 수 있는가도 배워보았다. 또한 정도전이 조선을 기획한 철학적 기반이 되었던 『맹자』를 살펴보면서 맹자가 양혜왕을 공격했던 질문의 방법을 토론 기법 중 하나인 확인질문으로 활용해보기도 하였다.

　다른 한쪽의 그물에는 18세기, 19세기 성호 이익으로 시작하는 우리나라의 새로운 학문의 움직임들이 어떻게 신화와 종교가 만나고 있는지 알려주는 다른 종류의 기러기들이 있었다. 그 안에서 만난 성호와 다산과 연암은 잡다한 사유를 가지고 놀기 좋아하는 나에게 참으로 많은 행복한 영감을 주었다. 다산이 가졌던 지적 호기심의 뒷길을 따라가고 연암이 〈열하일기〉를 통해 보여주었던 역설적 사유의 즐거움은 그 자체로가 즐거운 학문적 만남이었다. 학생들과 연암과 다산과 성호를 마치 옆집 아저씨들의 이야기처럼 토론해보았다. 그들도 모두 아버지들이었고 한 집안의 가장이었기 때문이다.

　나는 고등학교 시절부터 연암의 〈열하일기〉 중 '일야구도하기(一夜九渡河記)'를 무척 좋아했다. '하룻밤에 강을 아홉 번 건넌다.'는 이 명문은 학문이 무엇인지도 모르던 나에게 무척 가슴 설레게 하는 울림이었다. 강을 건너는 지름길이 환한 등잔불이 아니라 명심(溟心)이라는 유쾌한 역설이 늘 가슴 설레게 한다. 나는 삶에 지칠 때면 가끔 멈춰서 생각하곤 한다. 내가 강을 몇 번이나 건넌 것일까. 나에게 넘어야 하는 강의 횟수가 남은 것일까 자문한다. 그렇게 생각하면 삶은 매우 소중하게 다시 내게 신화적으로 부활한다. 나에게 학문도 마찬가지이다. 나는 앞으로도 신화라는 배를 타고 내게 남겨진 강 건너기를 부지런히 할 생각이다. 언젠가 사납게 이글거리던 물소리가 부드러운 음악 소리로 느껴지길 기대하면서 말이다.

끝으로 이 연구를 가능하게 한 〈한국연구원〉에 깊은 감사함을 전한다. 연구가 가능할지에 대해서 자신이 없던 나에게 많은 힘을 보태주었다. 연구자에게 연구는 순수한 마음만으로는 잘되질 않는다. 기대해주고 격려해주고 박수도 쳐주는 주변의 사랑이 있어야 비로소 가능하다. 〈한국연구원〉의 지원은 이 연구에 주는 첫 번째 박수였다. 그리고 마지막까지 격려해주는 주자는 다시 가족이다. 늘 가족은 나에게 이런 고마움을 준다. 번잡하게 강을 건너는 나에게 균형을 기억하게 해주고 늘 무사귀환과 안전을 기원한다. 남편과 두 아들들의 마음은 나라는 불안한 배의 균형을 유지시켜주는 평형수와 같다.

제1부

한국 문학과 신화의
치유적 상상력

<u>**문학의 기능 중의 하나는**</u> 고난에 빠진 인간의 정신을 보듬어서 앞으로 나아가게 하는 치료의 역할을 담당하는 것이다. 그렇기 때문에 문학은 치유의 상상력을 가진다고 감히 말할 수 있다. 특히, 우리나라는 근대화와 함께 식민지와 전쟁이라는 유례없는 역사적이고 문화적인 격심한 변동을 경험하였고 정치적 변화 역시 다른 나라에 비해 극심한 혼란을 겪어야 했다. 불과 몇십 년 만에 우리나라는 세계에서 가장 주목받는 인터넷 정보에 강한 민족이 되었다. 이러한 모든 변화가 불과 100년 동안 연속적으로 쉼 없이 우리에게 일어난 것이다. 변화무쌍한 시대의 정신사적인 변화는 그대로 마치 삼각주에 퇴적물이 쌓이듯이 문학적 상상력으로 작용하고 있음을 보게 된다. 역사는 그러한 변화를 기전체와 편년체로 얼기설기 기록하고 있지만 문학은 아주 무질서하지만 긴 물줄기처럼 큰 그림을 그려가며 다양한 이야기를 담아내고 있다. 그 이야기는 시대를 살아가는 사람들의 아픔을 공유하고자 하는 움직임 속에서 만들어진 커다란 문양이다. 어디에 서야 할지 모

르는 사람들에게 함께 서자고 이야기해주고 그들의 이야기를 들어주기도 하고 그리고 그들을 위로하고 달래준다. 문학의 기능은 길을 잃은 사람들에게 잠시 쉬어가게 하면서 자신을 뒤돌아보게 하며 현실을 반추하고 미래를 기획하게 한다.

그렇다면 근대 이전에 이 땅을 살다간 사람들은 어떤 상상력에 기대어 삶을 위로받으면서 견딘 것일까. 아마도 일정한 서사 구조를 가진 신화 이야기를 삶의 원동력으로 활용했을 것이다. 현재를 살고 있는 나 이전에 이 땅을 살다간 사람들의 세상 살아가기 방법을 전해 들으면서 현실의 자신의 위치를 반추하기도 하고 과거의 자신을 질책하기도 하며 미래의 자신을 설계하기도 했을 것이다. 아마도 현대 문학의 치유적 기능을 과거에는 신화의 이야기가 대신하고 있었을 것이다.

이 책에서는 문학과 신화의 치유적인 기능이 서로 만나는 것에 착안해서 다양한 사유가 시작되었다. 근대 문학의 한 갈래는 이전의 신화 상상력을 다양하게 받아들이면서 형성되고 있다. 그렇다면 한국 문학사에서 신화는 어떤 모습으로 그려지고 있는가. 필자가 생각하는 것은 크게 두 가지 분류 체계이다. 우선 크게 신화를 기억하고자 하는 방식과 신화를 재현하는 방식으로 나누어 생각해볼 수 있다. 세부적으로 들어가 신화를 기억하는 방식으로 다시 두 가지 양상을 생각해볼 수가 있는데 신화 구축과 신화 만들기 과정이 그 하나이고 다른 하나는 신화 허물기 과정을 통해 신화 드러나기의 방식이다. 세부적으로 보는 다른 하나는 신화를 재현하는 방식으로 민간 신화적 상상력의 원형 차용과 『삼국유사』와 같은 신화 이야기를 현대에 변용해서 차용하는 경우를 나누어볼 수 있다.

이러한 분류는 학문이 아직 무르익지 못한 필자의 다소 어설프면서 자의적인 구분에 의한 것임을 밝힌다. 이 책에서 활용하는 분류는 필자가 신화로 문학을 들여다보기 시작한 10여 년 간의 귀납적인 연구 방법이다. 즉 지금까지 연구를 통한 다소 경험적이고 귀납적인 사고 전개의 과정이다. 문학과 관련해서 원형적 상상력과 신화적 상상력으로 살펴보는 과정을 지난 수년간 지속해왔다. 이 책은 그러한 여정의 작은 결과물이라고 할 수 있다. 신화를 기억하는 방식으로 설정한 신화 구축의 신화 만들기는 1920년대 최남선의 신화 담론을 통해 찾아볼 수 있었다. 최남선은 〈불함문화론〉, 〈삼국유사해제〉, 〈조선의 신화〉 등 다양한 신화 담론을 본격적으로 우리 문화사에 전개시킨 인물이다. 그 이전에 떠돌던 막연한 이야기 체계를 신화로 분류하고 그것이 가지는 민족정신을 학문적으로 규명함으로써 명실상부한 한국의 신화는 문화의 주변에서 중심의 문화로 이동한다. 그러나 반드시 신화의 의미를 규명함으로써 신화를 구축하는 것만은 아니다. 김동인과 김훈처럼 고정화된 신화 사유를 벗어남으로써 오히려 원형 신화를 다시 바라보게 하는 역발상의 방법도 유효한 신화 방법론이다. 김동인의 경우 여성의 주변화와 여성의 전략적 죽음을 그려냄으로써 탈신화적인 세계관을 그린다. 그럼으로써 그가 설정한 신화적 상상력의 원형적 구조를 역으로 드러내고 있다고 볼 수 있다. 마찬가지로 한참 후의 작가인 김훈 역시 이러한 탈신화의 방법을 통해 신화적 상상력을 역으로 보여주고 있다. 주인공이 특별히 존재하지 않는 김훈 작가의 독특한 사유 방식과 기존의 영웅성에 대항한 소영웅주의는 거대 서사를 꿈꾸던 모더니즘에 대한 반기라고 할 수 있다. 포스트모더니즘의 정신적 사유를 작품의 내용과 형식에 모두 적용함으로써 탈신화적 방법을 구사한다. 최남선처럼 의도적으로 신화를 만들고자 함으로써 신화가 기획되기도 하지만 김동인과 김훈처럼 고정된 신화적 사유를 벗어나는 탈신화적인 사유를 통해서도 신화는 다시 기획되기도 한다.

다음으로 필자가 관심을 가진 영역은 신화가 문학 속에서 재현되는 양상이다. 그간의 연구 여정을 정리해보면 크게 두 가지로 나누어 논의될 수 있다. 그중 하나는 특정한 한국 신화의 이야기를 표방하고 있지는 않지만 우리의 민간 신화의 원형적 상상력을 무의식적으로 재현하는 스토리텔링 방식이다. 이 책에서는 이 부분에 상당히 많은 지면이 할애된다. 신소설의 대표적인 작가 이인직의 『혈의 누』와 『귀의 성』속에 드러난 민간 신화의 영웅담과 시련담의 이원적 세계를 다루고자한다. 이인직이 그리는 세계의 선과 악의 구도는 우리의 민간 신화의선악 구도와 크게 다르지 않다는 점에 착안한 것이다. 그다음 시대에오는 김유정의 문학 세계의 전반적인 상상력은 대부분 신화적 상상력과 밀접한 연관성을 가진다. 그러나 본고에서는 민간 신화에 등장하는삼강적 여성성에 대한 논의를 김유정이 어떻게 따르고 있으며 아름다움의 미의식을 어떻게 계승해가고 있는지 그 궁금증을 풀어갈 것이다.가장 향토적이고 구수한 정서를 보여주던 작가에게 근대의 미의식이어떻게 인식되고 있으며 그것이 신화 원형적인 사유와 어떤 관계를 가지는지 살피는 장이다. 민간 신화 〈세경본풀이〉의 자청비처럼 김유정의 여자 주인공들은 당차고 발랄하다. 그리고 그녀들은 끈질긴 생명력을 가진다. 그러나 여전히 삼강적 질서를 따르고 있는 문화 원형적 인물들임을 확인할 수 있다.

이러한 신화 원형 상상력의 재현으로 오영수, 이청준, 황석영 등을더 들 것이다. 오영수가 그리는 바다와 해원의 유토피아적 세계에 살고 있는 여성 주인공 해순이는 민간 신화에 등장하는 여성 주인공들을상상하도록 유도하기 때문이다. 이청준의 소리 상상력과 아리랑의 상상력 역시 자연과 관련된 동양적 신화 상상력을 잘 드러내주고 있으며작가가 그리는 자식과 아비의 관계 역시 매우 원형적인 희생 모티프를 담고 있다는 점에 주목하였다. 이청준 작품은 더 나아가 인간의 몸이 우주의 요소가 된다는 소우주사상과 연결시켜볼 수 있는 상상력을 보여주고 있다. 민간 신화 〈삼공본풀이〉의 감은장이를 생각나게 하는 이청준의 주인공 '소화'는 현대를 살아가는 신화적 인물이다.

작가 황석영은 동아시아를 작품의 무대로 활용하고 있는 현대판 디아스포라 상상력의 소유자이다. 황석영이 주목한 '바리공주'는 동아시아의 디아스포라를 겪고 있는 현대를 살아가는 여성이다. 작품『바리데기』,『손님』,『심청』등이 모두 디아스포라를 겪는 근대 동아시아 여성을 그린다. 이는 우리 신화에 등장하는 자기 찾기와 부모 찾기 신화의 변주를 보여주는 원형적 상상력이다. 이들에게 우리의 민간 신화의 원형적 상상력은 유표화되어 공식적으로 등장하지는 않지만 작품 전반의 원형적 구조를 이루는 무표적 추동력으로 작용한다.

이인직, 김유정, 오영수, 이청준, 황석영 등이 원형적 신화 상상력을 작품 안에서 내재화시킨 것이며 유표화되지 않은 상상력으로 분류된다면, 본고에서 다루는 서정주, 김동리, 박상륭 등은『삼국유사』라는 구체적인 신화 텍스트를 전면에 유표화시키면서 신화를 작품의 모티프나 제목으로 차용한다. 먼저『삼국유사』의 내용 전반을 다룬 서정주의『삼국유사』활용 시들에 대한 신화적 독서를 진행해보고 현대의 작가가 신화를 어떻게 받아들이고 있는지 그 현대성을 살핀다. 시에서 서정주가『삼국유사』를 대표적으로 활용하고 있다면 소설에서 김동리의『삼국유사』활용을 견주어 예로 들 수 있다. 열대여섯 편에 이르는『삼국유사』속 사건을 표지로 단편 소설들을 발표하기에 이른다. 김동리는 화랑과 관련된 상상력의 확장으로 원화에 대한 관심이 매우 컸다. 그러한 신라와 화랑과 원화에 대한 관심은『삼국유사』와『삼국사기』의 이야기를 구체적으로 활용해서 역사 소설화시키기에 이른다.

〈희소곡〉, 〈기파랑〉, 〈최치원〉, 〈수로부인〉, 〈김양〉, 〈왕거인〉, 〈강수선생〉, 〈놀기왕자〉, 〈원화〉, 〈우륵〉, 〈미륵랑〉, 〈장보고〉, 〈양미〉, 〈석탈해〉, 〈호원사기〉, 〈원왕생가〉 등 16편의 작품으로 등장할 정도이다.

서정주는 『삼국유사』를 소재로 하는 소설을 창작하는 과정에서 다양한 한국의 종교적 체험과 신화가 만나는 역동적 사유를 보여주고 있다. 역사와 종교와 신화가 어떤 식으로 그려질 수 있는지 보여주고 있는 셈이다. 비단 불교만 주로 차용하지 않고 도교, 무교, 유교, 기독교 등 우리 문화 속 종교를 심도 있게 그려나간다. 김동리가 그려내는 인물의 신화성을 통해 『삼국유사』의 새로운 신화 상상력이 다양한 종교의 스펙트럼 속에서 그려지고 있는 셈이다. 박상륭의 문학 세계 역시 색채 전반이 매우 종교적이고 신화적인 인물을 구현하고 있다.

박상륭은 소설 〈열명길〉, 〈유리장〉, 『칠조어론』, 『죽음의 한 연구』 등에서 삶과 죽음의 문제를 불교에서 말하는 불이사상으로 집결하고 있다. 즉 삶과 죽음이 둘이 아니라 하나이며 세속과 초탈의 경지도 둘이 아니라는 우주 합일의 융합된 상상력을 보여주고 있다. 기독교의 세계를 보여주는 작품에서부터 불교의 심오한 세계를 보여주는 작품에 이르기까지 박상륭의 작품 세계는 종교를 벗어나 이야기하기 어려울 정도이다. 이 책에서는 그중에서 특히 『삼국유사』의 '사복불언' 부분을 가지고 이야기한 〈유리장〉이라는 작품을 통해 작가가 그리는 신화 세계의 단면을 살펴볼 수 있다. 주인공이 도를 향해 찾아가는 여정이 마치 불교의 심우도를 연상시킨다는 점에서 논의가 전개된다.

우리 문학사에서 『삼국유사』의 상상력을 가지고 작품의 세계를 그려낸 작가는 서정주, 김동리, 박상륭 이외에도 무수히 많다. 대표적으로 아사달과 아사녀의 이야기를 담은 현진건의 〈무영탑〉이 있고, 다시 그것을 시로 그려낸 신동엽의 〈금강〉을 비롯한 많은 시들이 있다. 인생무상을 그린 〈조신지몽〉을 활용한 최인훈의 〈구운몽〉도 빠뜨릴 수 없을 정도로 유명한 작품이다. 우리의 민간 신화와 『삼국유사』의 상상력은 끊임없이 근대와 현대 작가들의 상상력을 자극하는 원천적인 스토리텔링의 보고가 되어왔다. 이 신화의 상상력은 각각의 시대에 맞게 당시의 삶을 보듬어주는 치유적 기능을 담당하면서 작가들에 의해 새롭게 다시 그려지기를 반복할 것이다.

최근 『삼국유사』의 신화 상상력을 활용한 연극, 뮤지컬, 영화, 드라마, 축제 등이 그 어느 때보다도 붐을 이루고 있다. 처용이 마켓에도 가고, 수로부인이 현대의 백화점을 누비기도 하고, 비형랑이 인터넷 게임을 즐기고, 만파식적이 다른 나라 축구 팀를 무찌르고, 서동이 악질 스토커가 되기도 하고, 다문화의 경험을 하는 허황옥과 선화공주의 모습들이 그려지기도 하고, 탈해는 자기의 진정한 상을 찾아가는 연금술사가 되기도 한다. 일연이 채록한 삼국의 수많은 이야기의 원천은 현대를 살아가는 사람들에게 새로운 상상력의 출구를 열어주고 있는 셈이다. 과거 사람들의 사유 흔적을 현대에서 찾고자 하는 필자의 문학 속 신화 읽기의 여정은 시대를 들여다보면서 그 시대를 극복하는 이야기 담론으로 신화가 어떤 힘을 발휘하고 있는지 살피는 소소한 과정이 될 것이다.

제2부

근대화의 문턱에서 그리는
신화의 희망과 미래

제1장

근대 심상 공간에 투사된 희망의 표지로서 신화적 상상력

근대 심상 공간과 희망의 표지 만들기로서 신화의 생성

구한말에서 일제 시대를 거치면서 우리의 전통적 신화 이야기 구조가 어떻게 인식되었고 그 신화적 상상력이 근대화의 과정에서 어떤 문화적 자장을 그리면서 근대 지식 안에서 포섭되고 융화되었는지 살피는 과정은 반드시 필요한 학문적 사유이다. 직접적으로 신화를 문화 전면에 천명했던 최남선은 '신화란 것은 원시 시대의 미개한 사람들이 그네의 지식 정도와 상상력으로써 천지 만물과 인간 만사에 대하여 그 내력과 성질을 설명한 이야기인데 모든 것이 대개 신령의 활동을 말미암아 생겼다고 말하므로 이 특점을 취하여 그것들을 신화라고 이름 한 것입니다.'[1]라고 말한다. 최남선에게 신화는 근대의 지식을 형성하는 데 직간접적으로 작용을 했다. 우리는 어떻게 신화적 상상력이 최남선에게 영향을 끼치면서 근대 의식을 형성시켜갔는지 그 문화적 단층을 심도 있게 탐구할 필요가 있다.

조선에서 대한제국으로 건너오는 지식의 경계를 감당해야 했던 최남선이 근대 공간 안에서 신화를 어떻게 인식했으며 신화가 근대 지식과 어떻게 융합하고 있는지 탐구할 것이다. 최남선의 신화 의미 정립과 지식 재현의 체계화 과정을 통해 우리는 나라가 위태로울 때 지식의 최전선에서는 어떤 변화의 움직임이 있었는지 다양하게 살필 필요가 있다. 또한 시대와 역사의 경계를 거쳐온 지식인들이 문화 이동의 현상에서 어떤 역할을 하고자 한 것인지 집중적으로 살필 필요가 있다. 즉 근대 문명이 도래한 이후 서양과 동양의 다양한 학문과 사상들이 범람해오면서 문화는 급속한 질풍노도의 변화를 겪는다. 최남선은 문화의 이동 공간에서 신화를 적극적으로 체득하였고 또 체험함으로써 신화를 실천하려는 과정을 의식적으로 감행했다.

여기에서는 최남선의 작품 전반을 통해 근대 심상 공간에 투사된 이동과 경계의 신화 상상력을 살피고 근대 지식의 재현 양상을 신화적 관점에서 집중적으로 논의해볼 것이다. 본 연구를 통해서 과거의 신화적 상상력과 현대의 신화적 상상력의 중간 매개가 되고 있는 근대 공간의 신화적 상상력이 어떠한 그림을 그리고 있는지 근대 문화 속 신화 상상력의 지형도를 도출해보고자 한다. 신화에 대한 막연한 사고를 근대 지식의 영역으로 끌어오기 위해 최남선은 서양의 이야기뿐만 아니라 우리의 무속 이야기까지 다양하게 접근하고 있다. 지식과 체험을 함께 무장시킨 최남선의 신화론은 근대 민족 국가 형성에 필요한 공동 환상의 다른 이름이다.

최남선에 대한 그간의 연구는 매우 다각적으로 접근되어왔다. 특히 문화적 관점에 대한 연구가 많이 진행되어왔다. 최남선의 '민족은 작고 문화는 크다. 역사는 짧고 문화는 길다.'라는 진술을 생각해볼 때 많은 연구가 문화의 관점에서 이루어지는 것은 어쩌면 당연하다. 그러나 그의 문화적 보편성에 대한 용인은 제국주의를 용인한 학문적 배경으로도 작용하고 있다는 비판을 동시에 받는다. 즉 문화적 보편성의 강화는 지배 국가인 일본과의 문화적 동질성을 승인하게 했고, 결국 문화론으로 일본 지배를 합리화하는 결과를 낳고 만 것이다.[2] 그에 대한 평가가 여전히 극과 극을 오가고 있는 와중에 황호덕은 최남선 신화 읽기의 긍정성에 힘을 보태주고 있다. 그에 의하면 최남선은 그가 쓴 문서들 안에서는 훼절하지도 않고 변절하지도 않았다고 평가한다. 훼절할 필요가 없었다는 것이다. 최남선은 신화 안에 이미 씌어있는 것을 다시 제안한다. 다만 그가 사랑했던 조선이 그것을 개시하기도 전에 일본이 먼저 신화를 개시해버렸기 때문에 아직 개시되지 않은 사람이었고 결국 그는 청년들을 향해 개시하고 개시를 준비하라고 외칠 수밖에 없었다고 평가한다.[3]

최남선 연구에서 문화적인 관점을 중요하게 부각시킨 논자들은 모두 그의 선구적인 문화적 감각에 주목한다. 문화라는 관념이 아직 인식되지도 못한 근대 초창기에 문화가 나라의 힘이 될 수 있음을 인지하고 있다는 사실에 주목하였다. 김현주는 문화사의 이념과 문화의 의미와 문화과학의 개념을 논의하면서 문화 공동체로서의 민족을 설명하고자 한 최남선의 일련의 활동들의 의미를 찾고 있다.[4] 더 나아가 류시현은 최남선의 조선학 연구와 기행문을 통한 민족의 재인식에 대한 관심을 설명해내면서 그의 기행이 민족을 구성하기 위한 과정이라고 설명한다.[5] 서영채 역시 최남선의 기행이 신화를 찾아가는 길이라는 것에 주목했고,[6] 윤영실은 최남선의 신화 연구의 기본인 설화 연구를 통해서 문화적 탈식민성을 읽어냈다.[7] 이영화는 한 발 더 나아간 문화 담론을 펼치는데, 최남선의 역사 연구 방법이 문화 사관에 깊은 영향을 받은 것이라고 주장한다.[8]

이광수의 〈민족개조론〉은 혁명처럼 급격한 변화를 가져오는 진화보다는 교육과 도덕을 통해서 점진적으로 사회의 진보를 도모하고자 한 것이다.[9] 반면 최남선은 신화를 통한 공동 환상의 공유를 중요한 계몽의 화두로 삼았다. 본고가 최남선을 통해 근대 문화의 신화 상상력을 찾고자 하는 이유는 최남선만큼 신화에 대해서 또는 문화에 대해서 치열한 연구가 드물기 때문이다. 후기 친일 논쟁을 잠깐 차치하고 우선 최남선을 통해 우리 역사에서 가장 불행하고 험난했던 1900년대에서 1930년대에 걸친 신화 상상력을 통해 과거 신화의 세계와 현대 신화의 세계가 어떤 징검다리를 건너왔는지 그 상상력의 단층 즉 공동 환상의 단층을 탐구해보는 것은 그 자체로 의미가 있다. 근대 문명과 맞서서 한 시대 문화에서 다른 시대의 문화적 경계를 이동하려는 지식인의 분투적인 치열한 지적 무기가 신화였다는 점은 오늘날 신화의 시대를 통과하는 우리 시대를 다시금 뒤돌아보게 한다. 이동과 경계의 다문화 시대의 과도 공간에서 신화 상상력이 어떻게 민족의 정체성을 형성하는지 살펴볼 필요가 있을 것이다.

여기에서는 최남선의 후반기 친일 관련 논의는 논점에서 벗어나기 때문에 차치하고 근대 초창기에 그가 정립하고자 한 신화의 위상을 온전하게 들여다봄으로써 근대 공간에서 신화적 상상력의 전개 양상과 문화적 의의를 살피는 데 연구의 궁극적인 목적을 둘 것이다. 최남선은 시간과 공간의 경계를 넘는 문화적 환상 공유로써 신화의 의미를 확보하기 위해 단군에 대한 관심, 밝사상에 대한 관심, 조선심에 대한 관심 등을 학문적으로 풀어갔다. 그의 신화 찾기 여정은 〈불함문화론, 1925〉에서 시작되어 〈단군론, 1926〉으로 이어져 〈삼국유사해제, 1927〉에 이르게 된다. 이들 연구에서 최남선이 끈질기게 추구한 것은 조선심이라는 환상의 공유 확립이라고 볼 수 있다. 문화의 중요성을 그 누구보다도 일찍 깨달은 선각자의 사유는 현대의 신화를 다시 보게 하는 단초가 되고 있다.

최남선은 근대 문명이 과학이라는 합리성으로 우리 문화를 재단하고 있을 때 무속과 샤먼과 불교와 서학과 유교의 충돌과 융합이 어떻게 민족의 신화관으로 형성되는지 관심을 가진다. 최남선은 17-18세기의 실학이라는 정신적 자산을 물려받으며 19세기 서양에서 들어온 서학의 문화적 충돌을 겪으면서 우리의 종교와 정신적인 것에 많은 관심을 가졌다. 외래 종교인 불교에서 조선의 불교를 발견하고 무속과 샤먼을 우리의 신화와 연결시키고자 하였다. 〈살만교차기, 1927〉를 발표하면서 역사성과 신화성의 유기적인 관계를 살피고자 하였고 〈조선불교, 1930〉와 〈묘음관세음, 1928〉을 발표하면서 학문으로써 불교와 신앙으로써 불교를 융합하고자 하였다. 근대 조선의 정신사에는 다양한 종교가 충돌하고 있다. 불교와 유교와 천주교의 가치관이 신화라는 개념과 어떻게 만나서 충돌하고 있는지 살펴볼 필요가 있다. 조선을 막 지나온 초창기 근대에는 여전히 유교 질서가 팽배했을 것이고 숭유억불 때문에 탄압받았을 것이라고 생각했던 불교는 최남선의 여러 자료를 통해 볼 때 오히려 매우 번성했던 정신사의 큰 축이었다. 〈조선상식문답〉[10]에서도 불교가 그렇게 탄압받지 않았다는 것을 이야기하고 있다. 또한 서학 즉 천주교와의 만남 역시 근대의 정신을 이해하는 큰 축이 된다. 불교, 유교, 천주교 등의 종교적인 흐름이 최남선의 신화학에서 어떻게 만나고 있는지 규명하고자 한다.

최남선의 신화관은 지식과 믿음의 발현이 아니라 의지와 신념의 미래성을 보인다고 할 수 있다. 그의 국토 체험은 『심춘순례, 1926』, 〈백팔번뇌, 1926〉, 〈금강예찬, 1928〉, 〈백두산근참기, 1927〉, 〈송막연운록, 1937〉, 〈조선유람가, 1928〉 등 다양한 장르에서 발현되고 있다. 그가 단행한 국토 체험은 모성 체험을 통한 국토의 신화성 발견, 원시 종교 체험을 통한 국토의 신화성 발견, 님과 연인 체험을 통한 국토의 신화성 발견 등으로 나뉜다. 〈노력론, 1917〉과 〈용기론, 1917〉 등의 글을 통해서도 드러나듯이 그의 신화관은 의지와 신념의 신화관이다. 최남선이 단행했던 여행들과 기행문들의 신화적 의미를 되짚어볼 필요가 있을 것이다. 그에게 국토 여행은 민족의식과 신화를 찾는 종교적 순례와 같은 도정이다. 최남선이 신화의 의미에서 중요하게 생각한 것은 사실이 아니라 신념이었다.[11] 현재에서 과거를 거쳐 고대로 향하는 과정에 그의 기행문들이 놓인다. 그러나 기행문이 구체적으로 어떻게 신화화 전략을 거치게 되는지에 대해서는 연구가 현저히 부족하다. 여행과 체험이 어떻게 신화를 상상하게 하고 마음속에서 신화적 파토스를 불러일으키며 민족의식과 국민성으로까지 나아갈 수 있는 로고스가 되는지 명징하게 점검할 필요가 있다. 즉 신화의 로고스를 추적하는 일은 최남선에게는 민족의 미래를 구상하는 한 방법이었다.

희망의 표지로서 단군 기억의 신화화를 통한 문화민족 구축

최남선은 〈조선의 상식〉[12]에서 기독교를 받아들이는 데 있어서도 적극적인 문화민족의 자질이 우리 문화 안에 자생적으로 내재해 있음을 높이 사고 있다. 최남선에게 단군은 사실을 발견하는 역사이기보다는 신념을 정립해가는 긴 종교적 순례와 같은 지식인의 분투의 장이었다. 최남선은 일본의 동양사학자들에 의해 그 역사적 실재성이 부정되고 있던 단군이라는 존재를 살려내는 것에 힘을 모은다. 그것은 단순히 한국의 고대사를 연구하는 의미가 아니라 민족의 정기를 새롭게 세우는 일이었고 최남선 자신의 논의대로라면 '조선심'을 지켜내는 고행과 의지의 길이었다.

최남선에게 있어 중요한 신화적 진실은 사실이 아니라 신념이었다.[13] 최남선은 기억이 정체성을 구성하는 핵심 요소라고 말하며 우리 자신을 알기 위해서는 과거와 고대사를 돌아보라고 여러 저서에서 이야기한다. 이는 일본이 자신들의 국가적 위상을 우월한 것으로 설정하고 타율적인 조선의 이미지를 강조해서 침략과 식민지를 정당화하는 논리를 만들어낸 것을 보고 타산지석으로 삼아 사유한 결과이다. 최남선의 단군 관련 텍스트는 근대적 자아 개념과 구별되는 나를 구성하는 문제이며 시대적 위기를 주체적이고 창조적으로 극복하기 위한 문학사상이라고 논의되기도 한다.[14] 그렇다면 최남선에게 단군은 당시 정도빈, 황의돈, 이능화 등의 논의와는 어느 정도 차별화를 이룬다.

신채호를 위시해서 당시의 많은 학자들은 『삼국유사』의 가치를 인정하면서 단군을 부정하는 일본의 단군 부정 논의를 비판적으로 바라보고 있다. 이능화 역시 '余는 三國遺事의 인용한 위서급고기의 기사를 존중하여 古朝鮮 開國始祖 神權 天子 王儉氏의 칭호는 壇君으로 證正함이 정당한 줄로 思한다.'[15]로 밝히면서 단군의 정당성을 주장한다. 그는 단군이 국조이며 고조선의 개국시조이며 평양성의 왕이었다고 주장한다. 이러한 주장은 역사적 정치적 측면에서 이루어지는 민족적 단군론이었다. 그러나 최남선은 언어가 민족의 정신을 반영한다는 문화적인 사상을 가지고 있었고 그러한 과정에서 '밝'과 '당굴'의 어휘를 추적하는 〈불함문화론, 1925〉이 탄생한다. 최남선은 1925년 〈불함문화론〉을 쓰면서 〈계고차존, 1918〉에서 주장하기 시작한 단군에 대한 생각을 보다 구체화하기 시작했고 단군에 대한 이야기를 적고 있는 『삼국유사』에 관심을 가진다. 따라서 1927년 최남선은 〈삼국유사해제〉와 함께 계명구락부에서 발간하는 잡지 〈계명〉에 『삼국유사』 전문을 해제와 함께 싣게 된다.

최남선이 단군에 대한 기억을 구축하고 신화화시키는 과정은 일련의 분투적 문화화와 쟁취의 과정이라고 할 수 있다. 최남선에게 문화는 인간이 만들어낸 물질적, 정신적, 인격적, 사회적인 것들의 총체적 개념이다. 따라서 최남선이 쓰고 있는 문화의 개념은 종교, 학문, 예술, 생활 방식 등을 포괄하는 특정 집단의 정체성이자 특수성이다. 최남선의 단군에 대한 문화적 접근은 〈삼국유사해제〉에서 비로소 시작된다. 최남선은 『삼국유사』 중에서 고조선의 역사에 특히 많은 관심을 가진다. 특히 '단군'에 대한 그의 지대한 관심은 조선적인 것에 대한 강한 애착의 발로라고 할 수 있다. 최남선의 단군 담론을 통해 단군은 종족적, 혈연적, 인종적 의미가 강화된 민족의 표상으로 부상되기에 이른다.[16] 단군 신화의 담론을 통해 신화와 권력의 관계를 집중적으로 살펴볼 필요가 있을 것이다. 단군을 해석하는 지식이 신화를 재생산하고 다시 재생산된 신화는 세상의 질서를 규정하는 지식 권력이 되고 있음을 추적할 수 있다. 1897년 일본의 시라토리는 단군을 부정하기 위해서 연구를 시작했고 최남선은 그의 단군론을 부정하기 위해 다시 단군을 신화화시키는 전략을 구사한다. 비단 당시 단군에 대한 관심은 최남선에게만 한정되는 이야기가 아니다. 심지어 최남선의 〈단군론〉과 〈불함문화론〉은 일제 말기 친일론과 민족론의 분할을 불가능하게 만드는 미묘한 자리에 놓여 있다[17]는 비판을 듣게 된다. 『삼국유사』에 등장하는 단군의 모습을 살펴보기 위해 〈고조선〉 부분의 이야기를 먼저 살펴볼 필요가 있다.

　　「魏書」에 이르기를, "지난 2,000년 전에 壇君王儉이라는 이가 있어 도읍을 阿斯達에 정하고 나라를 창건하여 이름을 조선이라고 하니 요임금과 같은 시대이다."라고 하였다.

　　「古記」에 이르기를, "옛날 桓因에게 지차 아들[庶子] 桓雄이라는 이가 있어 자주 나라를 가져볼 뜻을 두고 인간 세상을 지망하였다. 그 아버지가 아들의 뜻을 알고 아래로 三危太伯 땅을 내려다보니 인간들에게 크나큰 이익을 줌직한지라 이에 아들에게 天符印 세 개를 주어 보내어 이곳을 다스리게 하였다. 환웅은 무리 3,000명을 거느리고 태백산 꼭대기 신단수(神壇樹) 아래로 내려와 여기를 신시(神市)라고 이르니, 이가 환웅천왕(天王)이다. 그는 바람 맡은 어른[風伯], 비 맡은 어른[雨師], 구름 맡은 어른[雲師]을 거느리고 농사, 생명, 질병, 형벌, 선악 등 인간살이의 360여 가지 일을 주관하여 세상에 살면서 정치와 교화를 베풀었다.

- 일연, 김원중 옮김, 『삼국유사』, 을유문화사, 2002, 〈삼국유사, 기이, 고조선〉

일본의 학자들이 제기한 고조선 부분의 논란을 살펴보면, 먼저 '2,000년 전에' 라는 유구한 역사의 부정이다. 중국의 요임금과 같은 시간이라는 것을 부정해야만 조선의 역사를 폄하할 수 있기 때문이다. 시간적 축소뿐만 아니라 공간적인 횡적 상상력에도 제동을 건다. 먼저, 시라토리는 단군 신화가 승려에 의한 조작물이고 단군이 조선 전체의 시조가 아니라 고구려의 선조로만 인정되어야 한다는 것이다. 승려라는 사실에서 신뢰성을 둘 수 없고 고구려라는 공간의 축소로 역사의 횡적 공간을 축소시키려는 의도였다. 이마나시 류 역시 왕검성이 지금의 평양이고 고구려의 왕검이 고려 초에 왕검신인이 되었고 그것이 고려 후기를 거치면서 단군이라는 존칭이 붙어 단군왕검이 되었다는 것이다. 이 역시 고구려라는 역사적 공간으로만 단군을 축소시키려는 의도이다. 한 발 더 나아가 미우라 히로유키는 한국의 전설을 단군 전설과 기자 전설로 나누고 기자 전설은 삼국 시대에 생기고 단군 전설은 고려 시대에 생긴 것이라는 논의로 시간적인 축소를 주장하였다. 이와 비슷한 시간적 축소를 주장하는 이나바 이와키치는 단군 전설이 삼국의 씨족 신앙 정도라고 단군을 폄하하기에 이른다.[18]

최남선은『삼국유사』〈고조선〉부분을 새롭게 해석해서 자신만의 독창적인 단군론을 전개해나가기 시작한다. 위에서 인용한 〈고조선〉부분의 상상력이 어떻게 최남선의 〈단군론〉의 단초가 되고 있는지 살펴보기로 하자. 최남선의 단군론에 대한 대표적인 논의들을『삼국유사』의 고조선 부분에 근거를 두고 읽어본다면 그의 단군 문화론의 시작점을 확인할 수 있을 것이다. 먼저 〈단군론〉에서 일본 학자들이 제기한『위서』와『고기』의 인용 부분에 대한 논의를 펴기 위해 일본인들이 문헌 편중의 폐에 빠졌다고 비판한다. 지나치게 표면적인 어구에 사로잡혀 기록의 성질과 배경과 성립 내력을 살피지 못하고 있다고 지적하면서『위서』와『고기』가 고대의 문헌을 말하는 보통명사가 될 수 있음을 가정하였다.[19] 〈我等은 世界의 甲富〉라는 글에서는 일본 학자들이 고구려를 단군의 축소된 지리 영역으로 지칭하고자 하는 것에 대한 반박 근거로 고구려가 유구한 역사를 가진 로마와 같은 문화적 강국이었음을 주장한다.[20]

　최남선의 단군론에서 가장 주목할 만한 내용은 정치적 군장으로서 단군에서 한 발 더 나아가 정치적 종교적 문화적 군장이었음을 주장한 것이다. 신채호는 〈독사신론〉에서 최남선의 광명을 뜻하는 '당굴'이라는 개념에 대응되는 '수두'라는 용어를 씀으로써 정치적 권위의 상징인 단군을 주장하였다. 또한 최남선이 몸담았던 조선광문회의 박은식, 유근, 김교헌 등 대다수는 대종교의 단군 신앙을 숭배하고 있었다. 이렇듯 단군은 우리 민족에게는 정치적 종교적 존재였고 여기에 최남선은 문화적 단군으로의 특성을 부각하기에 힘을 썼다. 그는 옥중에서 '밝'이라는 일대원리를 발견한 것을 두고 '내가 경험한 第一痛快(제일통쾌)'라고 말할 정도였다. 그가 생각한 조선의 신화의 시작은 바로 '밝'에서 나오는 것이었다.

최남선은 〈단군급기연구(檀君及其硏究)〉에서 조선의 인문학이 바로 단군에서 시작되고 있음을 지적하면서 단군을 제쳐놓으면 조선이란 장강도 샘 밑이 막히는 것과 같다고 지적한다. 따라서 단군을 소중하게 지키는 것은 조선 문화에서 필연적으로 중요하고 당연한 일이라고 말한다. 그런데 근대인은 이념을 좋아하기 때문에 단군을 신념으로만 숭배하지는 못한다고 지적하면서 신화란 원시 시대의 문화를 담은 역사이며 종교이며 신념이라고 말한다.[21]

그는 단군에 대한 다른 글인 〈檀君께의 表誠—朝鮮心을 具現하라〉에서는 단군이 우리 국토의 개척자이면서 생활의 건설자이고 조선 문화의 창조자이고 조선 국토의 개척자이고 혈연상으로는 조선의 모든 조상이며 조선 권속으로는 대종조이며 조선 문호의 입구와 같은 역할을 담당한다고 말한다. 또한 단군은 조선 신앙의 정신이며 인격화의 총체이며 조선 이상의 총괄점과 같은 존재이다. 즉 조선은 단군이라는 표현이 무색하지 않을 만큼 그에게 단군은 문화의 총체적 존재이자 관념이자 신앙이었다.[22]

1925년 최남선은 〈불함문화론〉을 통해 단군을 본격적으로 이론화하기 시작했다. 그는 '檀君은 朝鮮 古代史의 수수께끼를 해결할 수 있는 유일한 關鍵'라고 상정하고 이를 통하여 '서만 極東 文化의 옛 모습을 조망할 수 있을' 것이라고 주장한다. 따라서 단군은 '東洋學의 礎石'이 되는 연구라고 생각했다. 따라서 그는 '東方文化의 淵源問題의 基礎가 될 一點만을 開始하여 檀君神話 혹은 傳說의 중요성'[23]을 들추어 보고자 하였다. 그는 당굴과의 유음을 가지고 〈살만교차기〉에서 보다 정교하게 단군을 분석하고 체계화한다. 최남선에게 단군은 치열한 민족정신의 충돌기에 우리 민족을 하나로 모을 수 있는 이념적 이정표와 민족적 상징 같은 기표 개념이었다.

최남선의 단군 인식은 〈삼국유사해제 6. 범위〉를 통해서 볼 때 민족주의에 근거한 것임을 알 수 있다. 그는 『삼국유사』가 우리의 조선 상대를 혼자서 감당하는 문헌이라고 높이 평가한다. 즉 조선의 생활과 문화의 원형을 보여주는 것은 오직 『삼국유사』뿐인 것이다. 최남선은 해제를 통해 만약 『삼국유사』의 고조선이 없었다면 단군에 관한 문헌적 신뢰가 떨어졌을 것이라고 주장하면서 단군에 대한 학적 동기도 바로 『삼국유사』에서 비롯되고 있다고 보았다. 따라서 불함문화의 중심이 되는 단군 사상의 발견은 오직 우리나라의 영광에만 지나지 않고 동방의 문화에 중요한 역할을 해주었다고 주장한다. 『삼국유사』는 단군 조선이 부여와 고구려에 이어지는 원류가 되고 있음을 밝힘으로써 그 중요한 가치를 더하고 있다고 말한다.

급기야 최남선은 『삼국유사』 〈고조선〉에 등장하는 단군을 〈살만교차기, 1927〉에서 샤먼으로 분석해낸다. 상계, 중계, 하계 등 세 부분으로 신화의 세계를 분류하고 상계를 환인의 세계로 중계는 환웅의 세계이면서 인류의 모든 물류가 사는 곳이며 하계는 악신이 사는 곳이라고 말한다. 그 후 〈단군신전에 들어 있는 역사소, 1928〉에서는 단군 기사를 역사부와 신화부로 구분하여 동북아시아 건국 신화의 특징인 천강 신화를 답습하는 환웅 부분과 고조선의 역사 부분을 이야기하는 단군 부분으로 나누는 체계성을 보인다. 즉 단군 중심의 문화를 가진 집단의 남하를 이야기하면서 역사적이면서 문화적인 단군을 논증하고자 하였다.[24]

따라서 〈고조선〉 부분에 등장하는 환웅천왕은 풍백, 운사, 우사 등을 거느리고 농사, 생명, 질병, 형벌, 선악 등 인간살이의 360여 가지 일을 주관하는 문화의 총지휘자가 되는 것이다. 신채호가 『삼국유사』를 불교사의 대변자이고 『삼국사기』의 아류라고 폄하한 것에 비하면 황탄

한 설화를 담고 있는 『삼국유사』는 최남선에 와서는 문화의 총체적 전승자이면서 생상 동력체로 거듭나고 있는 것이다. 최남선이 〈불함문화론, 1925〉에서 주장한 것처럼 단군은 고대사의 수수께끼를 풀어줄 실마리이며 동양학의 초석이며 동방 문화의 연원을 알게 해주는 문화적 실마리인 것이며, 〈단군소고, 1930〉에서 주장하듯이 단군은 정치적 수장이면서 종교적 사제이고 역사적 존재이면서 문화적 존재이고 개인적 존재이면서 보편적 존재인 이원적 구도하에서 문화적 보편성을 획득한다.

최남선에게 근대적 사유를 담는 신화란 의지의 대상이자 분투의 대상이며 희망의 표지라고 규정할 수 있다. 일제의 단군부정론을 다시 부정하기 위해 그에게 『삼국유사』는 연구되어야 하는 현대적 텍스트였고 따라서 그의 〈삼국유사해제〉는 신화서를 더욱 신화서로 받아들일 수 있는 이론적 토대를 구축한 것이라 할 수 있다. 즉 우리 민족이 근대화를 향해 나아가기 위해서는 일본으로부터 정신적인 독립과 주체적 대립 의식이 형성되어야 하고 그러한 수단으로 『삼국유사』와 〈조선의 신화〉의 신화성을 정치적으로 적극 활용해야 했던 것이다. 최남선은 일본 학자들의 승도망담설을 일축하면서 문화적 자긍심의 대상으로 가치를 확립해야 하는 임무를 가진 것이다. 단순히 한 명의 승려가 한 망담이 아니라 그것이 민족정신을 구현하는 원천적 사유임을 증명하고자 하였고 그리고 그 이야기를 통해 민족 구성원들이 민족적 정체성을 형성하고 무한한 자긍심을 가지도록 하는 것이 그의 목표였다.

'바다'에 대한 기억 재구성으로서 희망의 신화성 구축

19세기 조선의 근대는 바다와 항해에서 비롯된 바다의 근대성이라고 칭할 수 있다. 이인직의 『혈의 누』와 이광수의 『무정』을 비롯한 신소설과 근대 소설의 주된 서사 무대는 단연 바다였다. 주인공들은 바다를 통해 새로운 문물과 새로운 경험을 하게 된다. 특히 육당 최남선에게 바다는 무엇보다도 근원적인 신화적 공간이기도 했다. 따라서 그는 세계의 역사를 바다를 두고 이루어진 쟁탈전으로 본다. 그는 일단 역사 시간에 거론되는 4대 문명의 발상지인 이집트, 인도, 중국, 그리스 등의 문화를 고립된 문화들이라고 말한다. 최남선이 주목한 문명은 바로 페니키아 인(人)의 독특한 배가 이루어낸 것이다. 최남선은 '세계의 역사는 페니키아 인이 독특한 배를 만들어가지고, 지중해를 떠나와서 통상(通商)으로 식민(植民)으로 연해(沿海) 각지에 활동하던 때로부터 시작하였다. 그리스, 페르시아, 로마, 카르타고 등 여러 민족이 지중해를 무대로 하여 활동하고 세력을 다투고, 패업(霸業)을 이룩하는 것이 곧 세계 역사의 진행, 그것이었다.'[25]라고 말한다. 그 이전에 그리스가 헬레니즘 세계를 실현하고 로마가 인류 최초로 로마 대제국을 건설한 것도 모두 지중해를 잘 이용했기 때문이라고 주장한다. 그 후에 살라미스 전투, 펠로폰네소스 전쟁, 포에니 전쟁 등 모두가 바다를 사이에 둔 전투였음도 눈여겨볼 일이라고 주장한다.

　그는 동양이 근세기에 들어 쇠퇴하는 가장 큰 이유는 바다를 적극적으로 활용하지 못한 것에 그 원인을 두고 있다. 고대 페니키아 인은 지중해에서 활약하였고, 중세에는 노르만이 북해에서 활약하였고, 근세에는 포르투갈 인, 스페인 인, 영국인이 대서양, 태평양, 인도양을 잘 활용하고 있다. 동서양 성쇠의 차이는 바로 바다를 활용했는지 하지 않았는지에 따라 그 운명이 달라졌던 셈이다. 최남선이 지적하듯이 동양은 지남철과 화포를 서양보다 더 먼저 발명하였다. 그러나 아이러니하게도 그것을 활용한 곳은 서양의 문화들이었다고 비판한다. 지남철을 이용해 서양의 여러 나라들은 개척과 탐험 길에 올랐고 화포를 이용해 많은 식민지를 차지하기에 이른다. 20세기 미국의 발달 역시 대서양과 태평양을 적절히 활용한 예라고 볼 수 있다. 또한 러시아는 바다에 인접해 있지만 러시아가 가지고 있는 바다는 경제적 효과가 별로 없었기 때문에 끊임없이 다른 나라의 바다를 넘보기도 했다. 러시아의 표트르 대제는 발트 해를 차지하면서 서방으로의 창을 트려고 했다. 심지어 우리나라를 넘보기도 했지만 근세 초기의 국제 정세 속에서 강대국들의 쟁탈전으로 어려움에 직면하였다. 바다의 필요성을 절감한 러시아는 부동항을 얻기 위해 기나긴 싸움을 감행하기도 했다.

바다를 둘러싼 세계 민족들의 신경전은 실로 기나긴 것이었다. 그러나 노력하지 않아도 세 면을 바다로 가진 우리 조선 민족은 '돼지에게 진주 격'으로 바다의 존재가 매우 미약하게 활용되고 있다고 개탄한다. 조선인들에게 바다는 괴물과 같이 순식간에 사람을 삼키는 무서운 존재였다. 그러나 우리나라에도 바다를 통해 이룩한 신화적 인물이 존재함을 주목해야 한다. 최남선이 주장하는 한국의 바다를 통한 신화성 구축의 대상은 장보고와 이순신이라고 할 수 있다. 또한 조선 시대 연암 박지원이 쓴 〈허생전〉의 세계를 통해 남방 세계에 대한 신화적 상상력을 자극하고 있으며, '남조선'이라는 용어의 신화적 의미를 중요하게 바라보고 있다. 우선 최남선은 장보고에 대해서 매우 긍정적인 입장을 보인다. 그는 1929년 창간된 잡지 『괴기』에 〈일천백 년 전의 동방해왕 신라 청해진 대사 장보고〉[26]를 발표한 바 있다. 그는 장보고에 주목하면서 『삼국사기』의 부정적 기록에 문제를 제기한다. 중국과 일본의 문헌들에 나오는 장보고 사후의 기록들을 보면서 장보고 상단의 영향력이 매우 지대했다는 것을 당시 기록으로 입증하고 있다. 심지어 장보고 사후에도 일본의 대우와 보호가 매우 친절하고 극진했음에 주목하고 장보고의 국제적 특성과 무역 세력이 매우 영향력 있었음을 확인한다. 특히 장보고는 사업과 신앙을 결속시킨 해양 문화의 대표 주자이다. 그는 신라인의 결속을 다지기 위해 산둥반도에 법화원을 설립하고 정신적인 유대를 강화시켰다. 이는 서역의 상인들이 이슬람 공동체를 활용한 것과 대적해볼 만한 문화 활동이라고 볼 수 있다.[27] 따라서 장보고의 죽음은 당시 해상 무역권의 지대한 지각 변동이 되었음을 주시하고 있다.

최남선은 〈바다와 조선민족, 1953〉에서 장보고를 이상적인 남방 세계의 문화적 원형의 근원으로 제시한다. 동서양의 신화에서 이상국의 위치는 먼 바다에 두곤 했다. 따라서 중국은 삼신산(三神山) 또 연래도(蓮萊島)를 동방의 해상에 있다고 생각했고 그리스의 철학자 플라톤이 아틀란틱이라는 선경(仙境)을 대서양 위에 그렸던 것에 주목한다. 조선 민족 역시 이상 세계를 남방해상(南方海上)에 만들어 가졌는데 이 역시 인류 이상경향(理想傾向)의 유형이라고 할 수 있다고 한다.[28] 조선 민족(朝鮮民族)의 '남조선(南朝鮮)'이란 것은 단순히 관념적 산물이 아니며 일찍이 남방해상(南方海上)에서 많은 문화의 빛과 행복의 씨를 얻어 들여온 확실한 기억을 가지고 있다고 주장한다. 그러한 기억 속에 장보고라는 인물이 있음을 살핀다. 최남선은 신라(新羅)의 하대(下代)에 장보고라는 해상(海上) 위인(偉人)이 전라도 완도(莞島)를 중심으로 해서 지나(支那)의 산둥반도(山東半島) 항주만(杭州灣)과 일본(日本)의 북구주해안(北九州海岸)과 내지 남양(南洋)의 여러 항구(港口)를 교통망으로 교두보를 치고, 동방해상(東方海上)에 큰 이상을 가지고 해상왕(海上王)으로서 문화 무역을 통한 대활동을 한 것에 주목하였다.[29]

우리 문화사에서 최남선 이전에 신라의 장보고를 긍정적으로 평가한 이는 그리 많지 않다. 일연의 『삼국유사』에서는 김부식 『삼국사기』

의 부정적 평가에 반기를 들듯이 드라마 같은 이야기를 형상화시켜 놓았다. 직접적으로 장보고를 긍정적으로 평가하지는 않았지만 당시의 정황을 극적인 이야기로 구성해놓음으로써 후세인들이 개방된 사고를 할 수 있는 단초를 제공한 셈이다. 그 후 실학자인 순암 안정복은 『동사강목』[30]을 통해 보다 적극적인 역사적 평가를 유도하고 있다. 최남선의 장보고 논의는 바로 뒤에 온 기술이다. 신라라는 나라의 역적에서 벗어나 남방 세계의 이상향과 장보고를 연결시키는 것은 그만큼 장보고의 업적을 중요하게 보았기 때문이다. 이러한 논의가 가능한 이유는 중국의 문헌인 두목 『번천문집』과 『신당서』에 의거한 것이고 일본의 엔닌 스님의 〈입당구법순례행기〉를 참고한 것이었다. 장보고를 해양 상업 제국의 위대한 인물로 평가한 라이샤워 교수[31]의 논의는 그 후 일이다. 최남선이 주목한 장보고는 우리나라에서는 활보, 궁복(弓福), 궁파(弓巴), 장보고(張保皐)라는 이름으로 불려졌고 중국에서는 한국과 마찬가지로 張保皐로 일본에서는 張寶高로 불려졌다고 한다.[32] 장보고의 일본식 이름이 주목할 만한 상징성을 띠는데, 보배롭고 높다는 의미로 해신과 재신의 상상력과 이어지는 명명이다. 1950년대 김동리는 『삼국유사』의 이야기들을 소설화하면서 〈장보고〉를 새롭게 구성한다. 김동리에 의하면 장보고는 당나라에서 성공을 했지만 오직 조국에 대한 충성심과 형제애와 가족 사랑 등을 실천한 유교적인 인물로 그간 역적이라는 담론과는 무관한 논의를 소설에서 펼쳐 보이고 있다.[33] 최남선은 우리가 남방(南方) 바다에 대한 인식을 더 확실하게 붙잡았더라면, 조선(朝鮮)의 국민 경제가 이러토록 궁핍간곤(窮乏艱困)에 빠지지는 아니하였을 것이라고 말한다. 일찍이 신라는 황금국(黃金國)으로 아라비아 상인들의 부러움을 받았던 신화적인 곳이었다.

최남선이 또 주목한 문화적 영웅이면서 신화적 인물은 바로 이 충무공이다. 최남선은 판옥선과 구선에 대한 논의를 펼치면서 이 충무공의 업적을 중요하게 부각시킨다. 조선의 항해술(航海術)과 해전법(海戰法)을 중요하게 논의하면서 이 충무공의 업적으로 논의를 이어간다. 조선어에서 거루는 작은 배를 지칭하는데 이 말은 그 연원이 남양 해인의 말과 관련되었다는 것을 지적하고 '옛날 어느 시기에는 반도(半島) 인민(人民)이 오랫동안 혼자 활개를 치고 돌아다니던 사실은 일본(日本) 편의 문헌에 많이 드러나 있다. 일본(日本)의 신화(神話)에는 소잔명존(素盞鳴尊)이라는 이가 처음 배를 만든 것으로 되어 있는데, 이는 우리 반도(半島)로 더불어 특수한 관계를 가지는 자이며, 그 배를 만든 목적은 신라국(新羅國)의 금은보화(金銀寶貨)를 가져다 쓰기 위함이었다.'[34]라고 말한다. 즉 일본의 문헌에 등장하는 배의 연원이 신라와 깊은 연관을 가진다는 것이다. 일본 조선술의 연원이 반도에 있다는 것을 이야기하는 설화이다. 최남선은 판옥선이 이 충무공 손에 들어가서 근본적으로 대수정이 더해졌다고 말한다. 즉 '선체(船體) 왼통을 쇠로 싸고, 갑판(甲板) 위에는 쇠못의 모를 부어서 적군(敵軍)이 발을 붙이지 못하게 한 완전 무적(無敵)의 신형선(新型船)으로 위용(威容)을 나타나게 되었다.' 라는 것이다. 신라의 배는 고려의 철갑선으로 이어지고 조선의 판옥선으로 이어지며 마침내 이 충무공의 구선으로 이어진다고 추측하고 있다.

현재에도 이순신이 대승을 거둔 통영 지역에는 한산 해전의 학익진이 재현되고 있는데 호이징아[35]가 전쟁까지도 놀이라고 한 상상력을 읽어볼 수 있는 대목이다. 이 대전은 임진왜란이 승리하는 데 있어서 분수령 역할을 담당한다. 외국의 사학자들에게 이 해전은 높이 평가받고 있는데 심지어 미국의 호머 베잘린 헐버트(H. B. Hulbert)[36]는 한산

대전을 살라미스 해전에 견주고 있다. 한산 대첩에서 이순신에게 패배한 일본의 장수는 와키자카 야스나루이다. 그를 신으로 모시는 효고현의 다쓰노 섬의 마쓰리에서는 자신들의 조상인 와키자카 야스나루뿐만 아니라 적장인 이순신까지 함께 기억한다. 이들은 해마다 이순신을 기억하는 행사를 펼치고 있으며 일본의 수군에게 이순신이 끼치는 영향은 매우 크다고 하겠다.

  최남선이 장보고와 이순신에 관심을 가진 것은 단순히 바다를 활용한 것에만 있지 않다. 바다를 활용해 판옥선을 만들고 무역을 통해서 더 부흥한 나라로 이끌고 문화를 창출하고 더 나아가 새로운 것을 창조하는 것 즉 문화 창조력으로 이어지는 것에 주목하였다. 이순신의 구선은 그러한 의미에서 최남선에게 문화적 창출의 의미를 가진다. 그 후 최남선이 바다의 문화를 활용한 인물로 소개하는 마지막 문화 영웅은 연암 박지원의 소설 〈허생전〉의 주인공인 허생이다. 허생에게 바다는 조선 당대 시조를 보여주는 거울과 같은 곳이다. 북학론의 거두인 연암은 〈허생전〉을 통해 당대의 사대부들을 풍자하고자 하였다. 공부만 하던 허생은 어느 날 느끼는 바가 있어 장안 갑부에게 가서 만 냥을 빌린다. 그는 이 돈으로 삼남 지방에서 올라오는 과실을 사서 큰돈을 벌고 제주도의 망건을 사서 또 큰돈을 번다. 그리고 그 돈으로 변산의 도둑들을 평정하고 그들과 무인도에 가서 농사를 짓고 그 곡식을 일본에 팔아 막대한 돈을 번다. 그러나 고국으로 돌아오던 중 허생은 그 돈이 나라를 휘청거리게 할 것이라고 생각하고 바다에 빌린 원금만 빼고 버린다. 허생의 이야기에서 우리는 바다와 무인도의 상상력을 통해 남방 이상 세계에 대한 생각을 다시 읽게 된다. 남방 세계를 이상향으로 여겼던 민간의 이야기가 연암 박지원의 글에 투사된 것이라고 보는 것이다. 허생을 통해 연암은 당시 국내 교통이 갖추어지지 못한 것을 비판하고 해외 무역이 부족해서 국내 경제가 활발하지 못함을 비판하고 있는 것이다. 이는 실학자이자 북학론자인 연암의 생각을 빌려 당시의 우리 상황을 타산지석으로 삼으려 하는 의도였다.

제2장

미래를 향한 신화적 공간 기획과 문화 정체성 구축

미래를 향한 '바다'의 신화적 공간 기획과 문화 정체성

대한민국은 지리적으로 반도국이다. 삼면이 바다로 둘러싸인 한반도의 지리적 여건은 우리의 시선을 바다에 머물게 하기에 충분한 지정학적 근거를 가지고 있지만 아이러니하게도 우리의 전 문화사와 문학사를 통해 볼 때 바다는 그다지 친숙한 것이 되지 못한 소극적인 대상이었다. 전통적으로 동양에서 바다는 시련과 번뇌의 공간이었고 관념적이고 철학적인 공간이었다. 우리나라 역시 삼국 시대와 고려와 조선을 거쳐오면서 바다에 대한 문화적 담론은 그다지 활발하게 후세에 전하지 못하였다. 우리나라 역사에서 바다에 대해서 가장 주목할 만한 언급을 한 사람은 근대 초기 육당 최남선이었다. 최남선은 1954년 해군 총탁 군무원으로서 이홍식, 채희순, 홍이섭 등의 역사학자들과 함께 최초로 한국해양통사인 『한국해양사』 편찬을 주도하였지만 그다지 대중들의 호응을 받지는 못했다.[37] 그는 〈해에게서 소년에게, 1908〉를 시작으로 바다와 우리 문화에 대한 상호 연관된 관심을 계속 보여주다가 최종적으로 1953년 〈바다와 조선민족〉에서 그간의 바다 논의를 집결하고 있다. 1910년대 민족의 선각자로서 독립운동의 기초를 다졌던 육당 최남선은 1920년대 〈불함문화론, 1925〉, 〈삼국유사해제, 1927〉, 〈단군론, 1926〉 등 민족정신과 조선심을 고양하기 위한 연구에 매진했다. 1920년대부터 최남선의 관심의 다른 한 영역은 국토 여기저기를 기행하면서 민족의 단결과 조선심을 고양하기 위한 방법의 글을 발표하는 것이었다. 『심춘순례, 1926』, 〈백두산근참기, 1926〉, 〈금강예찬, 1928〉 등을 비롯해서 〈송막연운록, 1937〉에 이르기까지 그의 기행문은 매우 중요한 근대 민족 담론을 형성시켜갔다.

　　그러나 불행히도 1930년대 조선사편수회에 가담하면서 그의 저술은 친일 행위라는 매서운 비판을 받고 있지만 해방 후에 기술한 〈자열서, 1949〉를 통해 그가 이루려고 했던 학문의 길에 대한 이해가 어느 정도 논자들의 주목을 받기도 한다. 특히 1908년부터 시작해서 1950년대까지 이어지는 바다에 대한 육당의 일관된 논의는 문화사 측면에서 논의되어야 할 필요가 있다. 〈바다와 조선민족, 1953〉은 어찌 보면 전혀 새로운 논의는 아니다. 그가 〈해상대한사, 1908〉, 〈해에게서 소년에게, 1908〉, 〈무제-천만길 깊흔 바다, 1908〉에서 시작해서 〈바다 위의 용소년, 1909〉, 〈삼면환해국, 1909〉, 〈관해시, 1909〉, 〈해적가, 1910〉 등으로 바다에 대한 관심을 보여주면서 어느 정도 예견된 것이었다. 또한 외국의 바다 탐험 이야기를 소개하는 일을 하기도 하는데, 『걸리버 여행기, 1909』와 『로빈슨 무인절도 표류기, 1909』가 그러한 예에 속한다. 바다에 대한 그의 관심은 계속 이어지고 있는데, 〈압혜는 바다, 1918〉를 쓰고 1929년에는 잡지 『괴기』에 '일천백 년 전에 동방해왕 신라 청해진 대사 장보고'를 주목하면서 장보고에 대한 이해를 새롭게 하고자 했다. 이는 장보고를 역적으로 보는 기존 『삼국사기』의 논의를 따르지 않고 『삼국유사』의 기술에 바탕을 둔 논의였다. 최남선은 판옥선과 구선에 대한 논의를 진행하면서 이순신에 대한 논의를 펼치고 있는데 〈구선은 이조 초부터, 1934〉와 〈이순신과 넬슨, 1934〉을 발표한다. 그 후 1953년에는 서울신문에 〈울릉도와 독도〉를 발표하고, 1954년에는 다시 서울신문에 〈독도문제와 나, 1954〉를 쓰고 있다. 최남선은 일개인으로서 바다에 대한 관심을 수십 년간 펼쳐 온 근대 지식인이었다. 본고에서 대상으로 삼고 있는 〈바다와 조선민족, 1953〉은 그의 수많은 바다 논의를 종합적이고 체계적으로 정리한 것이라고 볼 수 있다. 그렇다면 육당에게 바다란 어떤 공간이라고 할 수 있을까. 육당 최남선에게 바다는 과거이자 현재이며 미래라고 볼 수 있다.

지금까지 일부 연구자들은 최남선이 바다에 주목했던 것에 대해 다양하게 논의를 펼쳐왔다. 이종호는 최남선이 지리에 관심을 가진 이유를 집중적으로 논의하면서 위기에 빠진 대한제국이 시대적 난관을 극복하기 위한 기획이었다고 말한다.[38] 최남선은 1906년 두 번째 일본 유학길에 오른 뒤 와세다 대학 고등 사범부 지리역사과에 입학하였다. 그는 국난 원인의 단초를 지리와 문화사에서 찾고자 하였다. 그런 그에게 반도국은 지리적으로 매우 중요한 공간 모티프이다. 〈해상대한사〉에서 지리, 문화적 역할로서 최남선이 반도의 성격을 정의한 것을 살펴보면 반도는 해류 문화의 전수자이고 해류 문화의 장성처이고 해류 문화의 융화와 집대성처이며 문화의 기원처이며 문화의 개척지이다.[39] 세계 통일 국가로서 반도국은 지리학적 서술과 역사적 사례에 의해 뒷받침되는 학지적 진실의 공간이다. 송기한 역시 최남선의 계몽적 글쓰기를 살펴보면서 바다에 주목한 사실에 관심을 두고 있다.[40] 계몽의 글쓰기 안에서 바다와 소년이 매우 중요한 요소임을 살피고 있다. 바다의 이미지는 개혁의 주체이며 계몽의 통로이고 세계성을 지향하는 문명에 대한 동경이며 미지의 미래에 대한 원망의 매개체이다. 바다는 거침없는 힘을 가지고 있으며 매우 개방적인 자세를 보인다. 바다의 전지전능한 힘과 능력이 소년의 것과 오버랩되기를 희망한다고 보았다.[41] 근대 문학에서 바다는 힘과 가능성, 이상향, 침몰 등 다소 상반된 기의를 가지는 기표이다. 그러나 최남선에게 바다는 능동적이고 적극적이며 가능성이 충만한 세계라고 주장한다.

류시현은 지도로 대표되는 한 나라의 지리적 지식이 상상된 공동체를 형성하고 근대 민족주의의 정체성을 만드는 중요한 역할을 한다고 보았다.[42] 따라서 반도에 대한 지리적 문화적 역사적 이해는 근대 민족주의와 매우 밀접한 연관성을 가진다. 또한 바다의 이미지가 대륙과 대비되는 것에 주목하였고 바다는 일본과 영국과 미국으로 대변되는 새로움의 표상이고 대륙은 오래된 중국의 표상이라는 논리를 펴고 있다. 김지녀 역시 최남선 시가의 근대성을 표상하는 것으로 바다를 보고 있는데 바다는 완벽하고 진실한 공간이며 새로운 세계로 열려있는 가슴 시원한 공간이며 개화된 문명의 바람이 불어오는 곳이며 힘과 의욕이 넘치는 곳이며 끝없는 가능성의 공간인 것이다.[43]

최남선은 『소년』 창간호에 〈해에게서 소년에게, 1908〉를 위시로 〈바다 위의 용소년, 1909〉, 〈무제-천만길 깊흔 바다, 1908〉, 〈삼면환해국, 1909〉, 〈해상대한사, 1908〉, 〈거인국표류기, 1909〉 등에서부터 1953년 〈바다와 조선민족〉에 이르기까지 바다에 대한 논의를 오랫동안 집중적으로 펼쳐왔다. 최남선에게 바다는 과거이면서 신화가 되기도 하지만 무엇보다도 현재를 바로 보아야 하는 성찰의 지표이며 다시 미래를 설계할 이정표이다. 〈바다와 조선민족〉이라는 최남선 후기 작품은 초지일관 진행되어왔던 최남선의 바다 이미지를 온전하게 규명하는 총체적인 문화 담론이라고 할 수 있다.

시간과 공간의 경계를 넘는 미래의 문화적 환상 공유

최남선은 신화의 의미화 과정과 지식 재현의 과정 속에서 동아시아를 무대로 전 세계의 문화권을 읽는 새로운 지식 기반을 세우고자 하였다. 그러한 도정에 〈불함문화론, 1925〉이 존재한다. 〈불함문화론〉은 언어학, 종교학, 인류학, 민속학, 신화학 등 다양한 학문의 지식을 동원해서 조선을 찾는 것이기도 하고 자기 자신을 찾는 과정이기도 하다. 우리는 근대 지식이 어떻게 융합되고 있는지 살펴볼 수 있을 것이다. 당시 계몽주의와 진화론 등 다양한 서양의 학문이 소개되고 있었고 우리나라에는 근대 인문학이 정확하게 정착되지 않았던 시기였다. 학문의 경계와 이동이 어떻게 신화적 상상력을 통해 융합되고 있는지 살펴볼 것이다. 현재 세계 속의 한류 문화의 번창은 100여 년 전 〈불함문화론〉의 상상력과 비교해볼 수 있는 신화 상상력의 발현이라고 볼 수 있다. 〈불함문화론〉과 현대 한류 문화의 흐름을 연관시켜 살펴보면 분명 밝사상의 발현이자 단군 정신의 확산이다.

우리는 한류 문화가 점점 강세를 보이고 있는 작금의 문화적 흐름에서 다시 한 번 최남선이 제기한 〈불함문화론〉의 의미를 현대적으로 점검할 필요가 있을 것이다. 집단 표상으로서 신화는 디아스포라적 이동과 경계의 문화권에서 어떤 역할을 수반할 수 있을까. 밝과 당굴 사상을 다루고 있는 〈불함문화론〉은 다분히 신념적인 신화적 상상력을 이론으로 정립하는 지식인의 분투 과정이라고 할 수 있다. 문화의 주체성이라는 측면에서 바라볼 때 현재 한류 문화의 특성과 〈불함문화론〉은 매우 연관성을 가진다. 〈불함문화론〉은 '조선을 통하여 본 동방문화의 연원과 단군을 계기로 한 인류문화의 일부면'이라는 부제로 연구되었다. 신화의 경계가 모호해지고 있는 현 시점에서 세계 신화의 보편성에 편입되기보다는 한국 신화의 특수성을 보편화시키는 작업이 무엇보다도 우선되어야 할 필요가 있다. 따라서 신화 보편적 시대에 우리의 것에 대한 주체적 인식을 확고하게 정립할 필요가 있다. 〈불함문화론〉을 지나친 자문화 중심주의라는 소극적인 의미에서 벗어나 〈불함문화론〉과 연관된 문화 담론을 현대에 맞게 재해석할 필요가 있을 것이다.

최남선의 신화 연구와 관심은 단군에서 시작되어 전 세계 신화로 관심 영역이 확대된다. 그가 1920년대 펴낸 단군론들과 삼국유사 논의는 바로 단군에 대한 관심의 발현이었다. 그 후 그는 세계 광포 설화에 관심을 가졌고 그러한 광포 설화가 세계를 일가로 만들고 있다는 논리를 펼치기에 이른다. 따라서 그는 우리의 신화, 설화, 전설, 민담을 알아가는 것이 곧 세계를 알아가는 길이라는 일반론적인 생각을 하기에 이른다. 최남선에 의하면 우리가 새로운 이상 세계에 살기 위해서는 옛 전통을 중요하게 여겨야 하며 그중 가장 중요한 것이 신화라고 강조한다. 『삼국유사』에서 단군을 거치고 여행을 통해 그가 도달한 신화적 세계는 어떤 모습이었기에 1930년대 신화, 전설, 민담을 기록하는 일에 매진했을까. 1930년대 신화의 보편성에 관심을 보인 것은 일제의 문화정책과 긴밀한 연관을 가질 수 있다. 따라서 당시 1930년대 문화 현상에는 탈식민적 신화적 상상력이 등장했을 것이라는 가정을 해볼 수 있다. 1930년대 작품들에서 보이는 탈시대적 혹은 탈식민적 작품들의 신화 상상력의 지형도를 그려볼 근거가 여기에 있다.

최남선은 〈불함문화론, 1925〉, 〈단군론, 1926〉, 〈삼국유사해제, 1927〉 등에서 단군과 밝사상과 조선심이라는 공동 환상을 창출해내고자 하였다. 그에게 단군은 조선 고대사의 수수께끼를 해결할 수 있는 유일한 관건이었고 극동 문화의 옛 모습을 조망할 수 있는 동양학의 초석이었다. 단군은 동방 문화의 연원 문제의 기초가 됨을 강력하게 주장한다.[44] 일본의 학자들이 주장하는 승도망담설을 일축하면서 단군이 우리의 역사를 구성한다고 주장한다. 그는 단군이 '歷史部―半島的 制弱(역사부일반도적 제약)을 지키려는 듯한 後代 觀念的 朝鮮(후대 관념적 조선)의 그것에 있어서는 平壤(평양)으로부터 阿斯達(아사달)까지의 극히 좁은 地域(지역)을 그 一千五百年 逍遙徊徉(일천오백년 소요회양)의 범위로 허락하기에 그친 것이, 생각하면 깊은 의미가 있는'[45] 일이라고 주장한다. 단군을 공동 환상의 영역으로 끌어오면서 역사적 사실과 신화적 사실을 일치시키려고 하였다.

이러한 역사적 근거를 가진 단군은 비단 한 지역에만 머물러 있는 것이 아니라 전국적으로 공유된 공동 환상이자 신화가 된다고 보았다. 단군 고전의 내용 구성이 "子降世(천자강세) – 神道治世(신도치세)의 觀念(관념)은 前(전)에 論(논)한 바와 같이 半島(반도)는 말할 것도 없고 全東方的(전동방적)인 普遍事實(보편사실)이어서 南方(남방)에 '天君(천군)'이 있다고 하여 tangul을 神格(신격) – 神職(신직)으로 함에 地方的 隔差(지방적 격차)가 보이지 않으며, 더욱이 사방의 民俗的 事實(민속적 사실)에 徵(징)하면 神(신)에 奉仕(봉사)하는 사람을 tangul이라 함은 오히려 北方(북방)보다 南方(남방)에 있어서 普遍 常用的(보편 상용적)임을 인정"[46]할 수 있다고 말한다.

공동 환상으로서 최남선의 단군 연구의 성과는 다섯 가지 정도로 집약되어 평가되고 있다. 즉 단군 시대가 제정일치 사회라는 것, 사회 발전 단계로는 농업 경제 시대일 거라는 것, 토테미즘에서 영웅이나 신의 시대로 변화하는 유사 이전의 시기라는 것, 단군기사는 반도 내로 해석해야 하는 것, 단군왕검은 지도자를 지칭하는 보통명사라는 것 등이다.[47] 이러한 최남선의 단군 연구 성과는 나아가 문화적 공동 환상을 창출한다는 보다 큰 의미가 있다. 신화의 의미는 공동의 환상을 공유하게 함으로써 한 민족임을 무의식적으로 느끼게 해주는 그물망의 역할을 한다. 12세기 『삼국유사』를 집필한 보각국사 일연 역시 이러한 공동 환상의 공유를 의도했었다. 그는 중국 왕들의 기이한 탄생이 괴이하지 않은 것처럼 우리의 삼국의 시조가 기이한 탄생으로 왕이 된 것에 정당성을 부여한다. 해모수, 주몽, 석탈해, 김수로, 알영, 김알지 등 무수히 많은 신이한 탄생의 기록은 동일한 이야기 문화권 안에서 문화적 공동 환상을 세우려 한 것이다. 왕과 정사 중심의 유교적이고 합리적인 『삼국사기』의 세계가 이 땅을 살아가는 다수의 민초들에게 공동의 환상이 되지 못하는 것에 착안한 것이다. 이러한 문화 정신은 그대로 최남선의 신화론으로 이어진다고 볼 수 있다.

최남선은 〈불함문화론〉에서 단군이라는 공동 환상의 공유와 함께 밝사상에 대한 공동 환상을 주창하고 있다. 〈불함문화론〉에서 최남선은 '백(白): paik이란 곧 이 [밝park]의 대자(對字): 대응하는 글자'이며, '신의 몸으로서의 산이 밝(park), 밝은애(parkan-ai)로써 호칭되었던 것'이고, '밝(park)산은 그들의 삶의 터전이기만 하면 어느 곳에나 어느 부족에게나 반드시 마련되었으며, 그리하여 이 신산(神山)을 중심으로 하여 그들의 공사(公私)의 생활은 영위되었던 것'이라고 주장한다.[48] 우리 민족은 한편으로는 단군이라는 공동 환상을 가지고 다른 한편으로는 밝사상을 실현하고 살고 있다. '조선'이라는 말은 땅이 동방에 있어 날이 샐 때 햇볕이 맨 먼저 쏘이는 곳이라는 의미이며, '청구'라는 말은 동방바다 밖에 있는 신선이 사는 세계의 이름이면서 하늘의 청구라는 말이 조선 땅을 맡고 있다는 의미이기도 하다. 즉 조선과 청구는 밝사상과 밀접한 관련을 가진다.[49] 밝은 땅과 신선이 사는 곳의 상징성은 상통성을 가진다. 이는 신채호의 광명신사상과 일맥상통하는 사상이다. 신채호에게 단군은 정치적 군장의 의미이지만 최남선에게 밝사상을 실현하는 단군은 문화적이고 종교적인 존재이다. 최남선에게 단군 부정이란 우리 민족의 시공간과 문화와 종교를 송두리째 빼앗기는 것이다.

단군과 밝사상은 우리 민족에게 공동 환상을 부여함으로써 조선인이라는 근원적인 공동 환상을 부여해주는 역할을 한다. 즉 조선심이라는 보다 큰 공동 환상의 공유이다. 최남선이 조선심이라고 부여한 대상들은 다음 장에서 등장하는 국토에 대한 사랑도 포함된다. 그에게 국토 역시 조선의 정신이며 역사며 시인 것이다. 그는 『삼국유사』를 보면서도 조선심의 발현을 느끼고 있다. 그는 『삼국유사』를 보각국사한 사람의 사유가 아니라 조선인의 생각의 집성체로 보고 있다.

> 〈三國遺事〉는 普覺國尊에게 있어서는 도리어 一餘業이요 一閒事이었겠지마는, 그러나 시방 와서는 이 不用意한 一撰述이야말로 師의 出世大業을 짓게 되었도다. 다른 撰述이 설사 모두 千聖의 秘旨를 傳하고, 百部의 妙詮을 作하는 것이라 하여도, 그 湮沒 殘亡이 그리 究極히 원통할 것 없으되, 萬一에 이 〈三國遺事〉가 한 가지 沈逸하였더라 하면 어쩔뻔하였나할진대, 과연 아슬아슬한 생각을 禁할 수 없느니라.[50]

그는 해제를 통해 『삼국사기』에서 민족의 정신을 찾지 않고 『삼국유사』에서 조선심을 찾는 것이 합당한 일이라고 주장한다. 즉 삼국사기는 국가의 원형을 왜곡하고 잘못 바꾼 것이라고 평가한다. 유교적으로 봤을 때 기이한 것은 삭제해버리고, 사실에 충실하기보다는 문사에 순응한 것이 『삼국사기』의 병폐라고 말한다. 『삼국유사』야말로 『삼국사기』를 떠나서 삼국을 이해할 수 있는 민족의 공동 환상의 보고라는 것을 강조하였다. 그는 해제에서 『삼국유사』의 가치를 논하면서 '〈三國史記〉의 主觀的 自錮와 武斷的 擅廢에 反하여, 古記의 遺珠를 原形대로 收綴하여 博古와 아울러 傳奇의 資를 삼으려 한 것이 실로 〈三國遺事〉니, 그 目的이 다만 軼事 遺聞을 便宜히 纂集함에 있을 따름인 즉, 그 事의 詭怪를 嫌하잘 것 없고, 그 文의 鄙陋을 忌하잘 것 없어, 진실로 三國 事實의 本史에 見漏한 者로 耳目手의 及하는 것이면 문득 採錄한 것이 此書라'고 높이 평가하고 있다.

1900년대부터 최남선은 계속적으로 문화에 대한 관심을 가진다. 특히 시간과 공간의 경계를 이어주는 문화적 정체성에 대한 관심이 지대했다. 나라를 빼앗긴 민족에게 단군과 밝사상을 담은 조선심을 불러오기 위해 이야기 문화에 관심을 가진 것이다. 그는 1908년 『소년』에 발표한 〈해에게서 소년에게〉를 필두로 다양한 글쓰기와 다양한 문화적 관심을 펼쳐 보이고 있다. 따라서 당시의 문화적 관념을 현재의 고정된 관념으로 재단해서는 안 된다. 최남선은 문화적 동질성이 민족동조론으로 비치지 않도록 여러 차례 강조하였고 문화적 교류가 일선동조론과 혼동되지 않아야 한다고 주장했다.[51] 김현주는 최남선이 문화에 대한 새로운 이해를 바탕으로 역사는 한 민족의 전체 문화를 서술해야 한다는 새로운 이해를 바탕으로 문화사의 관점을 확립했다고 보고 있다.[52] 그러나 당시 최남선의 문화 관념은 계속 수정되고 보완되는 변화하는 심상지도를 보여주고 있다. 그러나 우리가 읽을 수 있는 것은 문화가 시공간을 이어주는 환상의 공유가 될 수 있다는 최남선의 생각이 신화적 관심과 발현으로 어느 정도 윤곽을 찾아가고 있다는 것이다. 이는 그가 민족마다 공동의 심리가 특수한 색채를 가지고 민족성을 이루고 그것이 국민성으로 이어진다고 한 사상의 발현이라고 볼 수 있

다.[53]

　최남선의 〈조선의 신화, 1936〉에 의하면 신화란 원시 인민의 종교요, 철학이요, 과학이요, 예술이요, 역사이다. 더 나아가 이것들이 따로따로 분류되지 않고 인류 지식 전체를 표상한다고 보았다. 한 민족에게 신화는 과연 어떤 의미인가. 신화는 공동체에게 동일한 환상을 공유하게 해준다. 동일한 환상의 공유를 통해서 민족은 새로운 정기를 만들어내기도 하고 기억 속의 민족을 일깨우기도 한다. 따라서 신화는 잃어버린 민족의 기억을 깨우는 작업이기도 하다. 최남선에게 신화의 정립은 기억의 재구성이기도 하며 환상의 공유를 개인화시키는 작업이기도 하다. 우리나라에 남겨진 신화의 원류를 찾기 위해 최남선이 가장 공을 들인 것은 바로 『삼국유사』이다. 그는 임진왜란으로 일본 황실 도서가 되어버린 우리나라의 『삼국유사』를 1927년 해제를 달아 계명구락부에서 출판한 『계명』이라는 잡지에 〈삼국유사해제〉와 함께 세상에 소개한다. 이는 민족의 잃어버린 정기를 되살리고 싶은 욕망의 발로이며 공동의 환상을 공유하고자 하는 신화적 상상력의 발로였다.

　최남선의 조선 신화 찾기에서 주목할 점은 조선의 불교를 이해하는 것과 깊은 연관성을 갖는다는 사실이다. 그는 1925년부터 국토 답사를 시작한다. 『심춘순례, 1926』에서부터 시작되는 기행과 답사는 국토 새로 알기의 일환이자 국토의 신화를 찾는 의지의 여행이라고 할 수 있다. 즉 그의 여행과 답사는 민족의 자기 동일성을 찾는 과정이라고 볼 수 있다. 영도화된 최남선의 지식은 근대의 다양한 지식들이 교차하는 지식의 지형학을 보여주고 있다. 그의 기행과 답사에는 여지없이 사찰이 등장하고 있다. 그가 답사를 통해 찾는 신화의 정신에는 불교의 종교적 상상력이 매우 깊게 관여되어 있음을 확인할 수 있다. 근대를 형성하는 지식 공간에는 실학사상이 한 자락을 차지하고 있고 서학의 근대 사상이 또 한 자락을 차지한다. 그러나 근대에 한 자락을 강하게 차지하는 것은 삼국 시대부터 내려오는 불교에 대한 상상력이다. 그는 『조선불교통사, 1918』를 비롯해서 〈조선불교, 1930〉와 〈묘음관세음, 1928〉에서 불교에 대한 관심을 확장시키고 있다. 또 다른 근대 지식의 한 자락을 차지하는 것은 바로 무속과 샤먼에 대한 관심이다. 〈살만교 차기, 1927〉는 무속과 샤먼에 대한 문화적 이해를 보여주고 있다.

1925년 3월 하순부터 시작되어 50일 간의 호남 기행이 1926년에 『심춘순례』라는 책으로 간행된 것을 통해서 최남선이 바라본 호남 사찰을 통한 신화 찾기 여정을 살펴볼 수 있다. 『심춘순례』는 바로 직전에 작업한 〈불함문화론〉과의 연관성 속에서 읽어야 할 필요가 있다. 〈불함문화론〉의 지식이 실제 체험 공간에서 확인되는 과정이기도 하기 때문이다. 근대 지식인이 조선심과 조선 신화를 바라보기 위해 왜 호남 기행을 단행했는지, 특히 호남의 산하를 신악(神岳)으로 바라본 이유는 무엇인지, 무엇보다도 기행 중 많은 사찰을 방문한 의도는 무엇인지 많은 궁금증을 유발시킨다. 본고는 호남 출신도 아닌 서울 출신의 타인으로서 호남을 민족의 정신을 구성하는 근간으로 삼으려고 한 최남선의 의도를 살피고자 한다. 즉 호남 사찰 기행을 통해서 조선의 불교와 조선 신화의 상관성을 어떻게 바라보고 있는지 살펴볼 수 있다. 서울 출신인 최남선에게 호남 여행은 애초부터 타자일 수밖에 없는 감정으로 시작된 기획이었다. 당연히 그를 보는 호남인들은 그를 구경꾼으로 볼 수밖에 없다. 살고 있는 사람들보다 그 지역을 더 잘 알고 여행을 하는 것은 살고 있는 사람들에게 그 장소를 생경하게 만드는 역타자 만들기의 과정이 되기 때문이다.

그런데 그는 호남을 이해하기 위해 미리 『택리지』, 『동국여지승람』, 『대동지지』 등을 연구했고, 그의 기행을 순례라고 지칭했다. 순례라고 지칭한 최남선의 의도는 자신의 여행에 종교적 의미와 회귀를 부여하고자 함이었다. 국토의 역사와 민족을 함께 바라본다면 유적과 유물은 민족의 과거와 만나는 상상의 이음새이다. 그러한 이음새를 통해 비호남인인 최남선은 호남인과 일치되는 것이고 민족의 단일한 구성체가 되는 것이다. 여기에서 그가 경험으로써 신화를 체득하는 것이다. 류시현은 이러한 경험에 대해서 논의하면서 타자되기(becoming the other)와 타자만들기(making the other)의 과정이라고 보았다. 최남선에게 국내 여행은 민족 공동체의 점유 공간인 국토와 관련된 민족적 정체성을 확인하는 과정이다.[54] 호남 여행은 근대 지식인인 이광수에 의해 이미 1917년에 〈오도답파기행〉[55]이라는 글이 발표된 바 있다. 이광수는 발가벗은 민둥산의 기행을 통해서 그러한 민둥산이 현재의 조선의 모습임을 인정하였다. 그러나 거기에서 한 발 나아가 미래 반도의 산을 울창한 산림으로 만들어야 함을 강조한다.

최남선이 종교적 의미를 부여하면서까지 단행한 『심춘순례』 기행은 우리 문화사에서 중요한 의미를 가진다. 호남의 산하가 민족의 정서를 대표할 수 있는 것인지, 호남의 사찰 기행이 우리나라 사찰 기행을 대표할 수 있는지, 더 나아가 조선의 불교가 조선의 신화로 이어지는지를 비판적으로 점검하게 한다. 최남선의 『심춘순례, 1926』는 자신이 쓴 〈불함문화론, 1925〉의 신화 지식을 체험하는 시간이며 그 이후에 〈묘음관세음, 1928〉과 〈조선의 불교, 1930〉로 이어지며 궁극적으로 그것은 〈조선의 신화, 1936〉로 이어진다고 볼 수 있다.

망각을 깨우는 의지와 도전의 문화사로서 미래 기획

최남선은 '민족은 작고 문화는 크다. 역사는 짧고 문화는 길다.'[56]라는 진술을 하면서 문화의 중요성을 강조한다. 그는 신화학, 민속학, 인류학, 언어학, 종교학 등 모든 학문을 동원해서 단군 연구를 진척시켜 나갔다. 그중에서도 신화에 대한 최남선의 생각은 매우 특별한 것이었다. 그는 〈조선의 신화, 1930〉라는 논의에서 '신화는 곧 원시 종교요 철학이요 과학이요 예술이요 역사'라고 이야기하면서 이러한 것들이 따로따로 분리되지 않고 인류 지식 전체의 최고 표현임을 강조한다.

1909년 『소년』과 1914년 『청춘』에서 시작한 그의 신화적 상상력의 발현은 다양한 장르로 표출되기에 이른다. 1929년 『별건곤』과 『괴기』에서 보여주는 신화적 상상력은 신화에 대한 그의 사상을 보여준다. 근대 문화 공간에서 조선의 지식 아카데미 격인 '조선광문회'에서도 서양 고전과 함께 신화적 상상력이 근대 지식 공간을 채우고 있었던 것으로 보인다. 당시 프로프와 같은 세계적인 신화학자들이 소개되고 있었고 근대 지식인들은 신화와 근대 공간의 상관관계를 좌시하지는 못했을 것이다. 당시 최남선을 둘러싼 근대 지식인들의 문화 활동에 신화가 상당한 정치적 영향력을 발휘한 것으로 보인다. 신화는 매우 정치적인 전략으로 활용될 수 있는 사상적 관념이다. 『삼국유사』 속에서도 신화는 통일 왕국의 정치적 기획에서 재구성된 것이라고 할 수 있다.

신화의 정치적 전략은 최남선의 근대화 전략에도 적극 활용되고 있음을 확인할 수 있다. 〈삼국유사해제 7. 評議〉에서 신화의 정치성과 근대화 전략으로써 문화 의식 함양에 대한 단초를 읽어볼 수 있다. 근대라는 개념이 일순간에 등장하는 신개념이 아니라 우리의 무의식 안에 새겨진 인식의 지층들을 통해 이루어진다는 점을 상기할 필요가 있다. 근대 계몽기의 민족 담론은 서구, 일본, 조선의 삼각관계를 기본으로 삼으면서 중화를 향하던 시선이 일본이라는 거간꾼을 거친 서구 문명을 향하는 것에서 시작한다. 그러나 이미 새로운 것에 대한 열망은 우리 문화 안에서 17세기, 18세기에 태동하고 있었고, 그러한 측면에서 서학과 실학 등 사상들의 변화가 진행되고 있었다. 그러나 근대 초기의 민족주의는 제국주의의 태내에서 제국주의를 모방함으로써 성취되는 아이러니한 것이었고 주체를 강조하면 할수록 제국이라는 거대한 타자와 포개어지는 운명에 처해 있었다.[57] 최남선의 신화 연구와 근대적 민족성 연구는 그러한 딜레마를 향한 지적 움직임이었다. 그는 조선의 신화의 유구함과 독창성을 이야기하기 위해 일본의 신화와 세계의 신화를 끌어오고 그들과의 공통점과 차이점을 논의하면서 신화의 보편성에 이르게 되는 진퇴양난의 학문적 딜레마를 겪는다.

최남선은 탄괴(誕怪)가 오히려 『삼국유사』의 생명력이라고 말한다. 즉 신이한 이야기가 민족을 이끌어가는 힘이 될 수 있음을 이야기한다. 최남선은 해제의 평가 부분에서 〈三國遺事〉의 病을 말하는 者 대개 그 所傳의 誕怪한 것을 擧하나, 우리로 보면 誕怪 그 點이 〈三國遺事〉의 生命이요, 우리가 그를 向하여 큰 힘을 입고 큰 感謝를 드리는 所以인 것이니라. 壇君의 熊母가 誕이란 말인가, 赫居世의 卵生이 怪란 말인가, 脫解의 櫝이 誕인가, 延烏의 巖이 怪인가. 後人의 써 誕怪라 할 것이 原始信仰과 古觀念의 必然相임을 생각하면, 〈三國遺事〉의 傳하는 바가 誕怪할수록 神話的 信文이요 傳說的 原形'이라고 말한다. 즉 그는 『삼국유사』가 기이한 이야기일수록 정신적 믿음을 주고 전설적 원형을 구축해준다고 말한다. 『삼국사기』와 『삼국유사』의 혁거세 진술만 보더라도 어떤 것이 더 고전의 실제에 가까운 것인지 논의하면서 『삼국유사』의 우수성을 주장하고 있다. 그는 〈만몽문화〉에서 '北支那의 文化이거나 滿蒙의 文化이거나 그 모두가 스스로의 特色을 지닌 동시에 한편 또 먼 異文化와의 사이에 부정치 못할 連絡關階를 保有하고 있음에 우리들은 注意를 하지 않으면 안 된다.'[58]고 논의하면서 각 나라의 문화가 특색을 가지면서 서로 연관성을 가지고 있다고 주장한다. 또한 최남선은 지식을 습득한 근대화의 과정을 중요하게 생각했는데, 조선광문회 설립의 의도를 밝히면서 역사적, 언어적, 도덕적 세 방면을 자주적, 근대적, 과학적으로 연구하려는 취지라고 주장한다.

최남선에게 신화는 근대를 향해 가는 길목에서 반드시 알아야 하는 민족의 영원한 혼이자 근대적 민족정신이었다. 민족이라는 개념이 대결 의식의 산물이라면 신화는 그러한 대결 구도의 정신적 상징체이자 지표가 되어야 할 것이다. 그러나 역설적이게도 근대성을 확립하기 위해 펼치는 그의 신화 연구는 인류의 보편성에 대한 이해로 점점 진행되고 만다. 그에게 근대는 과거의 역사적 토대를 정신적 터전으로 잘 계승하는 과정에서 새로움을 더하는 온고지신의 과정인 것이다. 그는 〈용기론〉에서 코페르니쿠스를 갈릴레이가 계승했는데 우리에게 장영실을 계승할 사람은 누구이고, 로크를 따랐던 밀처럼 우리나라에서 이가환을 계승할 사람은 누구인가[59]라는 미래 지향적 질문을 던진다. 따라서 근대를 잇는 사상적 흐름이 우리 안에 존재하고 있으며 그것을 각성하는 것만이 앞으로 나아가는 길임을 강조한다.

최남선에게 근대화란 '바다와 소년'에서 시작된 것이었다. 따라서 그는 바다 이야기를 통해 초지일관 민족의 각성을 유도하고 미래를 설계하고자 시도한 것이었다. 최남선은 바다를 잊어버린 조선의 면모를 세 가지로 진단하고 있다. 조선 민족이 웅대한 기상이 없어지고 좁은 바닥에서 많지 않은 일자리를 두고 갈등과 마찰을 벌이고 있다고 진단한다. 다음으로 조선에 사는 사람들이 가난하게 되었다고 말한다. 조선은 삼면환해의 반도 국가이지만 반도국의 특징을 잘 살리지 못하고 있다고 말한다. 그리스와 로마를 비롯해서 포르투갈, 스페인, 네덜란드

등은 바다를 잘 활용해 나라가 부강해진 것이라고 지적한다. 마지막으로 조선이 바다를 잊어버린 면모는 지나에 빠져버렸다는 것이다. 이는 조선의 문화가 사대적인 특징을 가지게 된 이유이다. 그리고 조선이라는 나라가 바다를 멀리한 후에 세 가지 변화가 일어났다고 기술한다. 첫째 국민의 기상이 졸아들어서 집안 안에서 복작복작하는 가운데 당쟁(黨爭)과 같은 궂은 결과를 가져오기에 이르고, 둘째 해상 활동과 해외 무역의 이익을 내어버리고 돌보지 않았기 때문에, 국민 경제가 빈궁에 빠져 사회, 문화 모든 것이 그 때문에 발전하지 못하고, 셋째 바다를 동무하여 용장(勇壯)하게 살았어야 할 민족이 바다를 소박하여 위축된 생활을 하였기 때문에, 민족정신 및 생활 태도가 다 유약위미(柔弱萎靡)에 빠져서, 그림자 같은 사람이 되고 말았다.[60]

1908년 〈해에게서 소년에게〉를 발표하면서부터 최남선은 바다를 통한 민족의 문화적 역사적 각성을 촉구하고자 하였다. 신라 성덕왕 때 인도로 건너가 서역 제국을 구경하고 파미르공원과 중앙아세아를 거쳐 당나라 장안으로 돌아와 〈왕오천축국전(往五天竺國傳)〉이라는 여행기를 남긴 혜초에 주목한 이유는 조선인이 결코 바다의 겁쟁이가 아님을 말하고자 하는 것이었다. 바다를 활용한 박지원의 〈허생전〉에 주목한 이유도 바다를 활용한 허생의 포부와 배짱에 기인하며, 장보고를 신화화시켜서 남조선이라는 이상 세계를 기술한 것 역시 바다를 적극적으로 활용한 인물이기 때문이다.

최남선에게 바다는 민족의 망각을 깨우는 공간이고 미래를 기획하고 도전하는 시험의 장이다. 우리 민족에게 바다는 더 이상 공포의 대상이 되어서는 안 된다고 말한다. 최남선이 보기에 한국이 부흥하기 위해서는 조선 민족의 새로운 전기가 반드시 필요하다는 것이다. 그것의 시작점이 바다여야 함을 명백히 한다. 더불어 바다를 두려워하는 국민의 기풍이 고쳐져야 함을 강조하고 있으며 새로운 국민 경제의 길이 열려야 한다고 주장한다. 그는 〈바다와 조선민족〉의 결론에서 '우리는 이에 우리 국토(國土)의 자연적 약속에 눈을 뜨고, 역사적 사명에 정신을 차리고, 또 우리 사회의 병들었던 원인을 바로 알고, 우리 인민(人民)의 살게 될 방향을 옳게 깨달아서, 국가민족(國家民族)으로서 잊어버린 바다를 다시 생각하여, 잃어버렸던 바다를 도로 찾아서 그 인식을 바르게 하고, 그 자각을 깊이 하고, 또 그 가치를 발휘하고, 그 지위를 확보하는 것이 가장 첫걸음이오, 또 큰 일이 된다. 바다를 찾고, 바다에 서고, 바다와 더불어서, 우리 국가민족(國家民族)이 무궁한 장래를 개척함이야말로 태평양(太平洋)에 둘러 사는 우리 금후의 영광스러운 임무이다.'[61]라고 말한다.

최남선은 우리나라를 바다의 나라로 일으키는 자가 한국을 구원할 것이라고 말한다. 한국을 바다 사업이 실천되는 나라로 만들어 경제의 보고가 되고 교통의 중심이 되고 문화 수입의 첩경이 되게 하고 물자 교류의 대로가 되게 하는 것이 필요하다고 주장한다. 우리는 바다를 붙잡음으로써 잃어버렸던 모든 것을 지켜내는 것이 필요하며 이러한 분투는 구국(救國)의 대원(大願)일 것이라고 주장한다. 최남선은 고려 문인에게서 시작한 바다에 대한 경시 현상이 고질적인 민족 빈곤을 야기했고 내부적으로 민족을 나약하게 만들었다고 말한다. 단군의 건국담과 가야의 건국담을 위시해서 신라 석탈해의 이야기에서부터 신라 말 장보고와 조선 이순신의 거북선에 이르기까지 우리의 바다와 관련된 논의는 끊이지 않았다.

최남선은 1953년 〈바다와 조선민족〉을 발표한 후에 같은 해에 서울신문에 〈울릉도와 독도〉를 발표하고 1954년에는 역시 서울신문에 〈독도문제와 나〉를 발표한다. 울릉도와 독도의 바다에 대한 논의는 18세기 실학자의 선두에 선 성호 이익의 〈울릉도와 독도〉의 논의에서 시작되고 있음을 살펴볼 수 있다. 성호 이익[62]은 안용복이라는 사람의 영웅성을 크게 부각시키며 울릉도를 지켜낸 안용복이 조선의 벌을 받게 된 것이 부당하다고 『성호사설』에서 말하고 있다. 이후 그의 제자 안정복역시 『동사강목』에서 안용복과 울릉도에 대한 생각을 그의 스승과 같이하고 있다. 그의 바다에 대한 생각은 지리에서 시작한 논의이지만비단 지리에만 그치지 않고 역사와 문화를 아우르는 미래에 대한 사상을 논하는 발판이었다.

우리는 최남선이 바다의 신화화를 구축하기 위해 주목한 장보고와이순신과 허생을 통해 근대 조선 민족의 에피스테메를 읽을 수 있다. 미셸 푸코에 의하면 에피스테메란 주어진 어느 한 시기에 인식론적 형상과 과학 그리고 형식화된 체계를 만들어내는 담론적 실천을 결합하는 여러 관계의 총체적 집합이다. 즉 여러 형태의 경험과학을 만들어낸 지식 공간의 윤곽을 말한다. 따라서 특정한 시대의 담론을 지배하는 인식론적 무의식인 에피스테메로서 장보고 정신은 그 시대의 욕망과 우리 시대의 욕망을 이야기하고 있는 것이라 볼 수 있다. 김우창은유토피아나 이상향을 공통의 공간에 대한 에피스테메라고 칭한다.[63]이 공통의 공간에서는 많은 것들이 위화감 없이 놓이는 것이다. 우리가 장보고와 이순신과 허생의 정신에 입각한 바다의 공간을 기억하는것은 어쩌면 바로 유토피아에 대한 우리 시대의 에피스테메인지도 모른다. 나경수의 견해대로라면 유토피아에 대한 에피스테메가 발생하는 것은 시대 상황의 유사성에서 온다고 하겠다. 나경수에 의하면 장보고는 그의 영웅성이 요청되는 때면 언제든 혹은 시대적 유사성이 인정되는 때면 장보고에 관한 이야기는 전설이라는 상징적 유사성에 힘입어 재창조될 수 있을 것이다.[64] 이순신과 허생의 경우도 비슷하게 적용된다. 두 가지의 사회 규범이 팽팽하게 대립되는 시대 상황일 때 바다를 품었던 장보고, 이순신, 허생 등은 그 시대의 에피스테메로 새롭게 각색되어 새로운 시대정신으로 작용할 것이다. 고려 때부터 근세기까지 장보고를 대신했던 완도의 송징 장군은 고려 때의 장사이기도 했고, 세미선을 공격해 지역민을 구휼한 영웅이기도 했고, 삼별초의 장군이기도 했으며, 임진왜란 때의 장군이자 마을의 수호신이며 호국신으로 숭배되어온 것이 이를 입증한다. 최남선이 바다를 주목하면서 거론했던 문화 영웅인 장보고, 이순신, 허생 등은 어느 때고 우리의 시대가 요청하면 다시 문화 속으로 복귀할 수 있는 에피스테메인 것이다.

제3부

근대 격변의 문학에서 새롭게 재현된 신화

제1장

이인직의 문학에 나타난 신화 상상력

신소설에 현현된 신화 상상력

우리 문학사에서 신소설은 다양한 담론의 장을 형성해왔었다. 전광용[65]은 『혈의 누』를 필두로 한 신소설 작품 전개 도입부는 고전 소설의 구두를 벗어나 다양한 표현 방법을 시도함으로써 문학적 표현의 새로운 지평을 제시하였다고 평가하였다. 그렇다면 정확하게 신소설은 어떤 용어로 정의될 수 있는지 조남현[66]의 정의를 참고해볼 수 있을 것이다. 그에 의하면 '신소설'이라는 이름으로 불리는 것은 단순히 '소설'이나 '단편 소설'이라고 불리는 것들보다는 '시대'라는 것에 눈을 크게 뜨고 있으며 대상이 시대이건 위정자이건 인간 사회이건 간에 비판 정신을 강하게 드러내고 있으며 교훈적인 요소도 두드러진다고 정의한다. 그러나 신소설 작가의 경우 국권 수호 내지 회복보다는 근대화를 우선적인 순위에 둠으로써 국권 없는 나라에 근대화가 가능하고 근대화가 되면 나라가 독립할 수 있다는 자기기만에 빠지거나 서구 지향적 가치관으로 자기 비하와 민족적 역량의 부정이라는 패배주의와 허

무주의까지 가지게 되는 문제점이 제기되기도 한다.[67]

이 장에서는 신소설의 사회적 담론 중에서 조동일[68]이 제기한 전대소설과의 연관성을 중심으로 한 논의에 집중해서 담론을 확장시키고자 한다. 조동일은 신소설이 전대 소설의 전통을 시대적 요청에 맞게 개조했고 전대 소설과는 다른 가치를 창조했다고 주장한다. 신소설이 새로운 소설이라고 하는 새로움도 신소설이 전대 소설의 부정적 계승으로 나타난 것이며 전대 소설과 무관하게 이루어진 것이 아니라고 평한다. 특히 신소설과 가장 관계 깊은 전대 소설의 분야는 귀족적 영웅소설이라고 주장한다. 이러한 논의는 김교봉, 설성경[69]의 논의에서 계속되는데 이들은 전통 소설의 다양한 양식이 신소설에 부분적으로 통합되고 있다는 사실에 주목하고 신소설에 나타난 전통의 계승 문제를 더욱 확장하는 논의를 펼치고 있다. 이러한 전통과의 연관성을 강조한 논의는 김석봉[70]의 연구에서도 드러난다. 이 논의 역시 신소설의 인물들이 고전 소설의 영웅의 일생을 따르고 있고 그 영웅이 타인에 비해 탁월하고 재주가 비범함에 주목하고 있다. 특히 악인에 대한 인물 형상화 방식이 멜로드라마적 속성을 보인다는 것에 착안해 신소설의 대중성을 연구하고 있다.

본고는 조동일이 신소설을 바라보았던 조망의 각도를 더 크게 확장시켜 우리 신화의 상상력으로 신소설을 바라보고자 한다. 많은 신소설이 그 대상이 될 수 있겠지만 이인직의 특징적이고 변별적인 작품인 『혈의 누』와 『귀의 성』을 통해 신소설이 계승하고 있는 신화적 상상력의 수용을 담론화시켜볼 것이다. 이러한 신화적 담론의 장이 가능하기 위해서는 기호적 해석이 필수적이라 하겠다. 롤랑 바르트는 일상의 신화 속에 숨겨진 이데올로기를 드러내 보여주는 것을 기호학의 역할이라고 말한다. 더 나아가 에코는 그 기호가 이데올로기를 생산하면서 동시에 이데올로기 비판을 생산한다고까지 말한다. 따라서 기호학은 코드 이론과 기호 생산 이론으로써 사회 비판의 형식이며 나아가 사회적 실천의 형식 중 하나가 된다고 주장한다.[71] 신소설은 당시의 사회 문화적 담론을 읽을 수 있는 기호로써 작용한다.

본고는 세 가지 측면에서 신소설의 기호적 측면을 신화적 상상력을 통해 살펴볼 것이다. 첫 번째, 신소설에 숨겨진 신화적 이데올로기로『혈의 누』의 현부 신화와 영웅 신화적 속성을 점검하고 그러한 상상력의 사회적 기호작용을 살펴볼 것이다. 현부 신화와 영웅 신화라는 관점에서 볼 때 〈성주풀이〉의 황우양씨와 막막부인의 신화적 구도를 『혈의 누』의 인물들의 관계에서 읽어낼 수 있을 것이다. 두 번째, 『혈의 누』에 나타난 시련담의 신화적 구조에 집중하기로 한다. 특히, 옥련의 시련담은 고전 소설과의 관련성 이전에 문화적 기층에 깔려있던 신화의 구조를 투영하고 있다. 신화의 주인공인 '바리공주'와 '가믄장아기'는 모두 부모와 헤어져 자신의 삶을 개척한 여성 주인공들이다. 세 번째, 논의될 관심사는 『귀의 성』의 대립적 세계의 기호작용과 상징 구조이다. 길순과 김승지의 부인을 처첩 간의 갈등이라는 일반적 도식에서 벗어나 이들의 공통점을 하나의 신화기호로 읽어보고자 한다. 이는 〈칠성풀이〉에서 매화부인과 용예부인의 관계를 되풀이하고 있는 서사 원형 구조라고 볼 수 있다. 신소설은 이들과는 다른 점순이라는 대립적 욕망체를 등장시키고 있다. 길순과 김승지의 부인은 동일한 축으로 묶이고 점순은 이들과는 대립되는 관계에 있는 인물형이다. 이들의 갈등 구도 안에는 남성의 무력한 초상이 읽히며 그것의 신화적 의미 구도를 밝혀보는 작업을 함으로써 근대화에 무력해진 남성의 사회, 기호적 의미를 상징적으로 읽어나갈 것이다. 본 논의는 신소설이 고전소설뿐만 아니라 민중의 뿌리 깊은 신화 담론을 이어가고 있다는 것을 밝히는 의미가 있을 것이다. 작품의 직접적인 연관 관계는 기존 논의가 부족한 관계로 밝혀내지 못하고 있지만 궁색하나마 원형 상상력의 전승이라는 다소 추상적인 근거를 제시함을 미리 밝힌다. 따라서 본 논의는 바르트[72]의 논의처럼 이야기 내용의 '끈'만을 보려 하지 않고 '층'을 알아보고자 했으며 그 층이 또 다른 층으로 이어질 수 있는지에 대한 실험적 고찰이 되고자 한다.

『혈의 누』에 현현된 현부 신화와 영웅 신화의 원형 탐구

『혈의 누』는 이념성과 흥미성이 균형을 이룬 작품이며 『귀의 성』은 흥미성만을 일변도로 하고 있다는 평가를 받는다.[73] 이념성이란 문명개화, 근대 교육, 남녀평등 등을 말하며, 흥미성이란 모험, 한 인간의 일대기, 풍속 묘사, 결말 구도 등이라고 평한다. 이러한 요소들이 신소설을 대중적으로 사랑받는 장르로 만드는 데 기여했겠지만 조동일이 논한 전대 문학의 구조를 따르는 인물 구성 방식에서 더 큰 원인을 찾을 수 있을 것이다. 여기에서 더 나아가 본고는 신소설의 인물 상상력을 민간 기층에 살아있는 신화의 담론 구조에서 연결 고리를 찾으려고 한다. 먼저, 『혈의 누』에 나타난 현부 이미지의 원형과 영웅주의의 원형을 〈성주풀이〉의 주인공인 '황우양씨'와 '막막부인'을 통해 살펴보기로 한다. 조동일의 말처럼 신소설의 구조나 인간형은 표면적으로는 새로움을 추구하지만 이면적 의식은 기존 소설에서 공인된 관념을 따르고 있기 때문이다. 여기에서 기존 소설이란 민간에 널리 알려진 이야기 구조 즉 신화적 담론 구조를 따르기 마련이다.

『혈의 누』의 옥련은 '제3신분의 탄생'[74]이라고 불려질 정도로 지금까지와는 다른 새로운 모던걸의 등장이라고 문단사에서는 칭한다. 이처럼 『혈의 누』의 옥련의 근대적 인물성의 부각에도 불구하고 우리 신화 속에 뿌리 깊게 담긴 현부 신화에 대한 구도가 의미의 그물망을 형성하고 있다. 대의를 이루든 소의를 이루든 떠나는 남편을 기다리는 부인의 역할이 강조되고 있는데 그 기다림에는 일종의 공식이 작용한다. 남편의 떠남은 국가를 구한다는 대의 수행이라는 공식이 존재하고 여성의 기다림은 여성의 지조를 시험하는 통과제의의 장이 되는 것이다. 신화 〈성주풀이〉[75]에서도 이러한 구도는 남성의 질서와 여성의 질서를 이분화시키는 기능을 한다. 천하궁 천사랑씨와 지하궁 지탈부인은 결혼을 해서 황우양씨라는 아들을 낳는다. 이는 재주가 뛰어나고 기골이 장대해서 영웅의 면모를 두루 갖춘 인물이다. 막막부인을 얻어 행복한 나날을 보내던 중에 천하궁 누각이 무너져 공사할 사람으로 황우양씨가 지목되었다. 막막부인은 황우양씨에게 도구를 만들어주면서 가도록 도와주며 가는 도중 아무하고도 말을 하지 말고, 집을 지을 땐 헌 목재를 사용하라는 금기를 당부한다. 그러나 소진항을 만난 황우양씨는 그에게 속아 옷을 바꿔 입고 천하궁으로 떠난다. 소진항은 황우양씨의 집에 와서 막막부인을 강제로 자기 집으로 데려가지만 막막부인은 지혜를 발휘해 소진항을 따돌리고 황우양씨가 오는 날까지 기다린다. 결국 돌아온 황우양씨에게 소진항은 처벌을 받는다. 후에 황우양씨는 집을 지키는 성주신이 되고 막막부인은 땅을 지키는 터주신이 된다.

남편은 대의를 위해서 부인과 가정을 자유롭게 떠나고 부인은 그 후에 닥치는 시련을 이겨냄으로써 비로소 온전한 부인의 자리에 오를 수 있는 구도는 〈성주풀이〉에서 〈춘향전〉으로 그리고 신소설 『혈의 누』에 상상력의 근원으로 이어지고 있음을 알 수 있다. 『혈의 누』의 옥련 모는 전쟁 통에 아이와 남편을 잃어버리고 자살을 기도할 정도로 자신의 존재 의미는 가족 안에서만 형성된다. 반면에 부인과 딸을 잃어버린 남편 김관일은 부인과 딸에 대한 생각을 구구하다고 느끼고 나라를 위해 큰일을 결심하고 미국 유학길에 오른다. 남편이 직접적으로 거취를 이야기해주지 않아도 옥련모는 남편의 생사 확인만으로도 자신의 부인됨의 가치를 현숙한 기다림으로 이루어간다. 이러한 현부에 대한 구도는 남성 주도적인 사회의 질서 유지를 위한 이데올로기의 신화이다. 여성에게 뿌리 깊게 각인된 '터주신'의 이미지는 일제 시대 근대 소설에서 끊임없이 반복되어 나타나는 하나의 틀이 된다. 특히 1930년대 김유정이라는 작가의 작품도 이런 민담적 요소를 강하게 드러내고 있는데 여주인공들의 기표 체제가 다양하더라도 기의 체계는 터주신 즉 현부의 이데올로기를 벗어나지 않는다. 표류하는 남성들에게 여주인공들은 늘 터주신처럼 자기의 자리를 지켜주는 것이다. 이러한 여성과 남성의 무의식적 구도는 사회의 질서를 유지하기 위한 상징 체제로 작동하고 있는 것이다.

현부 신화와 맞물려 남성에게는 영웅적 면모가 수반되어야만 그 신화의 구도는 의미를 가지게 된다. 옥련을 여성 영웅이라고 하기엔 옥련의 삶과 사고방식이 지나치게 수동적임을 지적할 수 있다. 정호웅[76]도 이러한 점을 들어 옥련의 여로가 지극히 수동적임을 증거로 제시하면서 지식인 소설의 한계를 지적한다. 당시의 지식인들이 한국 사회의 부정적 측면을 총체적 차원에서 분석하고 비판할 수 있는 능력을 지니지 못한 것을 비판한다. 그렇다면 여기에서는 옥련의 영웅성보다는 남성 주인공들의 영웅성을 점검하면서 신화적 상상력의 기제를 살펴볼 수 있을 것이다. 조동일[77]은 신소설의 영웅적 전통을 거론하면서 전대소설 〈홍길동전〉, 〈유충렬전〉, 〈조웅전〉 등의 군담 소설과 〈양풍전〉 같은 가족 소설, 〈숙향전〉, 〈백학선전〉 같은 염정 소설, 〈금방울전〉 같은 괴담 소설을 들고 있으며 〈구운몽〉과 〈사씨남정기〉도 같은 영웅 소설의 부류에 넣는다.

　그렇다면 영웅의 면모는 어떤 특징을 가지고 있으며 『혈의 누』에서는 어떻게 형상화되고 있는지 살펴보도록 하자. 주인공 옥련의 결혼관은 지금까지 고전 소설의 주인공들의 애정 담론에서 벗어나 보다 대의적이고 영웅적인 면모를 보여준다.

> 　옥련이가 구씨의 권하는 말을 듣고 조선 부인 교육할 마음이 간절하여 구씨와 혼인을 맺으니, 구씨의 목적은 공부를 힘써 하여 귀국한 뒤에 우리나라를 독일군같이 연방도를 삼되, 일본과 만주를 한데 합하여 문명한 강국을 만들고자 하는 비사맥같은 마음이요, 옥련이는 공부를 힘써 하여 귀국한 뒤에 우리 나라 부인의 지식을 넓혀서 남자에게 압제받지 않고 남자와 동등권리를 찾게 하며, 또 부인도 나라에 유익한 백성이 되고 사회상에 명예 있는 사람이 되도록 교육할 마음이라.[78]

　신화학자 조지프 캠벨의 영웅에 대한 정의를 가져오면 영웅이란 과거 개인적, 지방의 역사적 제약과 싸워 이것을 보편적으로 타당하고 정상의 인간적인 형태로 환원할 수 있는 남자나 여자를 말한다. 그렇다면 왜 영웅은 필요한 것일까. 현재의 고난을 겪는 많은 사람들은 과거에 살았던 사람들이 그러했듯이 고단한 삶의 짐을 덜어줄 수 있는 뛰어난 인물의 출현을 희망한다. 영웅에 투사된 현실의 욕망은 일상인이 자기 자신에게 발견하고 싶은 욕망일 것이다. 따라서 김관일의 대의를 향한 영웅적 선택, 구완서의 사회를 이끌려는 선지자적 욕망, 옥련의 남녀평등의 실현은 민중의 내재된 영웅성의 발현이라고 할 수 있다. 좌절과 고통을 이겨내면서 다른 사람에게 힘과 용기를 주는 정신적 지점을 캠벨[79]은 신적인 상태(divine state)라 칭한다. 즉 이 상태는 의식의 외피가 벗겨져 나가고 모든 공포에서 자유로우며 변화의 경계를 넘어서게 된 상태인 것이다. 구완서와 옥련의 혼인 서약은 사랑의 결실을 맺는 의미에서라기보다는 그들 스스로 신적인 상태를 경험하는 의미에서 영웅성을 발현한다. 어떤 의미에서 영웅 소설은 김교봉, 설성경[80]이 주장한 판소리의 긴장과 이완의 감정적 기복을 토대로 한 세련된 정감일 수 있다. 작품의 독해 과정에서 독자들은 옥련의 시련과 극복이라는 긴장과 이완의 감정이 옥련의 결혼 승낙으로 일종의 영웅성의 현현됨을 간접적으로 체험하게 된다. 영웅의 행위에 대한 관심과 흥미를 일반인은 현실적 행위에 대한 흥미와 관심으로 전환시킨다. 영웅 소설의 의미는 바로 이러한 데 있을 것이다. 독서를 하는 독자는 마치 자신의 어려움의 대처 방식을 시련에 빠진 주인공들이 난관을 극복하고 새로운 자아로 탈바꿈하는 것을 통해 삶의 긴장과 이완을 경험하기도 한다.

「혈의 누」의 시련담의 신화적 상상력과 기호화 과정

『혈의 누』의 진정한 주인공은 옥련이라고 할 수 있다. 일곱 살의 옥련은 다리에 철환을 맞아 적십자 야전 병원으로 보내져 치료를 받고 집으로 보내지려 했으나 옥련모의 자살편지가 발각되어 옥련은 군의 정상소좌의 수양딸이 되어 일본으로 가게 된다. 옥련은 총명함으로 귀여움을 받으나 정상군의의 전사 보도가 있은 다음부터는 집안 공기가 달라진다. 정상부인은 자신의 앞길에 옥련이 장애물이라 여기고 옥련을 구박하는 일이 잦아진다. 옥련은 두 차례 자살 기도를 하다가 급기야 가출을 감행하고 동경행 열차를 타고 가다가 17, 18세쯤 되는 구완서를 만나 미국 유학길에 오른다. 미국에서도 우수한 성적으로 졸업한 옥련은 신문 기삿거리가 되고 아버지 김관일은 이를 보고 딸을 찾는

다. 구완서와 옥련은 자유롭게 혼인 언약을 하고 자신들의 역사적 사명을 다하기 위해 열심히 매진한다. 구완서는 우리나라의 문명을 개화시켜 강대국으로 만드는 꿈을 가지고 있으며 옥련은 부인들의 지식을 넓혀 남자에게 압제받지 않는 동등한 권리를 찾도록 여성들을 교육시키겠다는 꿈을 가지고 있다. 전광용[81]의 말대로 『혈의 누』의 주제는 자유 의식 각성, 자유 결혼, 조혼 폐지, 재가 허용, 신결혼관 등을 꼽을 수 있다. 그러나 이러한 주제적 형식은 매우 현대적이지만 여주인공 옥련의 형상화 방식은 우리의 이야기 원형 구도를 따르고 있음을 알게 된다.

우리의 민간 신화에서 시련을 겪는 인물은 대부분 여성이라는 데 특별한 기호적 장치가 있다. 남성 주인공은 문제를 양산시키고 떠나는 구도를 보인다. 이는 여성 신학자들이 신화가 남성의 질서를 강화시킨 이데올로기의 한 방편이라는 무의식적 기제를 무시할 수 없게 하는 대목이다. 우리 민간 신화에 등장하는 남성은 그 태생부터가 지상에 사는 여성의 지위와는 대조적으로 천상의 존재들임을 주목할 수 있다. 신성한 남성 신들은 지상에 사는 처녀들에게 잉태를 시킨다. 그리고 그들은 하나같이 신표를 남기고 떠나는 구도를 보인다. 지상에 남겨진 처녀들은 아비 없는 아들들을 낳아 갖은 시련을 겪고 성장한 아들들은 예외 없이 자신의 근본을 궁금해한다. 이때 신으로 대변되는 아비들에게 신표를 가지고 간 아들들은 일종의 통과의례적인 시련을 거쳐서 신의 아들이 되는 구도가 전형적인 신화 시련담이다. 대표적으로 〈천지왕본풀이〉[82]의 총명아기에게 천지왕은 자식만 남기고 떠나버리고, 〈제석본풀이〉[83]의 시준님 역시 처녀 '당금애기'에게 자식만을 남기고 이 세계로 떠나버린다. 〈이공본풀이〉[84]의 사라장자는 여기서 더 나아가 임신한 부인을 천년장자의 집에 남겨두고 혼자 떠나버린다. 천년장자의 온갖 횡포에도 지조를 지킨 부인 원강아미는 아들 한락궁이를 아버지에게 보내고 천년장자에게 죽임을 당한다. 이러한 신화 속 여성들은 위의 현부 신화들로 분류할 수 있다. 그러나 본 장에서는 그들의 시련담에 더 관심을 가지기로 한다. 위의 여성의 시련담은 영웅적인 남성의 성장을 위해서는 당연한 희생제의로 받아들여지고 있으며 급기야 더 나아가 남성 영웅의 탄생을 위해서 여성의 욕망은 거세되어야 함을 상징한다.

『혈의 누』의 김관일 부인은 이러한 신화적 여성의 의미를 계승하고 있지만 옥련의 구도는 좀 다르다. 옥련이 또 다른 영웅으로 분류될 수 있는 이유가 여기에 있다. 위에서는 옥련의 수동성을 제기한 논의가 있었지만 그럼에도 불구하고 옥련은 고전 소설의 주인공들과는 다른 한층 진일보된 여성 영웅임에 틀림없다. 이는 〈삼공본풀이〉[85]의 '가믄장아기'와 〈바리공주〉의 '바리'의 여성 영웅성을 계승한 신화 담론 구조라 할 수 있다.

〈삼공본풀이〉의 가믄장아기는 강이영성과 홍문소천의 세 번째 딸로 태어난다. 이 부부는 세 번째 딸을 낳고 집안의 가세가 날로 확장되는 것을 무척 좋아한다. 그러나 막내딸 가믄장아기가 '자기 복에 산다'는 말을 하자 딸을 세상 밖으로 내쫓아버린다. 그 후로 집안 가세는 기울고 부부는 봉사가 되어 급기야 거지로 전락해서 빌어먹고 사는 신세가 되고 만다. 가믄장아기는 집을 나와 작은 마퉁이를 만나 결혼을 하고 작은 마퉁이가 마를 캐던 자리에서 금을 발견해 부자가 된다. 여기에서 우리는 마를 캐서 팔던 서동이 쫓겨난 선화공주와 결혼하는 이야기를 떠올릴 수 있다. 부자가 된 가믄장아기는 거지 잔치를 열어 부모를 만나게 되고 부모들은 자신들의 잘못을 깨우치는 이야기이다. 이와 구조적으로 비슷한 이야기는 〈바리공주〉 이야기이다. 바리공주는 오구대왕과 길대부인의 일곱 번째 딸로 태어나 버림을 받지만 비리공덕 할머니와 할아버지의 도움을 받아 잘 성장한다. 바리를 버린 오구대왕은 죽을병에 걸려 동대문 동수자의 약수를 먹어야만 살 수 있는 운명이다. 그러나 바리는 험난한 저승길을 마다하지 않고 떠나서 아버지를 살리기 위해 동수자와 결혼해 아이까지 낳고 드디어 약수를 얻어오는 데 성공한다. 버려진 딸이 잘 성장해 다시 부모를 살리는 구도는 어쩌면 우리의 문화 기층에 깔려있는 신화적 이데올로기일 것이다.

전쟁 통에 부모를 잃은 소녀가 살아남아 일본인의 집에서 키워지는 구도는 가믄장아기나 바리공주가 조력자들에 의해서 성장하는 구도와 비슷하다. 가믄장아기가 작은 마퉁이를 만나 자신의 힘을 키우고, 바리공주가 동수자와 결혼해 약수를 얻을 수 있는 힘을 키우듯 옥련은 전쟁 통에 군의 정상소좌의 도움을 일차적으로 받아 목숨을 구한다. 은인의 죽음으로 시련이 다시 찾아오지만 기차에서 약혼자가 될 구완서를 만나 자신의 시대적 임무를 구체화시킨다. 버려진 딸들은 자신의 배우자를 만나고서야 힘을 얻는 데 성공한다. 현부의 신화 구조가 영웅 신화의 이야기 구조와 맞물려 있듯이 버려진 딸들의 결혼 즉 배우자의 획득이 세상을 헤쳐가는 근원적인 힘으로 작용하고 있다.

〈삼공본풀이〉의 가믄장아기는 작은 마퉁이를 만나 자신의 영웅성을 발현하고, 〈바리공주〉의 바리는 동수자와 결혼해 아이들을 낳고 나서야 약수를 얻는 데 성공한다. 이와 마찬가지로 옥련 역시 의붓아비의 등장만으로는 완전한 인간이 되지 못한다. 그녀는 남편감으로 등장하는 구완서의 등장으로 비로소 세상에서 자신의 목소리를 찾게 되는 불완전한 영웅상을 보인다. 민간 신화와 신소설에서 보이는 여성 시련담의 신화성이 가지는 의미의 기호작용이 바로 여기에 있다고 하겠다. 부모에게서 벗어난 딸들은 또 다른 힘의 구도인 남편의 질서 안에 안

착되었을 때 비로소 힘을 얻는다는 것을 읽어낼 수 있다. 이 점에 주목하면 정호웅이 지적한 옥련의 수동성이 다소 설득력을 얻는 듯하지만 본 논의의 본질은 버려진 딸들의 시련담이 그녀들의 삶을 성장시키는 기호작용을 한다는 것에 있다.

신화 속 가믄장아기와 바리공주는 자신들의 운명에 슬퍼하지 않고 적극적으로 삶에 도전해나간다. 가믄장아기는 작은 마퉁이라는 가장 추한 인물을 스스로 선택했고 바리공주는 동수자와의 결혼을 스스로 결정했다. 이러한 주체성은 그녀들이 겪은 시련담이 성장의 동인이 되고 있다는 것을 보여주고 있다. 옥련의 선택 역시 이러한 신화적 여성성의 실현이라고 말할 수 있다. 옥련은 자신을 구해준 구완서와 자유롭게 언약한 관계이다. 구완서를 남기고 고국으로 돌아온 옥련은 다른 남자의 구애를 물리치고 자신의 선택을 굳건히 지킨다. 이는 우리 신화 속 여성들이 가지는 주체적 여성성의 계승이라 할 수 있다. 신화 속 여성의 주체성은 매우 긍정적인 세계관을 형성하며 혼자가 된 여성이 남성을 만나면서 더 큰 힘을 얻는다는 구도는 단순히 페미니즘의 시각으로 재단해서는 안 된다. 모든 여성성의 문제를 이렇게 단순화시킬 수는 없는 것이다. 그러나 신화 속 가믄장아기나 바리공주, 그리고 『혈의 누』의 옥련이 세상에 던져져서 성장하면서 반려자를 만나는 구도는 불완전한 인간이 보다 큰 자아를 형성하기 위한 통합적인 인간관계로 바라볼 수 있겠다. 자연의 음과 양의 조화가 완전함을 위해 작용하고 있다는 일종의 양성적인 구도가 이러한 남녀 이합의 신화나 신소설의 담론 구조를 더욱 매력적으로 바라보게 하는 요소가 된다.

「귀의 성」의 대립적 세계의 신화적 기호작용

이인직의 『귀의 성』은 일찍이 김동인에 의해서 격찬받은 바 있는 소설이다. 김동인은 〈조선근대소설고〉에서 『귀의 성』만을 예로 들어서 이인직을 '조선 근대 소설 작가의 조(祖)라고 서슴지 않고 명할 수 있다.'고 평했다. 조윤제 역시 『귀의 성』의 출현은 한국 소설의 큰 혁명이었고 소설계에 큰 충격을 주었다고 말한다. 전광용은 이 작품의 빠른 템포와 내용의 비극성 그리고 노련한 묘사 등을 들면서 작품을 평했고, 이재선은 비정상적인 가족 관계가 보인 파탄성에 주목하였고, 김영민은 근대적 목표를 가진 인물들이 전근대적인 수단을 이용하고 있다고 비판한다. 채호석[86]은 『귀의 성』에 나타난 인물의 상동성에 초점을 두고 논의를 펼친다. 길순과 김승지 부인을 운명의 동질성이라는 상동성으로 묶고 이들이 욕망하는 것을 근대적이라고 논한다. 작가의 일부일처제에 대한 욕망이 길순을 죽이는 것에 작용하며 김승지 부인의 살인 욕망의 근거가 됨을 주장하고 있다. 결국 길순과 김승지 부인은 모두 한 남성의 사랑만을 받고 싶은 근대적 욕망의 주체자들이라는 것이다. 또 다른 인물의 상동성은 강동지와 점순인데 이들은 돈에 대한 욕망이 동일한 상동성을 보인다. 그러나 길순의 존재가 강동지에게 돈의 욕망을 실현시켜준다면 반대로 점순에게는 길순의 죽음이 돈에 대한 욕망을 실현시킨다고 주장한다.

　본고는 근대 이데올로기와 신화 이데올로기가 만나는 지점이 바로 길순과 김승지 부인의 욕망이 충돌하는 곳이라고 설정한다. 또한 강동지와 점순이 길순을 통해 얻고자 하는 돈은 김승지라는 인물의 허위성과 잔혹함을 상징화시키는 전략이다. 길순과 김승지 부인은 얻고자 하는 바가 일치한다. 바로 남편의 온전한 사랑만이 이들의 절대적 가치가 되는 것이다. 문제의 핵심엔 김승지의 우유부단함이 놓여있다. 남성의 우유부단함과 비도덕성이 모든 불행의 시초가 되고 있음을 보여주는데 이 지점이 바로 작가가 근대화에 대해서 드러낸 의식이라고 하겠다. 또한 신화적 이데올로기와 만나는 지점 역시 이 지점이라고 할 수 있다.

여기서 〈칠성풀이〉[87]의 신화 구조는 『귀의 성』과 유용한 유사점을 보여주고 있기 때문에 〈칠성풀이〉의 내용을 살펴보기로 하자. 칠성님은 민간 신앙에서 가장 많이 기원의 대상이 된 신이다.[88] 칠성님은 매화부인과 결혼해서 행복한 나날을 보내지만 아이가 없었다. 백일 공을 들여 아이를 낳았는데 아들만 일곱이었다. 이때 칠성님은 일곱이나 된 자식이 불길하다고 여겨 매화부인과 자식들을 거들떠보지도 않는다. 매화부인은 칠성님을 원망하며 자결하고 만다. 칠성님은 아이들을 내다 버리라고 명하지만 결국 하늘이 아이들을 돌본다는 것을 알고 유모에게 키우게 한다. 아이들을 버리고 용예부인에게 새장가를 든 칠성님은 잘 살고 있는데 어느 날 자식들이 찾아온다. 이 자식들을 시기한 용예부인은 거짓으로 죽을병에 걸린 것처럼 꾸미고 일곱 아들의 간을 요구한다. 칠성님은 용예부인의 말을 따르기로 하지만 죽은 매화부인이 금사슴으로 변해서 자기 아들들 대신에 간을 두고 죽는다. 이러한 사실이 밝혀지자 칠성님은 용예부인을 응징하고 아이들을 잘 키워 칠성신으로 만든다.

『귀의 성』과 〈칠성풀이〉에서는 동일한 신화 이데올로기가 읽힌다. 표면적으로는 이 두 이야기 모두 처첩 간의 갈등 구조로 보이지만 심층적으로 살펴보면 무력한 남성에 대한 비판으로 읽을 수 있다. 〈칠성풀이〉에서 절대 악인은 용예부인으로 보인다. 그러나 그러한 악을 잉태시킨 원인 제공자는 칠성님이다. 칠성님의 애정이 식자 자기 자식들을 두고 자결한 매화부인의 욕망과 아이들이 나타나자 남편의 사랑을 빼앗길까 두려워 아이들을 죽이려고 한 용예부인의 욕망은 근본적으로 동일하다. 자식들을 남겨두고 자신의 욕망 때문에 죽음을 선택한 매화부인이나 그 아이들을 죽이려고 했던 용예부인이나 결국에는 상동성을 지닌다. 이러한 욕망들을 충돌하게 만드는 중간 영역인 칠성님은 남성 권력을 부당하게 이용하거나 무책임한 가부장의 전형을 보여준 예라 하겠다. 자신의 역할과 책임에는 무관심하면서 자신의 권리만을 주장하는 인간의 허위성이 기호화되어 그려진 인간형이라고 말할 수 있다. 마찬가지로 『귀의 성』의 김승지에서도 이러한 남성 중심의 신화 구조가 보이고 있다.

『귀의 성』에서 길순은 남편 김승지의 사랑만을 최고의 덕으로 받드는 인물이다. 만삭의 몸으로 남편을 찾아가지만 본처의 눈치 때문에 자기를 외면하는 김승지를 보면서 통곡하기까지 하지만 그래도 그러한 남편을 말없이 기다리는 것만이 최고의 덕이라 여기는 현숙한 인물이다. 김승지 부인 역시 재산을 원하거나 다른 권력욕을 가지지 않는 지극히 긍정적인 인물이다. 그녀가 바라는 것은 오직 남편에게 유일한 여인이기를 바라는 것뿐이다. 이 두 여성은 매화부인이나 용예부인이 가지고 있었던 욕망 구조와 근본적으로 동일한 상상 구조를 보인다. 칠성님처럼 김승지 역시 자신의 신분이 주는 허위적 인간성을 고수하면서 살아가는 인물이며 매우 전근대적 인물인 것이다. 결국 처첩 간의 갈등은 김승지의 허위 구조 안에 충돌하는 모순이라는 것이 본고의 주장이다. 이러한 담론은 김승지를 더욱 큰 담론 구조로 바라보게 한다. 김승지가 보여주는 인물의 상징성은 전근대적인 사회의 기표인 것이다. 김승지 부인이나 길순은 김승지라는 기표와 충돌하는 다양한 기의를 가진 상반되는 기표라고 정의할 수 있다.

『귀의 성』의 강동지와 점순 역시 근대화를 향한 다양한 기의를 제공하는 기표들이다. 자신의 처지를 변화시킬 수 없는 인물들의 욕망, 사회의 질서 안에서 자신의 존재를 밝히고 싶은 근대화된 욕망들의 상징으로 읽힌다. 하지만 이들이 선택한 방법은 매우 전근대적이라는 데 한계가 있다. 그러나 이 한계 역시 이들의 잘못으로 단죄해버릴 수는 없다. 딸을 팔아서 자신의 부를 증대시키려 했던 강동지는 딸의 원수들에게 복수한다는 측면에서 일종의 선을 상징할 수 있지만 근본적으로 절대 선이 될 수 없는 인물이며 점순은 자신의 욕망을 위해 길순 부자를 죽이는 범죄를 저지르고 강동지에게 죽어가지만 절대 악이라 칭할 수 없다. 점순의 지위를 이용한 것은 김승지의 부인이기 때문이다. 그렇다고 김승지 부인을 절대 악으로 치부해버리기엔 뭔가 석연찮은 구석이 많다. 절대 악과 절대 선이 매우 착종되어 나타나고 있는데, 이러한 선악의 중층 구조 안에는 김승지라는 살아있는 시체가 모든 악을 잉태하고 있다. 살아있는 시체를 설명했던 지젝[89]의 논리를 살펴볼 때 김승지는 살아있지만 죽어있는 인물인 것이다. 아무런 생명력이 없는 인물이라고 볼 수 있다. 문제의 발단을 제공하지만 아무런 해결책을 제시하지 않고 문제가 점점 확대되도록 방관하지만 최후에 가서는 춘천집 길순이 죽고 본처가 살해된 후 결국 침모와 동거하는 부도덕한 인물인 것이다. 이는 전광용이 지적한 대로 무력하고 결단력 없는 호색적인 양반의 몰락이라는 논의를 드러내준 예라 하겠다. 『귀의 성』의 대립적 신화 구조는 〈칠성풀이〉의 신화 구조처럼 매우 양가적인 가치 체계를 드러내고 있으며 기호화되어 나타나는 인물들의 욕망 구도는 보다 더 다양한 사회 의미를 함의하고 있다고 하겠다.

여기서 논의한 것은 이인직의 『혈의 누』와 『귀의 성』을 통한 신소설의 신화적 상상력을 점검해보고자 함이었다. 신소설 작품 전반을 대상으로 하지 않고 한 작가의 대표작에 한정한 이유는 신소설의 성격이 다소 비슷한 양상을 띠기 때문이다. 특히 가장 특징적인 작품에서 전대의 공통적인 상상력을 풀어본 기존 논의의 시야를 신화적 상상력까지 끌어가서 작품의 연관성을 살펴보고자 하였다. 위의 두 작품에서 확인했듯이 남녀 이합형에서 여자의 고난이 더더욱 부각되고 있는 것은 신화의 상상력을 계승하는 가장 큰 흐름이다. 조동일은 남녀 이합형이 여성 운명을 그리는 데 적절한 구조를 가진다고 지적한 바 있다. 이는 개인의 운명이나 가정생활이 근대화 이전의 사회에 가장 주된 관심사였기 때문이다.

『혈의 누』를 통해서 현부 신화와 남성 영웅 신화 그리고 여성 시련형 영웅 신화 등을 살펴볼 수 있었다.『귀의 성』의 경우는 인물들의 갈등 양상 속에서 실현되는 근대화의 이데올로기를 신화의 이데올로기로 함께 풀어보았다. 이러한 논의는 전대의 문학과 현대 문학을 동일한 정신사적 그물망으로 엮어본다는 데 미약하나마 의미가 있을 것이다. 또한 학문에서 지나치게 단절된 문학의 전통적인 신화 상상력을 다룬다는 점에서 그 의의가 있을 것이다. 하지만 이는 시대적, 문화적 의미 작업을 함께 병행해야 하는 절대적 과정이 필요하다. 또한 신화구조 안에서 지나치게 작품의 독창성이 일반화, 추상화, 단순화되는 문제점을 동반할 수 있다는 우려감이 작품 분석에 반영되어야 할 것이다. 따라서 신화적 상상력으로 작품을 읽는다는 것이 작품 특유의 작가 정신을 헤아리지 못한다는 비판은 작품의 내적 해석을 정교화시킴으로써 극복될 수 있을 것이다.

제2장
김동인의 탈신화적 여성성과 전략적 죽음을 통한 근대성

김동인 소설의 탈신화성

작가에게 있어 실제적 삶은 작품과는 괴리될 수 없는 필연적인 역학 관계를 갖는다. 그럼에도 불구하고 우리는 김동인이라는 작가를 자연주의나 낭만주의 혹은 탐미주의 등의 문예 사조에 너무 결박하는 경향이 있다. 이러한 외래 사조를 이해하는 방편으로 김동인을 평가하는 것에 비판을 제기한 이동하[90]는 김동인의 삶과 문학을 함께 조명하고 있다. 여기에서 이동하는 김동인의 인물 제시 방식을 그의 성장 과정에서의 인간에 대한 오만한 태도의 연장이라고 지적하고 있으며 작가가 주인공들을 수동적으로 만들고 있다고 지적한다. 이는 김윤식[91]의 '인형조종술'의 해석과 같은 맥락으로 이해될 수 있는 견해다. 인형조종술은 참인생과는 다른 인생을 창조하고 자유자재로 인형 놀리듯 하는 것이 작가의 권리라는 논리인데 김동인의 인물들이 겪는 죽음을 이해하는 중요한 열쇠가 된다. 이동하는 김동인의 출신 배경, 시대적 위치, 삶의 방식과 문학 작품을 연결해서 그의 작품들을 이해하고자 하였다. 특히, 인간에 대한 멸시를 감추지 않는 작품군으로는 〈대탕지 아주머니〉와 〈김연실전〉을 들고 있으며 제멋대로 공상에 탐닉한 작품군으로는 〈광염소나타〉, 〈광화사〉, 〈감자〉 등을 든다. 그러나 이렇게 지나치게 전기적 측면을 고려하는 것은 자칫 문학 작품을 다양한 해석의 텍스트로 이행하지 못하게 만드는 우를 범할 수 있다. 따라서 문예 사조와 전기적인 측면을 서로 보완하는 측면에서 이루어지는 주제적인 접근은 의미가 크다고 하겠다. 김동인의 문학을 1920년대 일제 치하의 광기와 질병의 증후로 바라보는 이재선[92]의 관점은 문학 해석의 공간을 넓히고 있다. 예술의 영감을 얻기 위해 악마의 수태 즉 악마적 현현으로서의 범죄성을 들고 있으며 예술의 가치가 삶의 가치보다 우선시되고 있는 것에 주목하고 있다. 특히 김동인의 작품에서 주목할 것은 여성 인물들의 삶의 방식을 들 수 있는데, 송현호[93]는 김동인 소설의 여성 문제를 지적하면서 김동인 소설의 여성들이 동양적 윤리와 전통에 얽매여 남성들의 부당한 횡포로 비극적인 삶을 살아야 한다고 지적한다. 김동인 작품에서 여성들이 겪고 있는 연애조차도 스스로의 내면을 확보하지 못하고 근대적인 자각을 갖추지 못하고 있다고 평가받는다.[94]

이 글은 지금까지 연구된 결과들이 작품 내적인 분석을 통해 작가의 근대성을 밝히는 데 다소 미흡하다는 문제의식에서 시작한다. 작가의 세계관이 작품 안에 어떻게 형상화되고 있으며 작품의 여성성과 죽음을 통해 김동인이 근대성을 어떻게 귀납적으로 구현하려 했는지 살펴보고자 한다. 따라서 본고는 김동인의 대표적인 단편 소설 〈배따라기〉, 〈광화사〉, 〈감자〉 등을 대상으로 근대성과 여성성, 근대성과 죽음의 재현을 신화적인 관점으로 살펴볼 것이다. 이 세 작품이 한 카테고리로 유형화된 근거는 여성과 근대가 상관성을 가진다는 것과 여성들의 죽음이 근대성과 연결될 수 있을 것이라는 가정에 따른다. 그리고 여성과 근대를 이해하는 코드로 신화적 논의가 거론될 수 있을 것이다. 신화적 해석의 근거는 문학 작품이 전통과의 유기적인 관계 속에서 현실적 의미를 가지기 때문이다. 질베르 뒤랑에 의하면 신화적 담론은 원형으로서의 근본적인 위상, 역할이 분화되어 나타나는 위상, 논리적이고 합리적인 노력이 있게 되는 위상을 서로 연결시켜주는 것이다.[95] 이러한 맥락으로 김동인을 신화적 담론으로 분석한 기존 논의를 살펴볼 수 있을 것이다. 유기룡[96]은 〈배따라기〉를 신화학적인 시각으로 심도 있게 분석하였다. 죽음과 재생의 원형적 모티프, 순환운동으로서의 원형적 이미지, 화해를 지향하는 새로운 창조, 예술 작품으로 승화되는 '죽음과 재생' 등 엘리아데의 신화적 해석을 잘 활용하고 있다. 유기룡은 〈배따라기〉의 죽음을 일회적인 시간의 질곡 속에서만 존재하는 속세의 한계를 초월해서 보다 원초적이며 태초의 시간(in illo tempore)으로 귀의하려는 원초적인 욕구의 실현이라고 정의한다. 이재선은 〈배따라기〉의 떠돌이 방랑자 모티프를 〈떠도는 네덜란드인〉의 모티프와 등치시키고 있다. 신에 대한 거역 때문에 네덜란드 선장이 최후의 심판의 날까지 끝없이 바다를 떠돌게 되는 저주를 받듯이 〈배따라기〉의 주인공인 형은 그의 질투와 변덕 때문에 아내를 죽게 하고, 아우를 떠돌게 한 죄책감 때문에 험한 운명의 힘에 이끌려 떠돌게 된다[97]고 평가하고 있다. 이와 비슷한 연구로 현대 소설을 원형적으로 해석하려고 시도한 이상우[98]는 동식물과 인간의 동일시, 생명체로서의 공간 의식, 우주 에너지의 생명력 등을 기본 범주로 현대 소설을 분석하고 있다.

위의 논의들은 신화적 해석이 근대성과 어떻게 연관되는지에 대한 본고의 문제의식을 풀어주지 못하고 있기 때문에 본고는 김동인의 근대성을 탈신화적 여성성과 전략적 죽음의 신화적 해석을 통해 알아보고자 한다. 노스롭 프라이, 미르치아 엘리아데, 조지프 캠벨, 질베르 뒤랑의 신화적 사고가 이론적 토대를 제공하고 있지만 우리 사회의 역사, 사회적인 부분을 충분히 고려하는 의미에서 한국의 민간 신화의 전통 신화적 의미를 염두에 두고 김동인의 세 작품을 정치하게 읽어갈 것이다. 또한 김동인의 여성성이 우리의 민간 신화에 등장하는 지극히 한국적인 원형적 여성상과는 다르다는 점을 입증함으로써 근대화의 논리에서 여성이 어떻게 배제되고 있는지 살펴볼 것이다. 한국의 원형적 여성성에 대한 정의는 민간 신화 연구들[99]에서 공통적인 원형을 끌어내고자 한다. 본고에서 바라보는 한국적 여성상은 우리 민간 신화들 안에 살아있는 원형들을 이끌어낸 개념인데, 즉 현실의 장애에 굴복하지 않는 의지와 더 나아가 부정적 환경을 긍정적으로 변화시킬 수 있는 자생력을 가지며, 자기 주변의 삶을 정화시킬 수 있는 에너지를 가진 욕망의 주체자이며, 무엇보다도 어려움에 처했을 때 자신의 환경을 인내하면서 생산적으로 자신을 지킬 수 있는 미래 지향적 여성의 모습을 보여준다. 그러나 동시에 원형적 여성성은 남성의 기존 질서를 확고하고 안전하게 유지하기 위해 여성에게 희생과 인고의 미덕이 과다하게 부여된 양가적 이데올로기를 보여주기도 한다.

　본고는 위에서 상정한 한국의 원형적 여성상에서 김동인의 여성들이 얼마나 이탈되어 있는지 살펴볼 것이며 그러한 과정이 탈신화[100]의 과정이 되고 있음에 주목하고자 한다. 송효섭은 탈신화의 시대를 절대적 기원이 해체되고 초월적 기의가 기원으로서의 불안정한 담론의 위상을 점유하는 시대라고 정의한다. 따라서 탈신화란 문화적 맥락에서 신화를 읽어내도록 만드는 장치가 된다. 근대는 신화로부터 해방되고 신화의 세계를 넘어서는 것으로 인식되어왔었다. 그렇다면 근대는 탈신화의 시대인가. 그러나 아이러니하게도 탈신화란 근대의 신화적 세계의 청산을 말하는 것이 아니다. 다양한 주체들이 스스로 존재하면서 그 모습을 명료하게 표출하는 세상이 신화로부터 해방된 세계인 것처럼 보이지만 그 명료함은 다시 신화를 떠올리게 한다. 즉 송효섭의 논리로 풀어보자면 명료한 로고스의 세계에서 로고스가 은폐한 뮈토스를 읽어내는 작업이 탈신화의 과정이라고 정의할 수 있다. 김동인이 인물들 간의 운명, 사랑, 죽음 등을 배출시키는 방법은 지극히 탈신화적이다. 그러나 역설적이게도 삶의 이해할 수 없는 영역과 그것의 예술적 승화를 보여주는 작품 세계는 신화적 삶의 방식을 다시 재현해주는 방법이기도 하다. 마지막으로 그의 작품들에서 죽어가는 여성 주인공들 즉 거세된 욕망의 대상들이 죽음으로 내몰리는 텍스트 전략의 의미를 신화적으로 조명함으로써 인형조종술의 궁극적 지향점이 근대성과 어떤 관계를 가지는지 규명하고자 한다. 여성 배제의 논리와 탈신화적 여성성 그리고 여성 주인공들의 전략적 죽음의 의미가 근대성의 개념과 어떻게 착종되어 작품 안에서 전개되고 있는지 밝히고자 한다. 이러한 시도는 김동인의 정전들을 보다 새로운 관점으로 읽어냄으로써 텍스트의 의미 생산망을 새롭게 구축하고자 함이다.

여성 배제의 근대화 논리

우리 문학에서 근대라는 개념은 1920년대를 상정하는 경우가 자연스러운 문학사의 흐름이 되어왔다. 따라서 한국 독자들의 자연스런 독서 상한선이 1920년대의 문학이라고 지적한 최원식[101]의 논리로 볼 때 김동인이 근대 문학의 선구자로 거론되는 데는 이론이 없어 보인다. 작가가 의도하지 않았더라도 작가의 무의식적 사유는 그의 문학적 환경을 조성하는 기제로 작동한다. 김동인은 근대 소설의 독자성을 처음으로 주창했고 근대적 작품의 생산 메카 역할을 했던 동인지 『창조』의 중심인물이었다. 그에게 근대성이라는 틀은 작품을 생산해내는 기본적 상상력의 토대였을 것이다. 그러나 임규찬[102]은 이러한 근대라는 개념이 어떤 식으로든 '서양'이 개입된 강요된 근대이며 타율적 근대임을 강조한다. 우리의 근대화는 서양이라는 이국의 문화 유입 이전에 일본이라는 또 하나의 문명의 파장에서 벗어날 수 없었다. 일본과의 타율적 근대화의 과정에서 여성이 어떻게 담론화되었는지 살펴봄으로써 우리의 근대화의 면모를 살펴볼 수 있을 것이다. 신소설에 등장하는 여성들은 신교육과 자유연애를 주창하는 진보적인 상징성을 통해 근대성의 일면을 보여주고 있고 이광수의 여성 인물들 역시 근대적인 성격을 띠고 있지만 수동적 여성상의 폐쇄적 패러다임에서 완전히 벗어나지는 못하고 있다. 근대란 누구에 의한 것인가라는 질문으로 논의는 되물어질 수밖에 없다. 근대란 완성된 남성들의 또 다른 남성-되기이다. 이 안에서 여성-되기는 무수한 시행착오를 겪을 수밖에 없는 것이다. 여성-되기의 다양한 시도와는 다르게 근대 문학에서 남성은 견고한 위치를 차지한다. 이는 들뢰즈[103]가 말한 것처럼 남성의 권리와 권력이 이미 주어져 있기 때문일 것인데, 이 남성의 질서는 문화의 다수성이자 표준이 되어왔다. 따라서 들뢰즈가 '남성-되기'는 없다고 한 말은 타당해 보인다. 남성이 문화의 다수를 차지하는 반면 여성문화의 생성은 소수적이고 '여성-되기'는 '소수자-되기'일 수밖에 없다. 근대 문학에서 '여성-되기'란 남성들의 문화적 기억 속에서 진행되어온 타율화의 과정이었다. 그렇다면 김동인의 문학 속에서 여성들은 어떻게 기억되면서 '여성-되기' 과정을 겪고 있는가. 그러한 과정에서 '여성-되기'가 얼마나 근대라는 개념과 교호하면서 진행되고 있는가. 근대라는 모호한 개념이 김동인의 여성 그리기에 의해서 얼마나 선명하게 드러나는지 또는 모호하게 왜곡되는지 살펴보기로 한다.

1920년대 김동인의 작품 안에서의 여성 주인공의 형상화와 비교해 볼 때, 1930년대 김유정의 여성 그리기는 매우 독특한 세계를 보여준다. 김동인의 〈감자〉처럼 매춘을 자행한 〈산골나그네〉의 나그네는 김동인의 복녀와는 다른 범주에 놓인다. 최원식[104]이 〈산골나그네〉는 우리의 민담인 '이부열녀'의 이야기라고 주장한 것처럼 민담에 기초한 따뜻함이 문학의 근간을 이루기 때문에 김동인의 〈감자〉의 복녀의 탕녀 이미지와는 다르다. 그렇다면 김동인의 〈감자〉의 낫에 찔린 '복녀', 〈배따라기〉의 물에 빠진 '아내', 〈광화사〉의 목 졸려 죽는 '소경처녀'는 독특한 세계의 은유로 해석해서 읽어야 할 필요가 있다. 김동인이 여성을 그리는 방법에 있어서 '여성-되기'는 '욕망하는 여성-되기'인데 곧바로 그녀들은 '죽은 여성-되기'의 과정을 보여주고 있다. 남성의 세계 질서 안에서 일종의 '여성-되기'는 숨겨진 야성의 부활을 의미한다고 볼 수 있다. 그러한 성적이고 원초적 욕망을 추구하는 '여성-되기'는 김동인에 의해 차단되고 있는 것이다. 먼저 〈배따라기〉의 아내는 성격 좋고 인물 좋은 말하자면 남편인 형보다 우월한 존재로 등장한다. 이 우월한 능력은 여성이라는 성의 분화 때문에 문제 요인으로 작용한다. 남편은 자신의 아우에게 상냥한 아내를 의심하고 급기야 쥐를 잡는 행위를 불결한 성의식과 결부시켜 아내를 성녀에서 탕녀의 이미지로 전락시킨다. 그 아내는 억울함을 호소하기보다는 남편의 저주처럼 죽음을 선택함으로써 남편의 세계에서 벗어난다. 그러나 그녀의 죽음은 남편 즉 남성의 질서를 더욱 견고하게 만들어주고 있다. 그녀에게는 자신의 욕망을 펼쳐 보일 기회도 제공되지 않으며 더욱이 항변할 기회도 없다. 물론 남편에게 '쥐' 때문이라고 항변하지만 남편의 질서 안에서 이미 타락한 아내의 이미지를 벗겨낼 힘이 없다. 그녀가 항변하는 유일한 방법은 죽음이라는 극단적 방법뿐인 것이다. 그녀는 남편의 배따라기 노래에 의해 원한의 소리로 기억될 뿐이다. 결국 남성의 질서는 여성을 희생양 삼아 유지되고 있는 것이다.

〈감자〉의 복녀는 출생에 있어서 매우 건전한 인물이다. 그녀는 몰락한 남편의 마지막 재산으로 팔려와 자기를 사온 남편을 위해 궂은일을 마다하지 않는 인물이다. 빈민굴 안에서 복녀가 살아남는 방식은 그녀 자신의 원초적 여성성을 통해서 터득된다. 결국 성을 매개로 생계를 유지하는 형국인데 여기에서 도덕은 복녀만을 재단하기 위한 제도이다. 성을 사는 왕서방과 성을 팔도록 종용하는 남편은 도의적 평가를 벗어나고 있다. 복녀를 둘러싸고 있는 남성들은 이미 '남성-되기'의 견고한 틀 속에 존재한다. 따라서 그들의 과잉된 성의식은 제도권 안에서 용인되고 더 나아가 성을 매매할 수 있는 것이 더 강한 '남성-되기'의 질서로 보인다. 그 안에서 여성인 복녀는 왕서방에게 매매춘을 하지만 그녀에게는 단순히 성매매가 아니라 자신의 성적 의식을 회복하는 기회로 작용한다. 비극은 바로 이러한 성에 대한 자각을 시작한 복녀의 '욕망하는 여성-되기'의 좌절에서 비롯된다. 나이 어린 복녀의 '여성-되기'는 나이 많은 남편과 근대화의 성적 착취의 상징인 왕서방에 의해 이중적으로 좌절되고 만다. 왕서방은 복녀를 성적 재화의 교역 대상으로만 여겼을 뿐 존엄성을 가진 인격적인 존재로 인식하지 않는다. 중국에서 색시를 데려온 왕서방에 대해서 복녀는 질투까지 느끼지만 왕서방은 죽은 복녀의 시신을 두고 남편과 은밀한 거래를 한다. 복녀는 재화와 교환되는 물질적 가치일 뿐이다. 복녀의 성적 욕망은 '정조'라는 개념에 의해 '부정'한 것이라는 개인의 욕망 담론으로 몰려지고 있는 것이다. 이 과정에서 여성에게 정조는 주홍글씨처럼 박혀서 남성의 질서 안에서 소모품처럼 희생되고 있다.

〈광화사〉의 솔거는 인물의 특성상 매우 그로테스크한 비정상성을 가진다. 그럼에도 그가 그리는 여성상은 성모의 이미지라고 할 수 있다. 이재선은 이를 두고 '모성고착증'[105]이라는 용어를 사용하고 있는데 이는 이동하의 주장처럼 전기적인 측면에서 김동인의 여성 인식상을 들여다보게 한다. 그는 현실의 여성과 이상의 여성을 이분화시켰다. 바로 소경처녀가 그의 인식을 보여주는 단적인 예라 할 수 있다. 김동인의 여성은 성적으로 자각되기 이전에만 살아남을 운명을 가진 것이다. 소경처녀는 솔거가 들려주는 신비한 용궁의 세계를 상상하는 단계에서는 솔거의 운명적인 여성이 될 수 있는 것이다. 그러나 솔거와 하룻밤을 보내버린 속된 세계의 여성으로 전락하면 그녀는 죽어야만 한다. 그리고 〈배따라기〉의 아내의 영혼이 슬픈 노랫말로 제의적 과정을 거치는 것처럼 소경처녀도 솔거의 미인도에 원망의 눈동자가 되어야 하는 희생양의 원형이 되어버린 것이다. 물론 예술 작품으로 계속 살아있다는 해석도 가능하지만 이렇게 현실의 생존이 아닌 예술 작품으로의 생존이 근대성에서 여성이 배제된 세계를 형상화시키고 있다고 읽힐 수 있다.

근대 문학의 효시라고 김동인 스스로가 자칭하고 또 문학사에서도 그러한 인식이 아무런 장애 없이 받아들여진다는 점에서 우리는 김동인의 여성 그리기가 근대화 과정에서 여성을 배제시키는 논리의 일환이 되고 있음을 유추해볼 수 있다. 단편 세 작품으로 작가의 귀납적 근대 의식을 규명하기엔 다소 무리가 따르지만 대표성을 가지는 작품의 공통된 인식의 패러다임은 작가의 근대에 대한 사고를 엿볼 수 있는 단초로 독해될 수 있다. 따라서 김동인의 '여성-되기'는 남성의 질서 안에서 해석되어야 하다는 문제 제기가 가능한 것이다. '여성-되기'가 성적 자각, 즉 자기 성적 정체성으로 이어질 경우 '여성-되기'는 반드

시 '죽은 여성'이 되어야 한다는 것이다. 이는 근대화라는 질서 자체
가 가지고 있는 남성성에 기인한 것이라고 할 수 있다.

탈신화적 여성성과 근대성

김동인의 문학에서 본고가 설정한 작품들에 제시된 '여성-되기'
는 여성의 성적 정체성을 인식해가는 야생의 회복 과정이었음을 살
펴보았다. 그러나 야생의 성적 욕망은 근대라는 담론 안에서 거세되
었고 그러한 과정을 근대화에 나타난 여성 배제의 원리로 바라보았
다. 그렇다면 이제는 구체적으로 김동인의 여성성의 기원에 대한 고찰
을 통해 작가의 여성 그리기가 어떻게 근대의 개념에서 배제되고 있
는지 살펴보도록 하자. 본고의 대상이 되고 있는 작품의 여성들의 공
통점은 성녀와 탕녀 사이에서 탕녀에 가까운 이미지를 보인다. 〈감자〉
의 성에 눈떠가는 복녀, 〈광화사〉에서 인간의 속된 성욕을 느끼는 소
경처녀, 〈배따라기〉에서 나의 아우와 불미스러운 성적 담론에 연루되
어버린 아내는 성녀라기보다는 탕녀에 가까운 이미지를 가진다. 엘리
아데[106]는 성스러움에 대한 감정을 이야기하면서 이 감정이 매우 양극
적임을 논하고 있다. 성(聖)에 대해서 인간은 두려움과 욕망을 동시에
가진다는 것이다. 김동인은 여성에 대해서 매우 극단적인 양가성을 가
졌다. 성스럽지 못한 여자는 죽음을 통해 성스러워진다는 논리 즉 노
래나 그림과 같은 예술 작품으로 여성의 일화가 기억되는데 이는 성스
러운 여자만이 살 수 있다는 논리와도 맞닿아있다. 현실의 욕망 구조
에 기반을 둔 인물을 재현하기보다는 신화적인 이상 개념을 여성 인물
에 도입시키고 있는 것이다.

김동인의 여성들에게는 우리 민간 신화의 여성적 원형의 잔재가 매
우 희박하다고 할 수 있다. 위에서 언급한 대로 우리 신화의 여성들

은 현실의 장애에 굴복하지 않는 의지, 부정적 현실을 정화시킬 수 있는 에너지를 가진 욕망의 주체자이며, 자신의 환경을 인내하면서 생산적으로 자신을 지킬 수 있는 미래 지향적 여성의 모습을 보인다. 동시에 이러한 긍정적인 신화 원형은 남성의 질서를 강화시키는 신화 이데올로기로 작용하고 있다. 원형 신화의 여성들은 현부의 이미지를 고수함으로써 사회 구조의 틀 속에서 화석화된 인물 유형들이다. 본고에서 상정한 원형적 여성의 논리를 따라가면 김동인이 여성성에 대해서 가지는 기본적인 사고 체계는 민간 신화의 사고 체계와 다르다. 즉 여성의 존재가 문제의 발단이 되는 서양 신화적 사고를 보이고 있음을 확인할 수 있다. 그렇다면 서양 신화에서 여성 신은 어떠한 모습을 보이는가. 서양 신화에서 나타나는 여성 신의 특징은 의심(프쉬케), 질투(헤라), 호기심(판도라), 금기를 지키지 못하는 약한 마음(세멜레) 때문에 문제를 보다 어렵게 만들어버린 부정적 대상으로 제시된다. 여성은 이성과는 거리가 먼 감성의 세계에 존재하는 타율적 존재로 등장하는 것이다.[107] 이처럼 여성을 이성보다는 감성에 결박하면서 여성은 탈역사화되었고 여성성에 대한 편견[108]이 담론의 표면에 부상하게 되었다고 할 수 있다. 그런데 이와는 다르게 우리 민간 신화의 여성상은 문제 발생형이라기보다는 문제 해결형에 속한다. 어찌 보면 우리 신화의 주인공들은 여성이라고 볼 수 있다. 우리 신화의 여성들은 다양한 기의를 가진 기표들이다. 꿋꿋하게 이려움을 이기고 집을 지키는 현부형인 〈성주풀이〉의 '막막부인'과 〈궁상이굿〉의 '궁상이 부인', 홀로 남겨졌지만 세상을 보듬을 수 있는 여신으로 성장하는 오누이형인 〈바리공주〉의 '바리공주'와 〈원천강본풀이〉의 '오늘이', 억울함을 호소할 수 있는 강단 있는 자기주장형인 〈칠성풀이〉의 '매화부인'과 〈관청아기본풀이〉의 '관청아기' 혹은 〈세경본풀이〉의 '자청비', 세상의 이치를 터득하고 세상을 보살피는 삼신할미형인 〈제석본풀이〉의 '당금애기' 등으로 나누어볼 수 있다. 민간 신화에 등장하는 여성 신들은 인고의 현명함과 정절을 가지는 현부의 이미지를 가진다. 이러한 신화 전략은 여성 신학자들이 주장하는 것처럼 남성 중심의 사회 질서 유지를 위해 전략적으로 서사화되었다고 말할 수 있다.

우리의 민간 신화의 여성 원형 모델에 따르면 〈배따라기〉의 아내는 여기에서 좀 벗어나 있는 인물이다. 〈배따라기〉의 아내는 매우 즉흥적인 인물로 등장하며 자기의 주장을 믿어주지 않는 남편에 대한 항거로 자살을 선택하는 인물이다. 문제를 해결하기보다는 문제 속에 함몰되어 맹목적으로 복수를 하는 인물에 해당한다. 지극히 감성적인 존재로 자신의 행동에 대해서 심각한 사고를 진행시키지 않는다. 남편의 동생과 '쥐'를 잡는 행위가 남편에 의해 크게 오해받고 있음에도 불구하고 남편의 주장을 꺾지 못하고 억울한 마음을 자살로써 표출한다. 즉 자신의 마음을 알아주지 못한 남편에 대한 원망이 그녀의 죽음을 불러온 가장 큰 동기가 된 것이다. 심각한 의사소통의 장애인 의사소통 지체 현상이 나타난다고 하겠다. 이러한 의사소통의 지체 현상은 〈광화사〉와 〈감자〉의 인물들에서도 드러나고 있다. 〈광화사〉의 소경처녀는 솔거와 다른 의사소통 체계를 가진다. 즉 용궁의 환상적인 세계에 대한 소경처녀의 상상력은 자신이 인간으로서 존재 의미를 가지지 못한 시점에서 '부재하는 것에 대한 욕망'이었다. 그러나 자신이 진정한 여성임을 자각한 후에 소경처녀의 용궁은 '실재하는 것'을 갈망하는, 즉 지극히 현실적인 것에 대한 욕망으로 바뀌어 있었던 것이다. 그러나 솔거가 소경처녀를 바라보는 관점은 '성녀와 탕녀'라는 이분화에 의한 것이었다. 즉 아름답고 성스럽기까지 한 '어머니'를 닮은 신성한 여자인 소경처녀와 인간의 애욕을 알아버려서 그 신성한 영역이 훼손

된 더러운 소경처녀만이 존재한다. 따라서 소경처녀에게서 자신이 원하는 이상적인 표정이 보이지 않자 그녀를 죽게 만드는 것이다. 이들 사이에는 의사소통이 이루어지지 않은 것으로 보인다. 의사소통의 부재는 여성이 의사소통의 상호 교류 대상이 아니라 여성은 타자화되는 객체일 뿐이기 때문이다. 여성은 대화의 대상이 아닐뿐더러 탈신화화되어 있다. 즉 우리 신화 원형의 여성 이미지와는 전혀 다른 여성을 보여줌으로써 역설적으로 원형적 여성상을 상상하도록 하는 것이다. 신화의 원형적 여성 이미지가 자신의 욕망이 거세된 타자적 존재인 데 반해 김동인 작품에서 욕망의 주체가 된 여성성은 탈신화되어 남성의 질서 구축에 전략적으로 이용되고 있다.

〈감자〉의 복녀와 왕서방 사이에도 의사소통의 지체 현상은 두드러진다. 복녀가 그려지는 모습을 살펴보면 처음과 나중이 무척 다르다는 것을 알게 된다. 처음 부분에서의 복녀를 묘사한 것을 두고 보면 '그의 마음속에는 막연하나마 도덕이라는 것에 대한 기품을 가지고 있었다.'라고 서술된다. 그러나 중간쯤에 '그날부터 복녀도 일 안 하고 공전 많이 받는 인부의 한사람으로 되었다.'라고 서술되면서 복녀의 인생관과 도덕관이 변하고 있음을 보여준다. 복녀는 삶의 도구로 성을 파는 것에 대해서 죄책감을 느끼지 않는다. 그런데 복녀에게 중요한 변화가 있음을 다음의 문장을 통해 알 수 있다.

> 복녀는 차차 동리 거지들한테 애교를 파는 것을 중지하였다. 왕서방이 분주하여 못 올 때가 있으면 복녀는 스스로 왕서방의 집까지 찾아갈 때도 있었다.
>
> – 〈감자〉 중에서

위의 진술에서 특히 '스스로'라는 표현은 복녀가 왕서방에게 단순히 매춘만을 의도한 것이 아님을 알게 된다. 그런데 왕서방이 복녀를 대하는 태도는 여전히 돈을 매개로 살 수 있는 교환적 가치를 지닌 존재일 뿐이다. 중국에서 여자를 데리고 온 날 밤 복녀는 얼굴에 분을 하얗게 칠하고 욕망을 가진 근대적 여성으로서 왕서방을 찾아가는 것이다. 그런데 왕서방은 복녀를 향해 '우리, 오늘 밤 일이 있어 못 가.'라고 매섭게 외면한다. 낫을 든 복녀는 실랑이 끝에 결국 자신이 그 낫에 찔려 죽는다.

이 세 작품의 여인이 죽는 이유는 공통적인 분모를 갖는다. 즉 자신의 욕망의 과잉이 부른 자연스런 인과응보라는 무의식적 기제가 작품 안에 깔려있다. 문제는 왜 그러한 무의식적 기제가 작가에 의해서 구사되고 있는 것인가 하는 점이다. 이는 작가의 이념적 지향점이 어떠한가에 대한 질문으로 이어질 수밖에 없는데, 돈과 성에 대한 여성의 욕망 자체를 죄악시하고 그 의식 자체를 차단시키고자 하는 장치가 바로 탕녀 이미지를 부각시키는 데 이른 것이다. 근대의 상징인 자본과 욕망은 여성성과 공존할 수 없는 개념으로 인식됨을 볼 수 있다. 또한 여성은 성스러워야 한다는 이념적 가치를 타락한 여성의 최후의 종말을 보여줌으로써 실현시키고 있는 것이다. 이는 음화를 드러내어 그것을 강화시킴으로써 양화를 견고하게 지키고자 하는 논리의 연속으로 보인다. 즉 여성의 부정성을 통해 여성의 좌절을 그림으로써 남성의 긍정화가 더욱 분명해지는 논리일 것이다. 이러한 논리가 바로 여성에 대한 탈신화적 논리이며, 탈신화의 작용으로 드러난 김동인의 남성적 근대성이다. 여성성의 탈신화화는 여성의 근대적 욕망이 죄악시되는 전략이며 욕망이 배제된 원형적 신화 여성성을 도덕적 가치로 삼는 무의식적 신화 작용이다. 이는 질베르 뒤랑의 논리에 따르면 원형으로서의 근본적 위상, 역할이 실제로 분화되어 나타나는 신화적 담론이다. 이는 신화적 힘이 중화되어 약화되는 중간이며 비신화화되는 순간과 일치되는 개념이다.[109] 김동인 작품에서 우리 신화의 생산적 여성 이미지를 견고하게 드러내는 측면이 강조되었다면 신화적 여성성의 표출이라고 정의할 수 있을 것이다. 그러나 김동인은 우리 신화의 여성 이미지와는 다른 탕녀 이미지만을 보여줌으로써 신화의 여성 이미지를 하나의 이념적 원형으로 제시하고 있다는 측면에서 여성 그리기는 탈신화적인 것이다. 탈신화를 통해 신화를 벗어나는 것이 아니라 신화를 다시 재구성하는 논리인 것이다. 원형 신화적 이미지가 남성의 사회 질서를 견고하게 유지시켜주는 이념적 이데올로기이듯이 탈신화적 전략에 의해 구현된 여성의 이미지 역시 남성의 질서 유지를 위해 작동하는 담론 체계가 된다. 김동인이 설정하는 여성 신화적 이미지는 〈광화사〉에서 다음과 같이 제시된다.

> 커다란 눈에 그득히 담긴 눈물, 그러면서도 동경과 애무로서 빛나던 눈,
> 입가에 떠오르는 미소
>
> – 〈광화사〉 중에서

위의 묘사처럼 솔거에게 어머니는 신성한 존재인 것이다. 신성하지 못한 여성들은 탈신화의 기호작용을 거쳐 신성하지 못한 탕녀 이미지의 탈신화적 여성상에 방점을 찍게 한다. 그렇다면 솔거에게 성녀 이미지를 보이는 어머니상의 강조는 여성을 욕망의 감정을 소유할 수 있는 근대의 기표로 보지 않으려는 작가의 전략이라고 할 수 있다. 근대적 여성은 문화 생성의 기호작용이면서 자기의 성적 정체성에 대한 인식을 자각하는 욕망의 주체들이다. 그런데 김동인은 여성 주인공들이

돈과 성에 눈을 떠가는 과정을 죄악시하면서 그러한 여성의 이미지를 탈신화 과정을 통해서 보여준다. 결국 근대라는 것이 여성의 영역에서 이루어질 수 없음을 보여준다고 하겠다. 따라서 근대라는 개념 안에서 여성이 배제되었다는 위의 논리는 탈신화성의 전략이 근대성에서 여성을 배제한다는 논리를 보다 강화시켜주는 것이다. 근대적 욕망을 자각하기 시작한 김동인의 여성 주인공들은 전략적 기제 즉 인위적이고 자연스럽지 못한 죽음을 면치 못한다.

전략적 죽음과 근대성

김동인의 인물들 중에서 특히 여성 주인공들의 죽음은 매우 작위적이다. 이는 타율적이고 수동적이며 심지어 비현실적 성격이 두드러진다는 특징이 있다. 우리 근대 문학 속에서 김동인의 여성 재현 방식은 근대와 여성을 함께 바라보는 문화적 아이콘이 되어버렸다. 그만큼 〈감자〉의 복녀의 욕망은 문학사에서 강한 파급 효과를 가진다. 근대 문학에서 김동인의 '복녀'는 하나의 문화적 기억으로 작용하고 있다. 문화적 기억이란 개인과 집단이 동일한 규범, 관습, 풍습이라는 토대 위에서 공유된 과거를 회상함으로써 현재의 정체성을 구성하는 행위를 일컫는다. 이러한 상호 작용은 과거와 현재, 개인과 집단, 역사와 신화, 트라우마와 노스텔지어, 의식적 무의식적 공포나 욕망 간의 복잡한 동학(dynamic)으로부터 나온다.[110] 문화사에서 여성은 이성의 대상이 아니라 감성의 대상으로 과잉된 정서를 분출하는 기호로 작용했으며 고정된 이미지를 구축했다. 질베르 뒤랑[111]에 의하면 이미지란 고백하기 어려운 무의식과 고백된 의식화 사이에서 중재자 역할을 한다. 김동인의 탕녀 이미지는 남성 질서의 근대 형성이라는 무의식을 의식으로 표층화시키는 것이라 할 수 있다. 탈신화적 여성 아이콘을 형성하는 데 가장 큰 영향을 준 문학 작품이 김동인 〈감자〉의 복녀 이미지인 것이다. 여성 젠더화된 문화적 기억은 주로 남성들의 공적 기억에 의존한다고 볼 수 있다. 문화를 만드는 주체들이 대부분 남성이었고 여성은 계산된 남성 주체들에게 관찰의 대상이 되어왔었다. 김동인의 소설 〈감자〉는 영상화의 과정을 거치면서 에로티시즘의 과잉된 여성 욕망이라는 고정된 의미를 획득하게 되며 그 이후에 등장하는 한국 영화의 상당 부분의 여성 이미지가 복녀의 이미지를 따른다.[112] 따라서 영화 속 여성의 역할은 현실의 모습과는 상당히 다른 일상적이지 않은 인물들이 대부분 캐스팅되었다. 무당, 귀신(여귀), 양공주, 기생, 대리모(씨받이), 작부, 식모, 일탈하는 유부녀, 노처녀, 광녀, 첩, 열녀 등 많은 여성의 스펙트럼은 다소 감정의 과잉을 부추긴다. 이렇게 여성은 문화에서 타자화되고 있었다. 그러한 타자화의 측면은 본고에서 다루는 김동인의 여자 주인공들의 죽음을 이해할 수 있게 할 것이다. 타자에 의해 죽고 또 타인에 의해 죽음이 기억되는 전략이 죽음의 타자화 작업이다.

서사의 진행에 있어서 작가인 '나'의 개입을 선명하게 드러내고 있는 액자형 소설인 〈배따라기〉와 〈광화사〉는 김동인 자신이 밝힌 인형 조종술의 대표적인 예라고 말할 수 있다. '나'의 개입이 액자화되어 분명히 드러나지는 않지만 〈감자〉 역시 그러한 이야기 구조에 있어서 큰 차이는 없어 보인다. 왜냐하면 이야기 진행에 있어서 복녀에 대한 서술과 복녀가 놓인 공간이 충분히 작위적인 조작으로 읽히기 때문이다. 작품이 현실 바로 그곳이 아니라 좀 떨어진 곳에서 벌어지는 사건임을 명시하고 있다. 〈배따라기〉의 아내는 자신의 입장을 분명히 주장하지도 않은 채 급작스런 작가의 장치에 의해 죽음을 맞이하고 〈감자〉의 복녀 역시 너무도 급격하게 아무렇지도 않게 죽음을 맞이한다. 〈광화사〉의 소경처녀의 죽음은 더욱 황당하기만 하다. 솔거라는 화가의 예술적 욕구 충족을 위해 살인이 자행되는 것인데, 〈광염소나타〉와 함께 예술가 소설로 읽히는 근거가 되어왔다.

본고에서는 인형조종술[113]이라는 작위적인 기법까지 천명한 김동인이 왜 여성 주인공들을 갑작스럽고 황당하게 죽음에 이르게 하는지, 그 안에서 노리는 작가적 효과는 무엇인지, 또 그러한 어이없는 죽음들이 전략적으로 어떻게 근대성이라는 문화적 기억으로 작용되는지 살펴보고자 한다.

유기룡[114]은 〈배따라기〉의 아내의 죽음을 속죄양이나 모태 회귀의 상징으로 읽어간다. 그때 아내가 빠져 죽은 '물'은 당연히 신화적 원형적 상징에 해당하는 것이다. 그가 주장하는 것처럼 죽음이 태초의 시간으로 귀의하려는 것이라면 작품의 근본적인 의미와는 좀 거리가 있어 보인다. 아내의 죽음이 더 가치 있는 존재로 재생을 시도한 초월적인 것이라면 김동인이 조작한 인형술과는 좀 어긋난다는 것이 본고의 논지이다. 아내의 이미지를 영원한 삶의 동반자로 형상화한 민간 신화의 원형적 여성상이라는 의미로 본다면 〈배따라기〉의 여인은 그렇게 충동적으로 죽을 이유가 없는 것이다. 아내는 자신의 억울한 마음을 표현하는 방편으로 물에 빠져 죽은 것이다. 여기에서 물은 모태 회귀라기보다는 남편에게 평생을 떠돌게 하는 주술적인 의미를 지닌다. 물에 빠져 죽은 아내가 아무런 죄가 없다는 것을 안 〈배따라기〉의 남편은 물에서 벗어나지 못하는 주술에 걸려든 것이다. 따라서 이러한 논리에 비추어볼 때 영유배따라기를 죽음의 예술적 승화라고 보는 것은 작품의 의미를 획일화시키는 논리가 될 수 있을 것이다. 또한 〈배따라기〉에서 '물'을 모태 회귀라고 본다면 아내의 죽음은 아무런 주술성도 가지지 못하고 만다. 아내의 죽음 이후 아우는 마을을 떠나 떠돌고 형은 아내와 아우에게 사죄하는 마음으로 기나긴 씻김굿을 행하고 있는 것이다. '영유배따라기'의 노래는 아내의 죽음이 만들어낸 예술 작품이 아니라 아내와의 화해를 염원하는 남편의 속죄 의식이 담긴 주술적 혹은 죄 씻김의 노래이자 한을 머금은 노래일 것이다.

그렇다면 〈광화사〉의 소경처녀의 죽음은 어떠한 인형조종술의 의미가 담겨있는 것일까. 이 작품은 소경처녀의 죽음이 주로 예술 작품으로 승화된 여인의 넋 정도로 해석되어온 것이 그간의 주된 논의였다. 그렇기 때문에 예술가 소설이라는 꼬리표에서 더 이상 진전된 이야기가 나오기 어려워진다. 본고는 소경처녀에게 포커스를 맞추어 죽음의 의미를 탐색하고자 한다. 작품에서 처녀의 눈은 세 가지로 구체화되어 묘사된다. 환상과 '신비를 볼 수 있는 신성한 눈', '여인과 애욕의 눈', '원망의 눈'으로 그려지고 있다. 주로 지금까지 신화적인 관점에서 이 작품을 논한 논의들에서는 신성한 눈과 애욕의 눈에 초점을 두고 이야기되어왔다. 여인의 영혼이 그림에 점화된 것으로써 인간의 영혼이 사물에 옮겨올 수 있다는 것을 중요하게 바라본다면 이것만으로도 신화성은 획득된다. 그러나 본고에서는 '원망의 눈'에 초점을 맞추고 그것의 축사적 의미를 신화적 상상력으로 파악하고자 한다. 지금까지는 여인의 죽음이 화상의 그림으로 옮겨와서 예술 작품을 완성시키는 데 관심을 두었다면 본고는 이 그림의 신화적 주술성에 초점을 두고 소경처녀의 죽음의 의미를 바라보고자 한다. 소경처녀가 죽고 나서 작품 마지막에 묘사된 내용을 살펴보도록 하자.

> 수일 후부터 한양성 내에는 괴상한 여인의 화상을 들고 음울한 얼굴로 돌아다니는 광인 하나가 생겼다. 〈중략〉
> 이렇게 수년간 방황하다가 어떤 눈보라 치는 날 돌베개를 베고 그의 일생

을 마감하였다. 죽을 때도 그는 그 족자는 깊이 품에 품고 죽었다.

– 〈광화사〉 중에서

위의 인용문에서 화공은 소경처녀의 '원망의 눈'이 찍힌 여인의 화상을 품고 방황하다가 죽는 것으로 나온다. 이는 소경처녀의 원망적 주술이 가지는 신화성이다. 죽음의 예술 작품으로의 승화는 인물들 간의 관계를 정치하게 파악하지 않는 데서 오는 표층적인 해석일 수밖에 없다. 배따라기의 노래나 화상의 눈은 예술 작품으로의 승화라고 보기엔 지나친 해석의 단순함이 문제로 지적될 수 있다. 서사는 그럴듯함에서 작품의 리얼리티를 획득한다. 그런데 김동인에 와서 그럴듯함 즉 핍진성(vraisemblable)[115]이라고 칭하는 개념이 좀 흔들리는 것을 볼 수 있다. 크리스티앙 메츠는 이 용어를 사실처럼 보이는 그럴듯한 속성이라고 칭하고 있는데 작위적인 김동인 여주인공들의 일련의 죽음은 핍진성이 결여되어 있다. 핍진성이 사물과 세계의 반영으로부터 창출되는 것이 아니라 허구적 사실과 서사적 진실을 둘러싼 일련의 규칙을 창출하는 데서 오는 효과[116]임을 인정하더라도 작위적인 죽음이라는 것을 반박할 근거가 희박해 보인다. 그렇다면 김동인은 여성들의 죽음을 왜 전략적으로 작품 안에 끌어오고 있는 것인가 다시 의문을 던질 수밖에 없다. 이 세 작품으로 전체 작가론의 죽음 의식을 보편화시키는 데는 해석의 위험이 따를 수 있다. 그럼에도 불구하고 죽음의 양상을 살펴보고 해석해내는 것은 여성의 전략적 죽음이 김동인의 작품의 근대성을 이해하는 단초로 작용할 수 있다고 본다.

김동인의 단편 세 작품 안에서 죽음의 재현 양상은 크게 두 가지로 말할 수 있다. 〈감자〉처럼 죽음이 모든 것을 무화시키는 소멸 그 자체일 수 있고, 〈배따라기〉와 〈광화사〉처럼 여성 주인공들의 죽음이 살아

있는 남자 주인공들의 삶에 반사 굴절되어 살아있는 사람들에게 주술성을 걸어 남자 주인공 역시 죽음 자체로 소멸되거나 상실될 존재들로 그려진다는 것이다. 그렇다면 이들의 죽음은 내세에까지 이어지는 전통적인 한국적 죽음의 의미를 벗어나고 있다고 볼 수 있다. 신화적 관점으로 바라볼 때 죽음은 삶의 또 다른 국면을 보여준다는 범박한 의미를 가진다. 이 의미는 죽음 이후의 내세적인 삶이 존재한다는 것인데, 이집트의 오시리스처럼 죽음을 경험하고 그 세계를 선택하는 것이 그것을 입증한다. 우리 신화에서는 바리공주가 저승에 다녀와서 일상적인 현실에서 살아가는 경우도 있다. 또 오르페우스의 부인 에우리디케나 일본의 이자나기의 부인 이자나미처럼 죽음의 세계에만 존재할 수도 있다.[117] 어쨌든 죽음의 세계는 죽음이 삶의 꼬리를 물고 있는 우로보로스 뱀처럼 삶의 다른 국면으로 순환적 세계관으로 읽혀왔다. 그런데 김동인의 죽음이라는 개념은 이러한 신화적 사유를 접목시키는 데 제동을 건다. 복녀의 죽음으로 상정되는 신화적 죽음의 세계는 존재하지 않으며, 아내와 소경처녀의 죽음도 현세의 노래와 그림의 축사적 주술성을 가지는 것으로만 읽히고 더더욱 남자 주인공들이 죽음에 이른다는 것을 가정할 때 그 이후에 담긴 죽음의 의미는 신화적 죽음으로 해석하기에 무리가 따른다. 물론 〈배따라기〉나 〈광화사〉의 경우처럼 죽음 후에 남는 예술 작품인 노래와 그림으로 죽음의 신화적 의미를 찾고자 시도할 수 있지만 죽음을 삶의 다른 국면으로 바라보는 신화적 사유에는 잘 부합되지 않는다. 김열규[118]는 『한국인의 자서전』이라는 책에서 '죽음'을 고찰하고 있는데 죽음이란 못다 한 삶의 마무리이며 깨달음을 향한 새로운 통로가 된다고 말한다. 이는 죽음 역시 삶의 한 방편으로 볼 수 있다는 것인데 죽음이 끝이 되어버리는 복녀의 이야기나 노래와 그림으로 죽음이 현현되는 김동인의 견해와는 좀 차이가 있다. 물론 유기룡이 해석한 대로 〈배따라기〉의 아내의 죽음이 남편의 배따라기에 의해 삶으로 연장되고 있다고 바라볼 수도 있겠다. 하지만 신화적 사고의 죽음의 의미는 삶과 죽음이 마치 우주의 알처럼 서로 교호하면서 순환한다는 상상력이 있어야 하는데 부인의 죽음은 남편의 삶 동안에만 굴절되어 죽음의 세계까지 이어지지 못할 수도 있다는 것이다. 아내의 죽음의 굴절된 반사는 원으로 말하면 삶의 영역까지 반원을 그릴 뿐이다. 〈광화사〉의 소경처녀도 〈배따라기〉의 아내의 죽음과 비슷한 궤도에서 이해된다. 나경수[119]는 죽음이라는 것이 하나의 문턱의 영역(liminal zone)이 된다고 설명한다. 이 영역 좌우에는 이승과 저승이라는 이질적 세계로의 공간 이동이 가능하고 탄생에 의해서도 이러한 공간 이동은 가능하다고 보았다. 결국 삶과 죽음은 동일하다는 것이다. 김동인에게 과연 죽음은 무슨 의미였을까. 그의 작품에서는 '복녀'처럼 죽음에 의해서 세계가 닫히거나 '아내'와 '소경처녀'처럼 상대방의 삶에 주술적 축사의 역할에 한정될 뿐이다. 즉 김동인에게 죽음은 삶의 이면이거나 삶의 또 다른 형식이라는 신화적 사유가 매우 희박함을 유추할 수 있다.

그렇다면 마지막으로 왜 이러한 여성들의 죽음의 장치를 전략적으로 그리고 있느냐가 해결되어야 하겠다. 전략적이라는 말에는 '인위적인' 또는 '계획적인'이라는 의미가 담길 수밖에 없는데 '인형조종술'과 '여성 배제의 근대 논리'와 연관시켜 이해할 수 있을 것이다. 삶이 자연스러운 것처럼 죽음도 자연스러운 삶의 과정 안에서 진행되어야 신화의 세계는 구현될 것이다. 따라서 김동인의 작위적인 죽음은 근대성의 여성 배제의 논리로 이해되어야 하겠다. 결국 김동인의 여성 주인공들의 인위적인 죽음은 시대적인 관계 즉 사회학적인 기호작용으로 해석할 수밖에 없을 것이다. 욕망하는 여성은 기존의 확고한 남성-

되기의 사회 질서를 교란시키는 기호가 될 수 있다. 따라서 남성 중심의 근대화에 여성의 욕망은 죽음이라는 작위적인 종말을 맞이하게 되는 것이다. 작가는 마치 여성들의 욕망을 인형 다루듯이 과감히 파괴하고 있다. 김동인의 근대 개념하에서 여성은 신화적 원형성을 가지지 못하면 결국 죽음에 이르러야 한다는 논리가 성립한다. 따라서 김동인의 작품들에서 인간의 욕망이 감금당한 시대적 의미는 죽음이라는 기호로 해석될 수 있을 것이다. 여성의 전략적 죽음은 둘째 단락에서 여성 배제의 근대화 논리, 셋째 단락의 탈신화성에 의한 근대성의 논리와 유기적으로 맞물려 해석할 수 있을 것이다. 여성의 욕망은 근대적 자각의 기호작용인데 이러한 여성들의 죽음은 여성들의 욕망 생성을 차단시키는 전략으로 채택되고 있으며 작가의 근대성 안에서 여성은 배제되어 있다고 볼 수 있다.

우리는 무의식적으로 우리에게 자리 잡고 있는 김동인의 정전 텍스트에 대해 다시 읽기를 시도함으로써 텍스트의 의미 생산망을 새롭게 구축해볼 필요가 있다. 하여 다소 논리에 비약이 발생할 수 있겠다는 위험 부담을 감내하면서 논의를 펼치는 이유는 서론에서 밝힌 바와 같이 우리 정전 작품의 의미 생산성에 확장을 꾀하고자 함이다. 다시 말하면 김동인의 작가론과 작품론이 지나치게 일방적인 해석에서 오는 작품의 경직화를 풀어보고자 시도한 해석이라고 말할 수 있을 것이다. 본고가 다루고자 했던 것은 '여성성과 근대성'이라는 화두를 보다 구체적으로 논의하고자 '여성 배제의 논리, 탈신화성, 전략적 죽음' 등으로 세분화시킨 신화적 고찰이었다. 김동인의 단편 소설에서 재현되는 여성 주인공들을 통해 작가가 바라보는 근대를 신화적 관점을 통해 읽어보고자 했고, 그러한 사유의 과정에서 김동인 작품에서의 근대성이라는 개념이 여성 배제의 논리를 담고 있음을 살펴보았다. 따라서 근대화에서 '여성-되기'의 욕망은 야성의 회복으로 그려지고 완성된 남성에 의해 그 욕망은 차단된다는 논리였다. 여성의 현실적인 욕망은 허용되지 않으며 여성은 신성한 영역 안에서만 고상한 존재로 남아있어야 존재 의미를 획득한다. 여성성이라는 측면은 바로 근대의 배제된 원리의 확장된 은유 개념이었다. 그렇다면 여성을 근대에서 배제할 논리적 근거는 어디에 두고 있는가. 본고는 우리 민간 신화의 여성 원형성을 살펴보고 김동인의 여성 주인공들이 얼마나 탈신화적으로 그려짐으로써 신화적 신성성을 구현하고 있는지 그 과정을 탈신화적 관점에서 논의하였다. 마지막으로는 그러한 근대 배제의 논리와 탈신화적 여성성의 결말이 어떻게 죽음이라는 수단을 이용하는지 살펴보았다. 그리고 김동인의 죽음이 신화에서 말하는 죽음과 어떻게 변별되는지 살펴보았고 왜 그러한 인형조종술 같은 죽음의 전략을 사용하고 있는지도 살펴보았다. 본고는 김동인의 여주인공들의 죽음을 전략적 죽음이라는 용어로 정의하고 사회학적인 기호작용으로서 죽음을 해석하고자 하였다.

제3장

김유정 문학에 나타난 양성성의 신화와 아름다움의 놀이성

김유정 문학의 스토리텔링과 신화성

한국의 1930년대는 그 이전의 문학과는 다른 다양한 시도가 있었던 시기였다. 작가들은 관심을 수평적, 수직적으로 그 폭을 넓혀갔고 그런 결과가 문학적으로 다양하게 나타났다고 볼 수 있다.[120] 김유정에게 사회란 '존재하는 것'이다. 따라서 그의 작품에 나오는 모든 인물들은 사회에 항거하기보다는 사회의 부조리를 느끼지 못하면서 인물들끼리 미시적으로 갈등하는 게임의 양상을 지닌다. 그러나 여기에는 사회적 놀이의 서사 전략이 존재한다. 서술자가 사회 현상에 대해서 직접 설법하고 있지는 않지만 인물들의 행동 양상과 갈등 구조는 사회적인 담론을 이끄는 구조를 취한다. 김유정의 이야기들이 사회적 놀이를 실행시키는 지점이다.

지금까지 김유정의 작품 세계를 여러 각도로 탐구해보았다. 놀이와 게임의 상상력으로 김유정을 바라보면서[121] 그 재미난 전복된 상상력과 열린 게임의 방식을 비보이의 문화 콘텐츠 놀이 상상력으로 적용해서 풀어보았다.[122] 서사와 영상의 관계 속에서 영화 〈땡볕〉을 살펴보았고[123] 김유정의 〈산골나그네〉의 옷에 대한 상상력과 〈소낙비〉에서 도박 밑천으로 아내를 종용하는 상상력을 민간 신화 〈궁상이굿〉의 도박 상상력과 남편 구하기 상상력으로 풀어보았다.[124] 김유정은 현대 디지털 놀이상상력이 펼쳐지는 세계에서 다시 읽기(rereading)[125]를 가능하게 하는 작가이다. 오늘날만큼 스토리텔링과 아름다움에 대한 관심이 많았던 시기도 없는 듯하다. 입는 것 하나에도 먹는 것 하나에도 보는 것 하나에도 축제에서도 모두 스토리텔링을 주창한다.

　김유정의 작품 안에는 먼 신화 시대에서부터 과거를 살다간 사람들의 모습과 현대를 살아가는 인물들의 이야기가 펼쳐지고 있고 따라서 과거 먼 신화 속 인물들의 이야기가 희미하게 그려져 있다.[126] 이러한 상상력을 잘 탁본해서 살펴보면 그것은 우리 민간 신화의 원천적인 재미난 상상력을 담고 있다. 문화 속 여성과 남성의 상상력은 우리의 민간 신화의 인물 상상력의 심층적인 이해를 필요로 한다. 우리 문화 속 주인공들은 그 자체로서 일종의 설화를 가지고 등장한다. 이 설화의 근간적 상상력은 우리의 민간 신화와 전통적으로 함께 읽히는 부분이다. 따라서 〈삼공본풀이〉, 〈원천강본풀이〉, 〈바리데기〉, 〈궁상이굿〉, 〈성주풀이〉, 〈천지왕본풀이〉, 〈칠성본풀이〉, 〈세경본풀이〉, 〈관청아기본풀이〉, 〈삼승할망본풀이〉, 〈제석본풀이〉, 〈이공본풀이〉 등 민간 신화의 상상력을 김유정 문학의 인물 상상력에 입각해 다시 읽어볼 필요가 있을 것이다.[127] 이뿐만이 아니다. 조선 시대 『삼강행실도』에 등장하는 열녀와 아름다움의 이데올로기가 작품 곳곳에 스며 있으며 『삼국유사』 속에 등장하는 당돌한 여성들인 도화녀와 수로부인과 같은 양성성의 인물들을 읽어낼 수 있다. 이러한 읽기가 동반된다면 김유정 문학에서 재현되거나 현현되는 인물의 원천 스토리텔링을 신화적 상상력으로 살피는 데 요긴할 것이다.

　김유정의 작품에 등장하는 남성들은 하나같이 좀 얼뜨기이다. 이는 우리 신화에 등장하는 무수한 남성의 원형적 이미지를 떠올리게 한다. 강력한 유교주의의 전통을 가진 나라에서 이렇게 허술한 남성 이미지를 원형으로 제시하는 것은 매우 흥미로운 일이다. 서사의 형성은 현실의 대응으로써 이루어지기도 하고 현실에 대한 반대응으로써 허구 서사가 형성되기도 한다. 따라서 대응과 반대응의 유기성을 함께 살펴보는 과정에서 서사의 적절한 해석은 놓일 것이다. 민간 신화 〈성주풀이〉에 등장하는 황우양씨는 막막부인의 당부를 어겨서 큰 화를 당한다. 천하궁 누각 지붕을 짓기 위해 길을 떠난 황우양씨와 거짓말을 해서 옷을 바꿔 입는 소진항은 〈금따는 콩밭〉의 영식과 영식을 속인 수재를 떠올리게 한다. 〈동백꽃〉의 좀 어리숙한 주인공 나는 당찬 점순이에게 압도되는 이미지로 〈세경본풀이〉의 문도령과 정수남을 연상시킨다. 자청비의 당찬 삶의 태도는 이들을 이끄는 힘을 가진다. 역시 〈삼공본풀이〉의 가믄장아기의 배필이 된 셋째 마퉁이는 김유정 작품 〈솥〉의 어리숙한 남성 주인공 근식을 연상시키며 임신한 아내를 병원에 데려가서 큰돈이나 만져볼 생각에 헛된 꿈을 꾸는 〈땡볕〉의 덕순이는 〈궁상이굿〉의 궁상이를 연상시킨다.

　김유정의 작품에 등장하는 남성 주인공들의 원형적 이미지와 더불어 여성들 역시 민간 신화의 원형적 이미지를 많이 따르고 있다. 그런데 전체적으로 남성 주인공들의 이미지는 좀 부족하면서 허황되며 소심하고 지극히 운을 지향하고 있지만 여성 주인공들의 모습은 다양한 터주신의 원형적 이미지를 보여주고 있다. 본고는 김유정이 그리는 여성 이미지를 세 가지 틀로 들여다보려고 한다. 첫째, 삼강적 여성의 이데올로기를 보여주는 터주신의 원형을 찾아보는 신화적 독서를 진행할 것이다. 가정을 지키는 미덕을 최고의 선으로 여기던 여성을 삼강적 여성 인물이라고 칭하고 이러한 여성을 민간 신화 〈성주풀이〉의 터주신 막막부인의 이야기에서 풀어갈 것이다. 김유정의 작품 〈땡볕〉, 〈솥〉, 〈산골나그네〉 등에 등장하는 삼강적 여성은 모두 가정을 지키기 위해 혼신의 힘을 다한다. 그녀들에게서 터주신의 원형을 찾아보면서 김유정 스토리텔링의 원천적 상상력을 찾고자 한다. 둘째, 자신의 의견을 거침없이 이야기하는 근대적 자아의 원형으로 민간 신화 〈삼공본풀이〉의 가믄장아기를 살펴볼 것이다. '가믄장아기'는 김유정의 〈동백꽃〉과 〈봄봄〉의 '점순'의 원형적 이미지를 가진다. 민간 신화와 김유정 소설 속의 근대적 자의식을 가진 여성을 양성성의 인물로 풀어갈 것이다. 셋째, 아름다움이라는 의식을 문화적인 것으로 파악하고자 하는 과정을 살필 것이다. 민간 신화 〈세경본풀이〉의 '자청비'가 가지는 미의식과 자의식의 관계를 살펴봄으로써 아름다움이라는 관념이 인간의 자의식과 어떤 관계를 가지는지 살필 것이다. 미의식을 향한 자청비의 노력은 자의식 향상과 밀접한 연관성을 가지는 것이다. 이는 김유정 작품 〈안해〉의 미추를 살펴보는 근거가 될 것이다. 소설 속 주인공의 안해는 매우 못생긴 여성이지만 아름다움의 인식 전환을 통해서 사회적 인간으로 나아가는 열린 인물이다. 이 세 가지의 양성성의 문화 담론과 신화적 독서를 통해서 아름다움의 기호작용이 어떻게 김유정 작품 안에서 일어나고 있는지 살필 것이다. 이로 인해 김유정의 다시 읽기(rereading)는 새로운 틀(frame)[128] 안에서 해석될 수 있을 것이다.

삼강적 여성과 신화적 독서 작용

공자는 『논어』 〈술이〉 편에서 '나는 나면서부터 알게 된 사람이 아니라 옛것을 좋아해 민첩하게 그것을 구한 자이다.'[129]라고 말한다. 우리는 여기에서 공자의 현실 인식이 과거를 좋아해서 현실을 되짚어보고 미래를 생각하는 힘이라는 것을 이해하게 된다. 우리에게 김유정의 글 읽기가 당대의 담론 구조에서만 바라볼 것이 아니라 과거를 통해 읽을 수 있는 근거를 제공한다고 하겠다. 김유정의 이야기들을 보면서면 과거에서 내려오던 우리의 신화 상상력과 삼강적 상상력을 살펴볼 수 있을 것이다. 김유정의 여주인공들은 전체적으로 터주신의 이미지이다. 반대로 김유정의 남주인공들 〈노다지〉의 꽁보와 더펄이는 금을 캐서 인생을 바꾸어보고자 하고 〈만무방〉의 응칠이는 그저 세월 가는 대로 먹고살려고 부인과도 헤어져 인생을 노니는 인물이다. 〈솥〉의 근식은 마을에 온 들병이에게 빌붙어 살아가려고 하고 〈소낙비〉의 춘호 역시 부인에게 매매춘을 요구해서 돈을 얻으려 한다. 〈금따는 콩밭〉의 영식은 수재의 말을 믿고 멀쩡한 콩밭을 모조리 파서 농사를 망쳐버린다. 무책임한 남성 주인공들을 가정이라는 곳에서 지키고자 하는 인물은 하나같이 터주신의 현현된 모습인 여성 주인공들이다.

김유정의 〈산골나그네〉의 나그네는 자신의 남편을 구하기 위해 일부러 산골 주막에서 떠돌이처럼 생활하면서 거짓 결혼까지 한다. 자신의 남편을 위해 덕돌이 아끼는 귀한 옷가지를 가지고 도망 나와 결국 자신의 남편에게 입혀 길을 떠난다. 김유정의 여성 주인공은 가정을 지키기 위해 많은 희생을 치른다. 〈땡볕〉에서 덕순 처는 죽은 아이를 배 속에 13개월째 가지고 있다. 당장 수술을 해야만 살 수 있다. 그녀에게 아이를 꺼낸다는 것은 자신의 가정이 사라지는 것과 같다. 〈솥〉의 근식은 마을 들병이에게 살림살이를 모두 가져다주고 그녀에게 얹혀서 무위도식할 것을 꿈꾼다. 급기야 자기 집의 솥까지 가져다주는 일을 저지른다. 그러나 근식 처는 솥을 가지고 떠나는 들병이에게 솥을 돌려달라고 달려든다. 들병이 역시 자신의 아이와 가정을 지키는 또 하나의 터주신의 반향된 역할을 담당한다. 산골 나그네, 덕순 처, 근식의 처, 근식을 속인 들병이 모두 가정을 위해 자신을 희생시키면서 가정이라는 세계를 지키고자 하는 〈성주풀이〉 막막부인 터주신의 현현체들이다.

〈성주풀이〉의 주인공 황우양씨와 막막부인은 사이가 좋은 부부이다. 그런데 냄새나는 양말을 부엌에 두는 바람에 조왕할아버지의 노여움을 산다. 조왕할아버지는 저승 차사를 도와 황우양씨가 천하궁 누각 지붕을 짓게 한다. 길을 떠나는 황우양씨에게 막막부인은 두 가지 당부를 하는데, 하나는 가면서 누구에게도 말을 걸지 말라는 것이고 또 하나는 집을 지을 때 헌 목재를 사용하라는 것이었다. 부주의한 황우양씨는 지하궁 돌성을 쌓고 오는 소진항에게 속아서 옷을 갈아입게 되고 소진항은 자신이 황우양씨라고 속여 막막부인을 취하려 한다. 막막부인은 자신의 남편이 아닌 것을 알고 여러 가지 꾀를 내어 소진항에게 맞선다. 그러던 중 하늘나라 황우양씨는 꿈자리가 이상해서 빨리 헌 목재를 써서 일을 마치고 다시 돌아와 부인이 소진항에게 잡혀있음을 알게 된다. 부부는 지혜를 발휘해서 소진항을 무찌르고 가정을 지키는 성주신과 터주신이 된다.

김유정의 작품 〈솥〉, 〈산골나그네〉, 〈땡볕〉 등에 나타나는 터주신의 현현인 여성이 가정을 지키기 위해 어떤 일을 하는지 살펴보자.

① 그러나 근식이는 아무 대답 없고 다만 우두커니 섰을 뿐이다. 이 때 산모퉁이 옆길에서 두 주먹을 흔들며 헐레벌떡 달겨드는 것이 근식이의 아내이었다. 일을 벌어졌으나 말을 하기에는 너무도 기가 찼다. 얼굴이 새빨개지며 눈에 눈물이 불현듯 고이더니,

「왜 남의 솥을 빼가는 거야?」 하고 대뜸 계집에게로 달라붙는다.

계집은 비녀 쪽을 잡아채는 바람에 뒤로 몸이 주춤하였다. 그리고 고개만을 겨우 돌리어,

「누가 빼갔어?」 하다가,

「그럼 저 솥이 누 거야?」

「누건 내 알아? 갖다 주니까 가져가지!」 하고 근식이 처만 못하지 않게 독살이 올라 소리를 지른다. 동리 사람들은 잔눈을 비비며 하나 둘 구경을 나온다. 멀찍이 떨어져서 서로들 붙고 떨어지고,

「왜 남의 솥을 빼가는 거야, 이 도둑년아!」 하고 연해 발악을 친다. 그렇지마는 들병이 두 내외는 금새 귀가 먹었는지 하나는 짐을, 하나는 아이를 둘러 업은 채 언덕으로 유유히 내려가며 한번 돌아다보는 법도 없다.

- 〈솥〉,『동백꽃』, 문학사상사, 1997, 117-118쪽

② 벽이 확 나가고 네 기둥뿐인 그 속에 힘을 잃은 물방아는 을씨년 굿게 모로 누웠다. 거지도 그 옆의 홑이불 위에 거적을 쓰고 누웠다. 거푸진 신음이다. 으! 으! 으흥! 서까래 사이로 달빛은 쌀쌀히 흘러든다. 가끔 마른 잎을 뿌리며…….

"여보 자우? 일어나게유 얼핀."

계집의 음성이 나자 그는 꾸물거리며 일어나 앉는다. 그리고 너덜대는 홑적삼의 깃을 여며 잡고 덜덜 떤다.

"인제 고만 떠날 테이야? 쿨룩…….'

말라빠진 얼굴로 계집을 바라보며 그는 이렇게 물었다. 십 분 가량 지났다. 거지는 호사하였다. 달빛에 번쩍거리는 겹옷을 입고서 지팡이를 끌며 물방앗간을 등졌다.

골골하는 그를 부축하여 계집은 뒤에 따른다. 술집 며느리다.

"옷이 너무 커…… 좀 작았으면……."

"잔말 말고 어여 갑시다. 펄쩍……."

계집은 부리나케 그를 재촉한다. 그리고 연해 돌아다보길 잊지 않았다. 그들은 강 길로 향한다. 개울을 건너 불거져 내린 산모퉁이를 막 꼽뜨리려 할 제다. 멀리 뒤에서 사람 욱이는 소리가 끊일 듯 날 듯 간신히 들려온다. 바람에 먹히어 말소리는 모르겠으나 재없이 덕돌이의 목성임은 넉히 짐작할 수 있다.

- 〈산골나그네〉, 『동백꽃』, 문학사상사, 1997, 138쪽

③ "나는 죽으면 죽었지 배는 안 째요."

하고 얼굴이 노랗게 되는 데는 더 할 말이 없었다. 죽이더라도 제 원대로 죽게 하는 것이 혹은 남편된 사람의 도릴지도 모른다. 안해의 꼴에 하도 어이가 없어,

"죽는 거보담야 수술을 하는 게 좀 낫겠지요!"

비소를 금치 못하고 섰는 간호부와 의사가 눈에 보이지 않도록 덕순이는 시선을 외면하여 뚱싯뚱싯 안해를 업고 나왔다. 지게 위에 올려놓은 다음 엎디어 다시 지고 일어나려니 이게 웬일일까, 아까 오던 때와는 갑절이나 무거웠다.

- 〈땡볕〉, 『동백꽃』, 문학사상사, 1997, 261쪽

위의 세 인용구는 각 작품에 등장하는 삼강적 인물의 현현된 모습이다. 삼강적 인물이란 『삼강행실도』에 등장하는 여성들의 이데올로기를 실현시키는 인물들이다. 주영하는 근대적 인쇄 기술을 통해 삼강적 지식과 삼강적 인물의 지식 확산이 가속화되었다고 평가한다. 즉 근대성과 과학주의를 내세운 근대에 조선총독부는 조선의 혈연주의와 가

문주의의 성리학을 공개적으로 부정하면서도 유림들을 포섭해서 봉건 사유의 핵심인 삼강적 지식 체계를 확산시켰다고 주장한다.[130] 여성의 열녀되기는 열녀라는 허울 속에서 벌어지는 간접 살인이라고 주장하는 비판적 목소리도 있다. 즉 삼강적 지식은 수용자에게 내면화를 유발하지만 그 실천이 위해적이라는 것이다.[131] 『삼강행실도』[132]의 〈열녀〉편에는 예의범절을 지키다 불에 타 죽은 여인, 남편을 따라 치수에 몸을 던져 죽은 여인, 시어머니 도둑질을 대신 누명 쓰고 죽은 며느리, 왜구에게 팔과 발이 잘리지만 굴하지 않고 죽음을 선택한 여인 등 끔찍한 살인의 현장들이 보인다. 이는 가정의 터전을 지키기 위해 자신의 목숨을 초개처럼 버리는 여인들을 미화시키는 과정이며 자신의 안위보다는 가정과 사회라는 테두리를 더 중요하게 바라보게 하는 이데올로기이다.

위의 ① 〈솥〉의 인용문에서 우리는 근식의 부인이 지키고자 하는 가정의 근간이 솥이 되고 있음을 알 수 있다. 가정의 가장 근간이 되는 것이 부엌의 솥이라는 것은 조왕신을 섬기는 터주신의 현현된 모습일 것이다. 또한 다른 가정을 파괴하는 것에는 아랑곳하지 않고 유유히 길을 떠나는 들병이의 태도 역시 자신의 근간인 가정 지키기의 한 양상으로 바라볼 수 있다. ② 〈산골나그네〉에서 나그네는 자신의 병든 남편을 위해 거짓 결혼을 감행하고 덕순의 옷을 훔쳐 가지고 나와 물레방앗간에 있는 자신의 남편을 부추겨 길을 떠나는 모습을 보인다. 산골 나그네의 행위는 위장 결혼과 도둑질에 해당하지만 삼강적 지식 체계 안에서 보면 그녀는 자신의 남편과 자신을 둘러싼 가정을 위해 그런 일을 감행한 것이다. ③ 〈땡볕〉에서 덕순은 자기의 부인의 부푼 배가 연구거리가 될 것이라고 좋아한다. 그러나 그녀는 죽은 아이를 배 안에 가지고 있을 뿐이다. 당장에 아이를 꺼내서 아내를 살려야 하지만 그에게는 당장 돈이 없다. 또한 완강하게 수술을 거부하는 아내에게 아이는 자신의 가정을 지키는 근간으로 작용한다. 그녀에게 아이를 꺼내기 위해 배를 째는 일은 죽음과 가정의 파괴를 의미한다. 따라서 수술을 거부하는 그녀는 자신의 행위가 가정을 지키는 일이라고 여긴다.

위의 세 인용구에 등장하는 아내들은 가정을 지키기 위해 싸움을 불사하고 남을 속이는 것을 감행하고 위장 결혼을 하며 심지어 도둑질을 하기도 하고 죽음을 맞이하는 희생정신을 발휘한다. 이는『삼강행실도』에서 끔찍한 죽음을 감행한 열녀들의 모습에 다름 아니다. 터주신의 이데올로기는 주로 여성에게 강요된 측면이 강했다. 이는 문학의 형상화로 보자면 사회의 불합리에 어찌할 수 없는 남성들의 무능함을 상징적으로 그리는 것일 수도 있고 삼강적 여성되기를 그림으로써 당시의 여성의 불합리를 그대로 그려내려는 의도일 수도 있다. 혹은 그러한 의식과는 별개로 민간에 내려오는 원천적 상상력을 무의식중에 자연스럽게 그려놓고 그것을 통해 사회의 불합리를 읽게 하는 것일 수도 있다. 앞에서 김유정에게 사회는 '존재하는 것'이라는 표현을 했다. 김유정은 삼강적 인물을 작품 안에 살게 함으로써 당시의 불합리한 것을 유머와 해학으로 그려내고 있다.

김유정 소설에 등장하는 삼강적 여성 읽기는 그대로가 신화적 독서의 결과라고 할 수 있다. 신화적 독서는 독자들이 경험하는 독서를 통해서 고대 사회의 구성원들이 경험하는 신화적 요소를 발견하는 것을 말한다. 즉 독서를 통해 고대 사회의 신화와 만난다는 것인데, 독서는 대단한 장관을 보여주기보다는 시대를 초월하게 하고 새로운 세계로 우리를 이끈다. 독서는 과거의 이야기를 독자가 읽는 시점에서 이해하고 반영하게 함으로써 오늘날의 역사에 영향을 끼친다는 것이다.[133] 김유정 소설 속에 등장하는 여성들 속에서 삼강적 여성의 상상력을 읽어 내고 일제 시대 사회의 근간을 이루는 가정 지키기의 험난함을 읽어내는 것은 그대로가 신화적 독서의 여정이라고 할 수 있다. 그러한 상상력은 현실의 가정 지키기와 미래의 가정 지키기가 어떤 의미인지까지 생각하게 하는 상상력의 징검다리인 것이다.

근대적 자아의 형성과 양성성의 신화

근대의 형성은 인간의 자의식과 긴밀한 연관성을 가진다. 김유정의 작품에서 등장하는 삼강적 여성과는 다소 다른 여성군이 등장하는데 〈동백꽃〉과 〈봄봄〉에 등장하는 '점순'이라는 인물이다. 근대 초기 『신여성』과 『부인』 등의 잡지를 통해 근대적 여성에 대한 문화적 수용이 일어나고 있었지만 김유정의 주인공들은 그러한 문화적 영향을 받지 못하는 시골 출신들이다. 두 작품에서 묘사하는 '점순'은 일정 부분 겹치고 있는 듯하다. 점순은 삼강적 여성들에게서 보이는 희생정신이 드러나지 않는다. 오히려 자기의 주장을 먼저 내놓을 수 있고 호불호를 솔직하게 토로하는 적극적인 여성 즉 양성성의 인물들이다.

100여 년 전 버지니아는 시인 콜리지(Samuel Taylor Coleridge)의 양성적 마음을 다음과 같이 인용한다. 양성성의 인간이란 타인의 마음에 항상 열려있고 공명하며 아무런 방해도 받지 않고 감정을 전달할 수 있으며 창조적이고 빛을 발하며 분열되지 않는 사람이라고 정의하였다.[134] 양성성에 대한 논의는 종교학자이자 철학자이며 문학자인 미르치아 엘리아데(Mircea Eliade)에게도 주된 관심사였다. 엘리아데[135]는 신체적인 양성성을 이야기하면서 남성의 아니무스와 여성의 아니마가 동시에 존재하는 인간의 특성을 이야기했다.

이러한 양성적 여성의 모습을 민간 신화 〈삼공본풀이〉의 '가믄장아기'와 김유정의 '점순'에게서 발견하게 된다.[136] 우리의 제주 무속 신화에는 자기 자존감을 가장 중요하게 여기는 인물이 등장하는데, 바로 〈삼공본풀이〉의 가믄장아기이다.

제주 무속 신화 〈삼공본풀이〉의 주인공 가믄장아기는 고전 소설 〈심청전〉과 『삼국유사』의 〈효녀지은설화〉를 떠올리게 하며 마를 캐는 남자를 만나는 부분에서는 『삼국유사』의 〈무왕〉 편에 등장하는 〈서동요〉 이야기를 떠올리게 한다. 제주 무속 신화의 〈삼공본풀이〉의 막내딸 가믄장아기의 이야기는 고전 소설에 등장하는 심청이와는 근본적으로 변별점을 가진다. 일단 가믄장아기는 부모로부터 매우 독립적이다. 김정숙은 가믄장아기의 가장 중요한 동기가 일과 신념이라고 말한다.[137] 일과 신념에 의해서 자기 자신의 삶을 개척하는 인물은 아니무스적인 속성을 가진 남성적 여성인 것이다. 자청비가 잘생긴 문도령에 반해서 남장을 선택한 다소 디오니소스적인 감성적 인물이라면 가믄장아기는 집에서 쫓겨나 의탁하는 집의 가장 부족한 막내아들을 선택하는 아폴론적인 인물이다. 가믄장아기가 남편을 선택한 기준은 철저히 이성적인 판단에 의한다. 그녀는 부모에게 쫓겨나는 극한 상황에서도 감성적인 슬픔에 포기하지 않고 자신을 지켜내는 이성적인 아폴론적 인물이다. 그녀에게 남편 선택의 기준은 벗처럼 지낼 마음씨 좋은 사람이다. 그녀는 남편을 종용해서 부를 일궈낸다. 그리고 자신을 쫓아버린 부모님들을 위해 두 언니처럼 말로 치장하는 효도를 하기보다는 부모를 위해 먹을 것을 장만하고 눈을 뜨게 해주는 실천적이고 이성적인 효도를 실행한다.

〈삼공본풀이〉처럼 우리 옛이야기들에 등장하는 셋째 딸과 셋째 아들의 의미는 아주 특별하다. 매우 재주가 있거나 아니면 무척 바보스럽다. 가믄장아기는 재주 있는 셋째 딸이고 가믄장아기의 남편이 되는 셋째 아들은 반쪽이처럼 바보스럽고 충직하다. 이들의 만남은 남성적인 여성과 여성적이고 의존적인 남성의 조화라는 문화의 양성적 의미를 함축한다. 주체적이고 이성적인 가믄장아기에 비해 막내아들의 유일한 장점은 두 형들에 비해서 착한 마음을 가지고 있었다는 것이고 다행히 그것을 알아본 가믄장아기는 그를 낭군으로 맞이한다. 그런데 신기하게도 이 이야기는 신라 선화공주 이야기와 백제 무왕인 맛동의 이야기를 떠올리게 한다. 서동의 직업과 막내아들의 직업이 일치하고 있음을 보게 된다. 이들은 둘 다 부인 덕에 금을 발견한 인물들이다.

성실하고 심성이 고운 막내아들을 선택한 가믄장아기의 의지와 노력이 가미된 결과이다. 가믄장아기가 금을 얻는 과정에 분명히 의지가 반영되었다고 보는 지점이다. 그리고 선화공주와 서동이 금을 왕에게 전달한 것은 자신들의 입지를 확보하기 위한 것이었다고 볼 수 있다. 금을 신라에 전달한 다음 서동은 인정을 받아 무왕이 되었다고 전한다. 물론, 이것은 설화적 진실이다. 그러나 가믄장아기와 막내아들의 금은 보다 실천적인 부분에 쓰인다. 가믄장아기는 거지가 되고 눈이 먼 자신의 부모들을 위해 거지 잔치를 열고 눈을 뜨게 한다.

가믄장아기는 가난과 여성이라는 장애를 극복한 이야기 속의 양성성의 욕망을 가진 인물로서 지혜와 이성을 바탕으로 상황을 대처해나가는 인물이다. 가믄장아기는 자신의 뜻을 굽히지 않고 자신의 신념에 따른 길을 위해 과감히 집을 나설 수 있는 강단을 가진다. 여기에는 부모와 자식의 관계 형성에 대한 신화적 의미가 들어있다. 결국 부모와 자식은 서로에게 종속된 관계가 아니라 서로에게 독립적인 관계여야 한다는 신화적 담론 체계를 형상화한 것이다. 신화의 미토스는 현실을 이해하게 하는 로고스를 담고 있게 마련이다. 가믄장아기의 가출은 인간으로서 스스로의 자존을 인식한 여성임을 보여주기 위한 행위였다.

우리는 도전적인 양성성을 갖춘 현대 여성의 원형적 이미지를 김유정의 〈봄봄〉과 〈동백꽃〉에서도 보게 된다.

여성은 전통적으로 자신에게 주어진 사회적 역할을 부모에게, 남편에게, 자식에게 종속시키는 경향이 있었다. 가믄장아기는 부모에게 종속된 자신의 존재를 과감히 분리시킬 수 있는 양성성을 가진 인물이다. 태생부터 자존을 위해 고민하는 열등감이 없는 도전적인 여성이 미국의 학자 댄 킨들런이 정의한 알파걸이라면 태생부터 부모로부터 독립심을 가진 여성이 바로 가믄장아기이다. 가믄장아기의 남편 고르는 태도 역시 진취적이고 현명하다. 그녀가 남편을 고르는 데 있어서 부모의 의견이나 다른 사람의 조언은 의미가 없다. 그녀는 스스로 자신의 이성적 판단에 의해 남편을 선택한다. 그녀는 세 남자의 마를 먹는 방법을 보면서 인간됨을 판단한다. 가믄장아기는 셋째 아들을 자신의 남편으로 선택한다. 삼강적 이야기들에서 배필이 정해진 것이 대부분이라면 가믄장아기가 스스로 자신의 짝을 선택하는 부분은 근대를 살고 있는 김유정 소설의 주인공 점순이의 양성성의 욕망과 통한다. 〈동백꽃〉과 〈봄봄〉의 세부 내용을 살펴보자.

④「밤낮 일만 하다 말 텐가!」 하고 혼자 쫑알거린다. 고대 잘 내외하다가 이게 무슨 소린가 하고 난 정신이 얼떨떨했다. 그러면서도 한편 무슨 좋은 수가 있는가 싶어서 나도 공중을 대고 혼잣말로,

「그럼 어떻게?」 하니까,

「성례시켜 달라지 뭘 어떻게.」 하고 되알지게 쏘아부치고 얼굴이 발개져서 산으로 그저 도망질을 친다.

나는 잠시 동안 어떻게 되는 셈판인지 맥을 몰라서 그 뒷모양만 덤덤히 바라보았다.

봄이 되면 온갖 초목이 물이 오르고 싹이 트고 한다. 사람도 아마 그런가 보다 하고 며칠 내에 부쩍(속으로) 자란 듯싶은 점순이가 여간 반가운 것이 아니다.

- 〈봄봄〉, 『동백꽃』, 문학사상사, 1997, 81쪽

⑤ 점순이가 그 상을 내 앞에 내놓으며 제 말로 지껄이는 소리가,

「구장님한테 갔다 그냥 온담 그래!」

하고 엊그제 산에서와 같이 되우 좋알거린다. 딴은 내가 더 단단히 덤비지 않고 만 것이 좀 어리석었다. 속으로 그랬다. 나도 저쪽 벽을 향하여 외면하면서 내 말로,

「안 된다는 걸 그럼 어떡 헌담!」 하니까,

「쉼을 잡아채지 그냥 둬, 이 바보야!」 하고 또 얼굴이 빨개지면서 성을 내며 안으로 샐죽하니 튀들어가지 않느냐. 이때 아무도 본 사람이 없었게 망정이지 보았다면 내 얼굴이 에미 잃은 황새 새끼처럼 가여웁다, 했을 것이다. 사실 이때만큼 슬펐던 일이 또 있었는지 모른다. 다른 사람은 암만 못생겼다 해도 괜찮지만 내 아내 될 점순이가 병신으로 본다는 참 신세는 따분하다.

- 〈봄봄〉, 『동백꽃』, 문학사상사, 1997, 85쪽

⑥ "느 집엔 이거 없지?" 하고 있는 큰소리를 하고는 제가 준 것을 남이 알면 큰일 날 테니 여기서 얼른 먹어버리란다. 그리고 또 하는 소리가,

"너 봄감자 맛있단다."

"난 감자 안 먹는다, 네나 먹어라."

나는 고개도 돌리려 하지 않고 일하던 손으로 그 감자를 도로 어깨 너머로 쑥 밀어버렸다.

그랬더니 그래도 가는 기색이 없고, 뿐만 아니라 쌔근쌔근하고 심상치 않게 숨소리가 점점 거칠어진다. 이건 또 뭐야 싶어서 그때서야 비로소 돌아다보니 나는 참으로 놀랐다. 우리가 이 동네에 들어온 것은 근 삼 년째 되어 오지만 여태까지 가무잡잡한 점순이의 얼굴이 이렇게까지 홍당무처럼 새빨개진 법이 없었다.

- 〈동백꽃〉, 『동백꽃』, 문학사상사, 1997, 168~169쪽

⑦ "이 바보 녀석아!"

　"얘, 너 배냇병신이지?"

　그만도 좋으련만,

　"얘! 너, 느 아버지가 고자라지?"

　"뭐 울 아버지가 그래 고자야?" 할 양으로 열벙거지가 나서 고개를 홱 돌리어 바라봤더니, 그때까지 울타리 위로 나와 있어야 할 점순이의 대가리가 어디 갔는지 보이지를 않았다.

- 〈동백꽃〉, 『동백꽃』, 문학사상사, 1997, 171쪽

⑧ "그럼 너 이 담부터 안 그럴 테냐?" 하고 물을 때에야 비로소 살길을 찾은 듯싶었다.

　나는 눈물을 우선 씻고 뭘 안 그러는지 명색도 모르건만,

　"그래!" 하고 무턱대고 대답하였다.

　"요담부터 또 그래 봐라. 내 자꾸 못 살게 굴 테니."

　"그래 이젠 안 그럴 테야!"

　"닭 죽은 건 염려 마라. 내 안 이를 테니."

　그리고 뭣에 떠다밀렸는지 나의 어깨를 짚은 채 그대로 푹 쓰러진다. 그 바람에 나의 몸뚱이도 겹쳐서 쓰러지며 한창 피어 퍼드러진 노란 동백꽃 속

으로 폭 파묻혀버렸다.

- 〈동백꽃〉, 『동백꽃』, 문학사상사, 1997, 175쪽

위의 인용문 ④와 ⑤는 〈봄봄〉의 내용이고 ⑥~⑧은 〈동백꽃〉의 일부분이다. 〈봄봄〉의 점순이는 나를 속이고 있는 장인님의 감참외 같은 셋째 딸이다. 나는 그녀의 작은 키만큼이나 그녀의 마음도 작을 것이라고 생각했지만 얼뜨기인 나보다 훨씬 당차고 성숙한 인물이다. '밤낮 일만 하다 말 텐가!'라고 나를 부추기더니 방법을 모르는 나에게 '성례시켜 달라지 뭘 어떻게.'라고 구체적인 해결책까지 제시해준다. 나는 내면으로 부쩍 자란 점순의 적극성을 보면서 용기를 얻어 구장님한테 가서 해결책을 얻고자 한다. 그러나 별 성과 없이 돌아오자, '구장님한테 갔다 그냥 온담 그래!'라고 나를 비난한다. 급기야 내가 생각할 수도 없는 극단적인 방법까지 제시하는데, '쉄을 잡아채지 그냥 둬, 이 바보야!'라고 구체적으로 말한다. 나는 점순이가 나를 한심하게 보는 것에 매우 의기소침해한다.

인용문 ⑥의 〈동백꽃〉의 점순이는 자신이 좋아하는 남자에 대해서 매우 적극성을 가진다. 자신의 마음을 보여주기 위해 감자를 내민다. '느 집엔 이거 없지?'라고 운을 떼더니, '너 봄감자 맛있단다.'라고 정겹게 감자를 건네려 한다. 그러나 나의 무뚝뚝하고 눈치 없는 반응에 화가 난 점순은 '이 바보 녀석아!'에서 한 발 나아가 '애, 너 배냇병신이지?'라고까지 말한다. 급기야 마침내 '애! 너, 느 아버지가 고자라지?'라고 상대방의 자존심을 건드린다. 그러던 중 나는 점순이의 닭싸움으로 계속 나의 닭을 훈련시켜야 되고 나는 화가 나서 마침내 점순이의 닭을 때려죽이는 일을 저지르고 만다. 그러나 자기도 홧김에 저지른 사건에 대해서 아연실색해 있는데 점순이는 나에게 명쾌한 답변

을 제시해준다. '그럼 너 이 담부터 안 그럴 테냐?' 라고 물어보더니, '요담부터 또 그래 봐라. 내 자꾸 못 살게 굴 테니.' 라고 나에게 다짐까지 받아낼 정도로 야무지다. 그리고 점순은 나에게 '닭 죽은 건 염려 마라. 내 안 이를 테니.' 라고 불안한 나의 마음을 안도시킨다.

〈봄봄〉과 〈동백꽃〉의 점순은 자신의 사랑을 위해 스스로 적극성을 띠는 양성성의 여성이다. 마치 가믄장아기가 자기의 부모로부터 쫓겨나도 삶에 당당한 것처럼 자신과 마름인 자기 부모와는 별개의 독립체로 행동한다. 어떻게 자신의 감정을 드러내야 하는지 방법을 모르는 나에게 점순은 구체적인 방법을 제시해주고 해결책까지 마련해준다. 점순은 좀 부족한 나를 이끌어주는 양성성 이미지를 가진다. 이는 〈삼공본풀이〉의 가믄장아기가 자신의 부모에게 당당히 자신의 의견을 말하고 자신의 배필을 주체적으로 찾아가는 모습과 닮아있다. 여성 주인공 자신의 삶에 적극성을 보여주면서 남성 주인공의 남성성을 일깨우고 있는 적극성을 보인다는 점에서 김유정 문학과 〈삼공본풀이〉는 원천적으로 비슷한 상상력의 궤를 보인다.

아름다움과 자의식의 기호작용

아름다움에 대한 인식과 근대 주체 의식은 근대 초기에 가장 왕성한 논의가 될 수 있을 것이다. 근대 초기에 등장하는 잡지 『신여성』과 『부인』 등을 통해 근대 여성의 아름다움과 자의식 표출의 상관성도 살펴볼 수 있을 것이다. 이 당시 문학 작품에 등장하는 여성들은 화장이라는 외적 미의 기법을 활용해 자신을 표현하는 기회를 만든다. 잡지 『부인』, 『향흔』, 『미용강화』, 『미용문답』 등을 보면 아름다움이라는 것이 단순히 표현하는 것에 그치지 않는다는 것을 알 수 있다. 여성의 아름다움에 대한 인식은 근대 시대를 읽는 문화적 아이콘으로 작용할 수 있다. 또한 미와 추에 대한 상반된 개념 역시 당시 근대 문학에 등장하는 요소이다. 김동인의 〈광화사〉와 〈감자〉에서도 여성의 아름다움의 인식이 근대 여성의 자의식과 어느 정도 상관성을 가지고 있는지를 보여주고 있다. 이 역시 가치관과 아름다움의 관계에서 근대를 맞이하는 의미의 기호 체계로 받아들여질 수 있을 것이다. 본 논의는 김유정의 〈안해〉에 제시된 미와 추의 개념이 어떻게 자의식과 연결되는지 살펴보고자 한다. 이를 위해 민간 신화에서 아름다움이 중요한 모티프가 되는 〈세경본풀이〉의 내용을 먼저 살피고 작품 〈안해〉를 연관시켜 분석해보고자 한다.[138]

〈세경본풀이〉의 자청비는 아니무스적인 속성이 강한 남성적 여성이라고 할 수 있다. 반대로 남자 주인공 문도령은 아니마적 속성을 가진 여성적 인물이라고 볼 수 있다. 자신의 운명을 스스로 개척해가는 자청비는 궁극적으로 곡물신이 되는 여신이다. 그러나 곡물신이 되기까지 파란만장한 그녀의 삶의 스펙트럼은 현대를 살아가는 여성들의 모습과 겹치는 현대적 상상력을 담고 있다. 구체적으로 〈세경본풀이〉를 들여다보면서 어떻게 아름다움과 양성성이 실현되고 있으며 어떤 문화적 작용과 함의를 가지는지 살펴보기로 하자.

자청비는 사랑에 적극적인 여신이면서 농경의 여신이기도 하다. 자청비는 문도령의 사랑을 얻기 위해 남장을 선택한 과감함을 보여준다. 자청비는 남녀 관계를 주도적으로 끌고 가는 남성적 여성인 아니무스적인 인물이다. 아름다운 손을 가지기 위해 '주천강 연못에 빨래를 하러 갈 만큼 적극적인 성격'이다. 그녀는 자신의 아름다움을 적극적으로 개발하고자 하는 여성성을 가지지만 자신의 사랑을 위해 과감히 변장까지 하는 아니무스적인 속성을 가진 여성이다. 자청비는 문도령을 '마음에 두고 남장을 하고 그와 함께 글공부 길에 오르는' 인물이다.

하인 정수남이 그녀를 범하려 하자 그를 진정시켜서 이성적으로 대처하면서 위기를 물리친다. 자청비는 지혜를 발휘해서 정수남을 죽이는데 그녀의 부모들은 오히려 딸이 집안의 재산인 하인을 죽였다고 딸을 나무라고 그녀를 집에서 쫓아버린다. 그런데 자청비는 쫓겨난 후에 다시 남장을 선택한다. 자신이 사랑하는 남자와 함께 하기 위해 남장을 선택했던 것처럼 그녀는 자신의 위기를 극복하기 위해 남장으로 '서천꽃밭을 지키는 꽃감관의 황세곤간의 막내사위가 되어 살오는 꽃, 피가 살아 오르는 꽃, 죽은 사람 살아내는 꽃들을 얻어 정수남을 살려서' 자신의 부모에게 빚을 갚으려 한다. 자신을 지키기 위해 자청비는 자발적으로 남성을 선택한다.

자청비는 문도령과 함께 하산하면서 먼저 사랑 고백한다. 그러나 하늘나라에 가서 돌아오지 않는 문도령을 스스로 찾아가는 적극성도 가진다. 그녀는 시련의 통과제의를 적극적으로 받아들인다. 고전 소설 속의 여주인공들이 현숙한 모습으로 기다리는 망부석의 이미지라면 그녀는 스스로 사랑을 찾아가는 망부운과 같은 존재이다. 여성 원리의 생산력과 번식력으로 읽히는 〈세경본풀이〉는 오곡을 가지고 하강한 자청비의 농경 기원 신화로 읽히고 있다.[139]

자청비는 문도령의 부모님의 허락을 받기 위해 스스로 험난한 통과의례를 수행했다. '물길 위의 작두날을 가르고 걸어올 수 있어야만 며느리가 되는데 자청비는 드디어 이를 완수한다.'는 것은 자청비의 영웅성을 보여주는 것이다. 그리고 그녀는 하늘나라의 난을 평정하고 시아버지에게 보답으로 받는 것이 권력의 끝자락인 '땅 한 조각이나 물 한 조각'이 아니라 '곡물'이라는 점은 그녀를 문화적 양성성의 욕망을 가진 인물로 읽게 한다. 그녀는 한 인간을 사랑하는 데 성공한 것이 아니라 인류를 위해 곡식을 얻어낸 문화 영웅이다.

우리 시대에 자청비는 도발적이고 주체적으로 인식되는 사랑의 아이콘이다. 그녀에게 사랑의 의미 작용은 매우 전복적인 상상력이다. 사랑을 선택받는 행위가 아니라 스스로 선택하는 자발성을 가진 의미 체계로 변화시키고 있기 때문이다. 사랑을 위해 남장을 하고 사랑을 위해 죽음을 불사하는 용기를 보이고 사랑을 통해 세상을 보듬는 곡물신이 된다는 것은 양성성의 상상력을 보여주는 것이다. 능동적이고 자발적인 사랑의 주체가 남성이라는 기존의 이야기 담론 체계에 사랑의 역학 관계를 바꾸는 인물이다. 여성이 온전히 자신의 특성을 지켜가면서 자신의 자리를 찾아가는 일은 지극히 어려운 일이었다. 하지만 자청비는 옛이야기 속에서 매우 주체적이면서 자주적인 여성상이다. 그렇다고 아름다움이나 여성적인 것을 포기하면서 찾아가는 것은 결코 아니다. 그녀는 아름다움을 위해 빨래를 자청하는 매우 적극적인 여성인 것이다. 자청비는 개방적이고 자주적인 제주 여신들의 원형이라고 평가되곤 한다. 김유정 작품 〈안해〉의 미의식과 자의식의 관계는 자청비의 미의식과 자의식의 원천적 상상력과 연결된다. 〈안해〉의 인용 부분을 따라가면서 미추의 인식과 자의식의 변화가 어떤 관련성을 가지는지 살펴보자.

⑨ 우리 마누라는 누가 보든지 뭐 이쁘다고는 안 할 것이다. 바로 계집에 환장된 놈이 있다면 모르거니와. 나도 일상 같이 지내긴 하나 아무리 잘 고쳐 보아도 요만치도 예쁘지가 않다. 하지만 계집이 낯짝이 이뻐 말이냐. 제기랄 황소 같은 아들만 줄대 잘 빠져 놓으면 고만이지. 사실 우리 같은 놈은 늙어서 자식가지 없다면 꼭 굶어 죽을 밖에 별 도리 없다.

- 〈안해〉, 『동백꽃』, 문학사상사, 1997, 89쪽

⑩ 이마가 훌떡 까지고 양미간이 벌면 소견이 탁 틔었다지 않나. 그럼 좋기는 하다마는 아기자기한 맛이 없고 이조로 둥글넓적히 내려온 하관에 멋없이 쑥 내민 것이 입이다. 두툼은 하나 건순 입술, 말 좀 하려면 그리 정하지 못한 윗니가 부질없이 뻗질 드러난다. 설혹 그렇다치고 한복판에 달린 코나 좀 똑똑히 생겼다면 얼마큼 낫겠다.

– 〈안해〉, 『동백꽃』, 문학사상사, 1997, 90쪽

⑪ 이러던 년이 똘똘이는 내놓고는 갑자기 세도가 댕댕해졌다. 내가 들어가도 네놈 언제 봤냔 듯이 좀체 들떠보는 일 없지. 눈을 스스로 내려깔고는 잠자코 아이에게 젖만 먹이겠지. 내가 좀 아이의 머리라도 쓰담으며,

「이 자식, 밤낮 잠만 자나?」

「가만 둬, 왜 깨놓고 싶은감.」하고 사정없이 내 손등을 주먹으로 갈긴다. 나는 처음에 어떻게 되는 셈인지 몰라서 멀거니 천장만 한참 쳐다보았다.

– 〈안해〉, 『동백꽃』, 문학사상사, 1997, 90–91쪽

⑫ 「들병이가 얼굴만 이뻐서 되는 게 아니라던데, 얼굴은 박색이라도 수단이 있어야지―」

「그래 너는 그거 할 수단 있겠니?」

「그럼 하면 하지 못할 게 뭐야?」

년이 이렇게 아주 번죽좋게 장담을 하는 것이 아니냐. 들병이로 나가서 식성대로 밥 좀 한 바탕 먹어 보자는 속이겠지. 몇 번 다져 물어도 제가 꼭 될 수 있다니까 아따 그러면 한번 해보자꾸나. 밑천이 뭐 드는 것도 아니고 소리나 몇 마디 반반히 가르쳐서 데리고 나서면 고만이니까. 내가 밤에 집에 들어오면 년을 앞에 앉히고 소리를 가르치렸다.

– 〈안해〉, 『동백꽃』, 문학사상사, 1997, 94쪽

⑬ 그러나 아무리 생각해 봐도 년의 낯짝만은 걱정이다. 소리는 차차 어지간히 돼 들어가는데 이놈의 얼굴이 암만 봐도 영 글렀구나. 경칠 년, 좀만 얌전히 나왔다면 이판에 돈 한몫 크게 잡는 걸. 간혹가다 제물에 화가 뻗치면 아무 소리 않고 년의 배때기를 한두어 번 안 줴박을 수 없다.

- 〈안해〉, 『동백꽃』, 문학사상사, 1997, 96쪽

⑭ 진정 이뻐졌다, 하고 나서도 능청을 좀 부리면 년이 좋아서 요새 분때를 자주 밀었으니까 좀 나졌겠지, 하고 들병이는 뭐 그렇게까지 이쁘지 않아도 된다고 또 구구히 설명을 늘어 놓는다. 경을 칠 년, 계집은 얼굴 밉다는 말이 칼로 찌르는 것보다도 더 무서운 모양이다. 〈중략〉 년이 능청스러워서 조금만 이뻤더라면 나는 얼렁얼렁 해내 버리고 돈 있는 놈 군서방 해갔으렷다. 계집이 얼굴이 이쁘면 제값 다하니까. 그렇게 생각하면 년의 낯짝 더러운 것이 나에게는 불행 중 다행이라 안 할 수 없으리라.

- 〈안해〉, 『동백꽃』, 문학사상사, 1997, 97쪽

⑮ 국으로 주는 밥이나 얻어먹고 몸 성히 있다가 연해 자식이나 쏟아라. 뭐 많이도 말고 굴때 같은 아들로만 한 열 다섯이면 족하지. 가만 있자, 한 놈이 일년에 벼 열 섬씩만 번다면 열 다섯 놈이니까 일백 오십 섬. 한 섬에 더도 말고 십 원 한 장씩만 받는다면 죄다 일천 오백 원, 일천 오백 원, 사실 일천 오백 원이면 어이구 이건 참 너무 많구나. 그런줄 몰랐더니 이년이 뱃속에 일천 오백 원을 지나고 있으니까 아무렇게 따져도 나보담은 낫지 않은가.

- 〈안해〉, 『동백꽃』, 문학사상사, 1997, 99쪽

아름다움은 매우 문화적인 개념이다. 미개하고 전통적인 사회일수록 여성의 아름다움은 과소평가되었다고 한다. 여성이 아름다운 성으

로 인식되게 된 것은 역사적 흐름에 따라 형성된 현상이며 사회적 제도라고 한다. 그것은 비교적 현대의 담론이었다. 미의 대중화가 시작된 시대에 미용은 모든 사회 계층으로 확산되었으며 여성의 자의식도 함께 발달했다.[140] 삼강적 여성 진술에서 여성의 외모에 대한 진술은 거의 찾아볼 수 없는 담론이다. 아름다움에 대한 이야기는 문화가 발전하는 것에 따라 함께 발전해온 담론일 것이다. 김유정 작품에는 삼강적 여성들의 모습이 보이기도 하고, 양성성을 보이는 적극적인 여성들이 존재하기도 하며, 아름다움을 추구하고자 하는 문화적인 존재도 함께 보인다. 신동흔은 아름답고 씩씩한 자청비를 보면서 아름다움이란 문화적인 것이라고 말한다.[141]

김유정의 〈안해〉는 보기 드물게 미추에 대한 사회문화적 인식과 근대 미의식의 담론을 보여주고 있다. 주인공은 아내의 추한 모습을 기술하면서 아내가 매우 비사회적인 존재임을 기술한다. '우리 마누라는 누가 보든지 뭐 이쁘다고는 안 할 것이다. 바로 계집에 환장된 놈이 있다면 모르거니와. 나도 일상 같이 지내긴 하나 아무리 잘 고쳐 보아도 요만치도 예쁘지가 않다.' 라고 말한다. '계집에 환장한 사람이 아니고서야' 라고 표현할 만큼 아내는 매우 추한 얼굴이다. 그녀는 남편이 말을 걸어주는 것에도 감동을 받을 만큼 자존감이 없는 인물이다. 그녀의 추한 외모는 자식 똘똘이를 나면서 사회적 존재로 점점 나아간다. 인용문 ⑪에서처럼 자식 똘똘이를 나면서 그녀는 나에게 매우 당당해지기 시작하고 말도 걸지 못했던 남편에게 싫은 소리도 거뜬히 할 정도가 된다.

인용문 ⑫에서처럼 급기야 아내는 들병이가 될 수 있을 것이라는 자신감까지 가지는 사회적 존재가 된다. 이는 자신의 미에 대한 자존감을 가지기 시작한 데서 오는 현상이다. 그녀는 미의 단편적인 기능을 폄하하면서 예쁘다는 것보다는 '수단' 즉 능력을 주장한다. '들병이가 얼굴만 이뻐서 되는 게 아니라던데, 얼굴은 박색이라도 수단이 있어야지―' 라고 말할 정도이다. 그러나 나는 '아무리 생각해 봐도 년의 낯짝만은 걱정이다.' 라고 서술하지만 아내는 아리랑을 배우고 글씨도 배우고 점점 사회적인 존재가 되어간다. 아내는 급기야 '진정 이뻐졌다, 하고 나서도 능청을 좀 부리면 년이 좋아서 요새 분때를 자주 밀었으니까 좀 나졌겠지, 하고 들병이는 뭐 그렇게까지 이쁘지 않아도 된다고 또 구구히 설명을 늘어 놓는다.' 아내는 분을 바르면서 미에 대한 인식을 적극적으로 바꾸어가는 근대적 인물이다. 그녀는 급기야 들병이가 그렇게 예쁘지 않아도 된다는 열린 의식으로 진화한다. 그녀의 미의식은 작품 처음과는 매우 다르다. 즉 아름다움이라는 것이 절대 기준이 아니라 상대적 가치의 소산임을 알게 되는 사회적 존재가 된다.

아름답지 못한 아내는 비사회적인 인물이었지만 아들을 낳으면서 자존감을 회복하고 점점 사회적 자아로 발전해간다. 급기야 들병이로 나아가기 위해 자신의 능력을 개발하는 데 적극적이고 남편에게 아리랑을 배우고 글자도 배운다. 그녀는 분을 바르면서 들병이가 반드시 아름다울 필요는 없다고 주장한다. 화장을 통한 미의 대중화가 엿보이는 서사 담론이자 미의식의 확산이 자존감을 증가시키는 모습을 엿볼 수 있다. 마침내 나조차도 아내의 가치를 다시 인식하게 된다. 나의 아내의 가치가 '예쁘다'에 있는 것이 아니라 '자식'을 생산하는 데 있다고 스스로를 자위한다. 나는 '이년이 뱃속에 일천 오백 원을 지니고 있으니까 아무렇게 따져도 나보담은 낫지 않은가.' 라고 생각하고 그녀에게 들병이를 못 하게 하려고 한다. 그녀가 들병이를 하지 않아도 자식을 낳기만 하면 돈이 된다는 계산인 것이다. 작품 초입에서 자기의 아내는 누구도 거들떠보지 않는다고 말하면서 자신이 매우 우위에 있는 것처럼 이야기하지만 작품 말미에는 능력을 얻어가면서 자신의 미의식과 자의식을 고취하는 아내를 보면서 불안한 마음을 가진다. 근대 여성의 미의식의 형성이 자의식과 어떠한 관계를 가지는지 보여주는 생각의 단초라고 할 수 있다.

　김유정 문학에 나타난 스토리텔링의 원천을 작가 고유의 기능으로 보기보다는 전통적 담론과 신화적 담론의 연장선에서 보았다. 이는 분명 작가의 독창성을 도외시하는 우를 범할 수도 있다. 그러나 근대라는 공간에서 김유정이라는 작가가 그려놓은 다양한 세계를 세분화시켜보고자 하였다. 김유정의 작품은 매우 독특하지만 그 수가 지나치게 적기 때문에 다양한 읽기가 진행되어야 한다. 전통적 여성을 보여주는 유형을 삼강적 인물로 보여주고자 했고, 근대적 양성성의 여성을 보여주고자 했으며, 근대 미의식의 향상이 자의식과 어떤 상관성을 가지는지 살피고자 하였다. 김유정의 인물들의 원형은 현대를 살아가는 우리들의 모습과 겹친다. 현대를 살아가는 여성들의 모습을 김유정의 인물들과 연결시켜보고 더 멀리는 신화의 인물들과 연결시켜보는 과정은 신화적 독서의 한 과정이라고 하겠다. 신화적 독서를 통해서 한 작품은 독자를 과거로 이어주고 현재를 살피게 하며 미래를 읽게 한다. 김유정 문학의 신화적 다시 읽기를 통해 우리는 과거와 현재와 미래를 이어볼 수 있다.

제4부

현대 문학의 다양한 욕망과
조우하는 신화

제1장

오영수 문학과 축제를 잇는 자연 회귀적 신화성

오영수 문학의 축제화의 문화적 의미

현대 우리 사회에서 축제는 어떤 의미가 있는가. 하비 콕스[142]에 의하면 축제는 억압되고 간과되었던 감정 표현이 사회적으로 허용되는 기회이며 삶을 근본적으로 긍정하게 되고 일상생활과는 판이하게 다른 대극성을 가진다고 정의되지만 우리에게 축제는 과연 그러한 열린 기능을 하고 있는가 반문해볼 수 있다. 어쩌면 우리 사회의 축제는 억압되고 간과되었던 감정 표현을 받아들이기에는 너무 폐쇄적인 방법으로 운영되고 있는 경향이 있다. 축제에 대한 여러 가지 이론을 앞세우기보다는 우리 사회의 축제를 관람하고 난 귀납적 성찰을 통해 현대 축제의 신화적 의미를 천착해보는 일이 시급하다. 놀이 이론의 정전으로 좌정된 호이징아[143]는 놀이의 비일상적인 성격을 논의하면서 일상과 생산을 위해 반드시 놀이가 필요한 것이라고 강조했다. 현대 사회에서 축제만큼 비일상적 놀이를 불러들일 수 있는 것은 없을 것 같다. 그래서 그 역시 인간의 유희적 본성이 문화적으로 표현된 것을 축제라고 칭할 수 있을 것이다. 축제는 계절, 풍습, 전통, 수확, 역사 등 다양한 동인으로 생성되고 발전되고 소멸하는 과정을 거친다. 축제에서 읽어낼 수 있는 신화성을 통해 우리 사회의 축제의 일면을 살펴보는 것은 인간이 호모 페스티부스(Homo Festivus)이면서 호모 히스토리쿠스(Homo Historicus)이고 호모 뮈토스(Homo Mythos)가 되는 인문학의 새로운 도정이다.

현대 사회에서 축제의 기능은 일상생활에 어떤 영향을 미치는가. 장 뒤비뇨[144]는 축제의 기능이 사람들의 삶의 양식에 영감을 주면서 인간과 보이지 않는 존재 사이에서 또는 인간과 그 주변의 환경에서 놀 수 있게 하는 정신적 가치를 지닌다고 말한다. 과연 우리 사회의 축제는 그러한 기능을 십분 발휘하고 있는지 점검해볼 필요가 있다. 일본의 마쓰리가 정신적으로 디아스포라를 겪고 있는 일본의 현대인들에게 정신적인 회귀 의식을 심어주는 것처럼 각 나라의 축제는 자신의 정체성을 회복시키는 방향으로 전개되는 것이 전 세계의 문화적 흐름이 되고 있다. 축제는 종교적인 의미에서 출발한 것들이 성스러운 의미를 넘어서는 속화된 의미로 대중화되기에 이르렀다. 프랑스 니스 카니발, 브라질 리우 카니발, 이탈리아의 베니스 카니발, 독일의 퀼른 카니발, 영국의 노팅힐 카니발 등 전 세계적으로 유명한 축제들이 종교성과 역사성과 유희성이 함께 가미되어 향유되고 있다. 즉 종교적 특성은 점점 사라져 가고 세속적인 속성은 강화되고 있는데 현대의 석가탄신일과 부활절, 크리스마스 축제들에서도 이러한 현상을 쉽게 찾아볼 수 있다. 현대인들은 어느 시대보다도 여가에 많은 관심을 가지고 살아가고 있다. 어떻게 사느냐에 대해서 더 많은 관심을 가지고 있다는 말인데, 축제는 그러한 현대인들의 문화적 욕망을 채워줄 대안적 치유 문화가 될 수 있을 것이다. 혹자의 말처럼 현대 사회처럼 복잡하고 비인간화된 사회 구조하에서 축제는 탈규범의 아노미적 상태를 즐길 수 있게 하는 유익한 창구일 수도 있다.

현재 지역 축제는 그 지역을 대표하는 작가들의 문학적 상상력을 적극적으로 활용하고 있는 추세이다. 대표적으로 〈효석문화제〉는 메밀꽃을 축제의 주요 콘텐츠로 활용하고 소설 속의 오브제들을 활용해 소설의 공간을 실제 공간처럼 구성해놓고 있다. 마치 허생원이 당나귀를 끌고 걸어가는 것 같은 메밀꽃 사이의 산길과 성서방네 처녀와 만났던 물레방아의 재현이 최대한 소설의 상상력을 현실의 공간으로 재현하고 있는 것이다. 〈미당문화제〉는 고창 국화 축제의 상상력과 우주적 생태 상상력이 함께 어울려 진행된다. 축제장에 펼쳐진 노오란 국화꽃들이 시인의 감성을 느끼게 해준다. 〈영랑문화제〉는 모란이 피는 봄철에 강진읍을 배경으로 펼쳐지고 있으며 〈김유정문화제〉 역시 강원도 춘천을 대표하는 문화 축제로 거듭나고 있다. 각 작가들의 문학적 특징이 잘 반영되고 있는 축제도 있고 이름만 활용될 뿐 작가의 문학적 상상력을 활용한 축제 콘텐츠가 전혀 없는 곳도 있다. 여기에서 다루고자 하는 〈오영수문학제〉는 그 지역의 축제들과 그다지 연계성을 활용하지 못하고 있는 실정이다. 근본적인 문제는 작가의 독특한 문학 세계와 지역 축제를 하나로 이어줄 상징과 의미화 과정이 부족한 이유에서이다. 본고는 그러한 상징과 의미화 과정을 심층적으로 살펴봄으로써 오영수와 지역 축제의 연계 가능성의 상상력을 논의하고자 한다.

오영수는 울산 지역의 대표적인 작가이며 울산의 특징인 '바다'의 생명력을 가장 잘 그리고 있는 현대 작가 중 하나이다. 알 수 없는 유토피아적 공간에 대한 인간의 근원적인 상상력의 모태가 바로 바다이다. 인간이 어머니의 양수에서 탄생했다는 범박한 지식에서부터 우리는 선사인들이 남긴 유적들을 통해서도 대지모 사상을 자주 접하게 된다. 〈갯마을〉의 해순은 남편 성구를 잃고 상수를 따라 산으로 떠나 살지만 해순은 언제나 생명의 모태가 되는 바다를 그리워한다. '바다'는 주인공에게 또는 동시대인들에게 삶의 원형이 들어있는 곳이다. 몽환적인 유토피아를 상상하게 하며 삶과 죽음이 하나 되는 신화적 공간이기도 하고 삶과 운명이 뒤범벅이 된 양성적 공간이기도 하다. 인내의 공간이면서 기다림의 공간이고 생명이 살아 숨 쉬는 공간이면서 늘 죽음이 도사리는 공포의 공간이기도 하다.

매년 5월 울산 태화강과 장생포를 중심으로 〈고래축제〉가 펼쳐진다. 제15회 〈고래축제〉는 '신화 속의 울산고래, 부활을 꿈꾸다'라는 주제였다. 〈고래축제〉에서 기억하는 문화적 공간은 태고의 신화 상상력이 스며있는 유토피아적 공간이다. 또한 이 지역의 대표 축제인 〈처용문화제(국제 뮤직 페스티벌)〉는 벌써 43회를 보낸 축제로서 매년 10월에 열리며 설화 속의 인물 처용과 동해용왕과 역사 속의 헌강왕을 떠올리게 하는 신화와 역사의 상상 공간을 추억하게 한다. 고래의 원시적 바다와 울주 반구대의 암각화를 그렸던 사람들의 기원과 처용을 노래했던 고대의 상상력을 오영수의 '바다' 공간의 상상력과 함께 이해해보고자 한다. 따라서 오영수 문학의 상상력이 울산 지역 축제의 상상적 모태가 될 수 있는 문화 콘텐츠의 이론적 기반을 구축하고자 한다. 나카자와 신이치[145]의 대칭적 신화관은 〈고래축제〉와 〈처용문화제〉를 신화 콘텐츠로 활용할 수 있는 근거가 될 수 있을 것이며, 특히 〈처용문화제〉에서 간과하고 있는 우리 문화의 기억인 도깨비의 상상력을 현대적으로 활용할 가능성에 대해서 연구하고자 한다. 또한 지역 축제가 현대인의 지적 욕망과 문화적 욕망을 충족시켜줄 수 있는 대안적 방안을 결론에서 이야기하고자 한다.

오영수 문학의 자연 회귀적 신화성의 기호학적 의미

〈오영수문학제〉는 올해로 18회를 맞이하는 역사를 자랑한다. 그러나 작가 오영수를 기억하는 일회적인 행사로밖에 기억되고 있지 못하는 인상이 강하다. 지역의 대표적인 작가들의 작품 세계는 지역민들의 정신적 공감과 유대를 하나로 이어주는 문화적 기억의 상징이 될 수 있다. 따라서 그 지방의 원형적 상상력과 함께 기억될 수 있는 콘텐츠를 적극적으로 개발해야 하는 것이 시급한 과제이다. 현재 지역 축제와 축제의 상징화된 상품들이 지역을 어떻게 발전시키고 있는지 간단히 연구자가 지난 연구들에서 느낀 지역 축제의 문제점들을 살펴보면서 현재 〈오영수문학제〉의 대표적인 상징물의 기호화가 가능한지에 대한 학문적 고찰을 시도한다. 그 대상은 〈갯마을〉 해순의 삶에 있어서 '바다'라는 자연 회귀적 신화와 유토피아에 대한 원망 공간이다.

현재 축제 콘텐츠가 지나치게 일회적이어서 지역민들의 문화생활을 향상시키지 못하는 경우가 많다. 지역 축제는 문화와 경제에 많은 영향을 끼친다. 〈함평나비축제〉에서는 축제를 통해서 축제가 지역 경제 활성화에 지대한 영향을 끼치는 것을 확인할 수 있었다. 이 축제 초창기에 함평 지역은 별다른 지역적 특색을 갖추지 못한 채 타지방에 비해 경제적으로 낙후되어 있는 지역이었다. 그런데 이러한 지역 사회가 문화와 축제를 통해서 발전하기 시작했다. 몇 년 전에 들렀던 함평과는 전혀 다른 모습의 도시를 볼 수 있었다. 2008년 기준 축제에 다녀간 인원이 함평 군민 전체 인원의 몇 배에 달하고 경제적 부가가치 역시 실로 엄청나다고 한다. 일회적인 축제가 아니라 이 축제의 나비 상징과 친환경 아이디어와 정신적 고향 공간을 상설화함으로써 축제는 지역 경제의 메카가 되고 있다. 다른 지역 축제들 역시 이러한 아이디어를 적극적으로 벤치마킹해서 활용하고 있는 추세이다.

가까운 나라 일본은 무형의 요괴에게 생명을 불어넣는 상징화 작업을 통해 많은 부가가치를 누리고 있다. 일본 효고 현 귀타로의 요괴마을은 무형의 요괴가 수많은 일자리를 창출하고 있다. 요괴마을에서 모든 제품은 요괴의 상상력이다. 빵과 만두에서부터 기치에 이르기까지 요괴가 모든 상품의 중앙에 있고 무엇보다도 중요한 것은 요괴가 끊임없이 창조된다는 것이다. 그런데 우리의 〈장수장안산도깨비축제〉와 〈춘천마임축제〉는 도깨비를 축제의 주인으로 영접하고 있으면서도 실제로 도깨비와 관련된 문화 상품이 전혀 만들어지지 못하고 있다. 이를테면 도깨비 이야기에 가장 흔하게 등장하는 떡과 고기와 메밀묵 정도는 도깨비 축제에서 음식 상품으로 적극적으로 활용되어야 할 것이다. 하지만 도깨비 축제에 가서도 우리는 다른 축제에서 먹을 수 있는 의미화되지 못하는 음식만 접하게 된다. '떡 하나 주면 안 잡아먹지'와 같은 이야기를 도깨비 축제에 음식 문화로 끌어들인다면 축제의 역동성은 증가할 것이다. 인문학적 상상력이 문화 콘텐츠에 절실히 필요한 지점이라고 하겠다.

그렇다면 작가 오영수의 문학 세계를 축제화할 때 가장 고려해야 할 상징과 기호는 어떤 것이 가능할까. 아마도 '바다'가 그 대상이 되어야 할 것이다. 바다는 그 옛날 고래를 잡았던 고대인들의 이야기가 그려져 있고, 동해용왕의 아들인 처용이 나왔던 모태적인 신화 공간이기도 하기 때문이다. 그리고 오영수의 주인공 해순이가 고향을 떠났지만 다시 찾아오게 하는 모태적인 회귀 공간이기도 하다. 오영수 문학 세계와 〈고래축제〉와 〈처용문화제〉는 '바다'라는 공간의 자연 회귀적 신화 공간이기 때문이다. 바르트에 의하면 신화는 메시지의 내용으로 정의되는 것이 아니라 발화되는 방식으로 정의되며, 담화가 의미 작용하는 상황에서 일어나는 하나의 가능성으로 간주되기 때문이다. 송효섭은 바르트의 신화를 해석하면서 신화는 하나의 고정된 화석으로 존재하는 것이 아니라는 논지를 펴고 있다.[146] 즉 고래를 잡으면서 고대인들이 느꼈던 바다의 신화적인 의미와 처용을 맞이했고 두려워했던 신화적 의미와 오영수 문학 속 주인공들이 가지는 바다의 의미는 바르트의 신화의 의미로 집결된다고 할 수 있다.

오영수 문학에서 바다는 신화적 크로노토프가 될 수 있다. 우한용은 오영수 문학이 신화 문학론의 가능성을 가지고 있음을 지적하면서 소설의 공간이 일상적인 공간과 격리될 경우 신화적 공간이 될 수 있음을 언급했다. 〈은냇물 이야기〉 속의 은내라는 골짜기의 신화적 공간의 가능성을 지적하면서 신화적 공간에서 이루어지는 삶의 리듬은 가장 원초적이라고 말한다. 또한 인류학적으로 〈갯마을〉의 바다는 제의 공간으로서 과부들이 그리는 삶의 방식이 제의화되어 있음을 지적했다.[147] 우한용 논의의 연장 선상에서 바다의 신화적인 의미와 기호화 과정을 살펴볼 수 있다. 바다의 기호화 과정은 시니피앙(기표)으로서 바다와 시니피에(기의)로서의 의미화 과정에서 생성되는 의미 작용들이다. 기표인 '바다'에 서정적 향수, 유토피아, 고향, 모성성, 죽음과 재생, 섹슈얼리티의 공간, 원형적 공간, 공동의 공간 등 다양한 기의가 기표 아래에서 미끄러지고 있다. 따라서 바다는 기표와 기의가 자의적이라는 소쉬르의 기호 과정을 적절하게 보여주고 있는 셈이다. 여기에는 여전히 새로운 기의가 새로 생성될 수 있음을 시사한다.

오영수의 바다라는 기표 공간을 서정적 향수라는 기의로 살펴본 논의들이 많다. 서정적이란 기의적 의미에 천착한 김경복과 박훈하의 논의는 오영수의 바다 공간과 고향은 주인공에게 삶의 의의를 보장해주는 공간이며 인간과 자연이 융화되는 유토피아적 공간이다.[148] 또한 바다와 고향은 일종의 모성성이 현화되는 공간이며 양수로 충만한 모태 회귀적인 공간일 수 있다. 따라서 해순에게 고향의 바다란 세상의 두려움을 모두 차단하고 시간의 변화조차 감싸 안는 공간인 것이다.[149] 고형의 바다는 바다와 죽음의 재생 공간이기도 하다. 〈갯마을〉에 묘사된 마을은 '서(西)로 멀리 기차 소리를 바람결에 들으며, 어쩌면 동해 파도가 돌각담 밑을 찰싹대는 H라는 조그만' 곳이다. 이곳에서 태어난 해순은 보재기인 엄마와 뜨내기 고기잡이인 아버지 사이에 태어난 인물이다. 일찍이 고아가 된 주인공은 그 자체로 신화의 주인공들을 닮아있고 고립되고 단절된 현대인을 연상시킨다. 우리의 민간 신화 중 〈원천강본풀이〉의 오늘이는 일찍이 엄마와 아빠를 잃고 자신의 존재의 근원을 알고자 원천강이라는 곳을 여행하는 주인공이다. 그녀가 찾은 원천강은 근원에 대한 질문이 풀리는 곳이며 삶의 원리가 들어있는 곳이면서 인간이 가고자 하는 유토피아 같은 곳이다. 따라서 원천강은 삶이 관장되는 곳이면서 죽음을 다스리는 공간인 것이다. 해순에게서 이러한 신화의 그림자를 엿보게 된다. 그녀에게 원천강은 바로 바다인 것이다. 본고에서 바라보는 신화적 논의는 송준호의 논의에서도 비슷하게 엿볼 수 있다. 송준호[150]는 해순이가 신화적 탐색의 여주인공과 닮아있다고 보았고 바다는 주인공 해순과 성구에게 생명 탄생과 지속의 근원적인 공간이라는 것이다. 바다는 생명이 넘쳐흐르는 곳이며 작중 인물들이 살아가는 성품을 일구는 모태적인 공간인 것이다.

왜 바다는 고대의 고래를 잡은 사람들에게도 처용을 맞이했던 사람들에게도 그리고 오영수 문학을 감상하는 현대인들에게도 향수로 존재하는 것일까. 현대인들이 바다라는 기표에 가지는 기의는 그 옛날 사람들이 가졌던 기의와 어떤 부분에서 상동성을 가지는가. 바다는 삶의 도피처가 아니며 삶을 다시 생각하게 하는 기능을 하기 때문일 것이다. 변함없이 사람들은 새로운 출발의 매개체로서 바다를 보고자 한다. 바다 위로 떠오르는 해를 보러 떠나는 입사식들은 바다의 생명력 때문일 것이다. 상처 입은 존재들이 치유할 수 있는 곳으로 바다의 의미는 여전히 신화적이다. 이러한 논의를 전개한 김인호[151]는 오영수의 '향수'가 단순히 고향의 자연을 그리워하는 것이 아니라, 상처 입은 존재를 치유해줄 수 있는 그 어떤 본질적인 힘이라고 말한다. 현대인들에게 오영수의 〈갯마을〉의 바다가 가지는 의미와 고대인들이 가졌던 바다의 의미는 동일했을 것이다. 바다는 고래를 잡기 위해 떠난 사람들을 기다리는 희망의 공간이면서 자신들의 삶을 유지시켜주는 정신적 유토피아였을 것이다. 또한 바다는 축사의 상징이 된 처용을 기억하는 공간이기 때문에 삶의 희망과 원망을 담아내는 상징이었을 것이다. 바다 용왕의 아들인 처용이 자신들의 삶의 액운을 무찔러주는 상징이 되었던 것과 같은 이치이다.

문학제가 축제와 연계되기 위해서는 반드시 공간의 놀이성이 함께 동반되어야 한다. 그래서 소설 공간들이 마치 실존했던 것처럼 가상으로 재현되고 있는 것이 문화적 흐름이 되었다. 장 보드리야르가 제시한 가상과 상상이 현실의 이미지를 대체하고 있는 셈이다. 〈메밀꽃 필 무렵〉의 이야기는 축제 공간에서 해마다 발생하는 사건이 되는 듯하다. 허생원과 메밀의 이야기는 그러한 가상의 공간 재현으로 생명력을 얻고 있다. 이러한 상상력을 활용해 우한용이 제시한 〈해순이 마을 테마파크〉에 대한 언급은 의미가 있어 보인다.[152] 아마도 해순이 마을이 조성된다면 이곳은 사회성이 형성되는 사회적 공간이자 원초적 본향을 일으키는 공간이 될 것이다. 오태호[153]는 갯마을이 순수한 공간으로서 사회적 공간이자 섹슈얼리티의 공간임을 지적하고 있다. 여기에서 사회성이 강조되는 바다의 의미는 바로 〈고래축제〉의 고대인들의 공동체적인 바다를 연상시킨다. 갯마을은 삶에 배반당한 과부들이 바다를 의지해 살아가는 치유의 공간이다. 해순이가 육지로 나가 살면서 느낀 삶의 상처가 바로 바다와 이웃들에게서 치유됨을 볼 수 있다. 오영수 문학에 나타난 바다의 공간에는 사람이 함께 살아가고 있음을 알수 있다. 오영수의 문학 세계가 축제의 의미와 함께 이어질 수 있는 부분이다. 임명진[154] 역시 이러한 공동체 의식에 주의를 기울이면서 '떼과부'들이 서정과 상징으로 자연스럽게 이웃이 되고 있음을 간과하지 않고 있다.

〈처용문화제〉와 〈고래축제〉의 문화적 원망 공간의 기호학적 의미

〈오영수문학제〉는 지금까지 지역 축제인 〈고래축제〉와 〈처용문화제〉와의 연관성을 가지지 못하고 진행되어온 감이 있다. 비교적 긴 기간에 걸쳐 진행되며 인근 학교들의 공연 대회로 활용되고 있는 점은 고무적인 방법이라고 하겠다. 그러나 지역 축제는 현대 사회에서 그 지역의 문화와 경제를 지배할 정도로 큰 파급력을 지닌다. 〈효석문화제〉는 메밀꽃과 메밀이라는 음식을 상품화시키고는 있지만 메밀 음식과 관련된 스토리를 개발하는 데까지는 나아가지 못하고 있다. 서정주의 국화꽃 콘텐츠는 어느 정도 성공을 거두고 있다. 노란 국화꽃이 모두 식용으로 지역 주민들에게 음식, 장식품, 생활필수품 등 다양한 부가가치 상품으로 거듭나고 있기 때문에 경제적 효과는 매우 크다고 할수 있다. 서정주의 노란 국화꽃이 피어나는 우주적 상상력이 축제에 참여한 사람들에게 축제 콘텐츠로 소비되는 것이다.

현대 문화는 신화와 설화 속의 인물들도 역사화시켜서 축제의 주인공들로 끌어들인다. 〈남원춘향제〉의 '춘향', 〈곡성심청제〉의 '심청', 〈장성홍길동제〉의 '홍길동', 〈단양온달문화제〉의 '온달', 〈부여서동연꽃축제〉의 '서동과 선화공주', 심지어 봉화에서는 춘향전의 주인공인 이몽룡이 역사적 실존 인물인 성의성이었다는 것을 입증하려고 노력 중이고 이를 축제 중심 콘텐츠로 활용할 복안을 가지고 있다. 그만큼 지역 축제에서는 공동체의 구성원들을 한 군데로 응집시켜주는 이야기의 주인공이 필요한 것이다. 울산 지역은 다행히 오영수의 문학 세계가 지역 축제의 정신과 일치되어 그 활용 가능성이 더 클 것으로 보인다. 즉 오영수의 문학의 상상력은 울산 지역 축제인 〈고래축제〉와 〈처용문화제〉의 상상력과 매우 밀접한 공통분모의 공간을 떠올리게 한다. 고래잡이 암각화를 그렸던 사람들의 기원과 동해용왕의 아들인 처용의 상징성을 활용하는 근원적 원망 공간의 아이템을 〈오영수문학제〉에서 적극적으로 활용해볼 필요가 있다. 왜 이러한 상상력을 활용할 필요가 있는지 축제 공간의 상상력과 문학 공간의 상상력을 중심으로 이야기해보고 문화 기억을 되살리는 문화 콘텐츠의 개발을 위한 이론적 토대가 마련되어야 하겠다.

기원전 3,000년 전에 그려진 울주 암각화의 고래 그림은 지금까지 많은 학자들의 해석을 통해 여러 가지가 밝혀진 상태이지만 아직도 분명하게 그 윤곽을 드러내지는 못하고 있다. 암각화는 강을 끼고 있는 바위에 그려지는 것이 우리나라뿐 아니라 전 세계에서 발견되고 있는 공통점이라고 하는데, 이는 신화학자들의 연구를 통해 대지모신과 여성 신을 숭배했던 흔적이라고 밝혀져 왔다. 오영수의 〈갯마을〉은 여자와 바다와의 관계이다. 고기를 잡으러 떠난 아낙네들은 바다를 남편 삼아 혹은 바다를 위안 삼아 바다에서 생사고락을 함께하면서 살아간다. 주인공 해순 역시 바다를 그리워하는 청상과부이다. 아낙네들에 의해 마을은 움직여지고 바다에 기원하는 행위는 울주 암각화에 떼로 모인 고래 그림을 이해하는 단서로 작용할 수 있다. 바다와 모성은 하나라고 할 수 있다. 암각화가 그려진 장소와 운명을 인내하면서 살아가는 여성들이 모두 바다라는 공간임을 확인한다면 바다는 하나의 기표가 된다. 역사적 변화 현상을 담아내는 기표로서 고래를 잡고자 했던 그 옛날의 선사인에게는 종교와 기원의 장소로 작용했을 것이고 처용이 나왔던 안개 낀 연무의 바다는 축사와 소망과 기원이 들어가고 오영수 소설 〈갯마을〉과 영화감독 유현목의 영화 〈갯마을〉의 해순에게는 남편을 만날 수 있는 해후의 공간이면서 자신의 삶이 살아가는 존재 이유이기도 한 곳이다.

현대 울산에서 펼쳐지는 〈고래축제〉와 〈처용문화제〉 역시 기원과 소망이라는 기의를 가진 하나의 기표가 된다. 즉, 바다라는 기표 안에는 다양한 기의가 들어가는데, 삶의 원형, 유토피아, 태초의 공간, 삶과 죽음이 하나 되는 공간, 삶과 운명이 뒤섞이는 공간, 생명이 넘실대는 공간, 기다림과 인내를 가르치는 공간인 것이다. 해순과 바다의 여자들은 대부분 물질을 하면서 지낸다. 고대의 패총에서 발견되는 여인들의 두개골의 형태에서도 잠수병이 나타난다고 한다. 이처럼 고래를 잡았던 시대의 여인들과 오영수 〈갯마을〉의 여인들, 그리고 현재 물질을 하는 여인들의 모습은 그다지 다르지 않을 것이다. 이는 고대의 여인들과 현대의 여인들이 크게 다르지 않은 삶을 살아가고 있다는 말이 된다. 이 점은 축제가 과거와 현재를 이어주는 고리가 될 수 있고 오영수 문학과 축제가 연결될 수 있는 단서가 될 것이다.

김열규는 최근 연구 저서에서 울주 암각화는 신 그림인 신화(神畵)이면서 신 이야기인 신화(神話)라고 말한다. 암각화(畵)가 암각화(話)를 겸한다는 것을 함축하며 암각 퍼포먼스라고 말한다. 천전리와 반구대의 암각화가 모두 재각이나 재천으로 섬겨졌으리라고 추측한다. 그래서 수직으로 보이는 바위너설을 재단이라고 추측하기도 한다. 그에 의하면 암각화는 3,000년 전에 살았던 사람들이 굿을 올리는 굿

청이거나 기원을 하는 서낭당이었을 것이라고 한다.[155] 태양을 상징하는 동심원, 여성을 상징하는 마름모꼴, 물, 비, 천 등을 상징하는 물결무늬와 뱀 무늬, 풍요의 대지모를 상징하는 여성 그림, 사냥을 기원하는 물고기와 육식동물들, 작살, 그물 등이 보이는 암각화는 말 그대로 축제의 굿판이다. 현재 축제에서도 이 암각화의 그림을 그대로 활용해서 선사 고래잡이 재현을 마련하고 있다. 축제 행사 중 마당극 〈춤추는 고래마을〉은 현대인에게 잃어버린 꿈을 회복시켜주고자 하며 고래가 판타지의 문화 예술이 될 수 있도록 빛이 있는 고래마을을 만들어놓고 있다.

또한 김열규는 천전리의 고래나 반구대의 고래가 모두 물줄기가 굽이치는 곳에 그려진 것에 주목하고 있는데, 그곳은 강폭이 넓어져서 웅덩이를 이루고 있는 물줄기를 바위 벼랑이 내려다보고 있다. 결국 고래 그림이 그려진 곳의 지리적 특성이 여성성을 함축한다는 것이다. 오영수의 바다의 모태성과 〈고래축제〉의 바다의 모태성이 일치하는 부분이다. 즉 고래를 잡으러 가는 놀이에서 시작해서 제의로 진행되는 과정에 여성성이 내재한다는 것을 살펴볼 수 있다. 속(俗)의 세계에서 성(聖)의 세계로 진입하는 과정에서 여성과 바다가 함께한다는 것이다. 이러한 논의는 공교롭게도 〈처용문화제〉의 처용의 상징성과도 이어지는 것이다. 처용의 이야기에서도 성(聖)과 속(俗)의 교차점을 읽어낼 수가 있는데, 이어령[156]은 처용의 이야기를 속의 공간에서 성의 공간으로 진행되는 구조로 보았다. 〈처용랑과 망해사〉의 『삼국유사』 이야기를 논하면서 헌강왕의 언술과 처용의 언술이 동일하게 진행되는 이야기 구조임을 밝히고 있다. 둘 다 유희성에서 벗어나 종교성을 획득한 이야기 구조라는 것이다. 헌강왕은 놀이를 마치고 돌아오다가 길을 잃게 되면서 동해용의 춤과 노래를 받은 것이고, 처용은 일을 하고 귀가하다가 역신 때문에 실패하지만 역신의 춤과 노래로 인해 덕을 추앙받게 된다. 즉 처용의 이야기는 속에서 성을 획득한 구조를 보인다는 것이다.

오영수의 문학과 〈고래축제〉와 〈처용문화제〉는 모두 속(俗)에서 성(聖)으로의 진입을 바다라는 매개체를 통해 이루어내고 있음을 알게된다. 오영수의 바다와 〈고래축제〉의 바다 그리고 헌강왕의 바다와 처용의 바다를 한데 유기적으로 묶을 필요가 있을 것이다. 이들의 기호적 작용은 기표와 기의의 생성 과정이 상동성을 가지기 때문이다. 〈고래축제〉는 바다와 야생적 사고를 보여주고 있다. 고래라는 토테미즘적 야생적 사고는 고대의 담론만을 담고 있지 않고, 현대의 담론을 담는다. 왜냐하면 야생적 사고는 인간이 역사 전체에 걸쳐 다양하게 변주되면서 각 시대의 담론에 그 흔적을 남기기 때문이다. 즉 각 시대의 문화 양식에 그 잔영이 비쳐 있기 때문이다.[157]

울산 〈처용문화제〉는 헌강왕의 행렬을 길거리 퍼레이드로 진행한다. 『삼국유사』의 〈처용랑 망해사조〉를 근거로 해서 재현한 것이다. 신라 헌강왕이 울산의 개운포를 지나다 운무 속에서 동해용왕 아들인 처용을 만난 것을 활용한 것이다. 처용은 신라의 신하가 되어 나라의 일을 마치고 집으로 돌아와 역신이 아내를 침범한 것을 목격하고 춤을 추었다고 한다. 원성왕의 무덤을 지키는 석인들이 아라비아 상인들이었을 것이라고 추측하는 학자들의 견해를 주목해볼 수 있다. 우리 시대 도깨비는 붉은 악마로 보편화되어 있다. 그 도깨비의 화상이 치우천황과 처용의 이미지와 겹치는 것을 활용해 〈처용문화제〉를 음악과 관련된 콘텐츠로만 활용하는 것은 조금 아쉬운 대목이 아닐 수 없다. 〈처용문화제〉의 도깨비와 〈오영수문학제〉의 과부 여성 이미지를 연결시킬 수 있는 고리를 만들어낼 상상력이 필요할 것이다. 도깨비가 좋아하는 여자는 다름 아닌 과부이기 때문이다.

우리 시대에 가장 한국적이고 경쟁력 있는 상징물 중 하나가 도깨비가 아닐까 한다. 석가모니에게 등을 밝혔던 난타라는 여인은 도깨비의 두드림을 상징하는 난타 공연으로 부활했고 처용무에 비견할 만한 도깨비춤은 비보이로 재탄생하였다. 여기에서 난타와 도깨비의 변화되는 기표와 기의의 관계를 주목해볼 필요가 있다. 이를 통해 우리는 처용의 현대적인 새로운 기의를 찾는 작업을 진행할 수 있을 것이다. 붉은 악령(Red Furies)은 부정적인 의미를 벗고 붉은 악마(Red Devils)가 되고 그 후에 『한단고기』에서 무려 100년 이상 우리나라의 왕이 되었다고 말하는 치우천황이 그 의미를 채우는 기의가 된 것[158]을 두고 볼 때 우리 시대의 도깨비는 난타와 비보이로 재탄생되고 있는 것인지도 모른다. 처용을 단순히 화석화된 이름으로 활용할 것이 아니라 그린(Green) 생태와 도깨비 상상력을 활용한 이 시대의 담론으로 끌어와야 할 것이다. 따라서 처용의 공간은 도깨비 콘텐츠의 주요 활동 공간이 될 수 있는 무한한 잠재력을 가진 곳이다.

〈처용문화제〉의 도깨비 담론은 이방인에 대한 생각을 다시 하게 하는 문화가 될 수 있다. 고향과 바다를 그리는 것은 그만큼 현대인들이 고립되고 외롭다는 의미일 수 있다. 고향에 대한 향수와 그리움과 유토피아가 비단 국내에만 한정되는 개념일 수 없다. 왜냐하면 처용은 당시 동해용왕의 아들로서 신라 왕국에서는 이방인에 다름 아니다. 또한 해순 역시 자신의 고향을 떠나서는 이방인이었음을 기억할 수 있다. 문화적 기억과 타자의 상상력은 결국 현대 문화의 다문화의 이해로 이어질 수밖에 없는 것이다. 〈처용문화제〉가 '국제 뮤직 페스티벌'이라는 명칭으로 전개되고 있는 지점에 바로 처용의 이방인과 고향과 유토피아의 개념이 의미화될 수 있어야 하겠다. 거기에 오영수 문학의 주인공 해순의 바다와 고향과 유토피아가 겹쳐지고 해순의 원초적 고향으로의 회귀가 함께 겹쳐질 수 있을 것이다.

　실제로 〈처용문화제〉에서 다문화를 거론하는 것은 무척 고무적인 것으로 보인다. 그러나 축제의 의미화 과정이 이루어지지 않고 단발적으로 연결되는 문화는 생명력을 갖지 못한다. 현대 축제에서 유토피아적 고향과 다문화의 코드는 매우 유효한 개념이다. 〈처용문화제〉의 '국제 뮤직 페스티벌'이라는 국제적 상징성이 다문화와 유토피아적 고향과 실질적으로 얼마나 연관되고 있는지는 아직 제대로 평가할 수는 없다. 처용무나 처용가의 단순한 표층적 의미만을 가지고 다문화를 거론한다면 아무런 의의가 없을 것이다. 우리는 이야기의 공간에서 다문화와 국제화를 끌어와야 할 것이다. 그곳에 바로 오영수의 문학, 〈고래축제〉의 암각화의 이야기들, 처용의 이야기들이 유기적으로 엮여야 할 것이다.

　〈처용문화제〉의 이야기가 만들어졌던 신라 시대에는 사실 외국의 상인들이 활발하게 교류했다는 기록이 전한다. 특히 왕들의 무덤에서 발견되는 사치품과 향료들을 통해 축제의 콘텐츠를 활발하게 만들어 나갈 수 있어야 할 것이다. 신라의 원성왕과 흥덕왕의 무덤에 보이는 석인의 모습을 아라비아 상인이라는 상상력을 활용해 다양한 처용 이야기가 재생산될 수 있을 것이다. 이 시대의 역신은 상징적으로 볼 때 너무나 많다. 미증유의 사고와 사건과 질병의 전파는 우리 시대에 '21세기 처용'을 다시 부활하게 하는 동인으로 작용할 수 있을 것이며, 새로운 세상을 기원하는 '21세기 암각화'를 그리게 할 것이다.

오영수 문학과 축제의 원시적 상상력의 연계 가능성

　축제는 적절한 문화 콘텐츠를 개발하고 활용해야만 미래 사회의 역동적인 생산 동력으로 활용될 수 있을 것이다. 또한 축제를 통해 많은 문화적 부가가치를 누릴 수 있을 것이다. 우리는 축제의 주체적인 소비자가 되어야 하고 콘텐츠를 보다 강화해서 진정한 문화 상품이 될 수 있는 축제를 기획하고 활성화시켜야 한다. 따라서 단순히 연례행사로 펼치는 축제가 아니라 희망과 꿈을 불러오고 지역이 활성화되는 자생력 있는 축제가 되어야 할 것이다. 현재 한국의 지역 축제를 활성화시키려면 인문학적 상상력과 스토리텔링의 활성화가 매우 중요하다. 〈강릉단오제〉의 경우 범일국사와 정씨처녀의 설화가 대관령 국사성황과 대관령 국사여성황으로 신격화된 것을 보여준다. 축제의 신성성은 설화가 만들어내는 리미널(liminal)한 시간과 공간에 의해서이다. 리미널한 시간이란 일상에서는 어떠한 신성성을 가지지 못하다가 제의적 절차와 함께 그 시간은 신비한 일체감을 형성하는 잠정적 기간으로 이행한다. 이러한 리미널한 시간 동안 사회는 이전과는 다른 유대감을 갖게 되고 재통합의 의미를 느낀다. 문화권마다 다르게 나타나는 이러한 의식의 시간을 빅터 터너는 리미널리티(limililty)라고 부른다.[159] 이 시간은 친숙했던 요소들을 새롭고 낯선 것으로 변화시키는 샤먼의 시간이며 환상적이거나 자연스럽지 않았던 것들을 자연스럽게 받아들여지게 하는 시간이다. 〈강릉단오제〉의 경우 45일 동안 리미널리티의 시간과 공간을 통해 일상의 삶을 환기시킨다. 설화를 마치 현실의 실존하는 이야기처럼 끌어들이는 작업이 수반된 것이다. 〈처용문화제〉와 〈고래축제〉는 〈강릉단오제〉처럼 원시의 리미널리티의 시간과 공간을 재현시킬 수 있는 문화적 동력을 가지고 있다. 따라서 본고에서는 오영수 문학과 〈고래축제〉와 〈처용문화제〉의 연계 가능성을 스토리텔링, 물과 바다의 신화적 상상력, 기억과 다문화라는 현대 문화와 공유 가능한 상상력을 통해 문화 생산의 가능성을 생각해보고자 한다.

첫 번째, 스토리텔링에 의한 오영수 문학과 〈고래축제〉와 〈처용문화제〉는 고향을 떠난 사람들의 고향 찾기 및 향수가 중요한 공통 고리가 될 수 있다. 오영수 작품 〈갯마을〉은 정신적 고향을 잃어버린 현대 도시인들에게 향수를 제공하는 작품이며, 〈고래축제〉의 암각화는 고대인들의 삶의 이야기가 담겨진 향수를 보여준다. 또한 〈처용문화제〉도 고향을 떠난 처용의 삶과 처용무는 고향과 향수의 스토리텔링을 공유하게 하는 콘텐츠가 된다. 따라서 이 세 가지의 축제 콘텐츠는 인간의 정신적인 고향 그리기의 스토리텔링을 형성하는 테마로 연계될 수 있을 것이다.

두 번째, 이 세 가지 문화 콘텐츠는 물과 바다라는 테마로 연계될 수 있을 것이다. 현대 문화는 그 어느 때보다 삶의 공포를 재현하는 경향이 있다. 디스토피아에 대한 상상력이 가장 활발하게 활용되는 것도 그 때문일 것이다. 디스토피아[160]라는 개념은 유토피아의 상대적인 개념인데, 인간은 곤륜산이나 삼신산 혹은 올림포스 산을 이야기하기보다는 현대 문명의 끝을 매우 부정적으로 바라보는 것 같다. 특히 물의 공포나 빙하가 녹아서 혹은 쓰나미의 공포로 지구는 망하고 다시 시작하는 인류의 지난한 삶이 어느새 미디어의 익숙한 스토리텔링이 되었다. 〈갯마을〉 해순에게 바다의 의미와 고대의 고래잡이를 했던 고대인들과 동해용왕을 위해 절을 지었던 고대인들의 마음속 바다는 무서움의 대상이었다. 현대 온난화와 바다의 근원적 공포를 콘텐츠에서 활용할 수 있는 연계성을 가진다.

세 번째, 이 세 가지 콘텐츠는 현대 디아스포라를 겪고 있는 현대 사회에 의미를 던질 수 있는 기억과 다문화로 이어질 수 있는 축제의 연계 가능성을 가진다. 이는 첫 번째와 두 번째의 상상력에서 더 나아가는 상상력이 될 것이다. 오영수의 문학에서 고향 그리기는 기억과 인간이라는 인문학적 상상력을 자극하며 〈고래축제〉의 무대가 되는 울주 암각화의 고래 그림의 제의적 모습은 인간의 원시 기억을 자극한다. '국제 뮤직 페스티벌'로 불리는 〈처용문화제〉는 최근 다문화 사회의 향수를 보여주는 콘텐츠가 된다. 최근 우리 사회에서 일어나고 있는 다문화의 흐름은 축제에서 비교적 자주 활용되고 있다. 우리나라의 축제 중 〈춘천마임축제〉는 세계적인 마임 극단들이 참가해서 민족의 특성을 살린 마임들을 선보인다. 〈처용문화제〉와 〈안동국제탈춤페스티벌〉은 세계 여러 민족의 음악을 선보인다. 이는 단순히 세계의 음악을 선보인다는 의미에서 한 발 더 나아가는 의미를 지닌다. 이러한 현상은 세계의 다문화 사회의 한 현상이라고 마르코 마르티니엘로는 말한다. 그는 1980년대와 1990년대 월드 뮤직(world music)과 이른바 '민족 음악'이 발달하였고, 아프리카, 아시아, 남아메리카의 많은 예술가들이 발굴되었다고 말한다. 이러한 생활 양식과 소비 양식의 문화를 온건한(soft) 다문화주의나 가벼운(light) 다문화주의라고 칭한다.[161] 오영수 문학의 고향에 대한 그리움과 〈고래축제〉의 원시적 그리움과 음악으로 나아가는 〈처용문화제〉는 다문화로 이어질 수 있는 상상적 연계 가능성을 지닌다.

현재 〈오영수문학제〉는 인근 학교들의 문예 경연장으로 자리를 잡은 듯하다. 울산 〈처용문화제〉는 올해 44회를 맞이하는 오래된 축제이고 〈고래축제〉는 16회를 보낸 다소 젊은 축제에 속한다. 울산 〈처용문화제〉는 1967년 울산 공업 축제에서 시작해서 현재는 국제 뮤직 경연 대회가 된 듯하다. 처용무와 처용암을 관람하고 처용암 주변의 8개 마을의 실향민 거리를 축제화시키는 콘텐츠 이외에는 처용과 관련된 콘텐츠가 절대적으로 부족한 형국이다. 〈고래축제〉는 1995년부터 시작되었으며 반구대 암각화에서 개막식 날 고천제를 시작으로 축제가 개최된다. 고래 점토 만들기, 고래 조각 대회, 고래 테마 놀이마당, 전통 민속놀이 마당 등이 있고, 고래 스토리텔링과 선사 고래잡이 재현 그리고 촛불 고래 시 낭송회가 열린다. 〈고래축제〉는 〈처용문화제〉에 비하면 원시적 상상력에 더 집중하고 있는 것을 발견할 수 있다.

오늘날 축제의 범람에도 불구하고 축제를 적절하게 관광 상품으로 활용하는 곳이 드물다. 축제장에 오는 것에서부터 축제를 즐기고 그 지역을 관광할 수 있는 문화 관광 콘텐츠가 기획되어야 할 것이다. 단순히, 장소만을 알려주는 것이 아니라 그 지역 퇴직한 교사들을 활용해 도시의 학생들이 체험 학습과 수학여행을 할 수 있는 코스를 다양하게 개발해야 하겠다. 관광 상품이 다양화되었지만 효과적인 특화는 이루어지지 못하고 있다. 관광 상품의 개발이 축제에서 이루어져야 할 것이다. 고래와 처용은 축제의 다양한 문화 상품이 될 것이다. 일반 사람들이 축제를 찾는 가장 중요한 이유 중 하나가 그 지역의 음식 문화를 경험하기 위함이다. 현재 우리나라의 축제에는 지역의 설화나 신화에 등장하는 음식 스토리텔링 콘텐츠를 개발할 필요성이 절실하다. 다문화 사회로 나아가는 우리 시대 축제의 과제가 될 것이다. 민족, 음식, 음악 등이 모두 스토리텔링으로 집결될 것이다. 현대인들은 이야기를 듣는 것에서 더 나아가 공감하고 향유하기를 원한다. 마샬 맥루한이 이야기한 이미지의 미디어 세대이기도 하고 장 보드리야르가 제시한 가상 세계를 더 현실처럼 느끼면서 살아가는, 이야기하는 인간들인 것이다. 이야기하는 인간을 호모나랜스[162]라는 용어로 정의하는 것이 현대의 문화적 흐름이다. 이야기와 함께 문화는 시작하고 발전하는 것이다.

오영수 문학의 상상력과 〈고래축제〉와 〈처용문화제〉는 새로운 에듀테인먼트(edutainment)의 장으로 활용 가능하다. 역사와 신화, 사회, 지리, 그리고 문학까지 모든 공부가 가능한 열린 학습장이 바로 울산 〈고래축제〉와 〈처용문화제〉이기 때문이다. 따라서 다양한 교육 문화 콘텐츠를 창출해서 학생들을 자연과 실재 체험 현장으로 이끌어서 창의적 인간이 되도록 활용할 수 있을 것이다. 다른 사람들과 공존해서 살아가는 방법과 문화의 놀이를 즐기면서 서로 건강하게 경쟁하는 방법을 배우고 자신의 지역을 소중하게 느끼는 소속감과 자긍심이 생길 수 있어야 할 것이다. 우리 사회는 이러한 자기 소속감에 대한 만족도가 지나치게 부족한 것이 현실이기 때문이다. 오영수 문학의 원시적 상상력과 반구대 암각화에 그려진 스토리는 유토피아를 향한 인간의 근원적 원망이라는 것에 일맥상통하는 상상력을 가지고 있다.

현대 사회에서 문학은 여러 가지 콘텐츠로 향유되곤 한다. 미디어와 연계되어 상상력이 활용되는가 하면 게임 서사와도 밀접한 공유점을 가진다. 그러나 무엇보다도 두드러진 것은 바로 축제와 연계된 문학의 향유이다. 이미 상당수의 한국의 문학 거장들이 축제화되고 있다. 이효석, 김유정, 서정주, 김영랑 등을 위시해서 많은 문화제들이 각 지방의 특성과 함께 활성화되고 있다. 그러나 대다수의 문학제들은 이야기와 상상력을 잘 활용하지 못한 채 작가의 전기적인 이력과 상징만 단편적으로 활용하고 있을 뿐이다. 〈효석문화제〉의 경우 메밀꽃이 피어있고, 〈미당문화제〉의 경우 국화꽃이 피어있고, 김유정의 경우 동백꽃을 활용하고, 김영랑의 경우 모란꽃이 활용되고 있는 것을 보게 된다. 아쉽게도 문학 세계의 스토리텔링과 상상력이 잘 활용되는 문화 콘텐츠가 부족한 형국이다. 이는 문학을 전공한 사람들의 상상력과 이야기 재구성이 콘텐츠를 활성화시키는 것으로 이어지지 못하고 있기 때문이다.

본고는 문학 축제들의 단편적인 한계를 지적하는 의미에서 오영수

문학 세계의 원망 공간과 연계되는 〈고래축제〉와 〈처용문화제〉의 상상력을 함께 논의해보았다. 문학이 삶을 환기시키는 기능을 가지고 있다는 점에서 현대 문학 축제의 사회적 역할은 점점 중요해질 것이다. 특히 현대의 문화는 장 보드리야르가 제시한 가상 세계가 더 실제처럼 부각되는 흐름에 놓여있다. 이때 문학제의 기능은 현재 여기에 살고 있는 사람들의 정서를 환기시켜주며 과거와 현재를 묶어주는 건강한 기능을 할 것이다. 문학이 축제에서 향유되는 것은 문학의 고유한 성질을 잃어버리는 것이라고 폄하하기보다는 시대에 맞게 문학 향유의 모형이 바뀌어가는 것이라 볼 수 있다. 따라서 문학제들을 문화의 아류 정도로 인식하는 풍토에서 한 발 나아가 문학의 적극적인 향유의 장이 되도록 문화 콘텐츠의 연구가 진행될 필요가 있다.

제2장

김동리의 역사 소설에 나타난 종교성과 신화적 상상력

김동리 역사 소설의 원형적 상상력

우리 문학사에서 김동리는 황순원과 더불어 가장 민족적이고 독창적인 문학 세계를 펼쳐 보였던 작가라고 할 수 있다. 특히 그는 샤머니즘, 기독교, 불교 등 다양한 종교 세계의 변화와 인간의 변화하는 의식 구조를 심도 있게 추적해가면서 우리 민족의 근대화 과정의 정신적 여정을 좇고자 하였다. 이러한 종교적 글쓰기와 삶의 방식은 구경적(究竟的) 또는 구도적이라는 용어로 정의되어오고 있다.[163] 김동리가 자신의 글에서 밝힌 것처럼 『삼국유사』와 『삼국사기』는 그의 초기 작품인 〈무녀도〉와 〈화랑의 후예〉를 구성하는 상상적 근간으로 작용하였고 계속해서 김동리의 문학 공부에 중요한 상상적 모태로 작용하고 있다.[164] 김동리의 『삼국유사』와 『삼국사기』에 대한 신화적 독서는 화랑과 신라에 대한 민족 감성으로 이어지게 된다.[165] 특히 화랑에 대한 그의 관심은 첫 등단작 〈화랑의 후예〉에서뿐만 아니라 〈무녀도〉로 이어지는데, 예를 들어 모화가 화랑이들과 연꽃을 만드는 장면과 영술이가 모화와 화랑이 사이에 태어난 아이라는 설정이 모두 화랑정신을 반영한 것이라고 할 수 있다. 또한 김동리는 백씨 김범부가 〈화랑세기〉의 영향을 받아서 작성한 〈화랑외사〉에 깊은 영향을 받았던 것으로 보인다.[166] 김동리는 화랑과 관련된 상상력의 확장으로 원화에 대한 관심이 매우 컸다. 그러한 신라와 화랑과 원화에 대한 관심은 『삼국유사』와 『삼국사기』의 이야기를 구체적으로 활용해서 역사 소설화시키기에 이른다. 〈희소곡〉, 〈기파랑〉, 〈최치원〉, 〈수로부인〉, 〈김양〉, 〈왕거인〉, 〈강수선생〉, 〈놀기왕자〉, 〈원화〉, 〈우륵〉, 〈미륵랑〉, 〈장보고〉, 〈양미〉, 〈석탈해〉, 〈호원사기〉, 〈원왕생가〉 등 16편의 작품으로 등장한다.[167] 이 작품들의 제목에서도 이미 드러나고 있듯이 화랑, 원화, 신라 정신 등은 매우 중요한 역사 소설의 원천적 상상력이 되고 있음을 확인할 수 있다. 김주현은 김동리가 추구한 천지신명이나 신명은 샤머니즘의 신령님이라고 칭할 수 있으며 작가 자신이 또 하나의 현대적 샤먼으로 기능하고 있다고 정의한다.

김동리가 주목한 『삼국유사』의 〈수로부인〉과 〈광덕엄장조〉는 소설 〈수로부인〉과 〈원왕생가〉로 창작되어 새로운 이야기를 선보이고 있다. 우리는 어떤 역사적 사실이 소설가의 상상력을 자극하여 새로운 이야기가 되도록 했는지 그 근원적인 발화 지점에 의문을 가지게 된다. 한국의 대표적인 신화서인 『삼국유사』를 소설화시키면서 가장 주목한 사상과 내용은 어떤 것이며 그러한 예술적 변용에서 김동리가 추구한 사상과 신념은 무엇이었는지 탐구의 대상이 될 만하다. 특히 본고가 관심을 두고 있는 작품인 〈수로부인〉과 〈원왕생가〉에 대해서 이미 여러 논자들의 관심이 있었다.[168] 〈수로부인〉의 소설화에 대해서 논한 방민화는 수로의 제의적인 측면을 중요하게 바라보면서 물길을 열기 위한 국무로서의 기능에 집중했으며 천인합일을 보여주는 수로부인의 상징성에 주목하였다. 〈광덕엄장조〉를 〈원왕생가〉로 변형한 것에 주목한 조은하는 소설 속 엄장을 끊임없는 방황과 좌절 속에서 죄를 저지르고 후회하는 소시민의 모습이라고 보았다. 또한 김동리가 가시적 불과로서의 광덕의 서방보다는 엄장의 내면적 갈등과 인간적 고뇌에 더 치중하고 있다고 보았다.

일연이 『삼국유사』를 저술한 의도는 일반인들이 쉽게 역사와 문화를 읽어서 민족의 자긍심을 가지도록 남겨진 이야기 즉 유사(遺事)를 기록하는 것이었다. 일연은 1206~1289년에 살다간 사람이다. 이 시기를 구체적으로 들여다보면 몽고가 고려를 통치하던 시기가 여기에 해당한다. 보각국사 일연은 젊은 시절 20대에 나라가 몽고의 지배를 받는 것을 뼈아프게 경험한다. 정확히 말하면 26세 때부터 30여 년간 몽고의 야만적 침략을 경험하였다. 그렇다면 김동리에게 『삼국유사』는 어떤 문화적 의미를 가지면서 새로운 역사 소설로 거듭나고 있는가. 즉 어떤 문학적 의도를 가지고 『삼국유사』를 새롭게 창작했는가.

그 어느 때보다도 『삼국유사』는 다양한 각도로 재조명되고 있고 그 부가가치는 더욱 부상되고 있다. 『삼국유사』에 대한 문화 콘텐츠 쪽의 관심은 2012년 『삼국유사』의 다섯 가지 이야기를 테마로 재탄생되었다. 국립중앙극단의 연극 〈삼국유사프로젝트〉에서 〈조신지몽〉을 다룬 〈꿈〉, 〈수로부인〉을 다룬 〈꽃이다〉, 〈처용가〉를 다룬 〈나의 처용은 밤이면 양들을 사러 마켓에 간다〉, 〈김부대왕〉을 다룬 〈멸〉, 〈도화녀와 비형랑〉을 다룬 〈로맨티스트 죽이기〉 등이 연극으로 공연되었다.[169] 2011~2012년에는 『삼국유사』가 뮤지컬로도 만들어졌는데 뮤지컬 〈도화녀와 비형랑, 2012〉, 뮤지컬 〈수로부인, 2011〉, 뮤지컬 〈쌍화별곡: 원효와 의상, 2012〉, 뮤지컬 〈삼천, 2012〉 등 『삼국유사』 소재 공연 문화 콘텐츠의 외연은 점점 다양한 영역으로 확장되고 있는 듯하다. 현재 우리 문화에서는 『삼국유사』의 문화 르네상스가 진행되고 있는 셈이다.

김동리에게 『삼국유사』가 새로운 소설적 상상력을 제공하였듯이 동시대 작가인 미당 서정주에게도 매우 깊은 영향을 끼쳤다. 미당 역시 신라에 대한 관심을 보이고 있는데, 구체적으로 〈신라초〉, 〈동천〉, 〈질마재 신화〉를 통해 『삼국유사』와 신라의 상상력을 작품 안으로 끌어들였다. 6·25 전쟁을 경험한 시인은 신라를 삼국통일의 정신으로 보고 완성된 민족의 원형을 찾으려 했다. 서정주가 『삼국유사』의 상상력을 활용한 것에 주목한 몇몇 논자들은 주로 설화 세계와 불교 세계의 『삼국유사』의 상상력이 작품 안에 어떻게 활용되고 있는지 살피고 있다.[170]

김동리가 『삼국유사』를 읽는 과정은 신화적 독서의 한 과정이었고 그러한 신화적 상상력은 작가의 현실의 창이 되었고 미래를 읽어내는 만화경으로 작용한다. 이러한 독서를 신화적 독서라고 칭할 수 있는데 미르치아 엘리아데에 의하면 신화적 독서란 독자들이 경험하는 독서를 통해서 고대 사회의 구성원들이 경험하는 신화적 요소를 발견하는 것을 말한다. 즉 독서를 통해 고대 사회의 신화와 만난다는 것인데, 독서는 대단한 장관을 보여주기보다는 시대를 초월하게 하고 새로운 세계로 우리를 이끈다. 독서는 과거의 이야기를 독자가 읽는 시점에서 이해하고 반영하게 함으로써 오늘날의 역사에 영향을 끼친다는 것이다.[171] 김동리의 『삼국유사』 독해 작품들에 등장하는 다양한 현실 독해 원리들은 신화적 독서의 여정이라고 할 수 있다.

이 장에서는 김동리가 『삼국유사』를 읽고자 했던 상상적 발화 지점에 초점을 맞추고자 한다. 본 연구는 세 가지 지점에서 『삼국유사』의 신화적 독서가 어떻게 변형되어 기호화 과정을 거치는지 살피고 작가가 추구하는 종교 세계가 신화성을 구축해가는 과정을 살피고자 한다.

김동리의 소설 〈원왕생가〉와 〈수로부인〉을 대상으로 하고 소설에 중요하게 등장하는 원효, 수로부인, 월명사, 피리 등이 어떻게 형상화되고 있는지 살필 것이다. 구체적으로 다음과 같은 세 영역에 대해서 논의하고자 한다. 첫째, 작가에게 역사적 사건과 문학적 상상력의 연관 관계가 어떻게 드러나고 있는지 살필 것이다. 즉 역사적 지표와 문학적 상상력의 발화 지점과 신화성의 관계를 논의해볼 것이다. 둘째, 문학적 상상력의 발화점을 찾고 난 후에 그 빈 공간을 채우는 서사의 동력으로 종교성과 여성성이 신화화되는 과정을 살필 것이다. 셋째,『삼국유사』전체에서 활용되고 있는 상징체들이 소설에서 어떠한 상징적역할을 담당하면서 기호화 과정을 거치고 신화적 이미지를 구현해가는지 살필 것이다. 한국의 대표적인 소설가 김동리의 현대적『삼국유사』읽기를 통해 우리 시대에 새롭게 읽을 수 있는 또 다른『삼국유사』독해의 가능성을 연구해볼 수 있을 것이다.

역사적 지표와 문학적 상상력의 발화 지점과 신화성

김동리에게『삼국유사』는 역사서이자 신화서로 작용하고 있다. 그가 상상한 역사의 시작점은 지극히 평범하고 일상적인 부분이다. 우리는『삼국유사』의 〈수로부인〉과 〈광덕엄장조〉의 어떠한 부분이 작가에게 신화적 틈을 채우도록 유도했는지 면밀히 살펴볼 필요가 있을 것이다. 김동리가 주목한 역사적인 부분은 현실적으로 보면 바로 가장 객관적으로 보이는 진술이다. 일연이『삼국유사』를 기술할 때, 단지 배경으로 설정했던 부분에 대한 근원적인 호기심이 소설 창작의 발화점이 되고 있으며 그 창조적 과정에는 반드시 기원에 대한 이야기가 존재한다. 미르치아 엘리아데에 의하면 신화란 항상 창조에 관여하고 있는 이야기라고 말한다. 사물이 어떻게 존재하게 되었는지, 또는 행동의 형태,

제도, 노동 방식 등이 어떻게 확립되었는지를 말해준다고 한다. 따라서 우리는 신화를 앎으로써 사물의 기원을 알게 된다. 이러한 신화적 지식은 외면적이거나 추상적인 지식이 아니라 의례에서 신화를 자세히 낭송하거나 신화가 정당화시키고 있는 의례를 행함으로써 인간이 의례에서 체험하는 지식이라고 말한다.[172] 김동리의 『삼국유사』 창작의 목적은 신화서가 되기 위한 의례이거나 제의적 행위로 읽을 수 있다.

　김동리는 바로 역사적 진술처럼 보이는 객관적 진술에 신화적 상상력의 발화점을 두고 있다. 먼저 〈수로부인〉이라는 소설의 탄생 발화 지점과 전개 과정을 살펴보자. 『삼국유사』의 〈수로부인〉에서는 성덕왕 때 순정공이 강릉태수로 부임하면서 부인 수로를 동행한 것으로 시작한다. 그런데 동행하던 중 별안간 수로는 황당한 부탁을 한다. 즉 벼랑 위의 꽃을 꺾어달라는 수로부인의 진술이 등장하는 황당한 사건에 접하게 된다. 더 나아가 갑자기 청룡이 수로부인을 납치해갔다는 기괴한 진술까지 접하게 된다. 바로 이 세 지점이 김동리의 신화적 상상력이 발생되는 발화 지점으로 작용한다. 김동리가 황당한 수로부인의 행동에 대한 신화적 상상력을 더해 이야기를 펼쳐 보이면서 제일 우선적으로 고려했던 것은 수로랑의 탄생담에 대한 기이한 이야기이다.

　　아무튼 날 때부터 죽을 때까지 모두 이야기로 되어 있으니까요. 그럼 날 때 이야기부터 시작하기로 하겠습니다.

　　위에서도 말씀드렸지마는 수로 부인의 아버지는 견당사 김지량이 올시다. 김지량이 늦게까지 자식이 없었지요. 그래 그 부인 항상 절에 가서 자식을 보도록 해 줍시사고 부처님께 빌었습지요. 그랬더니 하루 저녁에는 관세음보살님이 부인의 꿈에 나타나 뜸부기 같이 생긴 기이한 새 한 마리를 품에 넣어 주시더랍니다. 그날 밤부터 부인에게는 과연 태기가 있었다고 합니다. 그리하여 열 달 뒤 낳은 아기가 바로 수로랑(水路娘)이었다고 합니다.

수로랑은 나면서부터 여러 가지 이야기를 낳기 시작하였습니다. 어떤 사람은 수로 부인이 나던 날 밤, 김지량의 지붕 위에 무지개가 선 건을 보았다고도 하고, 또 어떤 사람은 수로랑이 나던 날 밤, 김지량의 집 앞에 서 있는 느티나무에는 온갖 새들이 다 모여와 앉아있었다고도 합니다.

이와 같이 나면서부터 이야기를 퍼뜨리기 시작한 수로랑은 어려서부터 과연 다른 사람보다 뛰어난 점이 많았다고 합니다. 첫째 인물이 특이하게 잘났을 뿐만 아니라, 가무에 대한 재주가 또한 다른 아이들과 같지 않았다고 합니다. 〈중략〉 특히 뜸부기같이 생긴 새 한 마리는 그녀가 어디로 가기만 하면 언제나 나타나 그녀의 머리 위에서 함께 날아가곤 하였다는 것입니다.[173]

김동리에 의해 그녀는 부처님께 불공을 드린 후 관세음보살의 현몽으로 세상에 태어난 생명이며 현몽은 구체적으로 '기이한 새 한 마리'가 그녀의 어머니에게 안김으로써 세상에 나왔다는 탄생 신화이다. 그녀의 탄생은 천지신명의 보살핌 속에서 이루어지고 있는데, 구체적으로 새가 '머리 위에서 함께' 날아다니면서 그녀를 늘 비호하고 있다고 설정한다. 이는 우리의 민속 신화에서 가장 많이 보이는 영웅 신화 탄생담의 서사 구조를 따른 것이다. 영웅들은 어렵게 하늘이 점지한 후에 탄생하며 주로 그 탄생의 고유한 경로는 꿈의 현현에 의한 것이다. 또한 자연의 만물이 그들의 탄생을 반기며 그들을 비호하고 있다는 설정 역시 같은 맥락에서 활용되고 있다. 더 나아가 그녀가 태어날 때는 '지붕 위에 무지개'가 서 있었고 '집 앞에 서 있는 느티나무에는 온갖 새들'이 다 모여 있었다. 이 역시 『삼국유사』에서 비형랑이 태어날 때 집 안을 오색영롱한 무지개가 뒤덮었다는 신화적 상상력의 차용과 주몽이나 김알지 등 영웅들이 탄생할 때 새나 자연물들이 비호하였다는 상상력의 발로로 보인다. 즉 『삼국유사』의 전체적 상상력이 수로랑을 탄생시키는 데 총동원되어 활용되고 있는 셈이다.

소설 〈수로부인〉에서는 원작의 수로가 노인에게 꽃을 꺾어달라고 한 지점과 청룡이 갑자기 수로를 납치했다는 지점에 의문을 가지는 것으로 이야기의 촉매제를 찾고 있다. 바로 이야기의 촉매제는 화랑 응신랑을 창조시킨다. 주지하다시피 향가 〈헌화가〉와 〈해가〉는 수로부인과 관련이 있는 것으로 작가 미상으로 알려져 있다. 이러한 객관적인 역사적 사실이 김동리에게 새로운 상상력의 기폭제가 된 것이다. 다수의 향가를 지은 월명사라는 스님을 화랑 응신이라고 설정한 것이다. 즉 수로라는 여자를 기이한 탄생을 가진 신화적 인물로 재구성하기 위해 화랑과 원화의 이미지를 차용한 것이다. 응신랑의 설정을 살펴보자.

여러 스님들께서는 이 응신랑이 누구신지를 잘 모르실 것입니다. 그것은 그가 이내 이름을 갈아 버렸기 때문입니다. 저의 스님(일연 선사)의 저서에 월명사(月明師)라고 나오는 스님이 바로 이 응신랑이올시다. 월명 거사(月明居士)라고도 합지요. 출가하면서 월명이란 이름을 쓰게 되었는데 그의 본명이 응신이라는 것은 그 뒤 아무도 전한 사람이 없었던 것입니다.[174]

응신랑은 피리를 부는 월명사로 설정이 된다. 그는 수로와 신명으로 연결된 사람으로 등장한다. 그가 부는 피리 소리는 수로부인에게만 들릴 정도로 그들은 영혼으로 깊게 연결되어 있다. 즉 그가 부는 피리 소리는 바로 수로 자체라고 설정한다. 멀리서 들려오는 피리 소리를 들으면서 수로는 '이것이 내다. 나의 목소리다. 나의 소리다. 아니 검님의 목소리다. 검님이 부르시는 소리다.'라고 말한다. 소설 속에서 수로는 꽃이자 원화의 상징이며 여사제의 이미지를 가진다. 따라서 응신의 다른 이름인 월명사라는 스님은 사랑하는 수로를 순정공에게 보내고 자신은 보다 큰 신의 의무를 다하기 위해 기꺼이 스스로 출가한다는 것이다. 그러나 그들의 이별은 더 큰 신적 만남을 위한 일시적인 것에 불과하다. 기우제를 지내는 작중 인물인 이효 거사는 다음과 같이 그들의 운명을 전한다.

> "월명과 수로가 처음 만난 것도 신명의 인연이요, 둘이 헤어진 것도 또한 신명의 시키심이오. 그때 만약 둘이 헤어지지 않고 한몸을 이루었던들 오늘의 이 비를 보기는 어려웠을 것이오. 이 비는 이제 우리나라 모든 사람들의 생명수가 되었소. 〈중략〉 이런 법이 없다면 길 가던 늙은이가 한 부인을 위하여 층암 절벽에 올라가 꽃을 꺾어 내려온 그 공덕을 무엇으로 헤아리며, 그때 그 부인을 태워서 나의 암자로 모신 그 암소의 머리가 오늘의 이 비를 빌기 위한 제물로 제단 위에 놓이게 된 인연을 무엇으로 헤어린다 하겠소."[175]

　기우제를 지내기 위해 수로의 가무와 응신의 피리는 자연을 감응시키는 신화적 존재들이다. 즉 김동리의 설정처럼 '월명과 수로가 처음 만난 것도 신명의 인연'이다. 소를 모는 노옹이 그녀를 태우고 암자로 갔다는 설정은 청룡이 나타나 그녀를 데려갔다는 것에 대한 논리적 인과성을 부여한 것이다. 또한 그 노인의 소는 월명사와 수로가 기우제를 지내는 데 쓰인 제물이었다는 설정을 차례로 제시한다. 이러한 일련의 인과성으로 마치 작가 미상이었던 〈헌화가〉와 〈해가〉가 사랑하는 수로를 그리워한 월명사의 노래인 것처럼 구성해놓은 것이 바로 소설적 장치이다.

역사 소설의 이야기 시간과 담화적 시간 층위 사이의 이질성이 작가의 역사의식 혹은 역사관을 매개로 통합된다는 논의[176]에 어느 정도 수긍해본다면 김동리의 『삼국유사』를 소재로 한 역사 소설의 역사관에는 신라와 화랑정신이 깃들어 있음을 알게 된다. 김동리에게 〈수로부인〉의 신화 상상력은 『삼국유사』의 진술 이전의 보이지 않는 시간에 대한 상상적이면서 동시에 지적인 탐구이다. 즉 기원에 대한 태초적 관심과 기이한 행적에 대한 신화적 상상력의 발로는 김동리에게 신화를 체험하게 하는 기능을 담당하고 있다. 반면 동시에 작가 서정주에게 신화는 일상생활을 살아가는 사람의 종교적인 경험을 의미한다. 수로를 잃은 모든 남성들이 해안선에서 몽둥이를 두드리며 잃어버린 아름다움을 갈구한다. 이는 종교성의 경험으로 보인다. 엘리아데는 경험의 종교성은 인간이 신화적인 중요한 사건을 재연하고 초자연적인 창조 행위를 다시 목격하는 사실에 기인한다고 보았다. 세속 세계에 거주하는 것을 멈추고 초자연적인 존재자가 출현하고 활동하는 변용된 세계 즉 빛으로 충만한 세계에 들어간다는 사실에서 유래한다고 보았다.[177] 따라서 김동리에게 수로는 가뭄을 끝나게 하는 인간의 현재적 꿈이고 희망일 것이다.

소설 〈원왕생가〉의 상상력이 시작된 지점은 바로 광덕과 엄장이 먼저 서방정토에 가는 것을 약속한 첫 구절과 광덕이 먼저 서방 세계로 가고 엄장이 친구 광덕의 처를 범하려다 거절당한 뒤 원효를 찾은 끝 부분에서 비롯된다. 즉 작가 김동리에게 갑작스런 두 스님의 내기와 내기에 진 엄장이 원효를 찾아갔다는 설정이 역사적 사실로 받아들여지면서도 가장 납득하기 어려운 부분인 것이다. 즉 왜 갑자기 스님들은 내기를 시작했을까. 죽은 친구의 부인을 아무런 이유 없이 데려올 수 있을까. 또한 왜 엄장은 하필이면 원효를 찾아갔을까 하는 것에서 김동리의 신화적 상상력은 시작된다. 광덕과 엄장은 문무대왕 때 역사적으로 실존했던 사문들이고 관음보살 응화신 중의 하나인 분황사 노비를 광덕의 처로 허구화시켜서 아미타정토에 왕생하기를 기원하는 이야기이다. 김동리는 역사적 사실에서 새어 나오는 궁금증들을 풀기 위해 연하라는 여자를 창조해내게 된다. 원전에는 없는 허구적 인물인 연하는 광덕과 엄장 사이의 갈등의 대상이며 이들의 뒤얽힌 사랑과 운명이 『삼국유사』의 〈광덕엄장조〉를 새로운 이야기 〈원왕생가〉로 창조해낸다.

소설 초반부에는 원효 스님을 찾은 엄장의 이야기로 시작된다. 엄장은 자신이 찾아온 경위에 대해서 원효 스님에게 말하고 그간 광덕과 엄장과 연하 세 사람 사이의 뒤얽힌 사랑과 운명에 대해서 깊은 고뇌를 가지고 고백하는 이야기 구조를 보이고 있다. 첫 진술은 다음과 같다.

> 원효는 그 중을 자리에 올라오게 하였다. 그리하여 찾아온 연유를 물었다. 중의 이름은 엄장(嚴莊)이라 하였다. 나이는 한 삼십여 세나 되어 보였다.
> 다음에 기록하는 이야기는 이 엄장이 원효대사에게 도(道)를 물으러 와서 아뢰어 바친 그의 반생에 대한 참회담이라고 해도 좋고 회고담이라 해도 좋을 것이다.[178]

참회담이나 회고담의 주인공은 바로 소설의 주인공인 엄장이다. 엄장은 광덕과 같은 절에서 수행을 하고 있는 친구인데 어느 날 절에 연하라는 소녀가 찾아오면서 커다란 마음의 동요를 얻게 된다. 그는 연하를 흠모하고 그녀와 함께 살고자 했지만 광덕의 방해로 실패하고 급기야 광덕이 연하와 결혼하기에 이른다. 광덕은 결혼을 하면서 엄장에게 먼저 서방정토에 가는 것에 대한 제의를 하기에 이른다. 각자 떨어져 수행의 길에 오른 후 광덕은 연하와 아이를 낳고 엄장은 홀로 수행한다. 그런데 서방정토에 먼저 오른 광덕의 방문을 받고 엄장은 연하와 광덕의 아들이 있는 곳으로 가서 그를 장사 지내주고 자신이 평소에 흠모하던 연하와 함께 살게 된다. 그러나 속세적인 자신을 거부하며 질책하는 연하를 통해 광덕의 수행 과정에 대해서 듣게 된다. 원작에서 주인공이 신의 세계에 가까운 모습을 보인 광덕이었다면 소설에서 주인공은 인간적 번뇌를 가진 엄장에 방점이 찍히는 것을 보게 된다. 인간의 부족함과 고뇌를 통해서 구도의 어려움을 전하고자 한 작가의 구경적 삶에 대한 성찰인 것이다.

서사의 틈을 채우는 종교성과 여성성의 신화화 전략

김동리는 자신의 글에서 구경적 삶이란 우리에게 부여된 공통의 운명을 발견하고 그것을 타개하려고 노력하는 것이라고 말한다. 그에게 문학은 구경적인 삶의 형식이며 궁극적인 지향점은 천인합일의 도정이다.[179] 앞 장에서 논의한 문학적 상상력의 발화 지점에서 시작한 신화적 상상력의 탐구는 서사의 틈을 채우기 위해 종교성과 여성성을 신화적으로 차용해서 활용하고 있다. 소설 〈수로부인〉과 〈원왕생가〉의 여성 주인공인 수로랑과 연하는 아름다운 원화의 현현들이다. 김동리의 여주인공은 많은 작품들에서 원화 이미지를 차용하고 있는데, 이는 꽃과 소녀와 달을 동일시하는 상상력으로 작가가 기본적으로 중요하게 생각한 문학적 화두였다. 김동리는 아름다운 것을 사랑하고 아름다운 것과 함께하고자 하며 아름다운 것 속에 깃들여 있는 신령님은 꽃과 미녀와 소년 소녀를 사랑하고 그들과 함께하려 하였고 그들 속에

깃들여 있다고 말한다. 김동리는 화랑과 원화란 이름의 소년 소녀를 가리켜 꽃이라 불렀다.[180]

소설 〈수로부인〉은 원전 〈수로부인〉과는 다르게 종교적인 색채가 매우 강하다. 소설로 각색되면서 수로는 무속 신화에 등장하는 여사제의 모습을 띠게 된다. 그녀는 자신이 사랑하는 응신랑과의 결합을 이루지 못하자 앓아눕게 된다.

> 이와 같은 그들은 마지막 피리와 마지막 노래로써 이별을 짓고 말았습니다. 그리하여 그 길로 응신은 출가하여 이름을 월명이라고 고치고 말았습니다.
>
> 수로랑은 집으로 돌아오자 곧 자리에 눕고 말았습니다. 따라서 혼담은 저절로 중단이 되고 말았습지요. 조금씩 회복이 되려다가도 혼담만 대두되면 병세는 갑자기 악화되곤 하였다고 합니다. 그러니까 그 부모님도 나중에는 그녀의 혼담을 아주 단념할 수밖에 없었다고 합니다.
>
> 이렇게 수로랑은 앓으며 나으며 하며 삼 년이란 세월을 흘려 보냈습니다.[181]

수로랑은 월명이란 이름으로 출가한 응신랑과의 이별 후 자리에 눕고 마는데, 그 이후에 혼담만 거론되면 병세가 악화되었다. 그렇게 삼 년을 앓고 난 후 어느 날 꿈에 부인의 청을 듣고 온 순정공의 혼인을 순순히 받아들이게 된다. 그러나 순정공과 수로의 결합은 진정한 의미에서의 결합이라고 볼 수 없다. 순정공이 수로를 생각하는 것은 여자로서 수로가 아니라 신적인 존재로서 수로를 받드는 것이다. 이는 여성성이나 사랑의 감정이 제거된 의례와 숭배만이 남은 관계로 보인다.

그것은 그녀가 너무도 아름답고 너무도 훌륭했기 때문이기도 했겠지만 그보다도 보통 사람과는 같지 않은 것이 너무도 많았기 때문이라 합니다. 첫째 음식부터가 그랬습니다. 〈중략〉 그 제단에 한번 놓았다 물려 나온 음식 이외에는 아무것도 입에 대지 않았다고 합니다. 〈중략〉 그 밖에 먹는 것이 있었습니다. 그것은 여러 가지 과실과 생수였다고 합니다. 생수는 새벽마다 남산에 가서 길어오게 하고, 그것을 한 사발씩 제단에 놓았다가 마셨다고 합니다. 〈중략〉 또한 그녀에게 있어 가장 중요한 식료가 된 것은 은행 열매였다고 합니다. 봄철에는 진달래꽃도 몹시 즐겨했다고 합니다.[182]

수로는 순정공에게 보통 사람이 아니라 가까이 다가갈 수 없는 아름다운 신적인 존재이다. 그녀는 집 안에 제단을 차려놓고 제단에 올린 음식만 극소량씩 먹고 과실과 생수를 먹는데 생수 역시 새벽에 길어 와서 제단에 올린 후 먹는다. 석류, 은행, 진달래 등 자연의 음식만을 즐겨했다. 부인으로서 수로는 순정공과 함께하는 것이 아니라 현실과 신적인 세계의 중간 세계의 원조자로서 순정공은 수로와 함께하는 것이다. 그녀는 웅신랑과의 진정한 신명의 결합을 위해 순정공이라는 원조자를 만나는 것으로 그려진다. 수로의 일련의 모습은 무속 신화의 샤먼과 같은 이미지이다. 그녀는 자연과 접신하기 위해 몸을 정갈하게 하고 제단에 제를 지내고 매우 신성한 음식만 먹는다. 소설 〈수로부인〉은 시적으로 응축된 이상적인 세계라고 칭해지기도 한다. 김동리의 이 작품은 낭만주의적 세계관을 바탕으로 주관과 객관이 없는 조화로운 시적 세계를 지향하고 있다고 평가된다.[183]

어느 날 수로부인은 지나가는 견우 노옹에게 벼랑 위의 꽃을 꺾어달라고 청한다. 또한 수로는 그 노인의 소를 타고 어느 암자에 다녀오는데 그것이 바로 원전에서는 청룡에게 잡혀갔다는 설정의 숨겨진 진실의 이야기라고 말한다. 이때 수로가 소를 타고 찾아간 암자에는 월명사 즉 응신랑이 기거하고 있고 마침내 그들의 기우제는 가능해진다. 수로가 타고 간 소는 제단에 놓이는 제물이 되고 월명사의 피리 소리와 수로의 가무는 가뭄을 멈추는 신화적 세계의 매개체가 된다.

수로라는 여성은 아름다운 원화의 현현이며 자연과 인간을 연결시키는 샤먼이며 더 나아가 인간의 삶에 영향을 주는 신화적 존재인 것이다. 인간 순정공은 수로에게 남성이라기보다는 신화적 세계로 들어가는 중간 매개자이며 원조자일 뿐이며 진정한 신화성의 발현은 월명의 피리와 함께했을 때 가능한 것이다. 소설 〈수로부인〉이 무속의 종교성을 함축하면서 여성성이 제거된 채 신화성을 발현하고 있다면, 소설 〈원왕생가〉의 연하는 관세음보살과 무량수불전의 불교적 이미지를 나타내는 종교적인 초월적 존재이다. 그녀 역시 여성성이 제거된 종교적인 신화적 존재라고 볼 수 있다. 연하는 엄장과 광덕 사이에서 삼각관계를 보여주고 있는 인물이다. 그러나 연하가 엄장을 선택하지 않고 광덕을 선택하는 이유가 매우 종교적이라는 것을 알 수 있다.

> "아, 혼인해서 부부가 될 터인데 왜 나를 믿지 못해?"
> 하고 제가 목맨 소리로 말하자 연하는 의외로 또렷한 목소리로
> "장 수좌는 글렀어."
> 하였사옵니다.
> "뭣이 어째?"
> "덕 수좌는 그렇지 않았어."
> "뭣이? 광덕이 어쨌다고?"
> "덕 수좌는 나더러 혼인하자고만 했지 옷끈을 풀라고는 하지 않았어."[184]

여주인공 연하는 엄장과 광덕 사이에서 속세의 사랑을 선택하는 것이 아니라 지극히 종교적이고 금욕적인 관점에서 배우자를 선택하고 있다. 그녀의 모습 역시 연꽃을 상징화시키고 있는데 불교에서 연꽃의 상징성이 바로 연하의 삶의 모습이라고 볼 수 있다. 한여름 진흙 바닥에서 피어나는 하얀 연꽃은 따가운 햇볕 속에서도 굴하지 않고 진흙더미에서 찬란한 꽃을 피어내는데 이것은 속세의 더러움 속에서도 참 자아를 발견하는 부처의 마음을 읽어낼 수 있게 하는 종교적 상징체이기도 하다. 연하는 남편 광덕과 10년 동안 잠자리를 하지 않고 수행에 정진한 종교적인 여성이다. 이는 현세적인 여성성이 제거된 채로 종교적 신화성을 나타낸다. 광덕이 죽자 엄장은 자신과 함께 살기를 청한다. 이에 기꺼이 응한 연하는 종교적 수행자로서 엄장의 수행에 도움을 주기 위한 종교적 선택이자 매개자이다. 그녀는 잠자리를 요구하는 엄장에게 다음과 같이 엄숙한 종교적 진술을 한다.

> "장 스님(엄장) 들자옵소서. 덕 스님(광덕)과 이 몸이 혼인한 지도 십년이 지났사옵니다. 혼인한 지 처음 몇 달이 지난 뒤 스님께서 열반하실 때까지 십 년 동안 스님께서는 아침 저녁 저와 더불어 자리를 같이 하셨사오나 한 번도 저의 몸에 손을 대신 일이 없사옵니다. 〈중략〉 그때 저는 맘속으로 덕 스님의 도경(道境)이 이미 높으심을 깨닫고 그를 따르려고 저도 주야로 아미타불을 불러왔사옵니다. 지금 이 몸이 장 스님을 이곳에 머물게 한 것은 덕 스님의 뒤를 이어 정진을 쌓으시와 이 몸도 함께 덕 스님이 가신 서방세계로 이끌어 주시올까 하였사올 뿐이지 다른 뜻이 없사옵니다."

광덕에게 연하는 종교적인 동반자였듯이 연하 역시 엄장을 종교적인 동반자로만 받아들이고 있다. 즉 그녀가 엄장이 같이 살자고 한 것에 흔쾌히 응한 것 역시 그와 함께 정진해서 서방 세계에 이르고자 하는 종교적인 열망이다. 연하에게 신화를 살아간다는 것은 일상생활의 통상적인 경험과는 달리 종교적 경험을 의미한다. 연하라는 여성은 신화 속 성스러운 여성 주인공의 금욕적인 모습을 나타내고 있으며 우리는 그녀의 종교적 성스러움을 공유하는 신화 체험자가 된다. 따라서 그녀에게 속세의 애정은 더 이상 중요하지 않으며 현세적인 여성성은 제거된 상태이다. 이는 수로부인이 남편 순정공에게 가지는 관계와 동일하다. 즉 김동리에게 여성성은 종교성을 함의하면서 신화화되며 일반적인 섹슈얼리티의 여성성이 배제되고 이상화되고 있다. 이는 여성의 신성화를 유도하는 종교적인 표출이면서 동시에 유교 사회의 여성의 정조와 지조를 이상화시킨 것의 또 다른 표현이라고 볼 수 있다. 불교이건 무교이건 유교이건 김동리에게 여성의 현세적인 욕망은 제거되어야 하며, 그들은 남성의 신화 세계를 구축하기 위해 신성성의 장치에 의해 여성성이 제거되어야 한다. 무속의 샤먼을 나타내는 수로나 불교의 아미타불을 상징하는 연하에게 인간적인 사랑은 일종의 터부이다.

프로이트에 의하면 터부란 제의와 관련이 있는 일정한 대상 혹은 이것과 관련이 있는 행위에 대한 일체의 관습을 말한다.[185] 신성한 세계의 중간 매개자인 여성들에게 인간적인 사랑은 터부일 수밖에 없는 금지된 관습이다. 반면 연하와 광덕의 결합과 수로와 월명사의 결합은 신성하게 제의화되고 신들의 행위와 동일시된다. 엘리아데에 의하면 제의화된 결혼은 개인적 차원, 사회적 차원, 우주적 차원에서 가치를 부여받으며 따라서 개개의 결혼은 원초적인 신성혼과 하늘과 대지의 결합을 반복한다.[186]

상징과 기호화 과정을 통한 신화적 이미지 구현

조지프 캠벨은 신화란 우리의 깨어나는 의식과 우주의 신비 사이를 연결시켜준다고 말한다. 즉 신화는 우주의 지도나 그림을 우리에게 제시하며 우리 자신 스스로를 자연의 일부분인 관계로 바라보게 해준다고 말한다.[187] 일연의 『삼국유사』에서 중요하게 차용하고 있는 상징은 달, 피리, 꿈, 꽃 등이 대표적이라고 할 수 있다. 이것들이 『삼국유사』라는 전체의 숲을 관통하는 대표적인 상징체라고 본다면 김동리가 소설 〈수로부인〉에서 피리, 꿈, 달, 꽃 등을 활용하고, 소설 〈원왕생가〉에서 역시 꽃과 달을 상징화시킨 것은 주목을 받을 필요가 있다.

엘리아데에 의하면 상징은 다가성(多價性)을 가진다고 말한다. 다가성이란 상징에 있어서 하나의 고유한 특성만을 가지는 것이 아니라 동시적으로 여러 가지 의미를 표현한다는 것이다.[188] 상징은 다양한 맥락에서 해석될 수 있기 때문에 하나만을 근본적이라고 규정해버리면 상징이 내포하는 참된 의미를 간과하게 된다는 설명이다. 이러한 상징의 다가성의 측면에서 우리는 김동리가 중요하게 차용한 피리, 꿈, 달, 꽃 등의 상징적 의미를 살필 필요가 있다. 엘리아데는 또한 그의 다른 저서에서 상징적 사고에 있어서 세계가 생생하게 살아있고 동시에 열려있다고 말한다. 상징의 대상은 단지 그 자체일 뿐만 아니라 다른 어떤 것일 수도 있고 대상의 존재론적 차원을 초월하는 어떤 현실의 기호이거나 집합소라고 말한다.[189] 두 작품의 상징이 어떤 것을 내포하고 있는지 살펴봄으로써 김동리가 『삼국유사』의 신화적 이미지를 어떻게 형상화하고 있는지 살펴볼 것이다.

먼저, 소설 〈수로부인〉에 등장하는 꿈에 대한 상징성을 살펴보기 위해 우리는 『삼국유사』 속 꿈의 상징성을 살펴볼 수 있다. 원전에서 꿈은 주로 신이한 일을 미리 알려주는 예시적인 기능을 담당하거나 운명을 알려주는 계시성을 띠거나 나라의 흥망을 미리 말해주는 경고성을 띠고 있었다. 원전『삼국유사』에서 김동리가 차용한 가장 대표적인 꿈의 상징성은 예시성이다. 가야의 황후인 허황옥은 그녀의 부모님의 현몽만을 믿고 머나먼 가야 땅으로 떠나온다. 그녀의 황후 되기는 바로 꿈에서 비롯된 것이라고 할 수 있다. 또한 신라의 통일을 이끈 무열왕의 부인이자 김유신의 여동생인 김문희 역시 언니의 꿈을 사는 재치를 발휘해서 황후에 이른 인물이다. 원전에서는 황후 되기가 꿈이라는 상징성을 적극적으로 활용하고 있지만 왕권의 교체를 알려주는 계시의 내용에서도 꿈은 적절히 차용되는 다가적 상징성을 띤다. 백제의 멸망을 암시하는 것도 꿈으로 등장하고 신라의 마지막 왕인 김부대왕이 왕위를 이어받는 것도 꿈이라는 계시를 떠올려볼 수 있다.

김동리 소설 〈수로부인〉 속의 꿈의 상징성은 순정공의 예를 들 수 있다. 순정공은 상처하고 혼자 살아가지만 어느 날 부인이 꿈속에 나타나 수로랑과 결혼하기를 청한다. 그때 수로랑은 삼 년이나 병상에 누워 있었는데, 그때까지 혼담 이야기만 있으면 더 악화되었던 병이 순정공의 제안을 받고는 병상에서 일어나서 쉽게 수락하게 된다. 이는 꿈의 예시적 기능을 강화한 신화적 장치라고 볼 수 있다. 또한 소설 〈원왕생가〉에서도 광덕이 먼저 서방 세계로 가는 것이 엄장에게 보이는 부분이 등장한다. 이 역시 꿈의 변형으로서 엄장은 서방으로 가는 광덕을 만나고 나서 그의 집으로 가서 그가 죽었다는 것을 확인한다. 꿈은 현실의 사건에 필연성과 인과성을 부여함으로써 신성성을 확보해주는 기능을 담당한다.

피리의 상징성 역시 매우 중요한 장치라고 볼 수 있다. 주지하다시 피『삼국유사』에는 '만파식적'이라는 신이한 피리가 세 번이나 등장한다. 자연적이고 비종교적인 대상들 안에서 세상에 속하지 않는 신성한 어떤 것을 발견하게 되는 것을 히에로파니라고 말한다.[190] 『삼국유사』에서 특히 피리는 성스러운 히에로파니이며 일상과는 완전히 다른 것을 보여준다. 따라서 피리는 신성성을 부여받는다. 피리의 첫 번째 등장은 경주 감은사와 관련된다. 신문왕은 동해의 용이 되고자 했던 아버지 문무왕을 위해서 동해변에 감은사를 지어 추모하였다고 한다. 지금은 절은 없고 절터와 탑만이 역사를 아스라하게 말해준다. 아버지 문무왕은 해룡으로 나라를 보살피고 천신이 된 김유신은 문무왕과 합심하여 신문왕에게 대나무를 한쪽씩 보냈다고 한다. 이 대나무는 신기하게도 낮이면 갈라져 둘이 되고, 밤이면 합해져서 하나가 된다고 한다. 왕은 이 신기한 일을 확인하고자 직접 행차를 하였다. 왕이 바다에서 나타난 용에게 대나무의 이치를 물으니, '비유하건대 한 손으로는 어느 소리도 낼 수 없지만 두 손이 마주치면 능히 소리가 나는지라, 이 대도 역시 합한 후에야 소리가 나는 것이요…… 또한 대왕은 이 성음(聲音)의 이치로 천하의 보배가 될 것이다……' 라고 말하고 사라졌다고 한다. 왕은 이 대나무를 베어 피리를 만들게 하였고, 그 피리 소리는 나라의 근심과 걱정을 사라지게 했다고 한다. 두 번째 등장하는 만파식적 피리의 이야기는 〈탑상〉 편의 〈백률사〉 편으로 효소왕 시절의 이야기이다. 효소왕 때 적에게 화랑이 붙잡히는 사건이 있었다. 그때 왕이 걱정스러워하는 말을 하자 상서로운 구름이 천존고를 뒤덮었다고 한다. 그리고 창고 안의 거문고와 피리가 없어져버렸다. 피리와 거문고를 찾는 자에게 상금을 내리겠다는 방이 붙었다. 그런데 어느 날 갑자기 없어진 피리와 거문고가 나타난 것이다. 한 승려가 잡혀간 화랑에게 가서 피리를 둘로 쪼개어 각각 하나씩 화랑들에게 주고 자신은 거문고를 타고 바다를 건너왔다는 것이다. 그런데 어느 날 하늘에 혜성이 나타났다. 혜성이 나타난 이유는 거문고와 피리를 벼슬에 봉하지 않았기 때문이라고 한다. 그래서 그때부터 피리를 '만만파파식적'이라고 불렀다고 한다. 이 피리가 세 번째로 등장하는 때는 원성왕 때이다. 왕은 피리를 두고 '하늘의 은혜를 두터이 받았고, 그 덕이 멀리 빛났다.'라고 말하면서 그 피리를 구경하고자 하는 일본 사신에게 핑계를 대어 보여주지 않는다.[191]

소설 〈수로부인〉에서 월명사가 된 응신랑은 피리를 통해서 수로와 만나고 피리를 통해 수로와 교감을 나눈다. 월명의 피리는 수로에게만 들리는 소리로 자연과의 교감을 이끄는 신화적 상징물이 된다. 수로는 이 피리 소리에 맞추어서 가무를 즐기고 이들의 피리와 가무의 조화는 신명의 조화로 그려진다. 월명은 수로와 자신의 운명이 속세의 현세적인 것이 아니라는 것을 알고 스스로 스님이 되고 수로 역시 그 뜻을 받는다. 그러나 나라에 가뭄이 들어서 기우제를 지내야 할 때 이들의 피리와 가무의 결합은 신성한 결합이 된다. 즉 월명의 피리와 가무는 자연의 질서에 영향을 미칠 정도로 신화적인 결합인 것이다.

소설 〈수로부인〉과 〈원왕생가〉에 동시에 드러나는 상징성으로 꽃과 달의 상징성을 살펴볼 수 있다. 두 작품 모두 달이 중요한 상징성을 가지는데 이는 꽃과 함께 거론되어야 할 것이다. 수로랑은 달빛과 함께 피리 소리를 듣는다. 또한 엄장은 달빛 속에서 연하의 모습을 보고 가슴이 두근거리는 것을 느낀다. 월명은 수로랑에게 헤어지자고 제안하면서 '이 피리 속에는 언제나 수로랑과 달님이 들어 계시니 외롭지 않으리이다.'라고 말한다. 응신이 달을 생각나게 하는 월명이라는 이름을 가진 것도 상관관계를 가진다. 〈원왕생가〉의 엄장이 달빛 속에 있는 연하를 보면서 사랑하는 마음을 키우면서 번뇌하는 것 역시 달의 상징성과 깊은 관련성을 가진다. 두 작품에서 달과 꽃은 구도의 상징인 등의 다른 이름이다. 등불은 미혹한 마음을 밝히는 지혜의 불로 마음을 청정하게 하는 의미를 담고 있는데, 등불공양은 무량한 공덕을 기원하는 선행으로 여겨진다.[192] 연등이라는 문화를 거시적으로 살펴보면 등이라는 문화 상징물을 하나의 텍스트로 읽을 수 있다는 가능성에 도달한다. 등은 모든 중생에게 다 불성이 있다는 일체중생(一切衆生) 실유불성(悉有佛性)이라는 불교의 진리를 느끼게 하는 신화적 상징물이다. 등은 인간의 근원적인 향수를 자극하는 매개물이다. 그래서인지 불교 축제 이외의 현대 축제에서도 등을 가장 중요한 상징체로 활용하고 있다.[193] 이 등은 바로 수로와 연하라는 여성의 이미지와 교차되면서 인간의 갈등의 매개가 되기도 하고 숭고함을 추구하는 신성성의 열망이 되기도 하고 다가가고 싶은 욕망이 되기도 하고 인간의 낭만성을 자극하는 사랑의 매개체가 되는 다가성을 가진 상징물이다. 김동리는 『삼국유사』에서 중요하게 차용하고 있는 달, 피리, 꿈, 꽃 등의 상징을 신화적 이미지로 서로 연결시키면서 신성성을 획득하는 데 성공하고 있다.

　김동리의 역사 소설은 매우 다각적으로 진행되어왔다. 본고는 그중에서 특히 『삼국유사』와 『삼국사기』를 대상으로 했던 역사 소설에 관심을 가지고 그의 소설화 과정을 살폈다. 『삼국유사』의 이야기를 대상으로 하는 소설 〈수로부인〉과 〈원왕생가〉를 통해 신화서의 현대적 창작 수용의 과정을 살펴보았다. 역사적 이야기의 어떤 부분이 신화적 상상력의 발화 지점이 되고 있는지 살폈고, 그 과정에서 여성성과 종교성이 신화화되는 과정을 살펴보았다. 종교와 여성을 중심으로 신화화시키는 과정에는 다양한 상징적 히에로파니가 등장하는데, 꿈, 피리, 달, 꽃 등의 신화적 상징성을 살펴보았다. 김동리에게 신화란 고대의 화석화된 상상력이 아니라 현대를 보다 유기적으로 바라보는 발화적 상상력이었다. 가장 객관적으로 진술된 역사적 사실에서 가장 신화적인 상상력이 시작될 수 있음을 알 수 있었다. 따라서 인간은 신화적 사유의 산물이고 우리의 삶은 과거와 별개로 유리된 삶이 아니라 늘 얼기설기 과거와 현재와 미래가 연결된 그물망 구조를 보인다. 김동리가 보여주고자 한 신화적 세계는 시간의 연속성과 순환성 속에 서 있는 인간의 모습이라고 할 수 있다. 인간의 유한성과 자연의 영원성이 서로 교차되면서 유한한 인간이 삶의 궤적으로 그려가는 하나하나의 이야기가 바로 신화가 될 수 있는 것이다.

제3장

서정주 시에 나타난 신화적 독서의 생산성과 창의성

서정주 시의 『삼국유사』 상상력의 차용과 문화 콘텐츠

현재 인문 고전 『삼국유사』에 접근하는 방법에는 지나친 지적 진입 장벽이 존재한다는 문제점이 있다. 『삼국유사』 원전의 어려움이 하나의 이유이겠지만 동시에 지나치게 전문화된 연구 분야만으로 고립화되어왔기 때문이다. 그러나 일연이 『삼국유사』를 저술한 의도는 일반인들이 쉽게 역사와 문화를 읽어서 민족의 자긍심을 가지도록 하는 것이었다. 일연은 신분상 혹은 출생상 불교 중심일 수밖에 없고 경주 중심일 수밖에 없고 신라 중심일 수밖에 없다. 이때 일연에게 문화는 스토리였을 것이다. 그런데 주목할 만한 것은 일연의 문화의식이 다문화 지향적이라는 것이다.

최근 『삼국유사』에 대한 연구는 그 어느 때보다도 다양하게 전개되고 있다. 크게 세 가지의 흐름을 상정해볼 수 있을 것이다. 첫째, 일연의 사상을 텍스트 외적인 차원에서 보지 않고 텍스트 내적인 글쓰기 방식에 의해서 탐구하고자 하는 흐름이다. 여기에 찬에 대한 연구와 글쓰기 방식에 대한 연구들이 진행되고 있다.[194] 둘째, 문화 콘텐츠와 문학 치료 등 현대적 감각으로 일연의 상상력을 읽으려는 움직임을 들 수 있다. 이는 이야기가 새로운 치료 역할을 한다는 효용론에 입각한 것과 문화의 생산 동력이 되는 활용성과 역동성에 강조점을 둔 것이다.[195] 셋째, 지금까지 도외시되어왔던 여성성의 담론으로『삼국유사』를 재조명하는 관점의 논의들을 한 갈래로 들 수 있다. 여성 인물의 형상화와 불교와 모성성의 관계 및 모성 형상화와 여성의 역할 등 다양한 방식으로 접근하는 연구들을 그 예로 들 수 있다.[196] 변화하는 시대 담론을 통해 텍스트를 새롭게 읽는 고무적인 작업이라고 하겠다.

일연은 '황하(黃河)에서 그림[河圖]이 나오고 낙수(洛水)에서 글[洛書]이 나오면서 성인이 나타나게 되었으며, 무지개가 신모(神母)를 둘러싸서 희(義)를 낳고, 용이 여등(女登)과 관계하여 염(炎)을 낳고, 〈중략〉 요(堯)의 어머니는 잉태한 지 열 넉 달 만에 요를 낳았고, 패공(沛公)의 어머니는 용과 큰 못에서 교접하여 패공을 낳기에 이르렀다. 그 뒤에 일어난 이와 같은 일을 어찌 이루 다 기록하랴! 이렇게 본즉 삼국의 시조가 모두 신비스러운 기적으로부터 태어났다는 것도 무엇이 그리 괴이하다고 하랴! 이것이 신비로운 기적 이야기를 이 책의 첫머리에 싣게 된 까닭이며 그 의도도 바로 여기에 있다.'[197]고 기술한다. 즉 중국 왕들의 신기한 예를 들어 한참 동안 설명한 후에 우리의 삼국 시조들의 탄생이 모두 신기한 것을 이상하게 받아들이지 말 것을 제안한다.

신이한 이야기 속에서 민족의 정기를 찾고자 한 것은『삼국유사』의 〈기이〉 편에 집중되어 있다. 〈기이〉 편 1, 2를 통해 우리는 현대 문화가 이러한 신이한 이야기들을 어떻게 다양한 문화 콘텐츠에서 활용하는지 살펴볼 필요가 있을 것이다. 현대 문화만큼 일연의『삼국유사』가 활발하게 담론화된 적은 없었다. 드라마 〈주몽〉, 〈태왕사신기〉, 〈해신〉, 〈서동요〉, 〈선덕여왕〉, 〈김수로〉, 〈계백〉, 〈대왕의 꿈〉 등과 영화 〈황산벌〉과 〈전우치〉에 이르기까지 『삼국유사』의 미디어 활용성은 실로 크다고 하겠다. 미디어 콘텐츠로 재탄생되는 『삼국유사』의 이야기 속에서 일연이 서술하고자 했던 서술 의도가 어느 정도 반영이 되고 있는지 스토리 시뮬라시옹의 상상력을 통해 알아볼 필요가 있을 것이다.

　『삼국유사』의 가능성이 비단 드라마나 영화에만 한정되지 않고 축제 콘텐츠의 원천 텍스트로서 기능을 해내고 있는 것도 눈여겨볼 수 있다. 『삼국유사』를 근간으로 하는 문화 축제는 『삼국유사』의 이야기 전반을 다루는 〈삼국유사문화제〉, '신무대왕, 염장, 궁파'에 근간을 둔 〈완도장보고축제〉, '무왕'의 이야기에 근간을 둔 〈부여서동연꽃축제〉, '처용랑과 망해사'를 배경으로 하는 〈처용문화제〉, 삼국의 이야기 중 신라와 관련된 이야기와 왕의 이야기를 다루는 〈경주신라문화제〉, '연오랑과 세오녀'의 이야기를 배경으로 한 〈포항국제불빛축제〉, '범일국사'를 주신으로 하는 〈강릉단오제〉 등이 있고 2011년에는 〈세계피리축제 만파식적〉이 새롭게 만들어졌다. 2012년 8월에 경주 봉황대에서 열린 〈만파식적축제〉는 피리와 국악을 테마로 한 예술 문화 축제라고 할 수 있다. 『삼국유사』는 현대 축제 콘텐츠의 주된 상상의 모태가 되고 있다. 이처럼 『삼국유사』는 문화의 중심에서 후세들과 한판 즐겁게 놀고 있는 듯하다. 이는 보각국사 일연의 묘비에 남겨진 말 중 "뒷날 여러분과 함께 한바탕 즐겁게 놀겠소"라는 문구를 떠올리게 한다. 2012년 8월에 국립고궁박물관에서는 〈삼국유사 학술심포지엄: 삼국유사 그리고 신화적 상상력과 예술〉[198]이 열리기도 했다. 여기서 『삼국유사』를 신화와 역사의 어우러짐의 텍스트로 보고 다양한 해석이 오갔다.

　여기에서는 『삼국유사』의 문화적인 풍부한 상상력을 미당 서정주가

『삼국유사』를 직접적 소재로 활용한 시 세계와 연결시켜 현대적 문화 욕망으로 풀어가고자 한다. 미당은 〈신라초〉, 〈동천〉, 〈질마재 신화〉를 통해 『삼국유사』와 신라의 상상력을 작품 안으로 끌어들였다. 6·25 전쟁을 경험한 시인은 신라를 삼국통일의 정신으로 보고 완성된 민족의 원형을 찾으려 했다. 서정주가 『삼국유사』의 상상력을 활용한 것에 주목한 몇몇 논자들은 주로 설화 세계와 불교 세계의 『삼국유사』의 상상력이 작품 안에 어떻게 활용되고 있는지 살피고 있다.[19] 따라서 본고는 연구의 대상을 『삼국유사』 이야기를 전면적으로 다시 풀어쓴 서정주의 시들을 통해 현대 문화 콘텐츠의 생성 욕망과 만나보기로 하겠다.

서정주가 『삼국유사』를 읽는 과정은 위에서 김동리가 읽었던 신화적 독서의 또 하나의 과정이었고 그러한 신화적 상상력은 서정주가 현실을 읽는 창으로 작용할 뿐만 아니라 미래를 읽어내는 만화경으로 작용한다. 이러한 독서는 김동리의 『삼국유사』 독서와 비슷한 신화적 독서라고 칭할 수 있다. 즉 신화적 독서를 통해 우리들은 고대 사회의 구성원들이 경험하는 신화적 요소를 재발견한다. 따라서 독서를 통해 고대 사회의 신화와 현대를 살아가는 우리가 만나게 되는데, 이때 독서는 대단한 장관을 보여주기보다는 시대를 초월하게 하고 새로운 세계로 상상하게 한다.

신화의 생성 원리와 현실 작용의 기호화

2012년은 『삼국유사』가 연극과 뮤지컬로 동시에 다양하게 제작된 해였다. 왜 하필이면 『삼국유사』의 상상력으로 현실을 읽어가려고 한 것일까. 〈조신지몽〉을 다룬 〈꿈〉, 〈수로부인〉을 다룬 〈꽃이다〉, 〈처용가〉를 다룬 〈나의 처용은 밤이면 양들을 사러 마켓에 간다〉, 〈김부대왕〉을 다룬 〈멸〉, 〈도화녀와 비형랑〉을 다룬 〈로맨티스트 죽이기〉 등의 창작 배경과 뮤지컬 〈도화녀와 비형랑, 2012〉, 뮤지컬 〈수로부인, 2011〉, 뮤지컬 〈쌍화별곡: 원효와 의상, 2012〉, 뮤지컬 〈삼천, 2012〉 등의 창작 배경을 살펴보면 크게 두 가지를 읽어낼 수 있다. 첫째, 현실과의 연계성 속에서 욕망의 대상이 된 여성을 다루려고 한다는 점을 눈여겨볼 수 있다. 이는 현대 다변화 시대의 여성의 사회적 지위 변화와 다양한 욕망을 투사해서 보는 과정이라고 할 수 있다. 그 예로 〈수로부인〉을 다루었던 연극과 뮤지컬의 상상력을 서정주의 시 세계와 연관시켜서 살펴보도록 하겠다.

연극 〈꽃이다〉는 수로부인을 다루고 있는데, 작가는 수로부인과 대립각을 세우는 중요 여성 인물로 검네라는 인물을 그려낸다. 검네는 민중들의 괴로움과 반항을 대변하는 샤먼의 역할을 수행하고 수로부인은 순정공의 권력을 대변하는 인물로 등장한다.[200] 검네는 친딸을 제물로 바쳐서라도 민중들의 삶을 구하고자 하는 인물로 수로부인과 대립각을 세운다. 한편, 뮤지컬 〈수로부인〉의 근간이 되는 상상력은 소통과 화합의 매개체로써 '수로부인' 을 그려내는 것이다.[201] 수로부인을 되찾기 위해 민중의 힘이 모이는 것과 수로부인을 권력의 한 정점으로 보는 상상력들은 현실에서 여론의 힘을 전경화시키고 상징화하는 과정이라고 볼 수 있다.

이는 소포클레스의 비극 〈안티고네〉[202]가 2000년이 넘도록 재해석되는 힘과도 연결된다. 국가 권력의 대변인인 왕 크레온과 개인의 인권과 신권을 주창하는 안티고네의 갈등은 그대로가 현대를 살아가는 사람들이 가지는 갈등과 불행의 원형이 될 수 있다. 주디스 버틀러는 소포클레스의 비극 〈안티고네〉를 비평하면서 사적 의미를 넘어서는 안티고네의 젠더의 특징에 주목한 바 있다. 안티고네는 규율 담론이 애초에 배재했던 이성애 안의 동성애를, 여성성 안의 남성성을, 딸의 내

제5부

미래를 향한 문화적 욕망과
신화의 향연

부 안에 있는 어머니를, 오빠 안에 있는 아버지를 환기시키고 문제 삼는 비우울증 주체로서, 자신의 치명적인 발화 행위가 만든 새로운 미래의 가능성을 여는 젠더의 주체가 된다고 보았다.[203]

미당 서정주는 〈수로부인〉에 대해서 '水路夫人은 얼마나 이뻤는가?'라는 제목으로 상상력을 펴기 시작한다. 먼저 시의 내용을 살펴보자.

① 水路夫人은 얼마나 이뻤는가?[204]

그네가 봄날에 나그네길을 가고 있노라면,

天地의 수컷들을 모조리 惱殺하는

그 美의 瑞氣는

하늘 한복판 깊숙이까지 뻗쳐,

거기서 노는 젊은 神仙들은 물론,

솔 그늘에 바둑 두던 늙은 神仙까지가

그 引力에 끌려 땅 위로 불거져 나와

끌고 온 검은 소니 뭐니

다 어디다 놓아 두어 버리고

철쭉꽃이나 한 가지 꺾어 들고 덤비며

청을 다해 노래 노래 부르고 있었네.

또 그네가 만일

바닷가의 어느 亭子에서

도시락이나 먹고 앉았을라치면,

쇠붙이를 빨아들이는 磁石같은 그 美의 引力은

千(천) 길 바다 속까지 뚫고 가 뻗쳐,

징글 징글한 龍王이란 놈까지가

큰 쇠기둥 끌려 나오듯

海面으로 이끌려 나와

이판사판 그네를 둘쳐업고

물 속으로 깊이 깊이 깊이

잠겨 버리기라도 해야만 했었네.

그리하여

그네를 잃은 모든 山野의 男丁네들은

저마다 큰 몽둥이를 하나씩 들고 나와서

바다에 잠긴 그 아름다움 기어코 다시 뺏어 내려고

海岸線이란 海岸線은 모조리 모조리 亂打해 대며

갖은 暴力의 데모를 다 벌이고 있었네.

-『三國遺事』第二卷,「水路夫人」條

　미당 서정주에게 '수로부인'은 '天地의 수컷들을 모두 惱殺하는' 팜므파탈적인 인물이다. 그 미는 인간뿐만이 아니라 신선까지 감동시키는 미이다. 심지어 징글징글한 용왕까지 유혹하는 치명적인 미이다. 수로를 잃은 모든 남정네들은 몽둥이를 들고 나와 해안선에서 데모를 한다는 것이다. 그런데 재미있는 것은 미당이 바라보는 수로부인은 하나가 아니라는 점이다. '그네를 잃은 모든 山野의 男丁네들'이라는 표현을 볼 때 그네는 단 하나의 사람이 아니다. 바다에 잠긴 아름다움을 되찾기 위해 해안선을 모조리 난타하면서 데모를 벌인다는 것이다. 그렇다면 수로부인은 인간의 소중한 소망이 될 수도 있고 가장 아름다운 꿈일 수도 있고 가장 사랑하는 사람일 수도 있다.『삼국유사』의 수로부인은 시인에게 와서는 희망을 가지고 바닷가에서 무엇인가를 그리워하는 많은 사람들의 원형적 노스텔지어처럼 보인다. 시원의 세계를 향해 시인이 가지는 원형 회귀적인 욕망을 유표화시키는 행위가 바로 남정네들의 해안선 두드리기이다.

둘째, 두 인간의 유형을 통해 선택과 갈등의 인간 번뇌와 신화 욕망을 읽어내는 것에 주목해보기로 하겠다. '원효와 의상'에 대한 연극 〈꿈〉과 뮤지컬 〈쌍화별곡〉을 통해 인간의 갈등과 번뇌를 들여다볼 것이다. 원효와 의상은 감성적인 사람과 이성적인 사람의 대표 주자로 인용되곤 한다. 미당 서정주에게서 그들은 어떤 인물들로 그려지고 있는지 살펴보자. 미당에게 원효와 의상은 먼 신화 속 인물이라기보다는 현실 속 사람이 된다.

②義湘의 生과 死

江原道 襄陽郡의 洛山寺 바닷가엘 가면, 옛날 新羅때에 義湘 스님이 自殺하려고 뛰어 내렸었다는 낭떠러지의 바위가 천야만야 하늘 높이 솟아서 있지.

「죽어 버리자!」고 뛰어 내리노라니까, 觀世音菩薩님이 이걸 살려 내려고 지키고 있다가 안 다치게 잘 받아 냈다는 바다 위의 그 이 얘기가 그 낭떠러지 아래 또 꿈틀거리고 있지.

그러니까 이런 이 얘기는 두 개를 다 포개 보면 결국 무슨 이 얘긴가?

「에에익! 빌어먹을 놈의 것! 물에 빠져 죽어나 버리자!」고 작정한건 고 낭떠러지에서 마악 뛰어 내릴때의 느낌이었지만, 그게 좋은 공중을 뛰어 내려가는 동안에 그 느낌에 아조 빠른 변화가 와서, 물에 빠져도 몸을 다치지 않을 만큼, 일테면 차린 다이빙의 균형있는 落下쪽으로 바꾸아지며 「야! 역시나 사는 것이 제일 꽃 다운 일이다!」 새로운 작정이 또 섰던 것이지. 앞으로 새로 필 꽃기운들이 그 空中(공중)에 모두 깃들여 있는 것이라든지 그런 것도 뼛속에 닿게 셈하고 느끼면서 말씀이지.

그러구서 바닷물에 잠겨서는 뭐 개구리헤엄 같은 거라도 치면서 치면서 언덕으로 그럭저럭 다시 깁더 올랐었겠지.

아마도 이 경험 때문이었을 것이다. 그가 뒤에 皇福寺에서 중들하고 함께 塔돌이를 할 때에도 「塔돌이는 땅을 도는 게 아니라, 하늘을 아조 자알 날아 도는 것이다」고 넌즛하게 말씀하고 있었던 것은…….

- 『三國遺事』第三卷,「洛山二大聖……」, 同書 第四卷,「義湘傳敎」

③ 元曉가 겪은 일 중의 한 가지

新羅 서울의 萬善北里에서 寡婦가 애를 낳아 놓았는데, 열 두 살이 되도록 말도 못하고, 일어나서 앉지도 못하고 배 깔고 살살 기기만 하는 지라, 〈뱀새끼〉란 이름이 붙었었습니다. 「사내에 굶주리다 못해 설라문 뱀을 붙어서 낳은 것이다」는 소문도 수상하게 퍼지굽시오. 그러다가 그 어미는 어느 날 숨이 넘어가 이승을 뜨고, 뱀새끼만 호올로 남았습니다.

아무도 이 뱀새끼를 찾는 이가 없는데, 元曉만이 가만히 찾아가서 인사를 하니, 그 뱀새끼가 엎드려서 뇌까리는 말이, 「내나 니나 前生에선 佛經冊을 등에 싣고 다니던 암소였는데 나는 인제 망해 버렸다. 나하고 같이 우리 엄마 장례나 지내줄래?」 하는 것이엇습니다.

元曉(원효)가 「그러자」고 하고, 그 죽은 어미에게 菩薩戒(보살계)를 준 뒤 「목숨이 없음이여, 죽엄은 괴롭구나! 죽엄이 없음이여, 목숨도 괴롭구나!」 祝(축)을 지어 읊노라니

「애. 그건 복잡하다」 〈죽고 사는 건 괴롭다〉고 간단히 해서 한마디 대꾸하기도 하는 것이었습니다. 元曉가 「知慧있는 호랑이는 知慧있는 수풀에다 묻는 것이었는데,」 어쩌고 재주 있는 소리를 한 마디 또 해 보니까,

「釋迦牟尼처럼 우리도 涅槃에나 드는 것이 그 중 좋겠다」하고 그 어디
돋아난 갈대를 뿌리째 뽑았는데, 그 뽑힌 자리를 보니 거기는 휑한 구렁이
어서 그 속으로 뱀새끼는 그 죽은 어미를 업고 사르르르 기어 들어가 버리
고 말았습니다. 그 구먹도 드디어는 펑퍼짐히 메꾸아져 버리굽시오. 아무 일
도 없었던 듯 아조 평안히 메꾸아져 버리굽시요.

- 『三國遺事』第四卷,「蛇福不言」

　미당에게 의상과 원효는 이웃에 사는 친근한 사람들이다. 신이한 기
적을 이룬 사람들이라기보다는 현실의 우리와 같이 번뇌와 고통을 겪
다간 과거의 사람들이자 현재의 인간들이다. 서정주에게 신화란 자신
의 무의식에 지배되던 자신의 의식적 건강성을 회복하는 과정이다. 그
는 〈화사〉와 〈질마재 신화〉에서 이러한 신화의 세계를 보여준다. 개인
의 감정을 넘어서 영원에 대한 시인의 감수성을 보여주며 자연의 순
환성을 보여준다. 그에게 신화는 무기력한 현실에 적극적으로 대처하
게 하는 무의식적 발산이라고 할 수 있다.[205] 서정주는 위의 시에서 먼
저 의상이 관계되는 낙산사를 이야기한다. 그는 역사 속 혹은 신화 속
의상의 자살이 매우 현실적인 것임을 말한다. 의상대와 관음보살의 이
야기가 어떻게 신화화를 거치는지 읽어가고자 하였다. '에에잌! 빌어
먹을 놈의 것! 물에 빠져 죽어나 버리자!' 고 자살을 감행한 의상은 물
에 빠지면서 세상이 아름답다는 것을 발견했고 다행히 안전한 곳에 빠
져서 살아났다는 것이다. 그래서 죽다 살아난 의상은 '야! 역시나 사
는 것이 제일 꽃 다운 일이다!' 라고 깨닫고 바닷물에서 개구리헤엄을
쳐서 나왔을 것이라는 이야기이다. 그래서 의상은 탑돌이를 하면서도
'塔돌이는 땅을 도는 게 아니라, 하늘을 아조 자알 날아도는 것이다.'
라고 말한다. 즉 삶과 죽음의 길이 다르지 않음을 터득했다는 것이다.

의상은 젊은 날의 괴로움을 참지 못하고 죽음을 선택한 남성이다. 그러나 그에게 죽음은 고통의 끝이 아니라 또 다른 고통의 시작이 된다. 즉 삶이 고통이 아니라는 것을 알게 된다는 것이다. 미당은 『삼국유사』의 김대성을 역시 시로 표현하고 있는데, 김대성은 현생의 부모를 위해 불국사를 짓고 전생의 부모님을 위해 석굴암을 지은 인물이다. 삶과 죽음이 서로 한 공간에서 공유될 수 있다는 것을 보여주는 반증일 것이다.

> 金大城이는 親父母 외에 〈前生의 어머니〉한 분을 더 모시고 孝道를 다하고 지내다가 세월이 가서 드디어 그 〈前生의 어머님〉이 늙어 세상을 뜨자, 그네의 冥福을 빌어 吐含山에 石窟庵을 지어 드렸는데, 그러자니 이 石窟안에 새겨 논 사람들의 모습에는 그런 새 族譜의 意味를 담을 밖에 없었습니다. 누구도 안 빼 놓으며, 또 안 끝나는 永遠한 그 慈悲를 線(선)마다 담을 밖엔 없었습니다.
>
> – 吐含山 石窟庵 佛菩薩像의 線들 – 要, 『三國遺事』第五卷,「大城孝二世父母」
>   條 參照

미당은 위의 세 번째 인용문에서 보이듯이 원효를 보는 데 있어서도 역시 같은 상상의 궤를 보인다. 12살이 되도록 말을 못하는 사복(뱀새끼)을 찾아간 원효는 사복의 어머니의 죽음을 위해 보살계를 지어준다. "'목숨이 없음이여, 죽엄은 괴롭구나! 죽엄이 없음이여, 목숨도 괴롭구나!' 라고 祝을 지어 읊노라니, 말을 못하던 사복은 '얘. 그건 복잡하다.' '죽고 사는 건 괴롭다.' 고 간단히 해서 한마디 대꾸하기도 하는 것이었습니다." 원효와 사복은 형식을 버리고 어머니를 장례 지낸다. 그와 사복은 석가모니처럼 열반에 들기 위해 별다른 장치를 하는 것이 아니다. 어디엔가 돋아난 갈대를 뽑아서 그 구멍이 열반이 될 수 있음을 보여준다. 죽기 위해 의상대에 오르는 형식적인 절차는 없다. 원효가 둘러보는 바로 주변에 저승과 열반이 함께 있는 것이다. 삶과 죽음의 고비에서 의상과 원효는 서로 다른 방식으로 도를 이루어간다고 말하지만 미당에게 의상과 원효는 현재를 살아가는 우리네 사람들과 다르지 않다. 의상은 죽음의 순간에 삶을 사랑하게 되고 원효는 자신의 삶의 주변에서 열반을 찾았다. 즉 원효와 의상은 성과 속이 결합된 우리 삶의 표상들이다.

미당의 견해처럼 연극 〈꿈〉과 뮤지컬 〈쌍화별곡〉의 주인공 의상과 원효는 현실을 살아가는 인물들이다. 연극 〈꿈〉은 이광수의 소설 〈꿈〉과 『삼국유사』 〈조신지몽〉을 겹쳐서 창조된 현대적 이야기이다. 이광수는 조신의 이야기를 쓰면서 파계한 조신이 월례와 함께 행복하게 살도록 한다. 연극 〈꿈〉을 통해 우리 시대에 던지는 유효한 질문은 선택과 갈등의 물음이다. 원효와 의상의 관계를 이광수와 최남선으로 등치시켜보는 것에서부터 일제 시대의 친일 담론을 이야기하는 부분 역시 현실적 고뇌를 담는다. 작가는 작품의 가장 외연에 원효와 의상, 그리고 의상을 사랑해 목숨을 끊은 신묘의 이야기를 배치한다. 또한 낙산사에 모셔져 있는 관음의 시선은 이광수의 현실과 소설을 넘나들며 극 전체를 지배한다.[206]

뮤지컬 〈쌍화별곡〉은 인간의 사랑과 우정을 그려내고 있다. 의상과 원효는 경쟁자이자 강한 우정으로 맺어진 사이다. 의상은 원리원칙적인 사람으로 그려지고 원효는 천방지축으로 그려진다. 원효는 의상의 배려와 걱정에도 불구하고 김춘추의 딸 요석공주와 잠자리를 하고 만다. 원효는 의상과 함께 당나라를 향하던 중 해골 물을 마시면서 '일체유심조(一切唯心造)'를 깨닫는다. 원효는 설총을 낳은 후부터 속인의 의복으로 바꾸어 입고 소성거사라 스스로를 칭하며 광대들이 굴리는 큰 박을 본떠서 도구를 만들어 무애라 만들고 〈화엄경〉의 '일체 무애인은 한 번에 생사를 벗어난다.'는 노래를 지어 세상에 유포시킨다. 원효는 무지몽매한 사람들에게도 나무아미타불을 부르게 해서 현실이 극락이 될 수 있음을 설파했다. 그런 의미에서 새벽이라는 뜻인 원효의 이름은 상징하는 바가 크다. 『삼국유사: 사복불언』의 사복은 원효의 또 다른 알테르에고(AlterEgo)이다. 원효는 성과 속이 둘이 아니라 하나로 통한다는 불교의 불이사상을 설파했고 사복 역시 우주의 조화와 융합의 근본 원리를 피안에서 찾는 것이 아니라 현실의 세계에서 찾고 있다는 점에서 동일한 상상력을 준다.[207] 뮤지컬은 서로 다른 인간의 원형을 그리는 데 집중하고 있다. 현실을 살아가는 우리에게 삶의 겉치레가 어떤 장애가 되는지 느끼게 해주는 이야기이다. 서정주의 시에서 보이는 원효와 의상은 연극과 뮤지컬에서 그대로 재현되는 현실의 사람들이다. 그들은 삶과 죽음을 고뇌하며 선택의 기로에서 갈등과 번뇌를 느낀다. 불교사에서 가장 유명한 두 성인은 오늘날 우리가 살아가는 원형을 함축하고 있는 것이다.

신화적 시간과 현실의 시뮬라시옹

우리는 사라져버린 가야 역사를 기억하는 〈가락국기〉와 서정주의 가야 기술과 드라마 〈김수로〉를 대상으로 논의를 확장해볼 수 있다. 지금까지 논의된 〈가락국기〉에 대한 연구 중 김열규, 김헌선, 박진태, 김용덕, 임주탁, 이구의 등의 논의를 주목해볼 수 있다. 주로 신화학적인 논의들이 대부분이다. 김헌선은 『삼국유사』 〈기이〉 편의 서술 논리를 비판적 글쓰기로 바라보고 있다. 신이한 사적의 역사적 의미가 뚜렷해지도록 규명하는 글쓰기 원리에 주목하면서 〈가락국기〉가 〈동명

왕편〉과 동일한 역사의식인 주체 의식과 자주 의식의 발현이라고 보았다.[208] 김용덕은 가야 불교 설화에 관심을 가지면서 가야 불교의 이해를 통해 가야 문화를 이해하고자 하였다. 그는 허황옥 일행이 중국 운남성 계족산을 경유하였고 운남 일대에 불교가 성행했다는 사실에 주목하였다. 수로왕릉 정문을 신어인 쌍어와 코끼리 두상으로 장식한 것을 불교의 영향으로 보고 있다.[209] 박진태는 고대 사회의 제의 문화를 이야기하면서 김수로와 신화가 천신 계통의 신화를 통한 굿의 재현이라고 보았다.[210] 김열규 역시 〈가락국기〉를 신탁 의식, 희생 의식, 영신 의식 등의 삼 단계 영신제의 구술 상관물로 바라보았다. 김열규는 거북이를 불에 구우며 춤을 추고 노래를 부른 행위를 영신제의 중추를 이루는 희생무용 및 유감주술에 의한 주가의 가창으로 보았다.[211]

〈가락국기〉에 등장하는 김수로와 허황옥의 상상력에서 시작한 가야에 대한 상상력은 금관가야의 후손인 김유신에게로 이어지고 김유신의 여동생이면서 김춘추 무열왕의 부인인 문희로 이어지며 그들의 아들 문무왕으로 집결된다. 일연 스님의 『삼국유사』 전반에 걸친 가야 쓰기는 다양한 장에서 나타나고 있다. 가야와 관련되어 읽을 수 있는 부분은 〈기이 1〉의 〈가락국기〉, 〈탈해왕〉, 〈김유신〉, 〈태종 춘추공〉과 〈기이 2〉에 등장하는 〈문무왕법민〉, 〈만파식적〉과 〈탑상〉 편의 〈금관성의 파사석탑〉, 〈백률사〉, 〈어산의 부처 그림자〉 등이다. 본고는 미디어 콘텐츠 드라마 〈김수로〉가 만들어지는 신화적 시간과 스토리 시뮬라시옹의 관계를 서정주의 시를 단초로 풀어가고자 한다. 장 보드리야르는 현실과 유사한 상황을 창조하는 인간의 가상적 행위를 시뮬라시옹이라는 말로 정의한 바 있다. 진짜보다 더 진짜 같은 가상의 세계는 파생 실제인 것이다.[212] 미당 서정주의 시들을 살펴보면 김수로와 허황옥의 이야기가 매우 인간적이고 실제적인 상상력으로 다가온다.

④ 伽倻國 金首露王 때

　伽倻國 金首露王 때에 그리워할 줄을 알던 사람들은

제 그리운 사람이 세상을 뜬 뒤에도

江 우에서 山으로 밀려오는 구름 속에

제 그리운 사람의 노랫소리를 듣고 있었다.

가까이서는 그림자를 못 봤지만,

멀리 멀리 멀어져 가 있을수록

저승에서 오는 그 그림자도 아주 잘 보고,

또 그걸 자알 만져 보고도 있었다.

그리고 또

바윗돌이 거울이 되게도 해서

거기 어려 오는 죽고도 산 사람의 얼굴을 보았고,

그 바위를 두들겨서는

그 속에서 울려 오는 金 같고 玉 같은

몸포 없는 그리운 이의 목청 흔적을 더듬었다.

그래서 그 느낌으로 七寶를 만들어서

머리에도 손가락에도 끼우고도 지냈었다.

하느님이시여!

　　　　　　　　- 『三國遺事』第 三卷, 塔像 第四, 「魚山佛影」條 參考

⑤ 處女가 시집갈 때

　伽倻國 始祖 金首露王의 아내 許黃玉은 시집올 때 山길에 접어들자
입고 있던 그 비단 속바지를 벗어서 新郎에게보다도 먼저 山神靈께 고즈
넉히 절하고 바쳤었나니, 그네의 여직껏의 戀人이 山神靈이었음이사 말로
는 더 물을 것까지도 없도다. 그런데도 首露 쪽에서 한 마디의 타박도 없었

던 걸로 보면, 그 山神靈은 아마 전혀 솔바람 소리나 떡갈나무 바람 같은 무슨 그런 플라토닉 러브 꾼이었을 것이다.

그것도 아니면 首露야 말로 「山神靈같은 者와의 婚前 情事는 묻지도 않노라」는 식의 그런 愛情의 사내였거나…….

—『三國遺事』第二卷,「駕洛國記」參考

⑥ 金庾信將軍 1

말과 사람이 함께 얼어 쿵쿵 나자빠지는
혹독한 치위 속의 어느 겨울날,
高句麗 平壤으로 가는 험한 山길에서
新羅 最高의 軍司令官 金庾信은
한 사람의 輜重兵 步卒이 되어
맨 앞에서 軍糧米를 이끌고 가고 있었다.
팔뚝을 걷어 어깨까지 드러내고,
땀 흘리며 땀 흘리며 끌고 가고 있었다.

그래서 팔심이 더 세기로야
호랑이 꼬리를 잡아 땅에 메쳐서 죽인
金閼川을 新羅 最高로 쳤지만
그런 金閼川의 그런 힘까지도
金庾信將軍의 힘에다가 비기면
젖비린내 나는 거라고 新羅사람들은 간주했었다.

—『三國遺事』卷一,「眞德王」條,『三國史記』,「列傳」二, 金庾信 (中)

미당에게 김수로와 허황옥은 어떤 인물인가. 그리고 그들의 먼 후손인 김유신은 어떤 인물인가. 미당에게 김수로는 강과 산 위의 구름 속에서 볼 수 있는 그리운 사람이고 저승에서 오는 그림자이고 바윗돌 속에 그림자처럼 혹은 거울처럼 보이는 정령이고 바윗돌을 두들겨서 들리는 금과 옥 같은 소리이다. 또한 미당에게 허황옥은 시집와서 신랑보다 산신령을 먼저 맞이한 신령스런 여자이다. 그런데 김수로가 허황옥의 혼전 성사에 대해서 타박도 하지 않았다는 것을 이야기하면서 그가 플라토닉 러브의 주인공이었다고 말한다. 즉 김수로나 허황옥은 현실의 실존체일 수도 있다는 가정이다.

　드라마 〈김수로〉가 진행되는 지점이 바로 서정주의 상상력과 통한다. 따라서 드라마와 소설에서 허황옥의 신분을 현실적으로 그려내는 것에 공감이 간다. 허황옥을 소설화시킨 〈허황옥, 가야를 품다〉[213]와 드라마 〈김수로〉에서는 그녀가 아유타국 공주이면서 거상의 딸이었을 것이라는 상상을 펼쳐 보인다. 이미 상인으로 가야에 내왕이 있었고 김수로를 알고 있었던 것으로 등장한다. 허황옥은 왕의 조력자에서 나아가 왕과 동반자 격 리더의 면모를 보여준다. 김수로는 마중 나간 신하를 뿌리친 허황옥의 생각이 맞다고 생각해서 그녀를 손수 마중 나가서 기다린다. 허황옥은 자신의 권위를 스스로 세울 수 있는 자주적 여성이었다. 그녀는 마중 나온 왕을 만나기 전 자신이 가야에 온 것을 신성시한다. 즉 '왕후가 산 밖의 별포 나루터 입구에 배를 대고 육지로 올라와 높은 언덕에서 쉬면서 입고 있던 비단 바지를 벗어 산신령에게 폐백으로 바쳤다.' 라는 것이 그러한 신성화의 단계라고 할 수 있다.

　서정주는 김유신에 대해서도 김수로와 허황옥에게 가지는 현실 원칙을 견지한다. 북두칠성의 정기로 태어난 민족의 불세출의 영웅을 '한 사람의 輜重兵 步卒이 되어 맨 앞에서 軍糧米를 이끌고 가고 있었다. 팔뚝을 걷어 어깨까지 드러내고, 땀 흘리며 땀 흘리며 끌고 가고 있었다.'라고 묘사한다. 영웅은 타고난 것이 아니라 성실하게 자신을 가꾸어가는 사람일 것이라는 함의이다. 누구나 영웅이 될 수 있다는 현대적 영웅주의를 드러내 주는 것이다. 서정주의 시 세계에서 보이는 김수로와 허황옥과 김유신의 상상력은 그들 역시 우리와 같은 하나의 인간이었다는 것이다. 서정주는 '나는 마음속으로만은 내 나름대로의 정신의 영생이라는 것도 생각할 줄도 알고 사는 사람'[214]이라고 말한다. 그에게 정신의 영생은 순환적 사유를 말하며 윤회적인 불교의 사유 방식이며 원형 회귀적인 상상력이며 우주적 질서를 간직한 우주적 생명력이며 고향 회귀적인 상상력의 표현이다. 서정주의 신화적 상상력은 현실적인 한의 감정들을 어루만질 수 있는 주술적 능력이 미치는 마법을 상징한다.[215] 미당이 마음속으로 영생을 생각한다는 것은 곧 신화적 사유를 펼치는 사람이라는 것을 입증한다. 그러한 측면에서 미당은 월명의 피리를 다소 현실적인 욕망을 풀어주는 중간적 도구로 보고 있다. 미당은 월명의 마음이 시가 될 수 있음을 이야기하면서 '그 하늘에 이쁜 달이 떴을 땐, 그 달색시의 마음을 꼬아 제 입술 가까이까지 불러 내리려, 아무도 누구 대신 시키진 않고, 스스로 피리를 집어 입에 대고 불었다는데, 어떨런지, 이 만큼한 私私(사사)로움쯤은 눌러 봐 주어도 되지 않을지……'[216]라고 말한다. 즉 초탈의 세계와 현세의 세계가 그다지 다른 이분화의 세계가 아님을 이야기하고 있는 것이다.

우주적 세계관과 신화적 공간의 재구성

영화 〈전우치〉에는 『삼국유사』의 이야기 소재 중 세 가지가 차용되고 있다. 〈만만파파식적〉이 되었던 피리 만파식적의 이야기와 〈거문고 갑을 쏴라〉의 거문고와 하늘과 땅을 오가던 표훈대덕의 신이함을 조선의 전기 소설의 주인공 전우치와 연결하였다. 조선 시대 주인공 전우치에 관한 기록은 조선 시대의 사서(史書)인 『조야집요(朝野輯要)』, 『대동야승(大東野乘)』, 『어우야담(於于野談)』, 『지봉유설(芝峰類說)』 등 여러 문헌에 나타난다. 신분제가 강화되었던 조선 시대에 이런 〈홍길동전〉과 〈전우치전〉 같이 도술을 부리는 소설은 어쩌면 필연이었을 것이다. 상상력으로 민중의 불만을 희석시킬 수 있는 것이 바로 이야기 즉 스토리텔링의 힘이기 때문이다.

『삼국유사』에는 영화 〈전우치〉의 상상의 모태가 되는 만파식적 이야기가 들어있다. 『삼국유사』에 따르면 경주 감은사에는 만파식적이라는 전설의 신비한 피리가 있었다고 전한다. 아버지 문무왕을 위해 신문왕이 효심을 발휘한 사찰이 감은사인데, 그런 아들의 나라 경영에 힘을 보태기 위해 아버지 문무왕과 김유신은 대나무를 합심해서 보낸다. 신문왕은 마법의 힘을 가진 피리를 받아들고 나라의 근심과 시름을 덜어냈다고 한다.

문무왕 때 삼국을 통일하고 신라에 남은 과제는 아마도 화합이었을 것이다. 돌아가신 아버지의 뒤를 이은 신문왕에게 남겨진 운명 같은 천명이었을 것이다. 살아서 김유신은 여러 명의 왕을 거친다. 진평왕 때 태어나서 진평왕, 선덕여왕, 진덕여왕, 무열왕, 문무왕까지 거치는 인물이고 삼국을 통일한 최초의 장수이기도 하다. 그러한 김유신에게 신라는 신성성을 부여하기에 인색하지 않았던 것 같다. 신문대왕은 아버지 문무왕의 바다용과 선대 김유신의 북두칠성과 천신의 후광을 이용해 삼국을 조화롭게 다스리고자 하였던 것 같다. 그래서 신이한 이야기인 만파식적이 만들어져서 회자되었을 것이다. '거센 물결을 잠재우는 피리(萬波息笛)'를 만들어야만 했을 것이다. 그 피리를 불면 '적병이 물러가고 병이 낫고 가뭄에는 비가 오고 장마가 개고 바람이 자고 파도가 잦아졌'고 하니, 역으로 당시 세상인심이 그리 녹록지 않았음을 의미하는 것일 수도 있을 것이다. 피리가 있어야만 화합을 가져올 수 있을 것이라는 이야기는 어쩌면 현실의 삶이 그렇게 순탄치 않았음을 함의하는 것이다.

만파식적에 대한 이야기는 『삼국유사』에 두 번 정도 더 나온다. 만파식적에 대한 환상적인 이야기는 『삼국유사』 효소왕 시절에 있었던 일이다. 나라에는 화랑이 붙잡혔던 사건이 있었다. 그때 창고 안의 거문고와 피리가 없어져 버렸다. 피리와 거문고를 찾는 자에게 상금을 내리겠다는 방이 붙은 후 갑자기 없어진 피리와 거문고가 나타난 것이다. 한 승려가 잡혀간 화랑에게 가서 피리를 둘로 쪼개어 각각 하나씩 화랑들에게 주고 자신은 거문고를 타고 바다를 건너왔다는 것이다. 바로 이 지점이 영화 〈전우치〉가 『삼국유사』의 환상성을 영상으로 보여주는 상상력이다. 그리고 어느 날 하늘에 혜성이 나타났다. 혜성이 나타난 이유는 거문고와 피리를 벼슬에 봉하지 않았기 때문이라고 한다. 그래서 그때부터 피리를 만만파파식적이라고 불렀다고 한다. 김유신을 태대각간이라고 칭송해 부르는 것과 같은 의미이다.

이 피리가 또 한 번 등장하는 때는 원성왕 때이다. 왕은 피리를 두고 '하늘의 은혜를 도터이 받았고, 그 덕이 멀리 빛났다.'라고 말하면서 그 피리를 구경하고자 하는 일본 사신에게 핑계를 대어 보여주지 않는다. 음악을 활용해서 나라의 민심을 수습하려고 한 문화 예술적 측면이라고도 바라볼 수 있을 것 같다. '만파식적'이라는 이야기를 반드시 신이성을 환상성으로만 돌리기보다는 문화 사회적인 시각으로 바라볼 필요도 있을 것이라고 생각한다. 분열되었던 삼국을 하나로 묶을 수 있는 음악이 필요했을 것이다. 당시 역사적으로 통일이 되었다고는 하지만 이질적인 삼국이 하나 되기란 여전히 요원한 일이었을 것이다.

그리고 실제로 다른 이질적인 사람들이 서로 화합하는 가장 빠른 지름
길은 바로 음악이라고 할 수 있다. 음악은 국경을 초월한 만국 공용어
이기 때문이다. 그렇다면 시인 서정주에게 '만파식적'은 어떤 의미인
지 두 편의 시를 통해 살펴보자.

⑦〈萬波息笛〉의 피리 소리가 긴히 쓰인 이야기

　新羅 李昭王 때의 花郎 夫禮는 金剛山으로 놀러갔다가 強盜誘拐犯에
게 拉致(납치)되어 大鳥羅尼의 들녘에서 소와 말치기의 牧童신세가 되어
겨우 살고 있었는데, 어느 유난히 맑게 개인 날, 하늘의 흰 구름장 속에서는
저 新羅의 國寶 萬波息笛의 피리 소리가 울려 퍼져 나와, 한정없이 깊은
情과 더 없는 勇氣를 북돋아 주고 있는 것 같이 夫禮는 느꼈습니다.

　그래, 아조 날래고도 용감하게, 또 아조 영리하게 이곳 大鳥羅尼의 들녘
을 빠져 나와, 어디로 도망쳐 다니다가, 드디어 문득 어떤 절깐에 들어서게
되었는데, 여기는 栢栗寺라는 절로, 때마침 또 여기서는 아들 夫禮를 잃은
그의 父母가 觀音菩薩님 앞에 子息의 歸還을 비는 祈禱를 올리고 있는
판이었습니다. 夫禮가 그의 父母를 만나 뒤에 告白한 걸 들으면, 그는 여
기까지 도망쳐 오는 동안 그 萬波息笛의 피리소리를 마치 어린애들이 타는
竹馬처럼 타고 왔다고 하고 있는데, 그렇다면 이 대나무 피리의 곡조에는
그걸 타고 날아다닐 수 있는 飛天馬와 같은 힘도 겸해 있었던 모양이지요.

－『三國遺事』第二卷,「栢栗寺」

⑧〈萬波息笛〉이란 피리가 생겨나는 이야기(小唱劇)

（東海바닷가에서）
죽어서도 이 나라를 길이 지켜 내자면

챙피치만 비늘 돋힌 龍이라도 돼야겠다.

내 죽으면 바다에서 하늘까지 뻗히는

護國龍이 될 것이니 바다 속에 묻어 놔라

내 아버님 文武大王 말씀하신 꼭 그대로

바다에 묻은 지도 많은 해가 바뀌어서

鶴두루미도 여러 직을 새끼들을 까 놨는데,

바다에선 여직까지 새 기별이 안 오느냐?

아니라면 우리 눈이 흐려지고 만 것이냐?

〈중략〉

神文大王

하늘의 일, 땅의 일과, 이승 저승 모든 일을

누구보다 잘 본다는 日官이 나오너라.

그대 맑은 萬里眼엔 무에 시방 보이는고?

〈중략〉

神文大王

(東海 바닷가의 感恩寺 利見台에 올라, 海軍提督 朴夙淸이 「떠 오고

있는게 마음눈에 보인다」고 한 그 섬을 바래보고 있다가 한 使臣을 보내 그

섬을 探索케 한다)

〈중략〉

神文大王

(바다를 배로 건네 그 섬엘 들어가니, 숨었던 龍이 하나 나와서 맞이하고 있는지라)

이 섬에 대나무는 낮에는 두 개였다가

밤이 되면 포개어져 하나만이 된다 하니

그 무슨 이치인가, 어서 좀 말해 보게.

龍

손바닥을 마주 쳐서 소리를 내잡시면

한 손바닥으로는 절대로 안 되옵고

두 손을 마주 쳐야 되는 이치이올시다.

文武大王님과 金庾信 將軍님이

두 손의 손벽처럼 新羅統一 이루시고

인제는 그 넋 담아 이 合竹이 되었니다.

陛下시여. 이 合竹으로 피리를 만드시와

이 뜻을 그 가락에 고이 담아 전하시면

新羅는 영원토록 살아서만 가오리이다.

神文大王

(그 合竹의 피리 〈萬波息笛〉이 만들어졌을 때, 그걸 지긋이 불어 보고 있다가)

여보게 千里眼 海軍提督 朴夙淸이.

여보게 萬里眼의 밝은 日官 金春質이.

자네들 마음눈은 하늘 눈 그대로고,

多情하고 多情키는 地獄보다 훨씬 깊어

이 어려운 피리를 다 찾아내서 만들었네.

두고 두고 눈이 맑고 多情한 子孫 길러 내서

내 아버님 文武王과 金庚信의 손뼉 소릴

길이 길이 이 피리에서 듣고 살게 하여 주게.

- 『三國遺事』第二卷, 「萬波息笛」, 神文大王

    미당 서정주에게 피리의 존재는 과연 가능한 담론일까. 그는 〈백률사〉 편의 만파식적을 이야기하면서 '夫禮가 도망쳐 오는 동안 그 萬波息笛의 피리소리를 마치 어린애들이 타는 竹馬처럼 타고 왔다고 하고, 대나무 피리의 곡조에는 그걸 타고 날아다닐 수 있는 飛天馬와 같은 힘도 겸해 있었다.'고 상상한다. 이는 지성이면 감천이라는 말을 떠올리게 하는 상상력이다. 아들을 잃은 부모의 간절한 기도는 만파식적 피리 소리로 아들 부례에게 전해졌을 것이다.

    미당에게 만파식적은 부모의 간절한 마음을 표상하는 것이라고 할 수 있다. 또한 혼란한 나라의 안정을 기원하는 지도자의 마음이 되기도 하고 안정을 바라는 민중의 기원을 담은 소리이기도 하다. 미당의 만파식적의 해석은 2011년 새롭게 만들어진 〈경주 세계피리축제 만파식적〉의 의미와 서로 통한다.

    〈경주 세계피리축제 만파식적〉에서의 중요한 정신은 다문화 시대의 소통과 화합이다. 경주 봉황대 일원에서 펼쳐지는 축제로 음악과 소리를 통해 화합과 소통의 공간을 만들고자 하는 염원을 담고 있다. 즉 피리를 활용해서 신화적 소통의 공간을 창조하고자 하는 열망이라고 할 수 있다. 특히 2012년 〈경주 세계피리축제 만파식적〉에서는 신라의 평화와 안위를 염원하는 정신을 온고지신으로 받아들여 21세기 전 인류의 평화에 대한 염원을 담았다. 현재 벌어지는 천재지변, 대지진, 전쟁 등 세상사를 잠재우길 기원하는 장이었다. 또한 실크로드의 마지막 종 착지로서의 신라를 계승해서 피리를 통해 동서 문물이 교류되는 해상 실크로드를 복원하고자 하는 염원까지 담았다. 우리는 남아프리카공 화국의 부부젤라를 기억할 수 있다. 우리의 만파식적과 같은 부부젤라 는 원래는 안개 속에서 부는 피리라는 뜻으로 무적(霧笛)이라고 불린 다. 코끼리 울음소리 같기도 하고 벌 떼가 윙윙거리는 소리 같기도 한 이 소리는 남아프리카의 축구 응원 도구이다. 즉 자신들의 기원을 담 는 소리를 상징화시킨 것이다. 우리 시대에 이러한 피리의 상상력을 활용해 미래 인류의 문화 창출에 새로운 장을 열고자 하는 염원이 이 축제에 담긴다. 영화 〈전우치〉와 서정주의 〈만파식적〉 시와 만파식적 축제 등의 기본적인 욕망은 바로 보다 나은 미래에 대한 염원과 소망 이라고 하겠다.

『삼국유사』의 신화적 세계는 시공간을 넘나들게 하는 우주적 상상 력을 가진다. 현실에서는 실현시킬 수 없지만 그 이미지를 떠올리게 하는 힘을 가진다. 시인은 만파식적을 상상하면서 '자네들 마음눈은 하늘 눈 그대로고, 多情하고 多情키는 地獄보다 훨씬 깊어 이 어려운 피리를 다 찾아내서 만들았네.' 라고 노래한다. 현실 세계의 희망과 염 원은 피리에 의해 우주적 세계로 만나고 그러한 우주적 세계의 상상력 은 현실이라는 공간을 신화적 공간으로 탈바꿈한다. 즉 만파식적이라 는 피리 소리를 창출해내고 있는 축제의 공간은 또 하나의 현실 원망 이 담긴 초월적 공간이 된다. 『삼국유사』는 미메시스의 세계 공간보다 는 판타지의 세계의 공간을 형상화하고 있다고 볼 수 있다.[217]

다양한 시대적 욕망으로 『삼국유사』의 독법은 날로 새로워지고 있 다. 본고는 연극과 뮤지컬 등 공연 콘텐츠가 『삼국유사』를 활용하는 양상을 살폈고 드라마와 영화에서 『삼국유사』의 상상력을 현대적으로 조명하는 상상적 근거를 찾아보았다. 또한 현대의 중요한 문화 콘텐츠인 축제에서 『삼국유사』가 활용되고 있는 예를 살폈다. 더 이상 상상력의 한계는 없어 보인다. 『삼국유사』는 다양한 이야기를 담고 있는 우리 시대의 요술 항아리처럼 보인다. 하나의 이야기가 수많은 콘텐츠로 번식되기도 하고 재생되기도 둔갑하기도 한다. 즉 〈도화녀와 비형랑〉의 이야기가 〈로맨티스트 죽이기〉와 같이 그려지기도 하고 〈처용랑과 망해사〉가 〈마켓에 간 처용〉으로 그려지기도 하기 때문이다. 어떻게 처용이 마켓에 갈 수 있을까. 그 단서를 미당의 사유에서 엿볼 수 있다.

⑨ 處容訓

> 달빛은
> 꽃가지가 휘이게 밝고
> 어쩌고 하여
> 여편네가 샛서방을 안고 누은게 보인다고서
> 칼질은 하여서 무얼 하노?
> 告訴는 하여서 무엇에 쓰노?
> 두 눈 지긋이 감고
> 핑동그르……한 바퀴 맴돌며 마후래기 춤이나 추어보는 것이라.
> 피식! 그렇게 한바탕 웃으며
> 「雜神아! 雜神아!
> 萬年 묵은 이 이무기 지독스런 雜神아!
> 어느 구렁에 가 혼자 자빠졌지 못하고
> 또 살아서 질척 질척 지르르척

우리집까정 빼지 않고 찾아 들어왔느냐?」

위로엣말씀이라도 한 마디 얹어 주는 것이라.

이것이 그래도 그 중 나은 것이라.

- 『三國遺事』 第二卷, 「處容郎, 望海寺」 條

처용은 세상의 고정된 사고에서 벗어난 인물로 그려진다. 부인이 새 서방을 안고 누워 있어도 칼질이나 고소가 무익하다고 생각하는 인물이다. 역신을 잡신으로 치부하면서 세상을 달관하는 듯한 사유는 그대로가 현대판 처용의 상상력으로 이어진다.

『삼국유사』의 상상력은 현재까지도 많은 작가들에게 창작의 모태로 차용되었지만 이는 완료형이 아니라 진행형이 될 것이며 동시에 미래형이 될 수 있다. 미당은 이러한 낙관적 세계관을 미래관으로 연결시키면서 미륵불에 대한 시를 쓰고 있다. '新羅사람들은 百年이나 千年 萬年 億萬年 뒤의 未來에 살 것들 중에 그 중 좋은 것들을 그 未來에서 앞당겨 끄집어내 가지고 눈앞에 보고 즐기고 지내는 묘한 습관을 가졌었습니다./ 彌勒佛이라면 그건 過去나 現在의 부처님이 아니라, 먼 未來에 나타나기로 豫言만 되어 있는 부처님이신 건데, 新羅 사람들은 이분까지도 그 머나먼 未來에서 앞당겨 끌어내서, 눈앞에 두고 살았읍지요.'[218]라고 말한다.

미당의 『삼국유사』 새롭게 읽기 작업은 그대로가 우리에게 신화적 독서를 유도하고 있다. 시대에 맞는 신화적 독서는 시대에 맞게 처용을 불러내고 시대에 부합된 새로운 수로부인을 불러낼 것이며 창의적이고 도발적인 비형랑을 찾아낼 것이다. 다문화 시대를 살아가는 오늘날 다양한 이방인들이 우리 문화에 유입되는 양상을 보여주는 『삼국유사』의 상상력은 풍부한 현대적 해석을 가능하게 한다. 자신의 나라를 떠나 머나먼 가야로 오기 위해 거친 바다를 항해했을 허황옥의 도전적인 모습은 그대로가 신화적 상상력의 촉매제가 된다.

미래를 향한 문화적 욕망과

신화의 향연

제1장

박상륭의 불교적 상상력과 자기 찾기의 신화

〈유리장〉에 현현된 신화적 상상력과 의미의 기호작용

질베르 뒤랑은 〈행복한 시지프의 바위〉라는 이야기를 하면서 인간이 짊어지는 삶의 무게를 역설적으로 긍정화시킨다. 그에 의하면 하나의 신화가 포화 상태에 이르러 쇠퇴하고 소멸하게 되면 인류가 이미 알고 있던 신화가 다시 등장하게 된다고 한다. 신화의 작용은 끊임없이 되풀이되며 이런 끊임없는 신화적 몽상 때문에 인류는 희망을 갖고 살아올 수 있었다.[219] 박상륭의 소설에 집중하게 되는 요인 역시 이러한 신화의 의미적 물줄기를 따를 수 있기 때문인데, 박상륭의 주요 작품 전반에 걸쳐 신화는 중요한 상상력의 모태로 작용하고 있다. 박상륭의 소설 〈열명길〉, 〈유리장〉, 『칠조어론』, 『죽음의 한 연구』 등을 읽다 보면 작가에게 삶과 죽음의 문제는 불교에서 말하는 불이사상으로 집결된다. 즉 삶과 죽음이 둘이 아니라 하나이며 세속과 초탈의 경지도 둘이 아니라는 우주 합일의 융합된 상상력을 느끼게 된다. 카오스와 코스모스의 세계, 에로스와 타나토스의 세계, 성과 속의 세계 등이 마치 우로보로스 뱀처럼 입이 꼬리를 물고 있다. 박상륭의 작품 세계는 들끓는 상상력의 분출, 기독교와 불교, 연금술에 이르는 종횡무진 신화적 세계가 배어 있는 상상력의 보고이다.[220]

'유리'는 작가가 노트에서 이미 밝히고 있듯이 중국의 주나라 문왕이 은나라 주왕에게 잡혀 귀양살이를 하면서 도를 깨우친 역설적이면서 동시에 상징적인 장소이다. '유리'는 작품 〈유리장〉의 공간이면서 『죽음의 한 연구』의 공간이기도 하다. 지금까지 박상륭의 논의는 작품 활동 기간과 작품의 깊이에 비해 그다지 활발하게 진행되어오지 못했다. 지금까지 서정기,[221] 임금복,[222] 김진량,[223] 김사인,[224] 채기병,[225] 변지연 등 몇몇 논자들이 있다. 작품의 깊이와 작품 활동 기간을 감안했을 때 지극히 한정적인 논의라고 볼 수 있다. 지금까지 논의들에서 가장 많이 다루어진 주요 쟁점은 종교와 신화와 인간의 존재론에 치우쳐 있는 것을 볼 수 있다. 변지연은 박상륭의 작품이 우주적 보편과 존재에 대한 성찰이라는 형이상학적인 문제에 몰입하고 근대인들의 자잘한 일상이나 윤리적 가치 판단 또는 역사적 진보를 향한 열망과는 얼마간 거리가 있기 때문이라고 평가한다.[226] 서정기에 의하면 박상륭의 주인공들은 합일의 과정을 거쳐 인신(人神)이 되는 과정을 거친다고 말한다. 즉 주인공들은 업을 완수하기 위해 죽음의 장소에 가지만 그곳에서 자신을 다시 시작하는 재생의 과정을 거친다. 채기병은 박상륭이 활용한 프라브리티 우주와 니브리티 우주관에 주목한다. 프라브리티 우주관은 우주가 시간 속의 동적 구조임을 주목했고 니브리티 우주는 시간에서 벗어난 정지의 우주에 주목한다. 박상륭의 시간은 횡적 시간과 공적 시간의 개념이 혼합되어 과거-현재-미래를 창출해내고 있다고 보았다. 김진량 역시 〈유리장〉을 신화 제의적인 측면에 주목하면서 그가 그리는 비현실적 시간 문제에 집중하고 있다. 〈유리장〉의 시간을 회복 가능성의 가역적이고 순환적인 시간으로 보았다. 이는 미르치아 엘리아데의 성스러운 시간으로의 회귀에 대한 논의를 활용한 것이라 할 수 있다.

이러한 읽기는 박상륭이 〈유리장〉 작품 끝에 제시한 노트의 생각을 적극 반영한 것이라 할 수 있다. 그는 '신화적으로밖에 가능 시킬 수 없었다는 말은, 어느 한 시작에서 어느 한 종말에 걸치는 한 시대를 共時態에서 보았을 때 일어나는 현상 때문인데, 그때 그 한 시대는, 河圖나 洛書 같은, 암호만을 남기고, 그 저변에 길게 누운 時體로부터 유리되고, 그래선 그것 자체로서 폐쇄되어 버렸던 것이다. 가령, 한 오십 년에 걸친 한 시대를 통시태에서 본다면, 그것은 암호 같은 것으로 변해져야 될 이유는 없는 것이며, 문제가 되는 것은 좋은 보습일 것이다. 그런 통시적인 한 시대란, 그 한 시대를 산 어떤 한 인물이나, 집단의 눈과 체험을 통해, 또는 한 이대나 삼대쯤의 성숙을 통해, 그 시대를 분석하고 종합하는 것이 가능하며 그러면 독자는, 그 시대를 살지 않더라도 그 시대를 살 수 있게 된다.'[227]고 설명한다.

본고 역시 박상륭의 논의를 신화적인 관점으로 보는 데는 이견이 없다. 본고에서는 지금까지 기존 논의에서 시도하지 않은 작품 내적인 구조와 인물 구조를 작가가 제시한 작품 내적 원리로 읽어가는 방법을 차용한다. 즉 작가가 주목한 '다섯 얼굴의 시간'이 작품 전체 구도와 주인공 사복의 삶 안에 치밀하게 육화되어 있음을 집중적으로 살펴볼 것이다. 따라서 본고에서는 불교의 〈십우도〉와 『삼국유사』의 〈사복불언〉 설화를 전면에 활용해서 작품 〈유리장〉이 그리고 있는 신화적 상상력과 의미를 기호학적으로 읽어갈 것이다. 〈유리장〉이 가지는 구도의 과정을 작품 내적으로 좀 더 유기적인 관점을 통해 면밀하게 읽어보려는 시도이다.

첫째, 박상륭 작품 〈유리장〉 속에서 주인공이 세속에서 성스러움을 찾는 과정을 불교의 〈십우도〉의 도를 찾아가는 과정과 함께 논의하고 자 한다. 작품 〈유리장〉에서 논의하는 '다섯 얼굴의 시간'과 불교의 십우도의 상징성을 상호 연관시켜 〈유리장〉 텍스트가 논의하고자 하는 의미의 지평을 보다 명료하게 해독해볼 것이다. 작품의 5장 구성이 다섯 얼굴의 단계와 어떻게 연결되는지 살펴볼 것이다. 둘째, 〈유리장〉의 우주적 세계관과 『삼국유사』의 〈사복불언〉 설화를 연결시켜 불교의 세계관과 어떻게 만나고 있는지 살펴볼 것이다. 단순히 소재 차원으로 『삼국유사』의 모티프가 활용되고 있는지 아니면 작품이 의미하는 바와 우주적 세계관이 서로 교호하고 있는지 살펴볼 것이다. 또한 사복이라는 주인공이 그 자체로 다섯 얼굴의 시간을 간직한 종합적이고 유기적인 존재임을 분석해보기로 한다. 셋째, 작품 안에서 보이는 음과 양, 용과 체, 성과 속 등 타원형의 양극의 세계와 양극적인 사고 체계가 어떻게 조화로운 세계를 향해 변증법적으로 나아가고 있는지 살펴볼 것이다. 이러한 순환성 속에서 구현되는 남성도 여성도 아니며 인간도 신도 아닌 심리적 양성성의 개념이 인간의 본질적인 측면을 어떻게 내면화하고 있는지 살펴볼 것이다. 본 논의는 박상륭의 작품 세계를 이해함으로써 변화하는 시대에 인간 실존의 존재성이 어떻게 꿈틀거리며 의미를 찾고자 하는지에 대한 단초를 찾을 것이다.

〈유리장〉의 '다섯 얼굴'의 구도 과정과 '십우도'의 신화적 상징성

〈유리장〉의 전체 서사는 주인공 사복이 성년식이 되던 날 우연히 개미와 뱀을 죽이는 것으로 시작한다. 그러한 일로 사복은 마을의 성년식에서 거세되는 벌을 받는데 거세된 후 사복은 기절하고 얼마 후에 일어나서 홀연히 마을을 떠난다. 어느 날 사복은 다시 마을에 돌아와 양부인 시계공과 시간에 대해서 긴 대화를 나누고 아버지를 살해하고 다시 마을을 떠난다. 사복은 망우수 열매를 먹고 사는 족속의 땅에서 우주의 질서를 깨치고 자신의 존재를 새롭게 깨닫고 미완의 도를 깨우친다. 즉 이 소설은 소년이 마을의 금기를 어기고 성년식에서 제외되어 거세되는 벌을 받는다는 설정에서 시작되는 것이다. 거세된 후 소년 사복은 구도의 통과제의를 거치게 되고 우주의 근본 원리를 깨닫고 새로운 존재로 재탄생한다는 이야기이다. 이는 모든 인간이 가지는 성장에 대한 통과제의 과정을 상징적으로 보여주는 일종의 제의이다. 개미와 뱀을 살해하고 성년식에서 거세된 후 방황하지만 결국 우주의 도를 깨우쳐가는 영웅 귀환 구도이다. 인간은 상징적 죽음을 통해 새로운 상징적 인간으로 재탄생하는 과정을 겪는다.

〈유리장〉의 주인공인 사복은 '세월이란 다섯의 얼굴을 가진 괴물이라고 생각한다. 우선 과거-현재-미래가 있고, 그리고 그런 세월이란 가로줄의 모양이고, 헌데 현재는 현재의 시간을 가지면서, 세로줄 형상의 두 시간을 동시에 갖는 것이었다. 다시 말하면 현재의 시간은, 그 시간의 현재 속에, 가장 작은 시간과 가장 큰 시간을 갖고 있다. 가장 작은 시간이란, 매 찰나의 전이 속에 끼이는, 그 시중을 말하며, 가장 큰 시간이란, 그 시간의 현재 속에 있으면서 동시에 모든 시간을 감싸고 있는, 그 우주적 시간을 말한다. 그것은 정지의 시간이며, 무의 시간이며, 일직선과 같은 체의 시간이다. 헌데 그 체를 용으로 바꿔서, 과거-현재-미래의 세 시간을 가능하게 하는 시간이 있는데, 그것은 그의 아버지가 시중이라고 일컬은 바의, 그 가장 작은 시간이 맡고 있다. 이렇게 해서, 시중에 대한 해석은 서로 달라져 버렸다. 그러나 그는, 가장 큰 시간과 가장 작은 시간은 같다고는 말하지 않는다. 그것은 같은 것이지만, 하나는 체이고, 하나는 용이기 때문이고, 체가 용이 되고, 용이

체가 되었을 때 나타나는 것은 과거-현재-미래의 시간들이기 때문이다. 따라서 그에 의하면 시간은 하나밖에 없거나 다섯이 있다는 이것이다. 이때 다시 하나와 다섯은 똑같다는 말을 할 수 있다.'[228]

〈유리장〉에서 이야기하는 '다섯 얼굴'의 시간은 작품을 다섯 장으로 나눈 것과 무관하지 않다. 〈유리장〉의 서사 단위별 스토리텔링을 먼저 분류해보고 다섯 얼굴의 시간이 서사와 어떻게 연결되면서 서로 의미화되고 있는지 살펴보기로 하자.

이 이야기는 지극히 비현실적이고 환상적이고 형이상학적인 상상력을 가지고 있기 때문에 상징적으로 읽어나가지 않으면 작품의 의미를 파악하기 어렵게 된다. 위의 작가가 설명하는 시간론에 따르자면 시간은 '다섯 가지의 얼굴'을 가진다. 즉 과거, 현재, 미래, 가장 가는 세로줄의 현재인 찰나의 시간, 가장 긴 세로줄의 현재인 우주적 시간 등으로 나누어볼 수 있다. 이는 불교에서 구도의 상징적인 그림인 〈십우도〉를 떠올리게 한다. 12세기 중엽 중국 송나라 때 확암선사(廓庵禪師)가 십우도(十牛圖)[229]를 그렸다고 하며, 청거(淸居)선사가 처음 그렸다는 설도 있으나 확실치는 않다. 모두 10개의 장면으로 구성되어 있는데 소는 인간의 본성에 비유되고 동자나 스님은 불도(佛道)의 수행자로 그려진다.[230] 심우(尋牛), 견적(見跡), 견우(見牛), 득우(得牛), 목우(牧友), 기우귀가(騎牛歸家), 망우재인(忘牛在人), 인우구망(人牛俱忘), 반본환원(返本還源), 입전수수(入廛垂手) 등으로 나누어진다. 다섯 가지 얼굴의 시간은 작품에서 다섯 단계의 이야기와 같은 동선을 그리고 있으며 그것은 〈십우도〉에서 보여주는 구도의 과정과 일치되고 있다. 〈유리장〉의 이야기는 시간을 중심으로 둔 구도의 이야기이고 〈십우도〉는 인간의 구도의 단계를 10단계로 나눈다. 시간을 전면에 깔고 있는 〈유리장〉 역시 표면적으로는 시간에 대한 담론이지만 결국 도를 찾아가는 인간의 구도 과정을 보여준다. 〈유리장〉과 〈십우도〉가 함께 논의될 수 있는 키워드는 '구도'라고 할 수 있다. 본고는 이러한 구도의 과정을 유기적으로 연관시켜 읽어 보고자 한다.

작품 1장의 내용은 한 개인의 내면에서 펼쳐지는 갈등과 번뇌의 흔적인 과거가 될 수 있다. 개미와 얼룩뱀을 죽인 사복은 먼 설화 속의 출생과 비슷한 탄생담을 거친다. 설화의 시간과 사복의 시간이 겹쳐지면서 성스러움이 되살아나고 신성성을 가지는 현재성을 띤 신화의 이야기가 진행되는 것이다. 작품 1장에서 이 작품이 추구하는 주제인 삶의 지혜에 대한 갈망이 마치 노래처럼 서술되고 있다.

> 세월은흐른다과실이라침뱉던옛날의말들은의미가낡는다세상은어쩐지 소싯쩍보다더맛대가리가없다내일은알수없고언제나오늘은액귀에게덜미를 잡혀있는것만같다잘크던애가느닷없이염병에말을못내고얌전하던계집애가 수심가나불어젖히며마슬로안나돈다지난여름엔비도걸맞았는데금년여름은 너무도길장마다눈속에서벚꽃이피었고초저녁닭이세번이나울었다아지혜가 필요하다지혜가필요하다지혜가필요하다이건말시가아니냐말시가아니냐 (296-297쪽)

주인공에게 오늘은 악귀에게 덜미를 붙잡힌 것 같은 혼란이다. 그 혼란의 원인은 과거에 대한 기억이 의미를 잃어가고 있고 현실은 늘 불안한 데 있다. 더더구나 인간 존재에게 내일은 알 수 없는 미지의 불확실성 그 자체이다. 그러한 흔들리는 심약한 존재인 인간에게 지혜가 필요한 것이다. 엘리아데에 의하면 지혜는 성스러운 것이라고 했다. 왜냐하면 지혜는 하늘에서 오는 것이라 믿었기 때문이다. 엘리아데는 이 세계 자체가 성은 아니라고 말한다. 이 세계는 단지 성을 드러내는 그 무엇이기 때문에 자연 자체를 숭배하는 것이 아니라 자연물을 통해 현현되는 성을 숭배한다고 말한다.[231]

따라서 작품의 1장에서 이 소설의 목표는 지혜가 필요하다는 것임을 피력한다. 즉 지혜를 찾기 위해 연금술사는 존재의 실존을 찾는 끝없는 방랑을 해야 하는 고된 통과제의의 여정을 거쳐야 하는 것이다. 1장에서부터 5장에 이르는 과정을 지혜를 찾는 구도의 과정이라고 본다면 이 도정은 불교의 〈십우도〉의 과정과 일맥상통한다. 1장의 이야기는 〈십우도〉의 심우(尋牛)와 견적(見跡)에 해당한다. 사찰 탱화를 보다 보면 아무것도 없는 곳에 한 인간이 서 있는 그림이 등장한다. 바로 심우이다. 심우는 동자승이 소를 찾고 있는 장면이다. 자신의 본성을 잊고 찾아 헤매는 것은 불도 수행의 입문을 일컫는다고 한다. 사복은 자신의 존재를 알아가기 위한 심우의 상태에서 뱀과 개미를 죽이는 것이다. 견적은 동자승이 소의 발자국을 발견하고 그것을 따라간다. 수행자는 꾸준히 노력하다 보면 본성의 발자취를 느끼기 시작한다는 뜻이다. 사복은 우연히 뱀과 개미에 대해서 생각하다가 개미가 어머니이고 어머니가 나 자신이라는 말에서 바로 자신의 존재를 깨우치기 위한 첫 발걸음을 시작했다고 할 수 있다. 뱀은 작가가 노트에서 밝혔듯이 아프리카 신화에서 남근을 상징한다. 사복이 뱀과 개미를 죽였다는 것은 자신 안에 있는 남성과 여성 모두를 죽이는 상징적인 구도의 첫 단계를 거치고 있다고 볼 수 있다.

작품 2장은 원초적이고 신화의 시간의 사건에서 지은 죄로 인해 현재는 거세를 당하는 고통의 시간이 되는 것이다. 즉 2장은 다섯 얼굴의 시간 중 현재에 해당하는 시간이다. 금기를 어긴 소년 사복은 성년식에서 제외되고 멀리 떨어진 곳에 묶이게 된다. 사복은 거세되고 양부인 시계공에게 특별한 운명을 암시받는다. 이는 〈십우도〉로 보자면 견우(見牛)와 득우(得牛)에 해당한다. 견우는 동자승이 소의 뒷모습이나 소의 꼬리를 발견한다. 수행자가 사물의 근원을 보기 시작하여 견성(見性)에 가까웠음을 뜻하는 것이며 득우는 동자승이 드디어 소의 꼬리를 잡아 막 고삐를 건 모습이다. 수행자가 자신의 마음에 있는 불성(佛性)을 꿰뚫어보는 견성의 단계에 이르렀음을 뜻한다. 사복의 거세는 견우의 시작점이라고 볼 수 있다. 자신의 내부의 여성성과 남성성인 개미와 뱀을 죽이고 그는 신체적인 거세를 당한다. 이는 내면의 번뇌가 외적인 고통으로 이어지는 것으로 도를 얻기 위해 반드시 겪어야 하는 고통의 통과제의인 것이다. 이는 곧 소의 꼬리를 발견하는 것과 같은 원리이다. 동자승은 드디어 소의 꼬리를 잡아 막 고삐를 낀다. 사복 역시 양부인 시계공에게 특별한 운명의 계시를 암시받는다.

　작품 3장은 사복이 열사흘 동안 만에 깨어나는 것을 보여준다. 깨어난 사복은 큰비암님의 발치에서 따님과 반푼이 소녀의 무덤을 발견한다. 그리고 곧 괭이를 가져와서 따님의 무덤을 파헤친다. 거세당한 것을 현재의 고통으로 친다면 따님과 소녀의 죽음을 보는 것은 미래에 해당되는 일일 것이다. 따라서 이는 다섯 가지 얼굴의 시간 중 세 번째 얼굴인 미래에 해당한다. 구도를 위해서는 자신 안에 있는 여성성을 죽여야 진정한 자신으로 나아갈 수 있기 때문이다. 이는 구도의 장애가 항상 자신 안에 있음을 암시해주는 것과 같은 이치이다. 자신의 존재를 넘어서는 과정에서 자신 안에 있는 여성성의 속성을 밀어내야 할 것이기 때문이다. 따님과 반푼이 소녀는 바로 사복 안에 있는 여성성인 아니마인 것이다. 이는 〈십우도〉의 목우(牧友)에 해당한다고 볼 수 있다. 이 그림의 과정은 동자승이 소에 코뚜레를 뚫어 길들이며 끌고 가는 모습이다. 얻은 본성을 고행과 수행으로 길들여서 삼독의 때를 지우는 단계로 소도 점점 흰색으로 변화된다. 고통에서 깨어난 사복은 자신에게 남아있는 따님과 소녀의 흔적을 지우기 위해 그들의 무덤을 파는 상징적 살인 구도의 행위를 보인다. 이는 점점 소의 모습이 갈색에서 흰색으로 변해가는 과도의 단계일 것이다.

　작품 4장은 사복이 다시 마을로 돌아오는 과정이다. 돌아온 사복은 양부인 시계공과 만나고 시간에 대해서 긴 이야기를 한다. 양부는 따님과 소녀의 육체에서 빠져나온 사복의 영혼이 죽었을지도 모른다고 암시한다. 늙은 시계공은 현재의 시간 중에서 가장 가는 시간에 대해서 이야기한다. 따라서 이 부분의 이야기는 네 번째 얼굴의 시간인 찰나의 시간이다. 시계공에 의하면 오늘이 어제로, 어제가 오늘로 갈아드는 그 사이의 일점이 자정이다. 즉 자시란 오늘의 끝과 오늘의 시작 사이에 있는 비어 있는 시간을 말하는 것이다. 거기엔 어제도, 오늘도, 내일도 아직 없는데, 그 이유는 내일이 오늘로 아직 바뀌 들지 못하고 있기 때문이다. 그것은 보류나 유예의 시간이기도 하다. 그것은 내일이 내일이 아니며, 어제가 어제가 아닌 막연한 것으로 남겨지거나 미뤄져 있다는 것이다.[232] 이는 바로 4장의 이야기가 다섯 얼굴 중 네 번째인 가장 가는 세로줄인 찰나의 현재를 보여주는 것이라 할 수 있다. 즉 찰나의 시간 이야기인 것이다. 이는 〈십우도〉의 기우귀가(騎牛歸家), 망우재인(忘牛在人), 인우구망(人牛俱忘) 등을 상징화한다. 찰나의 인간은 허망하다. 그만큼 공허하기만 하다. 기우귀가에서 흰 소에 올라탄 동자승은 피리를 불며 집으로 돌아오고 있다. 더 이상 아무런 장애가 없는 자유로운 무애의 단계로 더할 나위 없이 즐거운 때이다. 그러나 이것은 찰나의 자유일 뿐이다. 어느덧 망우재인의 상태에 접어든다. 즉 소는 없고 동자승만 앉아있다. 소는 단지 방편일 뿐 고향에 돌아온 후에는 모두 잊어야 한다. 따라서 소도 사람도 실체가 없는 모두 공(空)임을 깨닫는다는 뜻인 인우구망의 텅 빈 원상을 바라보게 된다.

　작품 5장의 이야기는 사복이 망우수의 땅에 우연히 다시 들르는 사건을 다룬다. 사라쌍수 아래에서 사복은 도를 닦는다. 사복은 사라쌍수를 떠나 망우수 땅을 돌아다니다가 옹기 짐이 실려 있는 지겟작대기를 건드리는데 그것이 옹기장수 얼굴 위로 쏟아지고 피 흘리는 그의 모습이 늙은 여인의 환상을 불러온다. 사복은 자신이 태어난 마을로부터 쫓겨나고 망우수의 땅으로부터도 모두 쫓겨난 존재임을 스스로 깨닫는다. 그는 암도마뱀의 비밀을 풀며 미숙의 완성의 도를 깨우친다. 사복이 5장에서 깨달은 것은 다섯 가지 시간의 얼굴 중에서 다섯 번째인 현재의 가는 세로줄 중에서 가장 큰 우주의 시간을 이야기한다. 그는 이 시간 안에서 우주의 질서를 깨치고 새롭게 탄생하는 것이다. '나는 어머니구나, 나는 개미구나'라는 깨달음 속에서 사복은 새롭게 태어나는 것이다. 이는 〈십우도〉로 이야기하자면 마지막 두 단계인 반본환원(返本還源)과 입전수수(入廛垂手)를 상징화한다. 결국 사복이 터득한 도는 현실의 미완이 우주의 완전한 도를 이루는 것임을 알게 되는 것이다.

　파울로 코엘류의 『연금술사』의 주인공 산티아고의 보물찾기 장소가 바로 자신이 떠난 자신의 집이었던 것처럼 우주의 질서 역시 자신 안에서 찾는 것이라는 논리이다. 반본환원(返本還源)이란 강이 잔잔히 흐르고 꽃은 붉게 피어있는 산수풍경만 그려져 있다. 꾸미지 않고 있는 그대로의 세계를 깨닫는다는 것으로 이는 우주를 아무런 번뇌 없이 참된 경지로서 바라보는 것을 뜻한다. 그렇게 반본환원의 상태를 거치고 나면 사복은 자신이 어머니이고 개미였던 것을 깨닫는 것과 같은 합일과 조화의 경지로 나아간다. 바로 입전수수(入廛垂手)의 단계이다. 입전수수는 지팡이에 도포를 두른 행각승의 모습이나 목동이 포대

화상(布袋和尙)과 마주한 모습으로 그려진다. 육도 중생의 골목에 들어가 손을 드리운다는 뜻으로 중생 제도를 위해 속세로 유유히 나아감을 뜻한다. 이는 사복이 깨달음을 통해 세계와 합일되는 우주적 존재로 거듭나게 됨을 보여준다. 즉 세상의 도는 자신이 서있는 속세의 공간에서 시작되고 그 완성 역시 바로 그 자리인 속세의 공간이 된다는 의미인 것이다. 사복 역시 마을을 떠났지만 그가 터득한 도는 다시 마을에서 완성된다.

〈유리장〉의 우주적 세계관과 『삼국유사』의 불교적 세계관

작가는 〈유리장〉의 모티프가 『삼국유사』의 〈사복불언〉 설화에서 시작되었음을 노트에서 밝히고 있다. 먼저 '주인공의 이름은 『삼국유사』의 〈사복불언〉이라는 기사에서 빌었다. 첫째 이유는 주인공의 출생의 전설과 잘 걸맞는 이름이었기 때문이고, 둘째 이유는 인과율에 대한 나대로의 주석을 달지 않더라고, 그 점을 적절히 주석해 주는 바탕이 되었기 때문이라고 했다(410쪽).' 그렇다면, 『삼국유사』의 〈사복불언〉의 설화와 〈유리장〉의 '사복'의 탄생 설화를 다시 살펴보기로 하자.

〈사복이 말을 못하다〉[233]

서울의 마선북리에 사는 한 과부가 남편 없이 임신을 하여 아이를 낳았는데, 나이가 열두 살이 되도록 말도 못하고 일어서지도 못해 사동이라 불렀다.

어느 날 그의 어머니가 죽었다. 그때 원효는 고선사에 머물고 있었다. 원효가 사복을 보고 맞이하여 예를 올렸으나, 사복은 답례를 하지 않고 말하였다.

"옛날 그대와 내가 함께 불경을 싣고 다니던 암소가 지금 죽었는데 나와 함께 장사지내는 것이 어떻겠는가?"

"좋다."

그래서 함께 (사복의)집에 갔다. 사복은 원효에게 포살수계를 해 달라고 하였다. 원효는 시신 앞으로 가서 빌었다.

"태어나지 말지니, 죽는 것이 괴롭구나.

죽지 말지니, 태어나는 것이 괴롭구나."

사복이 말하였다.

"말이 번거롭다."

그래서 원효가 다시 말하였다.

"죽고 사는 것이 괴롭구나."

두 사람은 상여를 메고 활리산 동쪽 기슭으로 갔다. 원효가 말하였다.

"지혜 있는 호랑이를 지혜의 숲 속에 장사지내는 것이 마땅하지 않은가?"

사복이 곧 게를 지어 말하였다.

"옛날 석가모니 부처님께서 사라수 사이에서 열반에 드셨도다. 지금 또한 그러한 자가 있어, 연화장의 세계로 들어가고자 하네."

말을 마치고 띠풀의 줄기를 뽑으니, 아래에 밝고 청허한 세계가 있었는데, 칠보난간에 누각이 장엄하여 아마도 인간 세상이 아니었다. 사복이 시체를 업고 땅 속으로 함께 들어가니 땅이 다시 합쳐졌다. 원효는 곧 돌아왔다.

〈중략〉

〈유리장: 사복탄생설화〉

떠도는 얘기에 의하면, 사복은 사실로 그렇게 태어났던 것이다. 어떤 매우 달덩이 같았던 소쿠리장수 하나가, 거의 달 건너 한 번씩, 사기를 바꾸러 소쿠리짐을 지고 다녔었는데, 아무 해 아무 날 해거름 판엔 그런데, 그 소쿠리장수가 소쿠리짐은 짊어지지 않고, 이상하게도 소쿠리 하나만을 배에 옆어 뭘 숨겨가지고 와설랑, 마을엔 들르지도 않고 먼저 큰밭 가운데로 똥마려운 듯이 건너갔더라는 것이고, 그래 그걸 수상쩍게 생각한 아무개네 팔순 노인이 거기에 당도해 본즉슨, 그 소쿠리장수는 이미 없고, 소쿠리만 하나 뎅그마니 큰비암님 아래 놓여 있기에, 다가가 들여다보니, 박덩이 큰 것만한 뱀알이 거기 담겨 있더라는 것이고, 그래 그걸 기이히여긴 아무개네 팔순 노인이 장죽에 불붙이고 앉아 돼 가는 꼴을 기다리자니, 해가 지려면서 큰비암이 등천을 하는데 천지가 흔들리더라는 것이고, 그래 하도 무서운지라 눈을 살콤 한번 감았다 떴을 뿐인데, 어느덧 큰비암님이 그 알 위에다 붉은 정수를 토해 놓았더라는 것이고, 그러자 조금 있으니 알이 깨이더라는 것이고, 그것은 처음엔 뱀으로 보엿는데, 헌데 눈 한번 다시 닦고 본즉슨 사내애였더라는 것이고, 그야 물론 그 엔넨 소쿠리장수가 아니라 큰비암님이었다는 것이다.(289쪽)

『삼국유사』의 〈사복불언〉과 〈유리장〉의 사복 탄생의 설화를 비교해 볼 수 있다. 『삼국유사』의 사복은 남편 없이 태어나고 〈유리장〉의 사복은 큰비암님 아래에 있는 알에서 탄생한다. 둘 다 결핍되고 신이한 비정상적인 탄생이라는 공통점이 있다. 신화 속 영웅의 탄생담을 닮아있는 형국이다. 『삼국유사』의 사복은 12살까지 말을 못하고 그의 어머니가 죽자 원효를 찾아가 어머니의 장례를 부탁한다. 원효의 삶과 죽음의 번뇌에 대한 포살법계를 듣고 나서 사복은 자신의 어머니의 시신을 메고 땅속으로 들어간다. 여기서 원효는 다시 땅 위로 나온다. 그들이 들어간 곳은 연화장인 열반의 세계이고 지혜의 세계였다. 『삼국유사』의 사복은 땅속으로 들어가서는 다시 나오지 않고 원효만 돌아온다는 지점에서 우리는 〈유리장〉의 세계에 등장하는 사복을 다시 한 번 자세히 들여다볼 필요가 있을 것이다. 〈유리장〉의 사복은 소쿠리 장수가 한밭으로 들고 가서 큰비암님 아래에 놓인 알에서 태어난 사내이다. 출생의 비범함은 『삼국유사』 설화와 비슷하지만 그 이후는 무조건 『삼국유사』의 사복과 동일시하기엔 좀 문제가 있다.

〈유리장〉의 사복은 성년이 된 어느 날 개미와 얼룩뱀을 죽이고 그에 대한 벌로 거세되고 만다. 거세를 명한 할머니 따님은 죽게 된다. 사복은 마을을 떠나 방황하다 다시 마을로 돌아와 시계공이자 옹기장이인 양아버지를 살해하고 다시 떠돌며 방황한다. 그는 자기만의 새로운 마을을 세우고자 사라쌍수 아래서 도를 닦으면서 우주의 도를 깨우친다. 이런 사복의 행적은 『삼국유사』의 사복보다는 원효를 떠올리게 한다. 『삼국유사』의 〈원효는 얽매이지 않는다〉[24]에서 알 수 있듯이 원효는 사라수 아래에서 태어난다. 원효의 어머니는 갑작스런 해산으로 사라수 아래에서 아이를 낳는다. 『삼국유사』의 원효는 사라수 아래에서 태어나고 〈유리장〉의 사복은 사라쌍수 아래에서 도를 깨우친다.

원효의 어릴 때 이름은 서당이고 또 다른 이름은 신당이었다. 처음에 어머니의 꿈에 별똥별이 품속으로 들어오더니 임신하였는데, 출산을 하게 되자 오색구름이 땅을 덮었다고 전한다. 원효는 어느 날 상례를 벗어난 행동을 하며 거리에서 '그 누가 내게 자루 없는 도끼를 주려는가. 내가 하늘을 떠받칠 기둥을 찍어보련다.' 와 같은 노래를 부른다. 이때 요석궁의 요석공주와 관계를 하고 아들 설총을 얻는다. 그렇게 해서 태어난 설총은 '지혜로운 사람'으로 신라 10현 중 한 명이 된다. 『삼국유사』의 사복과 원효가 지혜의 숲에 사복의 어머니를 장사 지낸 것의 의미와 관련성이 있다. 〈유리장〉에서도 '지혜가 필요하다' 는 서술이 자주 나온다. 즉 과거와 현재와 미래의 고통을 해결할 수 있는 지혜가 필요하다는 것이고 이것은 우주의 질서에 대한 끝없는 구도의 갈망일 것이다.

『삼국유사』의 사복과 원효는 〈유리장〉 속 사복의 도플갱어(Doppel-gänger)들이다. 즉 삶의 본질에 대해서 끊임없이 탐구한다는 점에서 역사와 시간을 뛰어넘는 공시성의 인물들인 것이다. 오천 년이나 오백 년이나 오십 년이나 오 초나 그 정신적인 지점이 동일하다면 그는 하나의 공시성을 가진 인물일 것이다. 『삼국유사』의 사복과 어머니의 관계 역시 〈유리장〉의 사복과 따님의 관계로 귀환된다. 『삼국유사』의 어머니는 전생에 사복과 원효가 경을 싣고 다녔던 암소였다. 그러한 어머니의 죽음은 사복과 원효의 도움으로 지혜의 숲에 들어가게 되는 것이다. 지혜의 숲은 연화장의 세계이며 업보는 종지부를 찍는 것이다. 〈유리장〉의 따님은 사복에게 거세의 벌을 받게 하고 죽는다. 시계공 역시 사복에게 시간에 대해서 긴 강설을 하고 살해된다.

따님과 시계공은 모두 사복 안에 들어있는 여성성과 남성성이다. 이는 작가가 노트에서 밝힌 내용에서 유추할 수 있는 단서이다. "따님은, 사복 속의 '여성적 경향', 시계공은 '남성적 경향'이다. 사복의 거세는, 그 양자를 싸안게 하는, 제삼의 존재의 출산으로 화한다. 야담으로 전해진 원효의 득도를 나는 사복傳에 차용했다.(411쪽)"를 고려해볼 때, 원효는 여성성과 남성성이 모두 제거된 현실의 사복으로 재탄생되는 것이다. 즉 사복은 사복이면서 사복의 아버지가 될 수 있고, 조상이 될 수 있고, 아들이고 딸이다. 선조와 후손과 현재의 자신이 모두 사복 안에 있게 되는 것이다. 즉 사복은 그 자체로서 다섯 얼굴의 시간을 포함한 인물이 되는 것이다. 다시 말해서 사복이라는 인물은 현재 자신을 파괴하고 새롭게 세우는 찰나의 존재이면서 세상의 주인공이 되는 우주의 합일체이다. 인간과 신의 합일은 과거도 아니고 미래도 아닌 현재의 찰나 같지만 그 모든 것을 담는 우주 합일의 시간 안에 있는 영원 회귀의 존재이다.

성과 속의 이항 대립의 순환성과 양성성의 기호작용

엘리아데에 의하면 성스러움은 두려움을 동반한다. 사회 질서는 성스러운 자연 질서의 반영체이고 성을 강화하기 위해 금기는 행해졌었다. 이 세계는 성이 드러내는 그 무엇이며 이 세계 자체가 성인 것은 아니라고 말한다.[235] 성스러움은 공간적으로 세계의 중심이 되며 중심을 향해 가는 것은 엑스터시와 같다. 성스러운 시간은 가역적일 수밖에 없다. 작가는 자신의 노트에서 양극을 갖는 타원형에 대해서 이야기했다. 뱀과 남근은 타원형들이 결합된 유선형이라는 것인데, 이는 찰나의 시간들이 하나의 유선형의 긴 시간인 타원형이 된다는 논리이다. 그는 '원리란, 뱀의 자취와 같은 궁형의 연속의 완성이라고 생각한다. 그러나 그는 그것에 만족할 수가 없었는데, 그것은, 물론 원이란 완전한 것이어서 지행과 정지의 극치를 이루고 있는 건 사실이었으나, 그 극치에서의 분열이 불가능한 듯했기 때문에, 결국은 무의미로 전락되는 결과를 그 원에서 보았다.'[236]고 말한다. 그는 또한 '고기와 뱀과 남성기는 같은 것이고, 고기와 뱀은 형태 면에 있어서도, 유선형이라고 불리는, 양극을 갖는 타원형이 되고 있다. 그러니 물과 대지는 여성이며, 자궁이라는 뜻을 갖는데, 고기는 물을 대지로 살고, 뱀은 대지를 물로 산다. 호수 속에 던져진 도마뱀과, 사복의 그림과, 「쿠마장」을 가로질러 흘러가는 개울에 빠뜨려진 핏덩이는, 그렇게 이어진다.(411쪽)'고 노트에 밝히고 있다.

〈유리장〉의 세계 속에서 남성과 여성, 공과 색, 성과 속, 유한과 무한, 완성과 미완성, 삶과 죽음, 영혼과 육체 등의 양분화된 이항 대립은 무의미하다. 이들은 융합되고 조화를 이루어가는 타원의 양극들이다. 그 타원들은 연속적으로 이어지며 마치 유선형의 모습을 띠고 있다. 이는 서로 모순되는 극과 극이 하나의 타원으로 만나 새로운 유선형의

한 띠를 이루는 원리이다. 성과 속의 이항 대립이 새로운 순환성을 가지면서 유선형으로 이어지는 것이며 새로운 의미 체계로 나아가는 기호작용이다. 작가의 말대로 이는 분열이 불가능한 극치이고 자신의 입으로 꼬리를 무는 우로보로스 뱀의 형상인 것이다.

이때 우리는 〈유리장〉의 인물들을 다시 한 번 따져볼 필요가 있다. 먼저 큰비암님은 사복의 친부가 될 것이다. 노파인 따님은 사복의 할머니이고 시계공이자 옹기장이인 사내는 사복의 양부가 되고 계집애는 반편이 계집이 된다. 사복이 죽인 뱀은 남성을 상징하고 개미는 자신을 상징한다. 다시 내용을 풀어보면 사복이라는 소년이 뱀과 개미를 죽이고 거세를 당했다는 것은 자신 안에 있는 남성성을 죽이고 또 따님이 죽었다는 것은 자신 안에 있는 여성성도 죽이는 상징적 살해 행위였던 것이다. 사복은 도를 찾기 위해 방황하다가 다시 돌아와 시계공인 양아버지를 살해한다. 이는 자신의 남겨진 번뇌와 현실의 욕망을 죽이는 상징적 살해 행위일 것이다. 그는 자신 안에 있는 여성성과 남성성을 모두 죽이고 새로운 양성성의 인간으로 태어나는 것이다.

양성성의 인간이란 무엇인가. 작가는 신성한 것과 인간적인 것이 모두 들어있는 하늘과 땅의 중개자로서 사복을 그렸다. 신화학과 종교학에서 양성성의 개념을 중요하게 바라본 미르치아 엘리아데[237]는 양성성의 개념을 더욱 전문화시켜서 신체적 양성성과 심리적인 것으로 나눈다. 그는 플라톤의 『향연』에서 제시한 완전한 인간형이 양성적임에 주목하였다. 남성의 아니무스와 여성의 아니마가 동시에 존재하는 양성성은 신체적인 양성성에 속한다고 볼 수 있고 심리적 양성성이란 인간의 선과 악의 관계를 이야기하거나 신적인 것과 인간적인 것을 이야기한다. 이렇게 볼 때 박상륭의 양성성은 두 가지를 모두 함축하는 개념이라고 할 수 있다. 남성과 여성이 동시에 들어있는 양성인 동시에 신성적인 것과 인간적인 것을 동시에 가지는 양성성이다. 개미와 뱀을 죽이는 것은 속세의 나와 육체적인 남성인 나를 동시에 죽이는 것에 해당한다. 육체적 남성의 거세는 내면의 양성을 의미한다.

'유모란, 따님(땅님)도 아니고, 세월을 뿥는 님도 아니고, 그렇다고 하눌님도 아니지만, 그분은 어쨌든 하눌님이다. 그분은 따로따로 흩어진 목숨들을 서로 붙게 하는 님인데, 따님과, 땋님과, 땉님 세몸일신이 큰비암님이다. 그리하여 따님의 씨앗을 던지는 건 이 큰비암님이고, 땋님께 헌신하는 것도 이 큰비암님이고, 땉님에 작용하는 것도 큰비암님이다. 그리고 나는 그 세 따님의 큰비암님의 딸로 점지되었던 것이다.(314쪽)'에서 볼 수 있듯이 따님의 죽음으로 사복은 땅과 하늘의 중재자인 양성성의 인간이 되는 것이다. 구도의 과정이 지혜를 찾아 고통을 감내하는 것을 보여준다면 원효나 사복의 경우에는 지혜와 고통이 하나임을 보여준다. 인간의 고뇌와 욕망을 담고 그 속에서 구도를 하는 인신(人神)되기인 것이다.

〈유리장〉의 노트를 작품 해석의 길라잡이로 볼 때 우리는 사복 속의 여성성과 남성성이 극한 대립을 멈추고 하나로 융합되고 조화를 이루는 과정을 보게 된다. 영원 회귀의 상징이 되는 뱀은 삶과 죽음의 변증법을 위한 상징의 도구가 된다. 자신의 꼬리를 물고 있는 뱀의 형상은 어디가 처음이고 끝인지 알 수 없게 하는 원의 모습을 보인다. 삶과 죽음의 대립 역시 어디가 끝인지 시작인지 분명하지 않다. 자웅동체인 뱀의 상징성은 그 자체로 양성성의 기호작용을 한다. 뱀은 원의 구조로 세상의 윤회를 암시해주는 상징성 또한 가진다. 사복이 죽인 뱀과 개미와 따님의 죽음과 시계공 아버지를 죽이는 것 모두 재생을 위한 죽음의 변증법으로 이해될 수 있는 것이다. 세상의 이분법적 이항 대립은 순환성을 띠면서 새로운 양성성으로 재탄생되고 있는 것이다. 그

것은 작품에서 말하는 시간관과 일치되면서 더욱 그 의미가 선명해진다.

〈유리장〉에서 이항 대립이 무너진 것은 인간과 자연만이 아니다. 시간 역시 그러한 이항 대립을 넘어서고 있는데, "모든 시간이란, 최초의 시간으로부터 그 끝에 이르는 시간이, 쌓여선, 자꾸 뒤집혀지는, 그 과정이라고 한다. 즉 '태초'로부터 그 '최초의 끝'까지의 시간을 제외한 그 이후의 모든 시간은 과거 시간의 유출이라는 것이다. 현재의 시간은 미래의 시간이 현재화하여 죽어서 된 그 과거의 시간에서 흘러나오고 미래의 시간은 과거의 시간으로 쌓여 가는 것이라고 한다."[238] 이처럼 과거와 미래는 대립이 아니고 현재와 과거 역시 대립이 아니다. 마치 시간 역시 우로보로스 뱀처럼 서로 순환하는 구조를 가진다. 사복이 깨달은 것은 세계와의 융화와 조화를 통한 우주적 존재로 나아가는 것이다.

나카자와 신이치[239]는 '부정과 만나는 것이 출발점이다.'라고 했다. 〈유리장〉의 이야기는 현실의 이야기가 아닌 관념의 이야기이다. 즉 현실의 부정을 통해 현실의 도를 찾는 이야기이다. 마치 수수께끼처럼 보이던 이야기 구조가 마침내 의미화되기까지는 지난한 독서의 시간이 필요하다. 그리고 인내력이 수반되어야 한다. 명료하지 못한 서사 기법, 상징을 주로 사용하는 작가의 작품 성향, 길게 펼쳐지는 묘사와 사변적인 진술 등 소설 읽기 자체가 유리장과 같은 의미를 준다. 유리라는 장소로 귀향을 온 주나라 문왕은 유리에서 도를 터득했다고 한다. 작가가 요구하는 것이 바로 이러한 형이상학적인 체험일 수 있다.

현실과는 동떨어진 유리라는 곳에 들어온 독자는 바로 이 소설의 공간에서 삶과 죽음의 변증법적인 구도 과정을 보게 되는 것이다. 편견과 분열로 이루어진 세계에서 하나의 것만이 최선이 아니라 진정한 하나를 얻기 위해 내면의 편견을 무너뜨리고 다시 그와 상반되는 반대쪽의 것을 무너뜨리고 그리고 새롭게 조화와 융화를 거쳐서 우주적 존재로 태어나게 하는 상징적 의미를 담고 있다. 작가는 한 사회의 문화적 산물임에 틀림없다. 작가의 말대로라면 오천 년이나 오 초의 찰나나 결국은 한 시간의 공시성을 가진다고 한다. 대립된 가치 체계가 사회의 근간이 되어온 시대상을 감안해볼 때 신화적 상상력을 통한 공시적 사회 통찰은 작품 〈유리장〉에 대한 접근을 보다 활성화시킬 것이다. 〈유리장〉은 삶과 죽음의 형이상학의 문제만이 아니라 인간과 인간의 문제를 심도 있게 바라보게 하는 의미의 공시성을 가진 현재의 신화적 산물이라고 할 수 있다.

제2장

이청준의 아리랑과 뿌리 찾기의 신화

이청준 소설에 내재된 아리랑의 신화적 상상력

이청준의 작품 세계에서 신화적 상상력과 소리 상상력은 매우 중요한 역할을 담당한다. 우선 이청준에게 신화는 인생의 진리와 해답을 찾아가는 수수께끼 같은 기능을 전담하고 소리는 인간 운명과 번뇌의 답을 찾아가는 안내자나 이정표와 같다. 이청준은 인간에게 있어 죽음의 문제, 미움의 문제, 용서의 문제, 혈육의 문제, 사랑의 문제, 질투의 문제, 배신의 문제, 유랑의 문제 등 원초적인 삶에 대한 질문을 신화적 상상력에 기대고 있다. 이청준의 주인공들은 하나같이 속됨의 과정을 거쳐 성스러움으로 귀결된다는 점에서 역시 신화의 원리를 따른다. 미르치아 엘리아데[240]에 따르면 전통적인 인간은 성에 가까이 살려고 애를 쓰며 성은 세계의 중심 공간에 위치하는 경향이 있다고 한다. 그 중심을 향해 가는 것은 엑스터시와 같다고 말한다. 이청준 작품 속 주인공들의 삶은 늘 세계의 중심에 다가가려고 하며 항상 성스러움으로 통하고 있다. 세계의 중심으로 가고자 하는 것은 자신의 삶에서 운명과

끝까지 대결하는 과정이라고 볼 수 있다. 자신에게 닥친 고통을 피하지 않고 마치 수메르 신화의 길가메시가 바닷속 깊은 심연을 응시하듯이 고통의 심연을 깊숙이 경험하고 인생의 진리를 깨닫는 인물들이다. 수메르 신화의 길가메시는 영생의 비밀을 찾고자 바닷속 깊은 심연으로 들어가지만 그가 본 것은 인생의 유한성과 허무함뿐이었다. 그러나 역설적이게도 그는 자신의 인생을 다시 긍정하는 반어적 삶의 자세를 견지하게 된다. 이청준 작품 중에서는 대표적으로 〈서편제〉의 '송화'와 '동호'가 그러하고 〈해변아리랑〉의 '나'가 그러하다.

　이청준의 소설 세계에서 신화 상상력을 중요하게 바라본 논의들의 공통점은 이청준 소설의 모티프 차용에 관심을 두고 있다. 이청준 소설 〈신화의 시대〉와 〈신화를 삼킨 섬〉의 신화 상상력과 공간을 논의한 오은영은 이 두 작품이 폭력적인 힘과 이념의 논리에 억압되고 외상을 입은 사람들을 초점화하여 현실 체험의 다양한 층위를 보여줄 뿐만 아니라 역사와 관련된 사적 기의와 공적 기의들을 끌어내 후세대가 사유할 수 있는 창조적 전망을 열어주었다는 공통점을 강조하고 있다.[241] 양진오는 이청준 소설 〈흐르지 않는 강〉에 주목하여 신화적 상상력이 구조적으로 형상화되는 과정에 주목하였다. 주인공 두목을 신화 속 잡아먹는 아버지로 바라보면서 소설 속의 인물들이 고대 신화의 원형을 지닌 인물들의 특성을 논의하였다. 신화 속의 아버지와 아들을 구현함으로써 이청준은 구세대와 신세대, 권위자와 도전자, 기존 세력과 신진 세력 등의 갈등을 심층적으로 바라보고자 하였다는 것이다.[242] 서정기는 작품 〈이어도〉, 〈해변아리랑〉, 〈선학동 나그네〉 등에 주목해서 이들의 공통된 신화 상상력으로 노래, 부재하는 아버지, 애도하는 어머니, 결핍된 가정, 고아 모티프 등을 들고 있다.[243] 이처럼 이청준의 작품 전반에서 신화라는 상상력은 작품의 주요한 내적 동기가 되고 있음을 부인하기 어렵다.

　여기에서는 이청준 작품에 등장하는 신화적 상상력에 주목하면서 동시에 그의 일부 소설에 등장하는 소리 상상력에 주목하고자 한다. 보다 정확히 말하자면 신화와 소리가 만나는 지점의 소설에 주목하고자 한다. 신화적 상상력이 어떻게 소리와 만나고 있는지 그 과정을 살피고 그러한 만남에서 작가가 추구하고자 하는 것은 무엇인지 살펴보기로 하겠다. 이청준 소설에서 소리는 삶을 내려놓는 순간 다시 삶을 건져 올리게 하는 신화 속 두레의 역할을 담당한다. 따라서 이청준의 소설에 나타난 소리 상상력에 주목한 기존 논의 역시 점검 대상이어야 하겠다. 이청준 소설의 소리 상상력에 주목한 논의들의 공통점은 주로 소리의 한이라는 정서로 귀결된다. 소리 상상력의 대표적인 작품인 〈서편제〉는 기본적으로 예술 지상주의를 추구하는 작품이라고 평하는 논자[244]가 있는가 하면 소설과 연관해서 영화를 바라본 노귀남[245]은 〈서편제〉가 전수자, 지킴이, 도돌이라는 구도를 설정하고도 그 가운데 리얼리티를 구현하지 못하고 있다고 지적한다. 소설과 영화 〈서편제〉를 '길'의 회귀와 불귀, 맺힘과 풀림이라는 주제적 측면을 강조하는 논의[246]와 기호학적으로 한의 세앙스를 살펴보는 논의도 주목할 수 있다.[247] 우찬제는 〈서편제〉의 한은 부정적/긍정적, 소극적/적극적, 상처/치유, 맺힘/풀림, 무의식/의식, 검은빛/흰빛, 복수/용서, 파괴/창조 등등 수많은 대립 쌍을 가진 수레바퀴라고 말한다.[248] 기존의 〈서편제〉 소리에 대한 논의를 종합해보면 한은 삶의 응어리이기도 하지만 삶의 원동력이기도 하다는 역설로 바라볼 수 있는 개념이 된다. 이청준 소설에서 주인공들은 모두 각각의 다른 빛깔의 한과 다른 스펙트럼의 한을 가지고 살아간다.

　한의 담론에서 좀 더 심화되는 논의들도 찾아볼 수 있는데, 권국영은 이청준의 소리 상상력 중에서도 〈선학동 나그네〉, 〈서편제〉, 〈소리의 빛〉, 〈이어도〉 등으로 이어지는 남도소리의 모티프는 남도창을 단순한 노래의 기능에서 예술로 승화시킨 상징적인 의미를 가진다고 보았다.[249] 김주연 역시 〈남도사람〉 편에 실린 작품들이 인간의 한이 원한의 소리를 만나 승화되면서 초월로 이어지고 현실 구조와 생명 구조에 대한 인식을 보여준다고 보았으며,[250] 정과리는 이청준의 소리의 공간은 죽거나 떠나간 사람들의 원한과 덧없는 행로에 자신의 마음을 던지고 고통을 함께 견디는 공동 참여의 작용을 하는 이타성의 공간이라고 말하고 있다.[251] 이들 논의는 소리가 새로운 예술과 새로운 공간을 창출하고 있다고 보고 있다.

이 장에서는 신화적 상상력과 소리 상상력의 기존 논의들에서 언급되지 않은 소설 속에 등장하는 아리랑의 상상력과 신화적 상상력에 대해서 논의하고자 한다. 따라서 이청준 소설에 드러나고 있는 신화적 상상력의 의미를 먼저 살피고 특별히 소리 상상력과 연관된 〈남도사람〉 편을 중심으로 한 일련의 소설들을 아리랑의 내적 구조와 연결해 볼 것이다. 여기에서 아리랑은 남도의 대표적인 〈진도아리랑〉이 그 대상이 될 것이다. 남도라는 용어[252]가 지리적 개념보다는 문화적 개념으로 사용되는 것을 고려해 〈남도사람〉 편에 〈이어도〉와 〈해변아리랑〉까지 그 대상으로 한다. 진도아리랑[253]은 타령조로 사람들이 흥겹게 부르면 흥겹게 느껴지지만 애절하게 부르면 하염없이 슬프게 들리는 곡이다. 또한 진도아리랑은 '아리아리랑 쓰리쓰리랑 아라리가 났네--- 아-리랑 응응응 아리리가 났네'의 후렴구를 무한히 반복하면서 애정, 상사, 세태, 가정사, 신세 한탄, 유흥, 선유, 통일 등 다양한 곡조를 붙이고 있다. 이는 이청준의 소리 모티프 작품이 마치 동일한 후렴구를 가진 진도아리랑을 듣는 듯한 상상력을 제공해준다고 볼 수 있다. 또한 소설 〈서편제〉로 대표되는 소리의 상상력이 어떻게 축제의 기능을 수반하면서 남도 축제의 놀이적 상상력과 교호할 수 있는지 그 가능성을 타진해보고자 한다. 서사 텍스트가 소리와 축제로 연결되는 상상력의 고리로 작용할 수 있을 것이다.

이청준 소설에 나타난 신화적 상상력의 원형 구조

신화를 정의하는 수많은 명제들이 존재하지만 신화를 한마디로 단언할 수 있는 방법은 여전히 없다. 신화는 과거와 현재와 미래를 연결해주는 인간 고유의 상상력의 산물이다. 이청준은 그의 작품 여러 곳에서 신화적 상상력을 차용한다. 신화는 문학의 보편성과 밀착되어 있는 정신적 산물이기 때문에 유독 이청준에게만 이러한 잣대를 들이댈 수는 없다. 그런데도 이청준의 소설들에서 굳이 신화적 상상력을 거론하는 것은 인간의 유한성에 대한 한계와 우주와 자연의 무한한 질서에 대한 작가의 냉철한 통찰력 때문이다. 기존 논의에서 언급했던 것처럼 〈신화를 삼킨 섬〉과 〈신화의 시대〉처럼 신화를 제목 전면에 내세운 작품에서부터 수많은 이청준 작품들이 신화를 머금고 있다고 해도 과언이 아니다. 특히 본고에서는 소리를 주요 모티프로 삼고 있는 〈남도사람〉 시리즈 작품들을 주요 대상으로 그 신화의 원형적 상상력을 살펴보고자 한다. 크게 이청준의 소리 상상력을 테마로 한 작품들에서 다섯 가지로 신화의 의미를 규정해볼 것이다.[254]

첫째, 인간의 유한한 죽음이 소리의 무한한 우주 자연적 질서로 승화되는 구조이다. 인간의 죽음은 그 자체로 허무하게 끝나버리지만 신화의 세계에서 죽음은 산 자들의 삶을 정돈해주는 보이지 않는 신화적 힘을 가진다. 이청준의 상당수 작품들은 필수불가결한 죽음을 이야기하고 있다. 특히 늙은 노모의 죽음을 그린 〈축제〉는 소설과 영화를 동시에 선보인 작품이다. 이 작품에서도 죽음은 산 자들의 갈등을 증폭시켜 마침내는 갈등이 해소되는 국면을 열어준다. 죽은 자는 그렇게 산 자에게 영향을 미치면서 다시 살아가는 것이다. 신화적 상상력은 바로 이 지점에 있다. 즉 삶과 죽음이 바로 자신의 입으로 자신의 꼬리를 물고 있는 뱀의 형상인 우로보로스처럼 삶이 죽음의 끝을 물고 있다는 역설적인 논리인 것이다. 〈선학동 나그네〉에서 유봉의 시신은 죽어서 소리로 다시 환생하는 것처럼 묘사된다. 송화의 노래와 함께 유봉의 소리는 삶과 죽음을 초월한 곳에 놓이게 된다. 가장 허무할 것 같던 죽음을 겸허하게 받아들이게 하며 삶을 성찰하게 하는 것이 이청준의 신화의 힘이다.

인간이 죽어서 다른 무엇으로 된다는 것은 사후의 세계가 인정된 신화적 사유의 산물이다. 인간이 과거와 연결된 현재와 미래로 연결된 현재를 인식한다는 것 자체가 인간이 신화적 존재로 읽히는 대목이다. 소설 〈서편제〉는 동호라는 오빠가 누이와 소리를 찾아 떠나는 여정 형식으로 되어있다. 소릿재에 소리꾼이 산다는 소식을 듣고 동호는 그곳을 찾아간다. 여기에서 듣는 소릿재라는 이름의 유래는 자기가 그토록 싫었던 아버지의 유골이 묻힌 곳이어서 그렇게 불리게 된 것이다. 신화에서는 죽고 난 후에 꽃으로 변한 경우가 자주 등장한다. 수선화는 나르시소스의 신화에서 유래되었고, 아도니스 신화에서 나오는 장미꽃의 신화, 중국의 신농씨의 요절한 아름다운 딸 요희가 환생한 요초, 아티스의 제비꽃 신화 등 무수히 많은 꽃들이 환생한 것들이다. 그러나 신화에서는 눈에 보이는 유형적인 것에만 환생을 부여한 것은 아니다. 나르시소스를 사랑하다 남게 된 에코의 슬픈 목소리가 있는가 하면 눈에 보이지 않는 바람까지도 사체 즉 죽은 자의 것이 생명을 얻은 것이라는 상상력이 바로 신화이다. 중국의 반고라는 거인은 일만 팔천

년 동안 잠을 자다가 기지개를 켜고 깨어난다. 중국 신화의 반고가 죽었을 때 그의 모든 몸은 우주를 구성하는 요소가 되는 것이다.

소설 작품에서 평생 소리만 하다가 죽은 유봉의 몸은 소릿재의 소리가 되어 듣는 이의 가슴에 그 애절한 한이 느껴지게 하는 것이다. 죽은 몸이 우주 삼라만상 각각의 요소가 된다는 상상력을 불러온다. 유봉은 친자식은 아니지만 아들인 동호와 친딸 송화에게 소리를 가르친다. 소리를 좋아하는 송화와는 달리 동호는 그 소리가 지겹기만 하다. 결국 소리를 버리고 아비와 누이동생을 버리고 혼자 도망을 치는 지경에 이른다. 이에 아비는 딸조차 자신과 소리를 떠날지도 모른다는 공포에 송화의 눈이 멀게 하는 약을 먹인다. 명목상으로는 소리의 한을 심어주기 위한 것이라 변론하지만 자식과 소리를 동시에 잃을 것을 우려한 매정한 부정이라고도 볼 수 있다. 신화는 우리에게 우주를 이해할 수 있는 환상을 줄 수 있다. 소리를 이해할 수 있게 하는 환상은 이청준 소설이 구사하는 신화 상상력이다.

둘째, 신화 속 주인공들은 자신을 찾기 위한 끝없는 여정을 가야 한다는 것이다. 파울로 코엘료의 『연금술사』가 현대인들에게 친근하게 다가올 수 있는 것은 그만큼 현대인들이 자신을 찾는 과정에서 어려움을 겪는다는 신화의 역설이자 삶의 진리가 들어있기 때문이다. 작가에 의하면 우리 모두는 나름대로 자아의 신화를 찾는 연금술사들인 것이다. 그는 우리가 보물을 찾아 떠나는 순간 즉 보물이 있다고 생각하는 순간 이미 보물을 찾은 것이라고 말한다. 평범한 양치기 청년 산티아고는 마음속에서 들려오는 속삭임에 귀를 열고 자신의 보물을 찾으러 길을 떠난다. 그는 집시 여인, 늙은 왕, 도둑, 화학자, 낙타몰이꾼, 아름다운 여인 파티마, 사막의 침묵과 죽음의 위협을 거치고 마침내 연금술사를 만난다. 그는 연금술의 여정을 통해 하나의 언어를 이해하며 영혼의 연금술사가 되기에 이른다. 꿈을 찾아가는 순간들이 바로 연금술사가 찾고자 하는 보물이었던 것이다. 인간은 저마다 자신의 신화를 찾아서 인생이라는 사막의 여정을 가야만 한다.

신화의 진정한 목적은 객관적 세계상을 제공하는 것이 아니라 인간들이 세계 속에서 자기 자신을 이해하는 방식이라고 할 수 있다. 우리는 〈서편제〉와 〈선학동 나그네〉에서 유봉이 송화에게 소리의 한을 심어주기 위해 눈을 멀게 한 신화소를 북유럽 신화의 오딘 신화소를 통해 그 실마리를 풀어갈 수 있다. 오딘은 만물의 아버지라고 불리는 신인데 한쪽 눈으로 전 세계를 둘러볼 수 있는 지혜를 가진 신이다. 처음부터 눈이 한쪽인 것은 아니지만 지혜를 얻기 위하여 한쪽 눈을 잃게 된 것이다. 하루는 거인 이미르의 샘에 가서 이미르의 샘물을 마시고 싶다고 말하면서 지혜를 더 쌓고 싶다고 말한다. 그때 이미르는 오딘의 한쪽 눈을 빼서 이미르의 샘에 던졌다. 그 후부터 오딘은 애꾸눈으로 세상을 바라보지만 세상에 대한 그의 지혜는 한층 깊어졌다. 질베르 뒤랑[255]에 의하면 신화적 작용은 끊임없이 되풀이되며, 신화적 몽상 때문에 인류는 희망을 갖고 살아올 수 있었으며, 그 몽상 속에서 신화적 유산은 이어져 왔다. 득음의 경지에 도달하기 위해서 유봉은 송화의 눈을 멀게 했다. 이는 최상의 것을 얻으려면 진정으로 소중하게 여기는 것을 희생해야만 한다는 일종의 희생제의의 신화 작용이라고 할수 있다. 진정한 소리를 찾고자 하는 유봉의 삶과 그것을 묵묵히 따르던 딸 송화의 모습에서 우리는 우둔하지만 자신의 삶을 고집스럽게 지탱하면서 자신을 찾아가는 인간의 자화상을 보게 된다. 〈해변아리랑〉에서 가난한 주인공이 아버지의 부재와 가난 때문에 누이가 죽고 형이 죽고 어머니마저 잃는 과정 속에서도 돈보다는 소리를 선택한다는 점을 눈여겨볼 수 있다.

셋째, 〈남도소리〉 편에서 던져주는 또 다른 신화 상상력은 불가항력적인 상황에 대한 인간의 끝없는 욕망과 좌절과 극복을 보여준다는 것이다. 누이를 찾아다니는 오라비라는 상상력이 그것이다. 소설에서 가장 감동적인 장면은 동호가 누이동생 송화와 맞대면하는 것이라고 할 수 있다. 동호는 자신의 신분을 직접 말하지는 않지만 송화는 이미 그가 자기의 오라비임을 직감적으로 알게 된다. 둘은 소리와 장구에 의해서 하나가 된다. 여기에서 우리는 신화에 뿌리 깊게 전해 내려오는 창조 신화로서의 오누이 신화를 떠올리게 된다. 세상에 남은 것은 오누이뿐인 신화에는 중국의 신화인 여와와 복희가 있고 일본의 이자나기와 이자나미의 신화가 있으며 한국 맷돌 신화의 오누이가 있다. 오누이는 자신들의 처지에 대해서 고민하다가 신에게 그 해답을 구하게 된다. 복희와 여와는 세상을 창조하는 데 있어서 둘의 결합의 당위성을 두 산봉우리의 연기가 하나로 합쳐지는 것으로 허락을 받는다. 인류는 그로써 탄생되었으며 일본의 신화에 등장하는 이자나기와 이자나미는 부족한 것과 남는 것을 일치시킴으로써 일본이라는 섬을 하나씩 만들어냈다는 것이다. 한국의 오누이 역시 수맷돌과 암맷돌이 산 위에서 구르다가 자연스럽게 일치되는 것을 신의 허락의 징표로 받아들인다. 서편제의 오누이는 소리에 의해서 상징적으로 결합되는 상징적 근친을 감행하고 있다고 볼 수 있다. 이러한 근친이 예술적으로 승화되고 있는 근본적인 이유는 소리를 통해 하나의 예술 세계를 창조하기 때문이다.

넷째, 우리가 찾아볼 수 있는 신화 상상력의 소산으로는 인간의 숭고한 방랑에 있다. 인간의 불행과 방랑이 세계와 우주의 중심에 닿아 있는 성스러움으로 이어진다는 것이다. 〈해변아리랑〉에서 가난한 주인공은 열여섯에 집을 나온다. 가난 때문에 팔려간 누이는 죽고 가난 때문에 배를 탄 형도 죽는다. 그 가난이 지긋지긋해서 돈을 벌어 어머니를 도시로 모셔가겠다고 했지만 주인공은 결국 자신과 가족을 구원할 최후의 보루로 노래 짓는 사람이 되기로 한다. 그 노래는 어릴 때 어머니가 밭에서 부르던 그 읊조림의 연장선에 있다. 〈이어도〉에서는 천기자의 비극적인 가정사를 듣게 된다. 이어도 타령을 부르는 한 여인의 소리와 어머니의 해변아리랑과 나의 노래는 모두 가난과 고통을 이겨낸 우주의 중심에 가까이 서있는 노래이다.

다섯째, 이청준 소설의 신화 상상력은 오이디푸스와 같은 인간의 운명적 한계를 보여주면서 정화된 자연의 질서를 보여준다는 것이다. 아비를 원망하면서 어미를 그리워하는 주인공은 모든 인생의 풍파를 겪어도 여전히 해가 뜨고 하늘은 높고 세상이 고요히 흘러간다는 것을 이해한다. 인간 개개인은 풍랑을 만나 좌초되기도 하고 수모를 겪기도 하지만 언제나처럼 삶은 허허롭게 진행된다는 고요함을 작품 전반에서 보여준다. 〈서편제〉에서 아비를 원망하고 어미를 잃고 오누이를 만나고 다시 헤어지는 것도 그러하고 〈해변아리랑〉의 죽은 내가 가족이 바라보이는 바다에 뿌려지는 것도 그러하다. 삶의 굴곡을 넘어서면 또 다른 삶이 그려지는 것 같은 작품 세계는 그 자체로 신화적이다. 허무함을 넘어서는 삶의 긍정적 이해와 세계관은 세계의 영원한 순환성을 보여주는 장치로 작용한다.

소리의 신화적 상상력과 아리랑의 내적 구조의 상관성

시인 고은은 아리랑의 단어는 운명적이면서 현실의 단어이자 신화의 단어라고 말한다.[256] 아리랑은 그만큼 개인 언어이면서 민족 언어이고 세계 언어이기도 하다는 것이다. 서사에서 아리랑을 직접적으로 활용한 예는 김유정, 조정래, 이청준, 이문열 등 많은 작가들을 들 수 있다. 서사라는 특성상 내용 부분에서 아리랑의 정조와 정신을 담아가는 경우가 대부분일 것이다. 그러나 이청준의 〈남도사람〉 편 등 소리를 테마로 하는 일련의 소설들은 내용뿐만 아니라 형식적인 구조로도 아리랑을 떠올리게 한다. 전체적인 형식으로도 아리랑은 신화적이지만 내용적으로도 이청준 소설에 차용된 소리 상상력은 신화적이다. 내용적인 측면에서 아리랑의 신화성은 과거와 현재와 미래의 동일 선상에서 인생을 노래한다는 점에서 신화적이라고 할 수 있다. 우선 이청준 〈남도사람〉 연작 편에 어떻게 소리들이 다양하게 들어가 있는지 살펴보기로 하겠다.

〈서편제〉에서는 보성을 중심으로 이야기되며 〈춘향가〉, 〈수궁가〉, 〈흥보가〉 등이 등장하고, 〈소리의 빛〉은 장흥을 중심으로 〈호남가〉, 〈태평가〉, 〈적벽가〉, 〈수궁가〉 등이 등장하고, 회진을 중심으로 한 〈선학동 나그네〉는 〈호남가〉가 등장하며, 〈새와 나무〉에서는 〈춘향가 중 농부가〉가 등장한다.[257] 〈서편제〉, 〈소리의 빛〉, 〈선학동 나그네〉 등에서는 사내가 누이동생과 소리를 찾아 방랑하고 〈새와 나무〉에서는 세계 속에서 소리를 찾아 방랑하는 이야기이다. 〈해변아리랑〉 역시 주인공 나가 가난을 극복하려고 상경했지만 결국 소리를 인생의 업으로 받아들이고 자신의 가족을 소리로 만나게 하는 상상력이고, 〈이어도〉는 〈이어도타령〉으로 피안의 세계를 그려 보인다. 서정기는 〈해변아리랑〉과 〈이어도〉의 노래가 현실의 힘겨움의 반대편에 놓인 것이라고 말한다. 반면 〈선학동 나그네〉는 노래가 존재를 변화시키는 직접적인 매체로 작용한다고 보았다.[258]

소리의 신화적 상상력은 매우 다채롭지만 대체로 고단한 현실의 삶을 위로하고 구원할 수 있는 유토피아적 피안 세계의 통로 같은 역할을 담당했다. 서우석은 음악 즉 노래는 떠도는 기의를 배경으로 한다고 주장한다. 만약 음악이 떠도는 기의를 배경으로 하지 않으면 음악은 우리에게 깊은 감명을 주기 어렵다고 말한다.[259] 떠도는 기의가 기표를 찾는 데 성공한 것은 떠도는 기의가 연인을 찾는 것과 같은 일이라고 역시 주장한다. 아리랑의 기표는 다양한 문화적 기의를 가진다. 이청준의 〈남도사람〉 편과 〈이어도〉와 〈해변아리랑〉의 노래들은 상상력의 측면에서 〈진도아리랑〉의 다양한 기의들과 연관성을 가진다. 〈진도아리랑〉의 가사는 생활의 고단함과 운명에 대한 체념과 연인에 대한 사랑과 세상에 대한 원망과 현실 비판 등 무수히 많은 다양한 기의를 담는다. 〈남도사람〉 편에서 구체적으로 소리는 작품의 절정 부분에서 의미 생성 가능한 기의를 함의한다.

　〈서편제〉의 경우 사내의 과거와 연관된 부분 즉 긴장이 고조되는 부분에서 마치 아리랑의 후렴구 '아리아리랑 쓰리쓰리랑 아라리가 났네--- 아-리랑 응응응 아리리가 났네'를 연상시키고, 〈소리의 빛〉에서 역시 사내의 과거와 연결된 서사 대목에서 후렴구를 연상시키며, 〈선학동 나그네〉에서는 마을 사람들이 학을 보게 되는 장면에서 후렴구를 상상하게 하고, 〈새와 나무〉에서는 사내가 자신의 정체와 본질을 확인하는 대목에서 후렴구를 연상하게 하고, 〈해변아리랑〉은 바다에 뿌려지는 남자 주인공이 비석으로 가족과 함께 있을 때이고, 〈이어도〉는 천기자의 사연이 밝혀지는 대목에서 후렴구가 느껴진다. 마치 일련의 소리 모티프 소설들이 진도아리랑이 구사하는 돌림노래 형식을 밟고 있는 듯한 인상을 준다. 그렇다면 〈진도아리랑〉의 가장 유명한 가사 일부분의 구도를 잠깐 살펴보도록 하자.

　　아리아리랑 쓰리쓰리랑
　　아라리가 났네~~~

아~리랑 응응응 아라리가 났네

문경새재는 웬 고갠가~
구부야아~ 구부구부야아~ 눈물이 난다
아리아리랑 쓰리쓰리랑
아라리가 났네~~~
아~리랑 응응응 아라리가 났네

약산 동대 진달래 꽃은
한 송이만 피어도 모두 따라 핀다
아리아리랑 쓰리쓰리랑
아라리가 났네~~~
아~리랑 응응응 아라리가 났네

간다~ 간다~~~~
내 돌아간다
정든 님 따라서 내가 돌아간다
아리아리랑 쓰리쓰리랑
아라리가 났네~~~
아~리랑 응응응 아라리가 났네

'아리아리랑 쓰리쓰리랑 아라리가 났네--- 아-리랑 응응응 아라리
가 났네'로 시작하고 한 사람씩 창자들이 노랫가락을 구성지게 뽑아
낸다. 고개를 넘는 일이 힘든 현실에서 눈물이 난다는 말이 끝나자 위
로하듯 아리랑 후렴구가 등장하고 진달래꽃을 따러 가는 것처럼 흥겨

우면 그것이 부러운 듯 아리랑 후렴구가 등장하고 사랑하는 사람과 이별하고 만나는 이야기가 나오고 나면 마치 축하하듯이 아리랑 후렴구가 등장한다. 〈진도아리랑〉은 사랑, 이별, 세태, 풍자, 고난 등 다양한 돌림노래 형태로 진행된다. 이는 마치 돌림놀이를 하는 구도로 보인다. 이윤선[260]은 이러한 〈진도아리랑〉의 돌림노래 형식을 남도소리의 축제적 성격이라고 정의하고 끼워넣기와 겨루기가 주된 발상이라고 말한다. 따라서 진도아리랑은 난장의 성격을 가진다고 볼 수 있다. 일상에서 풀 수 없는 회포를 풀어내는 소리 놀이판을 보여주기 때문이다. 난장의 성격이 강하면 강할수록 참여자들이 그 노래를 흥겹게 부르는 경향이 강하다는 점을 두고 볼 때 신명이 더해지면 공동으로 매김소리를 하는 경향이 강해진다.

그러나 〈진도아리랑〉과 이청준의 소리 상상력을 발휘하는 소설들은 로제 까이와가 분류한 놀이의 유형인 아곤(경쟁), 알레아(운), 미미크리(모방), 일링크스(혼절)[261] 등 네 가지 양상 중에서 아곤과 미미크리와 일링크스의 놀이적 속성을 보여준다. 〈진도아리랑〉에서는 한 창자가 노래를 부르면 마치 경쟁하듯이 다른 창자는 자신의 이야기를 꺼내 놓는다. 그러한 과정에서 미미크리(모방)가 일어나고 그 이야기를 듣고 있는 청자들은 모두 감정의 동요를 받아 흥분을 하고 슬프기도 하고 즐겁기도 한 일링크스의 상태를 느끼는 것이다. 즉 끼어들어 노래 부르는 겨루기의 과정은 모든 사람을 감동시키는 소리로 구현될 때에만 일링크스의 놀이 상태를 구현하는 것이라 볼 수 있다. '아리아리랑 쓰리쓰리랑 아라리가 났네--- 아-리랑 응응응 아리리가 났네'라는 소리의 기표는 창자뿐만 아니라 청자들을 난장으로 이끄는 다양한 기의를 가진다. 아리랑의 후렴구는 특정 의미는 없지만 무수히 많은 의미를 담아내게 된다. 여기에는 슬픔, 고통, 기쁨, 즐거움, 위안, 소망, 원망 등 다양한 기의가 함축되고 있다. 또한 창자 한 명씩 나가서 부르는 돌림노래의 겨루기 형식은 아곤(경쟁)으로 볼 수 있는데, 이때 비일상적인 관계일수록 이 관계는 더욱 경쟁적일 수밖에 없다. 상대방을 잘 알지 못하는 속에서 돌림노래의 경쟁놀이인 아곤은 난장을 더욱 신명나게 하기 때문이다. 이는 〈진도아리랑〉이 축제적 상상력으로 이어지는 결정적인 부분이다.

이청준의 소설 쓰기 중 특히 소리를 모티프로 하는 소설 쓰기는 판소리를 재창조하면서 쓰는 문식성의 과정이 될 수 있음을 서유경은 주장한다.[262] 문화적 문식성은 당대 사회의 이데올로기를 담아내는 언어 표현체의 개념이라고 볼 수 있는데 이청준 소설의 서사 배치가 판소리의 배치와 밀접한 관련성을 가지면서 논의될 수 있음을 보여주고 있다. 거기에서 한 발 더 나아가 본고는 〈진도아리랑〉의 전체 돌림노래의 구도와 이청준의 소리 상상력을 발현하는 소설들이 동일한 상상력으로 놀이적이라는 것에 주목한다. 〈남도사람〉 편에서 보여주는 아비에 대한 미움, 누이에 대한 연민, 노래에 대한 갈망, 인생의 회한, 운명의 체념, 운명의 긍정 등 다양한 내용들이 들어가는 사이사이 아리랑의 후렴구 같은 공동의 동의를 구하거나 융합되는 노래 상상력이 서사의 문맥 사이에 자리한다. 또한 〈해변아리랑〉에서 가난에 대한 원망, 어머니의 읊조림, 누이의 죽음, 형의 죽음, 가족들의 만남, 나의 꿈, 꿈에 대한 좌절, 새로운 꿈, 나의 죽음 등 모든 서사의 단위마다 역시 아리랑의 후렴구는 여음처럼 들린다. 이는 〈이어도〉에서 여인의 이어도 타령이 부르는 저 피안의 유토피아의 세계와 맞닿아있는 세계이다. 이청준의 말에 의하면 이어도의 소리는 한탄도 아니고, 느릿느릿 젖어드는 필생의 슬픔이고, 눈먼 여자 점쟁이처럼 창연하고 묘기스런 노래이고, 바닷소리처럼 웅웅거리고, 한숨을 짓는 것도 같고, 울음을 울고 있는 것도 같은 것이다. 즉 그것은 간절한 곡조이고, 흘러드는 듯한 곡조이고, 이어도를 정말 만나는 듯한 곡조이다.[263]

이청준의 노랫소리 상상력은 먼 시원의 신화 속 소리 상상력과 또한 닿아있다. 우리나라의 소리에 대한 상상력은 『삼국유사』의 '만파식적'으로 거슬러간다. 맺힘과 풀림의 역설적이고 모순적인 소리 상상력이 구현되는 예이다. 만파식적은 삼국을 통일한 문무왕이 일찍 세상을 떠나자 그 뒤를 이은 신문왕이 만들어낸 이야기이다. 신문왕은 불안한 통일 후의 정세와 복잡한 민심을 해결하기 위해 소리 상상력을 활용했고 그것이 바로 감은사에서 김유신과 문무왕에게 받은 피리가 된다. 이 피리의 기능은 나라를 태평하게 하고 근심을 없애주는 역할을 하며 효소왕 때에는 도난당하지만 다시 찾게 되고 나라의 보물인 만만파파식적으로 거듭나게 되는 것이다. 만파식적의 상상력과 비슷하게 아리랑 소리는 떠도는 기의를 배경으로 발현되는 다양한 기표이다. 이 떠도는 기의에는 세상을 살아가는 모든 희망과 소망, 원망과 슬픔이 고스란히 들어있다.

서우석[264]은 기표들과 기의들의 은유적 성격은 타자 안에 억압되어 왔던 것을 반복적으로 사용하여 의식 안으로 되돌려놓음으로써 언어로 작용한다고 말한다. 마찬가지로 아리랑의 기표들은 아리랑 후렴구의 반복된 언어로 제시됨으로써 새로운 기의를 함축해내고 있는 것이다. 아리랑의 언어는 해체적이면서도 초월적이고 초언어성을 동시에 갖는다. 주관적인 감정이 객관화되기도 하고 민족 고유의 정서가 세계보편성을 얻기도 한다. 아리랑의 소리가 가지는 자의성은 무궁무진하기 때문에 그 의미는 시대에 따라서 사람에 따라서 재생산되는 특성이 있다. 삶의 희로애락이 들어있는가 하면 민족의 운명이 들어있기도 하고 삶과 죽음의 형이상학이 들어있는가 하면 삶의 원초적인 형이하학의 단어들이 난무하기도 한다. 아리랑은 시대성과 무척 관련이 있다. 김연갑 역시 이러한 것에 주목한 바 있다. 그는 〈아리랑〉이 특히 예찬 되고 활발하게 변형된 시기가 일본을 위시한 여러 제국주의 세력이 침략했던 시기라고 보았다. 세상 돌아가는 형편이 납득될 수 없는 방향으로 나아갈 때 〈아리랑〉의 해학성이 더 강해진다고 주장한다.[265] 이청 준의 〈남도소리〉와 일련의 소리 상상력을 보이는 작품들 역시 산업화 시대에 소외되는 인간들의 슬픔과 우울을 담는다. 삶이 납득할 수 없는 곳으로 나아갈 때 아리랑은 인간의 존재성을 토로하는 출구가 되기 때문이다.

영화 〈서편제〉의 축제적 기능과 소리 축제의 놀이성

서사의 특성상 소설 속에서 소리는 다분히 상상적일 수밖에 없다. 따라서 이청준 작품의 소리 상상력을 가장 잘 영상화한 영화 〈서편제〉 는 이청준의 작품을 소리로 읽는 상상력에 기폭제 기능을 담당한다. 이청준 문학의 소리와 신화적 상상력이 축제적 상상력과 놀이적 상상력으로 확대될 수 있는 근거는 영화 〈서편제〉를 함께 바라볼 때 그 정당성이 확보될 것이다.[266] 소리 상상력을 기반으로 한 작품들과 영화 〈서편제〉를 함께 바라보는 근거는 여기에 있다. 소설에서처럼 영화 〈서편제〉 역시 한의 의미가 단순히 부정적인 게 아니라는 것을 보여준다. 한은 삶의 회한이기도 하지만 삶의 원동력이기도 하고 삶의 체념이기도 하지만 기다림이기도 한 매우 복합적인 정서임을 소설과 영화 〈서편제〉에서도 동일하게 살펴볼 수 있다. 로버트 스탬이 내린 바흐친의 축제에 대한 정의 중에서 '우파, 좌파 가릴 것 없이 모든 이들에게 호소할 수 있는 것'과 '세속적인 시간과 거리가 있는 성스러운 장소로서의 축제'의 내용은 〈서편제〉를 축제로 바라보게 한다. 축제는 언어

규칙을 거부하며 신과 권위와 사회적 법칙에 도전한다. 이러한 전복적 성격 때문에 축제라는 말은 협소하게 희화적인 의미로 사용되어왔다.[267] 축제의 참여자는 배우와 관객 모두이다. 각각은 자신의 개별성을 상실하고 축제적 활동의 영점을 통과하며 볼거리의 주체와 놀이의 객체로 분열된다. 축제 속에서 주체는 무로 환원되며, 타자화되며 가면의 익명성을 얻는다.[268] 우리는 영화 〈서편제〉에서 한이 쌓이면서 풀리는 장면을 여러 차례 보게 된다. 〈서편제〉의 주인공들은 쌓인 한을 소리로 풀어내며 그 한은 응어리가 풀리게 되고 자신들의 한을 넘어서 보편적 정서의 한으로 거듭나면서 한은 타자화되고 익명성을 얻게 된다. 따라서 관객은 한이 풀리는 그 장면을 통해 일종의 정신적 축제성을 경험하게 된다. 맺힘과 풀림의 반복 구조가 한의 구조라면 풀림의 지점에서 축제성은 신명 나게 발현될 수 있다. 영화 〈서편제〉를 기준으로 축제성이 보이는 곳은 네 부분이다.

첫째, 술집에서 약장수와 다투고 헤어진 뒤, S자 길에서 유봉, 송화, 동호는 그들 나름대로의 축제를 즐기게 된다. 이는 판소리가 인기를 잃어가면서 점점 밥벌이조차 힘들어지고 있는 것과는 반대로 그들의 〈진도아리랑〉과 흥겨운 장단과 춤은 카메라의 롱테이크 처리와 함께 축제적 구조를 띤다. 유봉의 노랫말에서 '사람이 살며는 몇 백년 사나, 개똥같은 세상이나마 둥글둥글사세'는 그야말로 민중 축제의 성격을 그대로 드러내준다. 이들은 이 순간 비굴해질 필요도 없고 배고픔도 느끼지 않는다. 세 사람의 움직임을 5분 넘게 잡고 있는 카메라의 앵글에 관객들도 전혀 시간을 의식하지 않고 그들의 흥에 매료된다. 더 정확히 말하면 그들의 한풀이 축제에 동참하는 것이다. 이는 소설 〈남도사람 1, 2〉에서 제시하는 한이다. '사람의 한이라는 것은 인생살이 한 평생을 살아가면서 긴긴 세월동안 먼지처럼 쌓여 생기는 것이며, 어떤 사람들한테는 외려 사는 것이 한을 쌓는 일이고 한을 쌓는 것이 바로 사는 것(소리의 빛-남도사람 1)'이며 '자기의 한 덩어리를 지니고 그 것을 조금씩 갈아 마시며 살아가는 위인들이 있는 듯 싶데그랴. 그런 사람들한테는 그 한이라는 것이 되레 한 세상 살아가는 힘이 되고 양 식이 되는 것(소리의 빛-남도사람 2)'이라고 말한다.

둘째, 송도상에게 작중 초반에 자존심을 많이 상한 유봉이 후일 아 편으로 삶을 어렵게 연명하는 그에게 먼저 화해를 청하는 장면이다. 한이 상처와 치유이면서 원한과 용서라는 대목이다. 유봉은 과거에 자 신에게 모멸감을 주었던 송도상을 찾아가 자신이 스승에게 미처 배우 지 못한 옥중가를 배운다. 축제란 성스러운 장소에서 벌어지는데 그 성스러움은 예술의 장엄함이 구현되는 곳이라 할 수 있다. 아편을 하 는 송도상의 방은 옥중가를 부를 때는 원형적 정신이 구현되는 신화의 공간이 되며 예술이 구현되는 신성한 곳이 된다. 〈진도아리랑〉을 부르 는 롱테이크 장면의 고불고불한 길 역시 축제의 신성한 장소가 되는 이유와 일치한다. 그들에게 이 길은 약장수들에게 해고된 상태이며 배 고픔과 좌절의 시간이며 고행의 공간이었다. 하지만 그들은 신명 나게 한판 놀이판을 펼침으로써 현실의 고난과 가족 간의 갈등을 모두 소리 축제 속에서 풀리게 한다.

셋째, 영화 〈서편제〉에서 아버지 유봉은 닭을 훔치고 실컷 얻어맞으 면서도 딸에게 아무렇지도 않게 주인장의 호통 소리를 딸에게 배우라 고 말한다. 소릿재 폐가에서 닭 주인의 쌍소리와 몽둥이질에 유봉은 일말의 불평도 없이 바로 '아따, 그놈의 자식, 목청 한 번 좋다, 너 들 었쟈, 심봉사가 선인들한티 화를 내는 성음은 저렇게 나와야 되는 것 이여, 엉?'이라고 받아친다. 관객은 이 장면에서 서글픔을 느끼게 되고 배우는 그 상황을 희화시키면서 그 상황을 축제화시킨다. 아버지 유봉은 딸의 눈을 멀게 하고 딸이 그 한을 넘어서는 소리를 하게 하려고 노력한다. 그는 딸이 득음의 경지에 이르게 하기 위해 쓰러져가는 초가집에 산다. 따라서 이 초가집 공간은 무너져가는 문명이 아니라 가난과 설움이 예술로 승화되는 소리 축제의 공간이라 할 수 있다.

넷째, 영화 〈서편제〉에서 동호가 고생해서 누이를 만나는 마지막 장면이다. 그들은 서로를 알아보면서도 한이 다치게 하지 않으려고 소리만 하다 헤어진다. 동호는 '소리를 쫓아 남도 천지 안 돌아본 데가 없는 위인이오.'라고 말하면서 자신이 누이를 찾아 헤매었던 시간의 한은 이야기하지 않는다. 거기에 송화는 '들을 만한 데도 없이 천하기만 한 소리요.'라는 말을 대신하고 그녀의 수많은 기다림의 시간을 알리지도 않는다. 그러나 그들은 소리를 통해 그들이 얼마나 찾고 기다렸는지 그들의 한을 풀어낸다. 하룻밤 동안의 시간과 소리의 공간은 그야말로 작중 인물들만의 해후가 아니라 그것을 바라보는 관객들의 기다림이고 만남인 것이다. 이 마지막 장면의 롱테이크는 '소리의 축제'라고 불릴 수 있으며 관객은 눈시울을 붉히면서 뭔가 아쉽기도 하고 후련하기도 한 양가적 감정을 가지게 된다.

엘리아데는 『성과 속』[269]에서 신성함은 두려움에 가득 찬 매혹이라고 말한다. 〈서편제〉에서는 소리의 성스러움이 운명을 응대해야 하는 두려움 속에서 발현된다. 그토록 찾아 헤매던 누이를 만났지만 정작 그의 기쁨의 신성함은 두려움을 동반하고 있는 것이다. 그날 밤 후 송화의 '우리는 간밤에 한을 풀어냈어요.'라는 말은 한을 통한 득음의 경지를 보여주는 대목이라 할 수 있으며 송화는 기다림의 짐을 버리고 다시 떠날 수 있는 것이다. 축제는 난장과 제의의 의식을 치르고 나면 일상으로의 복귀를 가능하게 한다. 송화는 노래로 풀어낸 축제의 밤을 보냄으로써 일상의 삶을 다시 살아가는 힘을 얻게 되는 것이다.

위에서 보듯이 영화 속에서 아리랑의 기능은 소설보다는 보다 구체적이다. 영화에서 실제로 〈진도아리랑〉을 활용한 것에서도 그러한 사실을 알 수 있다. 〈진도아리랑〉은 돌림노래 형식으로 창자의 끼어들기가 가능한 노래 형식이다. 진도아리랑은 익살과 해학이 담겨 있고 누구라도 노래에 참여할 수 있다는 열린 특징이 있다. 우리나라의 3대 아리랑에 속하는 것으로서 그 기원은 구한말 경복궁 재건과 관련이 있어 보인다. 허경진[270]과 박병훈/김연갑[271]의 논의를 통해 볼 때 진도아리랑의 연원은 경복궁 재건과 함께 나온 노래일 수 있는 가능성을 생각해 볼 수 있다. 박병훈/김연갑이 정리한 기원을 살펴보면 강제로 불려온 일꾼들이 '내 귀는 멀었소' 라는 뜻으로 불렀다는 설, 경복궁 중수 때 '내가 여기서 고생하오' 의 뜻으로 '아난리' 를 불렀는데 그것이 '아나리' 가 되었다는 설, 경복궁 개수 때 일꾼이 집에 두고 온 아내를 그리워하며 '내 마음속의 낭자' 라는 뜻으로 불렀다는 설 등 다양한 논의들이 있다. 공통적으로 드러나는 것은 고통과 감내 그리고 고통의 승화라고 볼 수 있다. 경복궁 재건에 동원된 안성의 바우덕이 남사당패의 역할도 아리랑과 일종의 연관성을 가질 것으로 추측해볼 수 있다.

　이청준이 생산해낸 텍스트 중 소리와 연관된 대표적인 서사를 신화적 상상력과 놀이 축제 상상력으로 풀어보고자 하였다. 이청준 소설 속의 주인공들은 인생의 모진 풍파를 거칠게 견디고 다시 잔잔한 평정심을 찾는 바다의 그것과 같다. 고통을 견딘 인간의 삶 속에는 반드시 우주가 있고 여전히 존속하는 신화가 있다. 세계의 창조 신화는 바로 이 지점에서 시작한다. 거친 홍수로 폐허가 되었지만 세상은 여전히 다시 잔잔한 바다로 지속된다는 것이다. 이청준 소설 중 소리를 담아내는 서사들 역시 만남, 용서, 조화, 화해, 고통, 슬픔, 증오, 사랑 등을 거쳐 마침내는 진실과 평정의 세계를 맞이한다. 그 진실의 세계는 삶을 다시 긍정하며 어제처럼 오늘을 살고 역시 내일을 살아가는 우주적 모습이다.

본고는 이청준의 〈남도소리〉 서사에 등장하는 소리 상상력이 남도 아리랑 축제의 상상력과 관련성이 있을 것이라고 생각한다. 그 상상력은 마치 암호처럼 읽어가야 하는 작업일 것이다. 우선은 내용적인 부분에서 그러하고 형식적인 것에서도 논의가 가능하다. 현재 우리 문화에서 아리랑을 전면에 내세우는 축제는 〈성북아리랑축제〉, 〈정선아리랑축제〉, 〈밀양아리랑축제〉, 〈영천아리랑축제〉 등 다양한 아리랑 축제가 정기적으로 펼쳐지고 있으며 그 이외에도 크고 작은 아리랑 축제가 매년 기획되고 개최되고 있는 실정이다. 각 지역의 아리랑 축제와 특정 지방 아리랑을 활용한 서사 텍스트와의 문화적 관계는 다양하게 연구될 가능성을 지닌다. 특히 〈진도아리랑〉을 중심으로 펼쳐지는 남도의 아리랑 축제에 대한 서사 놀이성과 이청준 소리 상상력은 본 연구의 후일 과제로 남긴다. 아리랑은 무수히 많은 생산성을 가지기 때문에 디아스포라의 세계 문화 흐름에도 그 생산성은 무궁무진하다. 이런 의미에서 2012년 10월 광주에서 열린 〈세계아리랑축전〉은 아리랑의 세계성을 입증한 것이라 할 수 있다. 아리랑의 무한한 가능성은 한류와 K-POP과의 소통에서도 이미 확인되고 있다. 아리랑의 무한한 기의를 찾아내서 새로운 문화 콘텐츠로 활성화시킬 기표를 찾는 일이 무엇보다도 우선되어야 할 것이다.

제3장

황석영의 다문화 상상력과 디아스포라 유랑의 신화

이동과 경계의 세계 문화에 선 여성성

세계 문화 속에서 한류는 비단 영화와 가요에서만 일어나는 현상이
아니다. 칸 영화제와 베니스 영화제 같은 국제 영화제에서 한국 영화
의 약진은 최근에 세계의 주목을 받아오고 있고, K-POP과 비보이와
난타 등 문화 콘텐츠 부분의 한류는 2000년대에 이르러 세계에서 부상
하는 문화 상품이 되어왔다. 그러한 가운데 소설 역시 한류의 흐름에
서 예외는 아니다. 〈소설 한류, 유럽 독자 사로잡다〉[272]와 〈한국 문학 유
럽서 뿌리 내린다〉[273] 등의 표제 기사가 나올 정도로 문학계의 변화 또
한 중요한 기류로 떠오르고 있다. 최근 2000년대 후반 한류 소설은 프
랑스를 전초 기지로 삼고 세계로 전파되고 있다. 황석영의 『손님』이라
는 작품이 프랑스 해외 문학상 소설 부분 후보로 선정되었고, 2005년
에는 그의 작품 『오래된 정원』이 르몽드지가 선정한 올해 소설 7권 중
하나로 선정되는 쾌거를 낳기도 했다. 프랑스의 줄마 출판사를 중심
으로 황석영의 문학이 세계로 전파되는가 하면 프랑스의 갈리마르 출

판사에서는 소설가 김훈의 『칼의 노래』를 계약해서 보급하고 프랑스 세이유 출판사는 오정희의 『바람의 넋』과 『새』를 출판하기도 하였다. 1980년대와 1990년대 이문열이 독보적으로 해외에 알려졌다면 2000년대 들어서는 많은 작가들이 세계 시장에서 인정을 받고 있다. 김영하의 『검은 꽃』과 『나는 나를 파괴할 권리가 있다』 등 역시 최근에 프랑스와 미국에 알려지고 있다. 이승우 역시 2000년대 『생의 이면』으로 프랑스에서 '가장 주목받는 신간 외국 소설 10권'에 선정됨과 동시에 '가을 신간 권장 도서 목록 30권'에 선정되기도 하였다. 이승우는 2012년 『식물들의 사생활』이라는 장편 소설로 또다시 프랑스 문학계의 주목을 받고 있다. 이러한 변화는 유능한 번역에 힘입은 바도 있지만 그만큼 우리 문학이 세계화되었다는 의미로 받아들여질 수 있을 것이다.

　한류의 변화가 가능한 이유는 현대 세계 문화의 경계가 그 어느 때보다 느슨하고 유동적이기 때문이다. 이동과 경계라는 용어가 친숙하게 느껴질 정도이다. 미디어와 인터넷의 발달이 문화 간 이동을 자유롭게 하고 경계를 더욱 흐리게 하고 있기 때문이다. 문화적 충돌이 일어날 때 우리는 부지불식간에 민족 고유의 독창적인 신화를 찾고자 하는 회귀 본능을 느낀다. 문화가 충돌하는 과도기에서 문화적 공황 상태를 극복하기 위해 민족 고유의 신화에 관심을 가지는 것은 어떤 문화적 의미를 가질 수 있는가. 고려 시대 국사를 지낸 보각국사 일연은 몽고의 침입으로 민족이 와해되고 있을 때 현실의 이야기가 아니라 신기한 이야기를 모아 '유사'라고 이름 짓고 국민이나 민족을 상상적으로 응집시키려고 했다. 마찬가지로 1900년대 초 일제 침략기에 육당 최남선은 일연의 사유와 같은 방식으로 우리의 신화와 『삼국유사』에 관심을 집중시켰다. 특히 최남선은 단군을 세계의 보편적 신화 원리로 끌어들이려는 지난한 노력을 펼친다. 최남선은 〈불함문화론〉을 통해 우리 신화의 특수성이 세계 보편 신화의 기틀이 되고 있음을 강조했다. 물론 일연이나 최남선의 시대처럼 오늘날이 정치적으로 그에 상응하는 국가적 위기 상황은 아니다. 그러나 문화적인 상황에 비추어볼 때 이동과 경계의 다성성을 보여주고 있는 상상력을 같은 범주에서 상정해볼 수 있다. 이동과 경계의 세계 문화적 상상력을 보여주는 작가는 매우 많지만 가장 한국적인 전통 서사의 이야기를 통해 세계화를 이야기하려고 한다는 점에서 황석영은 유의미하게 선택될 수 있다. 이러한 생각은 황석영이 방송 인터뷰에서 밝힌 것처럼 '세계화라는 이야기 속에는 지역화라는 것이 들어 있는'[274] 원리라고 볼 수 있다. 21세기에 황석영은 동아시아의 서사 삼부작인 『손님』, 『심청』, 『바리데기』를 세상에 내놓으면서 전통 서사의 이야기가 한민족의 이야기에 그치지 않고 세계 문화의 다양한 현실에서도 끊임없이 일어나고 있는 신화 작용임을 보여주고자 하였다.

황석영은 우리의 전통 서사를 현재 역사적인 사실과 접목시켜 새로운 오늘날의 세계적인 이야기를 만들어가는 가장 보편적인 신화 전략을 구사한다. 현대인들은 장소의 이동에서 오는 공간의 디아스포라뿐만 아니라 정신적인 공간의 디아스포라를 겪고 살아간다. 장 보드리야르가 진단했던 시뮬라시옹의 원리처럼 이미 가상 세계가 실제 세계를 대체한 지 오래다. 사람들은 가상 공간의 이야기와 놀이를 더 이상 현실과 분리시키지 않는다. 황석영의 『바리데기』 서사는 어쩌면 지극히 퀼트 같은 모양을 하고 있다. 현대 이주의 문제, 탈북의 문제, 조선족의 삶, 민족 간 질시, 테러, 전쟁, 자본주의의 폐해, 그리고 전통 서사의 이야기 등이 한 천에 조각조각 수놓여 있는 듯하다. 이러한 복합적 요소들은 리얼리즘과 환상성을 교묘하게 결합시키는 효과를 거두면서 지역적인 것을 세계적인 문제로 환원하는 효과를 지닌다.

2007년에 발표된 『바리데기』는 다양한 평가를 받고 있다. 크게 세 가지로 진행되는 평가들을 살펴보면 대략 다음과 같다. 첫째, 전통 서사의 창조적 수용이라는 긍정적인 평가와 리얼리즘의 퇴색이라는 부정적인 평가가 동시에 있어왔다. 긍정적으로는 전통과의 연관성에 초점을 맞춘 평가들로 전통 서사의 현대적 수용이 보여줄 수 있는 쾌거라고 말한다.[275] 양진오는 황석영이 보여주는 논리가 일국의 논리를 극복하는 경계 확산의 노력과 동시에 세계 독자들의 관심을 집중시키는 전 지구적인 현안임을 지적하였다. 그러나 서사의 본질적인 리얼리즘과 환상성에 관한 근본적인 장르의 문제를 논의한 관점[276]들은 긍정의 반대편에서 다소 비판적인 목소리를 내고 있다. 소설 장르의 고유성과 황석영의 서사 기법을 비교하면서 비판적으로 다루고 있다. 권성우는 황석영의 리얼리즘 의식을 문제 삼으면서 작품이 궁극적으로 찾고자 했던 리얼리즘적인 진실인 '이주'와 '조화'는 후반부에 와서야 미약하게 보여주었다는 혹평을 보인다.

둘째, 황석영의 작품 속 여성들에 대한 관심이다.[277] 황석영의 여성 주인공이 근대화의 타자로서 존재하는 양상에 주목하였다. 근대화의 주체인 남성에 의해 객관화되면서 근대화의 모진 풍파를 모두 견뎌야 하는 여성을 통해 남성의 시선과 남성의 서사가 가지는 근대화의 모순을 지적하였다. 자발적이거나 비자발적인 여성 주인공들의 시련과 고난은 지역과 경계를 넘나들면서 현대적 삶의 심층을 적나라하게 탐색해나간다는 것이다. 주로 여성의 몸을 탐하는 남성의 시선에 의해서 여성이 재현된다는 비판을 받고 있다.

셋째, 현대의 다문화 사회의 디아스포라 현상에 주목한 논의들이다. 이는 시대적 흐름에 전통 서사의 서사를 접목시켰다는 다소 긍정적인 논의들이다.[278] 이동과 경계의 문화에서 느끼는 이산 체험과 디아스포라의 정신적 아노미 상태를 전통 무가 서사인 바리의 여정과 동일시한 논의들이다. 디아스포라의 사회에서 이산의 아픔을 치유해가는 바리의 이야기는 현대 사회의 새로운 조화와 협력의 비전이라고 평가한다. 심지어 황석영의 문학에 등장하는 디아스포라는 필연적인 결과라기보다는 자발적인 것이라고 이야기된다.

분단 시대에 우리가 경험하지 못한 탈북자의 삶을 조망하려고 하는 것은 문학적 실험 정신이자 진취적 글쓰기의 전범으로 보인다. 또한 탈북자가 이동하는 문화적 경계가 비단 한정된 사회가 아니라 중국과 영국 등 세계적인 공간 이동을 보여준다는 것 역시 글로벌한 시선을 보여주었다는 점에서 고무적이다. 민족을 넘어 세계 시민을 대상으로 한국적인 이야기를 펼치면서 동시에 세계 보편적인 공감을 끌어오려고 한다. 본고는 위의 기존 논의들에서 살펴보았던 관점에서 조금 벗어나 황석영 문학의 세계화를 가능하게 한 요인을 세계적 문화 흐름이자 동시에 우리의 전통문화에 내재된 양성성에 중심을 두고 논의를 펼치고자 한다. 댄 킨들런 하버드대 박사는 그의 저서 『알파걸』[279]에서 21세기 문화의 새로운 변화를 읽었다. 즉 페미니스트와는 다른 알파걸들의 탄생 배경에 주목하였다. 알파걸들은 태어나면서부터 문화의 약자가 아니라 동등한 출발을 가졌다. 주인공 바리가 살아가는 시대는 21세기 알파걸의 시대이다. 이 시대에 전통 서사의 구현체인 바리는 현대 시대에 어떠한 양성성을 통해 한반도를 넘어 세상으로 나아가는지 살펴볼 필요가 있을 것이다.

여기서 세 가지로 관심 영역을 세분화시켜 나누어보기로 한다. 첫째, 전통 서사 무가인 〈바리데기〉에서 보여준 대리 아들의 과도한 욕망과 그로 인해 생기는 여성의 부채 의식을 세계 보편적인 속성으로 주목할 것이다. 원치 않는 여자로 태어난 많은 여성들은 아들의 부채 의식의 잔상을 머금으면서 타율적인 여성성을 가져야 했다. 둘째, 우리 신화는 전통적으로 이주한 여신들과 터주신인 남성들과의 끊임없는 대결의 장이었다. 이주한 여신들은 새로운 곳에서 자리를 굳히기 위해 부단한 노력을 들이고 온갖 시련을 겪는다. 우리는 이러한 과정에서 그녀들이 남성성을 간직한 양성성을 가져야 하는 필연적이고 세계 보편적인 이유를 가진다. 셋째, 전통성을 가진 바리는 세계 보편성을 가지며 과도의 공간에서 늘 소통의 매개자로 진화한다. 그러한 과정에서 그들의 성은 문화적 양성화 과정을 거친다.

여기에서 주장하는 양성성이란 완전한 인간형을 지향하는 100여 년 전 버지니아 울프의 개념이다.[280] 그녀의 유명한 책 『자기만의 방』의 6장에는 여성과 남성이 융합되는 상상력이 등장한다. 그녀의 또 다른 소설 『올랜도』에서 가장 완벽한 인간의 모습을 양성성으로 묘사한 사유에는 한 인간 안에 여성적인 것과 남성적인 것이 조화롭게 공존한다는 것이 들어있다.[281] 버지니아에 의하면 양성성의 마음이란 타인의 마음에 열려있고 아무런 방해도 받지 않고 감정을 전달할 수 있으며 창조적이며 분열되지 않는 정신을 말한다. 그리스의 소포클레스가 쓴 비극 작품 중 하나인 〈안티고네〉[282]에서 주인공 안티고네 역시 여성이지만 남성의 이성과 용기를 가진 양성적 인물이다. 이에 대해 주디스 버틀러[283]는 안티고네의 저항에 대해 크레온이 강력하게 반발한 것은 그들의 대립이 남성과 여성의 권력 다툼이라고 보고 있기 때문이라고 한다. 더 나아가 게르드 브란트베르그는 『이갈리아의 딸들』에서 남성과 여성의 역할이 뒤바뀐 세계를 보여주기까지 한다. 태생적인 조건보다 후천적인 환경과 사회적 관습에 따라 역할이 만들어지는 것이라고 주장한다.[284]

양성성에 대해서 좀 더 깊이 들어가면 신화학과 종교학에서 양성성의 개념을 중요하게 바라본 미르치아 엘리아데[285]를 접하게 된다. 그는 양성성의 개념을 더욱 전문화해 신체적 양성성과 심리적인 것으로 나눈다. 플라톤의 『향연』에서 제시한 완전한 인간형이 양성적임에 주목하였다. 본고가 주장하는 양성성은 단순히 생리적인 측면의 양성성이 아니라 자기의 의지와 주장 및 인생관 등 모든 면에서 남성과 여성이 공유된 성향을 가진 이상적 인간형을 말한다. 이는 타인에 의해 방해받지 않는 주체적인 관용성과 의지력을 가진 인간의 속성을 가진다. 본고가 황석영 문학의 세계적인 위상을 살펴보면서 『바리데기』에 주목한 것은 바로 바리가 양성적인 속성을 가진 우리 전통 고유의 인물이자 세계화된 양성성의 인물이기 때문이다. 작가는 『손님』, 『심청』, 『바리데기』 등을 통해 우리의 전통 서사 무가의 원형적 인물을 현대로 끄집어냈지만 단순히 한국인으로서가 아니라 세계인으로서 디아스포라 의식을 발현시키고 있음을 살펴볼 수 있을 것이다.

대리 아들의 욕망과 부채 의식의 잔상

황석영은 작가의 말을 통해 『바리데기』 작품은 오늘날의 새로운 현상인 이동을 주제로 삼고 있으며 다시 되풀이되는 전쟁과 갈등의 새 세기에 문화와 종교와 민족과 빈부의 이데올로기를 넘어선 다원성의 가능성을 엿보기 위해 쓴 것이라고 밝히고 있다.[286] 그런데 21세기에 왜 하필이면 바리데기인가. 황석영의 말을 빌리면 무당들이 가장 많이 모시는 신이 바리이고 그 이유는 바리가 겪은 고통과 수난이 '고통받은 고통의 치유자'이면서 '수난받은 수난의 해결자'이기 때문이라고 한다. 한국 사회에서 바리데기와 같은 출생의 경험치를 가진 경우는 불과 얼마 되지 않았던 현대사의 흔한 잔상들이다. 딸보다는 아들을 바라는 전통 사회의 욕망은 19세기 제국주의 시대와 20세기 자유주의 시대를 거쳐 계속되어왔으며 그 잔상은 21세기 신자유주의 시대에서도 그림자를 드리우고 있다. 19세기 말과 20세기 초의 버지니아 울프는 남성의 대리자로서 여성의 역할에 직접적인 문제 제기를 한다. 그녀는 그러한 사회적 모순을 해결하기 위해 '양성성'이라는 용어로 정의하였다. 이러한 양성성의 상상력은 우리의 전통 서사 무가와 민간 신화에 자주 등장하는 요소이다. 특히 민간 신화 〈세경본풀이〉의 여성 주인공 자청비는 남장을 하고 자신이 원하는 것을 얻기 위해 남자의 역할을 기꺼이 감당한다.

황석영 소설 『바리데기』 속 여성이 어떻게 그려져 있는가에 대한 질문을 던짐으로써 양성성 연구의 새로운 방향의 필요성을 강조하고자 한다. 즉 전통적 양성성이 어떻게 세계적인 보편성을 얻는지 인물의 내적 원리를 추적해볼 것이다. 우리의 문화에서 여성은 즐거운 결말의 이야기를 유도하기보다는 슬픔을 달래주는 일종의 위령제이거나 제의적 상상력을 함축하고 있는 경우가 허다하다. 특히 전설이나 민담이나 신화의 여성 주인공은 억울하게 죽었거나 억울하지는 않지만 스스로 제물이 되기로 결심을 한 처녀들의 위령이 많았고, 남편과 헤어져 망부석이 되었거나 가족의 안녕을 위해 희생한 모성 또한 많았다. 그럼에도 불구하고 사랑에 성공한 여성들도 무척 많다. 그러나 그들은 하나같이 모진 시련을 감내해야만 사랑을 이룰 수 있는 고통과 수난의 시련담을 가지고 있어야 했다. 또한 정절의 시험대에 늘 던져지거나 모든 욕망을 거세한 여성이 되기를 강요받고 있다. 설령 정상적인 사랑을 이룬 경우라도 그녀들은 영웅의 탄생을 위해 자신의 고귀한 신분을 버려야만 했었던 것이 신화와 민담의 서사 속 여성들의 풍경이었다. 그렇다면 현상만을 볼 것이 아니라 이러한 여성 상상력의 근간을 보다 심층적인 원형 상상력을 통해서 바라보아야 할 필요성이 제기된다.

 문화 속 여성의 상상력은 우리 민간 신화의 여성 상상력의 심층적인 이해를 필요로 하는 것임을 주목할 것이다. 우리 문화 속 여성 주인공들은 그 자체로서 일종의 설화를 가지고 등장한다. 이 설화의 근간적 상상력은 우리의 민간 신화와 전통적으로 함께 읽히는 부분이다. 따라서 〈삼공본풀이〉, 〈원천강본풀이〉, 〈바리데기〉, 〈궁상이굿〉, 〈성주풀이〉, 〈천지왕본풀이〉, 〈칠성본풀이〉, 〈세경본풀이〉, 〈관청아기본풀이〉, 〈삼승할망본풀이〉, 〈제석본풀이〉 등 민간 신화의 상상력을 현대적인 여성주의 시각에 입각해 다시 읽어볼 필요가 있을 것이다. 이러한 읽기가 먼저 선행되어야 우리 문화에 재현되거나 현현되는 여성 신화적 상상력을 살피는 데 보다 가깝게 갈 수 있을 것이며 〈바리데기〉가 왜 전통성을 넘어서 세계화의 주역이 될 수 있는지 알 수 있을 것이다.

 따라서 양성성으로 소설 『바리데기』의 여성성을 점검하는 것은 단순히 여성과 문화를 협소하게 읽는 작업이 아니라 세계화된 문화의 거시 구조를 읽는 과정이라 할 수 있다. 수렵의 시대와 농경의 시대에 여성은 힘을 필요로 하는 영역에서 남성들에게 의존할 수밖에 없었다. 그러나 디지털 시대에 어디에서도 남성의 막강한 힘을 요구하는 곳은 없다. 우리 문화의 발달은 양성성을 향해 나아가고 있다는 생각이 든다. 문화는 한쪽으로만 질주할 수 없는 특성을 가진다. 즉 어느 한쪽이 성장하면 다른 한쪽도 함께 그만큼 성장하는 것이다. 여성과 남성의 관계도 마찬가지다. 양성성이란 남성과 여성의 특성이 적절하게 배합되어가는 문화적 현상이다. 따라서 양성성이란 용어는 타인을 향해 열려있고 한쪽으로 치우치지 않으며 창조적인 정신을 갖는다. 양성성은 여성을 이해한다는 협의의 의미를 넘어서 문화와 인간을 이해한다는 광의의 문화 해석이 될 수 있다.

그런데 왜 인류의 역사는 여성에게 시련담과 희생담의 주인공이 되도록 신화화시켰을까. 여기에서 여성의 신화 상상력을 여성이라는 성적인 의미로만 읽는 것이 아니라 타자화의 과정으로 읽어야 하지 않을까 하는 필요성을 염두에 두면서 문화를 살펴볼 수 있다. 소설『바리데기』는 전통 서사 무가인 〈바리데기〉의 원형적 상상력을 그대로 따르고 있다. 오구대왕과 길대부인의 일곱 번째 딸로 태어난 바리는 남자아이이길 간절히 소망했던 원치 않은 딸이다. 그녀는 현실 공간에서 딸로 태어났지만 원망 공간에서는 대리 아들로 태어난 인물이다. 그녀는 버려져서 비리공덕 할아버지와 할머니에게서 키워진다. 그녀는 아들을 간절히 원했던 부부에게 거짓 태몽을 꾸게 한 과욕의 인물이다. 아들 태몽을 꾼 오구대왕과 길대부인은 아들을 위한 옷가지를 마련한다. 여자로서의 기대 지평은 전혀 존재하지 않는 무의 현실 공간에서 그녀는 남자의 대리자로서 태어난다. 따라서 그들의 현실 속 실망은 더더욱 클 수밖에 없는 것이다.

바리는 오로지 아들이 아니기 때문에 부모에게 버림받는다. 바다에 버려진 바리는 태어난 순간부터 영웅의 여정을 살아야 하는 비범함을 강요받는다. 그녀를 키워준 비리공덕 할아버지와 할머니는 아버지 어머니를 대신하는 상징적인 인물들이다. 일곱 번째 딸에게 보이는 부모의 모습은 매우 늙고 초라할 뿐이다. 우리 문화의 막내딸 콤플렉스는 바로 태어난 순간부터 늙은 부모를 보면서 연민을 느껴야 하는 부채 의식의 문화적 잔상일 것이다. 우리 시대에 바리와 같은 존재들이 무수히 많다. 원치 않는 막내딸로 살아가는 수많은 여성들은 바리의 후손들이다. 그들은 남성 사회의 시선에 의해 타자화되는 인물들이다. 오빠를 위해 공장에 가야 하고 집안을 위해 학업을 포기해야 했던 산업화 시대의 많은 여성들과 남자 형제보다 공부를 잘하면 집안에 문제를 가져온다고 여겨지던 인물들이다. 그들에게는 가족을 지켜야 하고 집안을 일으켜야 하는 남성의 보조자이거나 후원자가 되어야 한다는 부채 의식이 남아있다. 이러한 전통적인 〈바리데기〉의 대리 아들의 욕망과 부채 의식의 잔상이 소설『바리데기』에도 여실히 드러나고 있다. 일곱 번째 딸을 낳았을 때 집안의 풍경을 살펴보자.

> 흐응, 난 몰라, 또 딸이래.
> 큰언니가 모두에게 주의를 주었다고.
> 이제부터 찍짹 소리 없이 아버지 돌아올 때까지 밖으로 나갈 생각 말라.
> 나를 받아낸 할머니는 그냥 핏덩이째로 옷가지에 둘둘 싸놓고는 어찌할 바를 몰라 미역국 끓일 생각도 못하고 부엌 봉당에 멍하니 앉아 있었다. 엄마는 소리죽여 울고 앉았다가 나를 그대로 안고 집 밖으로 나가 동네에서 멀리 떨어진 인적 없는 숲에까지 갔다. 엄마는 소나무 숲 마른 덤불 사이에 나를 던지고는 옷자락을 얼굴에 덮어버렸다고 했다. 숨이 막혀 죽든지 찬 새벽바람에 얼어 죽든지 하라고 그랬을 게다.(9쪽)

바리의 엄마는 힘든 산고를 겪고 아이를 낳았지만 그 아이가 단순히 딸이기 때문에 가족은 모두 숨을 죽인다. 할머니는 미역국을 끓일 생각도 하지 않고 멍하니 앉아있고 어머니는 마치 불행의 씨앗을 난 것처럼 아이를 소나무 숲에 가져다 버리고 온다. 바리는 아들을 간절히 희망하는 현실 공간을 채우지 못하는 결핍된 존재로 세상에 등장하는 것이다. 태어나면서부터 그녀는 온전한 여성으로 살아가기는 어렵다. 바리는 결여된 성의식을 가지며 동시에 부채 의식과 대리 아들의 잔상을 가지고 살아야 하는 운명을 가진다. 이때 바리가 가지는 양성성은 자발적 양성성이 아니라 강요된 양성성이다. 바리는 살아가더라도 버려진 상황에서 죽지 않아야 하는 영웅의 비범성을 가지고 있어야 하고 현실의 공간을 채울지라도 남자아이의 자리를 대리 충족시키면서 살아가야 하는 공간 채우기의 거짓된 입장이다. 바리는 끝없이 남근 회귀 원망에 자극받으면서 영원히 결핍된 존재로 대리 아들의 자리를 채워주어야 하는 운명을 가진다. 만약 바리가 사회가 요구하는 남성적 특성을 가졌다면 그것 역시 타율적으로 주어진 성적 특성이라는 것이다.

바리는 대리 아들의 욕망이 빚어낸 가상의 공간에서 살아가야 하는 부채 의식을 지닌다. 또한 그러한 욕망의 잔상은 그녀를 온전한 여성이 아니라 타율적 양성성을 가진 존재로 살아가게 한다. 일종의 강요된 타율적 양성성이라고 할 수 있다. 우리의 전통적 이야기에 흔히 보이는 양성성의 구조이다. 그래서 이 양성성에는 일종의 남성주의 시각에 대한 저항 의식이 보인다. 여성은 제국주의와 남성 중심 사회에서 타자로 전락해버리기 쉽다. 바리는 '나에게 이상한 능력이 있다는 걸 나는 우리 가족들 아닌 다른 사람들에게 말하지 않았다. 내가 부모를 찾으려고 부령 근처까지 갔다가 여러 혼들을 만난 사실을 여기서는 보호자나 다름없는 미꾸리 아저씨에게조차 말한 적이 없었다. 나는 누구에게나 평범한 보통 여자아이로 보여지기를 진심으로 원했던 것이다.(107쪽)' 라고 말한다. 바리는 자신을 알아주는 할머니의 도움을 받으며 강아지 칠성이와 대화를 하면서 자신의 능력을 짐작할 뿐이다. 바리와 같은 인물 재현은 양성성을 가진 인물의 자기 치유의 과정이라고 할 수 있다.

어릴 적 바리는 자신처럼 버려진 강아지 칠성이를 구하고 벙어리 언니 숙이의 대변자가 된다. 즉 약한 자의 편에서 그들의 목소리에 귀 기울여 삶을 어루만지는 능력을 보유하게 된다. 그녀는 무병을 앓고 나서 샤먼적인 기질을 가지게 되고 현실의 존재가 아니라 사이에 낀 문 지방적 존재가 된다. 이는 대리 아들의 욕망의 잔상이 만들어낸 초월 적 능력이라고 할 수 있으며 동시에 무엇인가 특별한 능력을 가져야 한다는 부채 의식의 잔상이라고 할 수 있다. 바리는 태어나면서부터 희망을 가져야 하는 운명을 가지고 있다. '희망을 버리면 살아 있어도 죽은 거나 다름 없지. 네가 바라는 생명수가 어떤 것인지 모르겠다만 사람은 스스로를 구원하기 위해서도 남을 위해 눈물을 흘려야 한다. 어떤 지독한 일을 겪을지라도 타인과 세상에 대한 희망을 버려서는 안 된다.(286쪽)'라는 부분에서 바리의 운명은 매우 강요된 전통적이면 서 타율적인 양성성을 가진다. 첫 번째 양성성은 다소 전통적인 의미 에서 논의될 수 있으며 일종의 강요된 양성성이다. 대리 아들의 부채 의식과 결부된 양성성은 남성성과 여성성을 함께 가진 신이한 능력의 소유자로서 세상을 위한 구원의 표상될 것임을 암시한다.

유랑인의 터 잡기와 땅 굳히기의 도정

소설『바리데기』의 주인공 바리는 북한, 중국, 영국 등으로 떠도는 디아스포라적인 인물이다. 고인환은 바리의 여정이 병든 세상을 구원 하기 위해 서천에서 생명수를 구해오는 바리 공주와 동궤에 놓은 여 정이라고 평했다.[287] 그러나 바리의 삼국 여정을 일괄적으로 평하는 데 는 다소 문제가 있다. 궁극적으로 바리가 터를 잡은 곳은 영국이기 때 문이다. 그녀의 삶의 여정에는 늘 죽은 할머니와 칠성이가 이정표로 등장한다. 소설『바리데기』에서 바리는 새로운 곳에서도 결코 좌절하 지 않고 열심히 자신의 터를 굳히는 모습을 보여준다. 이는 서사 무가 〈바리데기〉에서 아버지와 어머니에게 버림받았던 바리가 비리공덕 할 아버지와 할머니에게서 잘 성장하고 자신의 아버지와 어머니를 찾아오는 여정과 비교된다. 자신의 부모를 찾아온 바리는 병든 아비를 위해 서천 길을 마다하지 않고 떠난다. 그녀는 길을 가다 만나는 사람들과 모두 도움을 주고받는다. 그리고 저승의 약수를 지키는 동수자와는 결혼을 해서 아이를 셋이나 낳아주기에 이른다. 우리 민간 신화 속 여신들의 모습은 바리의 경우처럼 시련에 가득 차지만 결코 굴하지 않는 초인적인 힘을 가진다. 남성들을 대신해서 집안을 지키고 가족을 돌보고 삶을 이겨낸다. 우리의 민간 신화와 무속 신화에서 등장하는 여성성은 매우 양성적이라는 특성이 있다. 새로운 곳에 이주한 여성들은 하나같이 고통과 수난을 기꺼이 참아가며 땅을 일구고 물을 가른다. 그리고 마침내 그녀들은 땅의 주인이 되기에 이른다. 바리공주 역시 그러한 여성 신들의 맥락에서 논의될 수 있다. 우리 여신들의 터 잡기와 땅 굳히기는 그녀들의 양성적인 속성으로 인해 가능한 것이다. 고통에 굴하지 않고 운명을 개척하는 여성들은 21세기를 살아가는 소설 『바리데기』의 주인공 바리의 또 다른 모습인 것이다. 전통 서사 무가의 주인공 바리가 무속 신화의 인물 중 어떤 인물들의 양성성과 연관되는지 살피고 그녀의 터 잡기와 땅 굳히기의 도정을 살펴보자.

전통 서사 무가 〈바리데기〉와 연결될 수 있는 양성성의 주인공을 생각해볼 때 대표적으로 〈세경본풀이〉와 〈송당본풀이〉의 여성 주인공들을 떠올려볼 수 있다. 이들은 양성성의 속성으로 이주한 여신들의 터잡기와 땅 굳히기의 사례를 가장 잘 보여주고 있다. 우리 신화 속 여신들은 하나같이 이주한 신들이기 때문에 터주신인 남성 신과 갈등을 자주 빚는다. 특히 〈세경본풀이〉의 자청비와 〈송당본풀이〉의 백주또는 양성성을 지닌다는 점에서 바리의 속성과 비교될 만하다. 〈세경본풀이〉의 자청비는 사랑하는 남자를 위해 스스로 자청해서 남장을 하는 여인이다. 바리가 생명수를 얻기 위해 서천으로 갈 때 남장을 하는 것과 비교

된다. 신화 읽기가 미토스 안에서 로고스를 찾는 것임을 상정할 때 〈세경본풀이〉의 자청비는 여러 측면에서 논의가 가능하다. 여성의 몸으로 네 명의 남자와 어떤 역학 관계를 보이는지 살펴볼 필요가 있다. 자청비는 먼저 하늘나라 목도령을 사모한다. 그리고 곧바로 남장을 감행할 정도로 강단 있는 여성이다. 따라서 사랑의 주도권을 자신이 가진다. 다음으로 부모 특히 아버지와 대립하는 인물로 등장한다. 여자로서 죽은 사람을 살려내는 재주를 가졌기 때문에 그녀는 아버지에게 쫓겨나고 만다. 또한 자기 집의 정수남이라는 하인이 자신을 범하려 하자 지혜를 발휘해서 그를 물리친다. 마지막으로 시아버지의 시련에 기꺼이 도전함으로써 오곡을 얻어 곡모신이 된다. 제주 무속 신화의 담론을 통해 신화 담론을 권력과 관련된 언어의 앙상블로 볼 수도 있지만 신화 담론 자체를 의미의 앙상블로 바라볼 수도 있다. 〈세경본풀이〉의 자청비는 양성성을 통해서 남자들의 세계와 맞서기도 하고 남자들을 자신의 편으로 돌리기도 하면서 곡모신의 자리를 찾는 양성적인 인물이다.

〈송당본풀이〉의 백주또 역시 양성성의 인물로 꼽을 수 있으며 바리와 비교해볼 수 있는 인물이다. 이주한 여신들과 터주신인 남성 신들의 결합이 제주도 무속 신화의 혼인 설화였다. 〈송당본풀이〉의 구도는 제주도 창조 신화의 흔적이 남아있다. 제주 무속 신화에서 여신은 주로 농경과 관련이 있다. 그녀들이 성으로 입성할 때 반드시 동반되는 것이 바로 오곡의 곡식과 소와 말이다. 이것들은 농경 문화의 산물로서 수렵 문화를 이루는 토착 남신들과의 갈등을 예고할 수밖에 없다. 삼성혈에서 솟아난 남신과 바다 건너 곡식을 가지고 온 여신들은 험난한 부부 생활을 시작한다. 이들 부부는 식생활 문화에서부터 모든 소소한 문화가 충돌할 수밖에 없다. 먹지 말아야 하는 고기를 먹어서 갈등을 보이는 신들이 유독 제주 무속 신화에 많은 것은 지리적 특성과 문화적 특성을 보여주는 지표들이다.

제주 무속 신화의 부부들은 유교 사회에서 보여주는 전형적인 가정과는 매우 다르다. 즉 부부의 역학적 관계가 매우 자의적이라는 점을 들 수 있다. 특히 〈송당본풀이〉에 등장하는 부부의 관계는 남성과 여성의 권력 투쟁으로 볼 수 있고 토착신과 유입 신의 갈등으로 볼 수도 있다. 솟아난 남신과 외지에서 들어온 여자들이 순탄하게 살아갈 수는 없었을 것이라고 김정숙은 이야기한다. 밭을 갈아야 하는 소를 잡아먹어 버린다거나 거름을 공급하는 돼지를 잡아먹어 버리는 것은 부부 신들의 갈등의 원천이었다. 이는 생태적인 삶을 이해하면 자연스럽게 이해가 될 것이다.

〈송당본풀이〉에서 부부 신들이 '땅 가르고 물 갈라서' 분산하는 극단적인 방법을 취한다는 것 역시 기존 다른 지역의 신화에서 찾아볼 수 없는 요소이다. 제주의 신화에는 남성 신에게 절대적으로 복종하는 여성 신이 존재하지 않는다. 또한 남성의 절대적인 권위가 없다. 척박하고 불리한 자연환경에서 삶의 주역으로 활동해야 했던 제주의 여신들은 자신들의 당당한 목소리를 낼 수밖에 없었을 것이다. 제주 여성 신들이 연구자들의 관심을 끄는 이유는 남성의 질서에 전복과 위반을 가져오는 단순한 이유 때문이 아니라 한 인간 안에서 남성과 여성이 공존하는 조화로운 존재인 양성성의 현대적 인간형을 보여주기 때문이다.

한라산에서 솟아나 사냥을 하면서 살아가는 남성 신들에게 어느 날 오곡과 송아지를 가지고 외지에서 이 섬에 찾아든 여성 신들의 결합이 〈송당본풀이〉의 내용이다. 즉 수렵 문화와 농경 문화의 충돌이 바로 남성 신과 여성 신의 갈등과 결합이라고 볼 수 있을 것이다. 수렵을 하던 습관을 가진 남성 신은 여성 신이 중요하게 여기는 농경의 도구인

짐승을 잡아먹어 버린다. 여성 신은 남성 신에게 과감히 헤어지자고 제안하고 자식들을 손수 거둔다.[288] 이주한 여신들은 남성 신들과 대결하기도 하고 설득하기도 하며 자신의 입지를 굳혀간다.

소설『바리데기』의 바리 역시 자청비와 백주또처럼 이주한 여신이 현대에 현현된 모습이다. 그녀는 북한에서 가족과 흩어져서 중국으로 오지만 결국 가족들과 영원히 헤어지고 만다. 바리는 어릴 적 강아지 칠성이와 벙어리 숙이 언니의 대변자였던 것처럼 약한 자들의 목소리에 귀 기울이게 된다. 마사지를 배운 바리는 사람의 몸을 만지면 그 사람의 이야기를 알게 되는 신통력을 가진다. 서사 무가 〈바리데기〉에서 오구대왕은 바리를 버리면서 시름시름 앓아간다. 그의 유일한 치유 방법은 바리가 가져오는 저승의 약수이다. 바리는 자신을 버린 아버지를 위해 서천 길을 마다하지 않고 떠나고 그곳에서 동수자의 아내가 된다. 세 아들을 낳고 키우지만 동수자는 아들들과 바리를 남겨두고 떠나버린다. 바리는 죽은 아버지를 살려내고 자신에게 남겨진 아들들 셋을 모두 거둔다. 현실이라는 모진 공간에 결코 굴하지 않고 땅 굳히기에 성공하는 셈이다.

소설『바리데기』속 바리 역시 세계 어느 곳에 있든 단순한 탈북자로서의 삶에 안주하는 것이 아니라 자신을 갈고닦아서 더 나은 삶으로 나아가려 노력하는 모습을 보인다. 바리의 태도는 그를 단순한 여성 이주 노동자에서 삶의 주체로 거듭나게 한다는 평가를 받는다.[289] 바리는 자신의 삶에 대해 항상 긍정하고 적극성을 가진다. 그녀는 안마 기술을 터득하고 사람들의 아픈 곳을 알아보는 능력이 생긴다.

나는 낙원에서 일한 지 팔개월쯤 되어 안마사가 되었다. 내가 중국 호구가 없으니 정식으로 허가를 받았다는 말은 아니고 다만 기술능력으로 손님을 받을 수 있게 되었다는 뜻이다. 그래서 다른 안마사 언니들처럼 입장료의 몇 퍼센트를 받을 수는 없었지만 손님이 주는 팁은 가질 수가 있었다. 그것만으로도 잔심부름이나 하고 취사나 도와주던 전보다는 형편이 훨씬 나아졌다.

어려서부터 그랬지만 나는 참 이상한 아이다. 손님의 발을 안마해주기 시작한 초창기부터 나는 상대의 얼굴을 한번 살피고 발을 보면 그의 몸 어디가 안 좋은지를 금방 알아보았다.(109쪽)

바리의 터 잡기와 삶의 양성적인 태도는 자신이 처한 환경을 긍정하고 적극적으로 대처하는 데서부터 온다. 바리는 중국에서 영국으로 밀항에 성공한다. 영국에서 그녀는 알리라는 남자를 만나 결혼을 하고 비교적 평온한 삶을 살아간다. 그러나 영국에 함께 밀항해서 온 상 언니는 터 잡기에 실패한 모습을 보인다. 9·11테러로 인해 이슬람에 대한 시선이 곱지 않은 시절에 그녀의 남편 알리는 동생을 찾기 위해 길을 떠나고 그녀는 혼자서 알리의 아이를 낳아 키운다. 그러나 상 언니의 방문으로 빚어진 어린아이의 죽음을 겪어야 하는 불행을 겪는다. 현실 속 바리는 아이를 구할 수 있는 서천의 물을 구해오지는 못한다.

할아버지, 세상을 구해낼 생명의 물이 있다면 얼마나 좋을까요? 그걸 얻을 수만 있다면…….

그는 대답없이 나를 부드러운 시선으로 바라보며 기다렸다.

며칠 동안 긴긴 꿈을 꾸었어요. 내가 생명수를 찾아 헤매는 꿈을요.

압둘 할아버지는 내 손을 가만히 당겨 쥐고는 쓰다듬으며 말했다.

희망을 버리면 살아 있어도 죽은 거나 다름없지. 네가 바라는 생명수가 어떤 것인지 모르겠다만, 사람은 스스로를 구원하기 위해서도 남을 위해 눈

물을 흘려야 한다. 어떤 지독한 일을 겪을 지라도 타인과 세상에 대한 희망을 버려서는 안 된다.(286쪽)

　현실의 바리가 가질 수 있는 생명수는 희망뿐이다. 즉 생명수는 희망을 지칭하는 상징어이다. 이주한 현실의 여신이 가져야 하는 터 잡기의 생명수는 바로 희망이며 땅 굳히기 생명수 역시 희망뿐이다. 그러는 과정에서 바리는 여성성보다는 양성성을 요구받는다. 바리는 아이를 죽게 한 상 언니를 용서하고 아이의 넋을 풀어주고 나서야 무사히 돌아온 남편 알리를 만난다. 바리는 관용을 베풀고 세상을 품을 수 있는 양성성의 인물이다. 전통 서사 무가인 〈바리데기〉가 국제화 사회의 보편적 정서와 소통되는 지점이다. 한 사람의 고통을 치유하는 데서 나아가 세계의 고통을 어루만지는 확대된 의미가 바로 전통 서사 무가 〈바리데기〉의 사상이다. 황석영은 현대의 바리를 통해 전통 서사 무가 속의 〈바리데기〉를 살려내는 데 성공한 셈이다. 바리를 살려내는 가장 강력한 무기는 바로 강인한 인간성과 완전한 인간성을 보여주는 보편적 양성성에 기인한다.

과도의 존재에서 소통의 창조자로

　전통 서가 무가 〈바리데기〉는 버려진 딸이지만 결국 부모를 위해 서천을 갔다 오고 그 아비를 구하는 여성 영웅이다. 즉 그녀는 이승에서 버림받고 이승에서 저승으로 들어가서 저승 세계의 질서를 이승에 옮긴 후 다시 저승으로 돌아간 과도의 존재이다. 그러나 죽은 아비를 구하고 죽은 자와 산 자를 연결하는 소통의 신이 된다. 그녀는 후에 저승을 지키는 삼신할미가 된다. 즉 생명을 관장하는 여신으로서 새롭게 거듭나는 것이다. 소설 『바리데기』는 오늘날 새로운 현상인 이동을 주제로 삼고 있으며 되풀이되는 전쟁과 갈등의 세기에 문화와 종교와 민족의 빈부 차이의 이데올로기를 넘어선 다원적 조화의 가능성을 엿보기 위해 시도된 작품이라는 평을 받는다.[290] 소설 『바리데기』에서 바리 역시 소통과 치유자로서 과도의 존재이다. 소설에서 바리 역시 신화의 소통과 치유자의 역할을 담당하는 신화 전략을 그대로 구현하고 있는 셈이다. 즉 온갖 고난과 역경을 이겨내고 결국 자신과 세상을 구원한다는 서사 무가의 서사적 상상력이 그대로 소설에 이어지면서 전통적이고 지역적인 이야기가 세계적인 보편성과 친연성을 가진다. 바리는 모성과 여성보다 양성성의 여신으로서 세계적 보편성을 획득하면서 보다 큰 의미를 지닌다. 그녀의 양성성이 세계적인 친연성을 가지는 이유는 디아스포라의 다문화 시대를 극복하는 소통의 매개자이기 때문이다. 바리는 전통적인 한국의 여성성에서 탄생했지만 결국 세계 시민이 되는 것이다.

　　할마니, 옛말해주어. 바리공주가 빨래하고 밥해주고 나무해주고 온갖 천한 일 다해주고 지옥까지 갔댔지. 지옥에 혼령들 구해주고 공주도 지옥에 떨어졌다간 서천에 왔지.

　　기래기래, 다 기억하구 있구나. 서천에 당도하니 장승이 지키구 이서. 장승하구 내기시행에 져서 살림해주구 아 낳아주구 석삼년을 일해주어야 약수를 구해주겠다구 허는 거이야. 바리하구 장승이가 첨에 어드러케 만났겄나. 푸르구 누른 질루 가지 말구 흰 질루만 가시오 허는 도움을 받으며 가는데, 저 앞에 키가 구척에 시커먼 장승 겉은 놈이 나타나. 아이구아이구, 어찌 허면 좋을까, 저놈 앞이 잽히우문 걱정이루다 하다간, 그러나 저거 아무래두 얼려야지 슬렁슬렁 얼려야지.

　　할마니, 바리가 장승이에게 서천 가는 길을 물었지?

기래기래, 장승이가 대답 왈, 서천이 어디 있갔나 너가 나하구 살아야지. 우리 하나바지 색시가 없어서 야든하나에 장갤 갔는데, 내가 널 만났으니까 디 나하구 살아야지. 슬렁슬렁 슬렁슬렁 얼려가지구 들어서서 가는데 장승이 둘렀다 멜라구 기래.

내가 바리공주가 되어 말한다.(184쪽)

위 인용문에서 보듯이 소설『바리데기』속 바리는 할머니와의 대화에서 자신을 전통 서사 무가인 〈바리데기〉의 주인공 바리와 동일시한다. 즉 전통적인 바리와 세계적인 고통을 감내하는 현대의 세계 시민 바리가 일치되는 지점이다. 할머니와 함께 흰둥이가 낳은 일곱 번째 강아지 칠성이의 안내 역시 바리의 안내자이다. 할머니와 칠성이는 바리의 조력자로 작용한다. 이주한 여성으로 살아가는 바리는 소외된 민족이 아니라 새롭게 구성되는 민족과 국민의 의미를 만들어주고 있는 문화 소통자이다. 바리데기의 신화는 저승과 이승을 이어주는 소통의 원형 신화로서 작가가 천명한 대로 그리스의 오르페우스 신화, 북유럽의 오딘 신화, 이집트의 오시리스 신화 등을 떠올리게 한다.[291] 이들 신화는 영혼을 구하기 위해 저승을 다녀온 이야기이다. 그러나 그들 신화에는 현실의 질서가 또한 들어가 있다. 살아있는 자와 죽은 자는 함께 공존할 수 없다는 현실 원리가 또한 작용한다. 바리는 저승을 다녀온 이후로 현실의 공간에서 살지 않는다. 오르페우스의 부인 에우리디케 역시 죽음의 세계에서 현실로 돌아오지 못하고 오시리스 역시 부인 이시스에 의해 부활하지만 결국 지하세계의 왕으로 남는다. 이는 죽음과 현실의 공간이 철저하게 나누어졌다는 현실 원리이자 신화 원리이다.

바리 원형 신화는 고통을 치유하는 소통의 매개자이자 새로운 삶을 창조하는 희망의 창조자일 것이다. 생명수는 소생이자 희망이며 염원일 것이다. 그녀는 에밀리 부인의 과거를 보면서 그녀의 마음을 얻는다. 에밀리 부인은 자신의 남편이 타일랜드 여자와 낳은 아들 토니를 자신의 아들로 받아들이게 되고 토니 엄마를 위해 변호사를 고용하고 그녀를 손수 면회하기에 이른다. 그녀는 평화와 안정을 찾게 된다. 이는 바리가 가지는 소통의 힘을 보여주는 단적인 예이다. 물론 세계는 충돌과 전쟁과 미움으로 늘 번잡하고 혼란스럽지만 새로운 민족의 질서는 바리처럼 만들어질 수 있으리라는 희망을 주고 있다.

아니, 할일이 좀 남아 있지 않네? 너 가구 오는 길에 질문하는 사람덜 많이 만난다구.

웅, 옛말에 바리공주두 저승 가서 알아가주구 오갔다구 기랬대서.

오오, 기랬다. 글카구 생명수두 찾아내야지비.

할머니가 바다를 향하여 돌아서자 나무로 만든 조선배 한척이 나타난다. 배는 내 키의 다섯 배 열 배만큼 컸는데 황포 돛대가 두 개나 달렸고 위로 오를 수 있도록 구름다리가 내려와 있다. 할머니가 내 등을 밀어준다.(265쪽)

바리는 희망이라는 생명수를 현실 세계에 퍼 올리는 긍정적인 역할을 담당하고 '옛말에 바리공주두 저승 가서 알아가주구 오갔다구 기랬' 던 것처럼 소통의 매개 역할을 해야 한다. 이때 바리의 역할은 여성과 남성을 넘어서는 소통의 양성성을 부여받는다. 바리는 압둘 할아버지에게서 삶의 원리를 배우고 아이의 죽음을 인정하고 상 언니의 배신을 용서한다. 바리는 자신의 삶의 생명수가 세상에 대한 희망이라는 것을 받아들이고 자신의 숙명에 긍정한다. 즉 바리는 한국 전통 서사 무가에서 탄생한 캐릭터이지만 세계 문학에서 디아스포라의 현상을 느끼면서 세계 시민으로 소통하는 법을 찾아가는 양성성의 인물이다. 황석영은 바리를 통해 북한 사회의 탈북과 경제 빈곤만을 다루려고 하지 않았다. 그는 자본주의의 무자비한 질서와 이동과 경계의 세계 문화 속에서 디아스포라 의식을 가진 세계 시민들의 정신적 아픔을 어루만지고 있다. 황석영은『문학의 미래』라는 책에서 〈질문의 시작〉[292]이라는 글을 통해 아시아에서 역사적 경험의 공통성과 이질성은 별문제가 되지 않는다고 말한다. 그는 시선을 한국에서 동아시아로 다시 동아시아에서 세계로 확장하면서 보편적 문학관을 정립하고 문학있다.

동아시아와 세계라는 공간 이동의 시선 속에 작품『손님, 2001』과 『심청, 2007』이 함께 놓일 수 있다.『손님』은 작품의 제목에서도 시사하듯이 한 곳에 타자로서 방문하는 디아스포라의 상상력으로 볼 수도 있고 어떤 집단에 이질적인 문화일 수도 있다. 작품 안의 주인공 요섭은 죽은 형 요한의 뼈를 가지고 고향 이북을 방문하는 손님이다. 그러나 내면적으로 손님은 마르크스와 기독교를 칭하는 의미이다. 작품『손님』은 주인공 요섭에게 망자들의 억울한 혼이 자신들의 옛이야기를 자신의 입장에서 드러내는 구조를 보인다. 평양을 방문한 요섭은 자신이 다른 세계에 와있는 것처럼 느끼게 된다. 고향 신천을 방문하게 된 류요섭 목사는 박물관에서 과거 그곳에서 일어났던 양민 학살 현장에 대한 일들을 듣고 그 현장을 보존해둔 현장에 가게 된다. 살아남은 증인들은 당시의 참극을 생생히 기억하고, 증언하고 있었다. 주인공 요한이 기독교를 믿는 토착 지주 세력을 대변한다면 순남이 아저씨는 구한말과 조선 시대의 피지배층이 사회주의를 바탕으로 혁명을 일으킨 입장을 대변한다.

황석영 작가에 의하면 '손님' 은 하나의 뿌리를 가진 두 개의 가지이다. 천연두를 서병(西病)으로 파악하고 이를 막아내고자 했던 중세의 조선 민중들이 '마마' 또는 '손님' 이라 부르면서 '손님굿' 이라는 무속의 한 형식을 만들어낸 것에 착안해서 그는 기독교와 마르크스주의를 '손님' 으로 규정한다.(262쪽) 작품 각 장은 황해도 진오귀굿 열두 마당의 순서를 그대로 지칭하고 있다. 그 내용을 살펴보면, 대략 다음과 같다. 형 요한의 죽음과 동생 요섭이 형의 뼈를 챙기는 것을 이야기한 '부정풀이' 로 시작해서, 요한과 한몸처럼 되어 고향을 방문하는 요섭의 모습을 '신을 받음' 으로, 요한을 데리러 온 순남이 아저씨와의 만나는 부분이 '저승사자' 로 기술되고 있으며, 요한의 아들 단열과 형수를 만나는 부분을 '대내림' 으로, '맑은 혼' 을 기술하기 위해 원혼들이 당시의 상황을 한차례 풀어냄으로써 혼의 정화 과정을 거치는 부분을 기술하고, '베 가르기' 로 한국 전쟁의 끔찍함을 묵과한 신에게도 잘못이 있으므로 신이 아닌 우리 모두도 그 잘못에 자유로울 수 없음을 지적하며, '생명돋움' 을 통해 끔찍한 상황하에서 아들을 낳게 되는 형수를 그리고, '시왕' 에서는 살인이 아무렇지도 않은 현상이 되게끔 만든 살육의 현장에서의 심판 등의 부분을 거쳐 길 가르기, 옷 태우기, 넋반, 뒤풀이라는 열두 개의 형식을 보여주고 있다. 작품의 차례는 곧 굿의 차례가 되고 있음에 주목할 필요가 있다. 즉 이 시대의 디아스포라 의식을 뒤풀이라는 신화적 상상력에 기대고 있는 것이다. 디아스포라의 대표적인 주인공 류요섭 목사는 망자들의 혼들을 고향에 데려가 화해시키는 중재자로 기능한다.

　소설『심청』은『바리데기』처럼 주인공이 동아시아를 유랑하는 구조적 유사점을 가진다. 황석영은 포스트모던식 작가 사유를 가진 대표적인 인물이다. 그는 작가의 말에서 '아편전쟁이나 태평천국, 또는 인도와 베트남과 동인도회사, 오키나와의 멸망, 일본의 메이지 유신과 민란, 동학과 청일전쟁, 노일전쟁과 조선의 식민지화 등의 과정을 멀리서 스쳐지나가는 작은 우레 소리처럼 다루었다. 내가 힘을 기울이고 섭렵했던 자료들 거의가 이 시대 백성들의 일상을 다룬 것들이었고, 매춘과 남녀상열지사야말로 시정잡배들 삶의 자상한 기록인 셈이다.'라고 말한다. 그러한 맥락에서 주인공 심청은 열다섯 살에 은자 삼백 냥에 중국에 팔린 뒤 싱가폴과 일본으로 유랑하는 인물이다. 심청은 더 이상 고전 소설에 박제되어버린 효녀가 아니다. 역사의 거친 풍랑 속에서 비로소 자기 삶의 주재자로 살아남고 강한 여성성으로 부활한다. 조선의 심청은 중국의 렌화에서 싱가폴의 로터스로 변신하며 다시 류큐의 시조쿠 부인과 일본의 렌카를 거쳐 마침내 고향 황주의 절에서 찾아온 자신의 위패로 돌아오는 디아스포라적인 인물이다. 그녀의 최후의 미소는 '실컷 울고 난 사람 웃음'이라고 묘사되고 있다. 류보선에 의하면 『심청』은 동아시아가 서구 제국주의에 의한 타의적인 근대화 과정을 겪는 과정을 보여주며, 이는 여성의 몸이 팔리면서 사물화, 객체화하는 과정과 겹쳐진다고 한다. 수동적이고 소극적인 여성에서 벗어나 자신의 삶을 적극적으로 이끌어가려 하는 청이가 겪게 되는 사건들이 황석영의 손에서 어떤 드라마보다 역동적이고 생생하게 살아나는 소설이라고 평가한다.[293]

질베르 뒤랑에 의하면 사회적 조직이나 제도는 쉽게 단원화되는 데 반해 사회적 이드(Id)는 다원적이면서도 풍요롭고 다양한 가능성으로 존재한다고 한다.[294] 신화는 대표적인 사회적 이드이다. 바리의 신화는 좁게는 한국의 서사 욕망이지만 좀 더 크게는 동아시아의 신화 욕망이고 더 나아가서는 세계의 보편적 신화 욕망이라고 할 수 있다. 현대 다문화 시대에 디아스포라는 보편적 정서가 되어버렸다. 바야흐로 우리 사회는 다문화 사회임을 부인할 수 없다. 우리나라에도 바리와 같은 인물이 끊임없이 생길 것이다. 자신의 존재에서 더 나아가 민족의 경계를 넘나들면서 세계의 문화에서 긍정적인 역할을 하는 인물들이 바로 그러한 인물들의 원형일 것이다. 김성곤은 황석영의 문학 세계가 한국을 초월해 아시아로 뻗어나가고 결국은 세계로 확대될 것이라고 주장하였다.[295] 본고는 황석영 문학의 세계화에 여성 인물의 양성성이 놓인다는 점을 강조하고자 한다. 우리는 현대 사회에서 남성과 여성의 경계가 아니라 완전한 인격체로서의 양성성을 가진 인간에 주목할 필요가 있을 것이다.

제4장

김훈의 신영웅/반영웅 포스트모던 신화 만들기)

거대 서사의 몰락과 소영웅주의의 출현

『남한산성, 2007』에서 작가는 49일의 짧은 시간 동안 이렇다 할 사건도 없이 그 흔한 로맨스도 없이 묵묵히 성안을 담담하게 그려갔을 뿐이다. 빠른 화면 전개와 사건의 흐름에 길들여진 디지털 세대의 사람들에게 다소 역행하는 슬로우 시티(slow city) 같은 소설이 대중의 관심을 사로잡았다는 것은 풀리지 않는 수수께끼가 아닐 수 없다. 소설『남한산성』은 어떤 비장한 방법으로 이 시대의 기대 지평을 충족시키고 있는가. 이 문제를 해결하기 위해서 하나하나 그의 작품을 읽어가 보아도 해답이 그리 간단하게 보이지는 않는다.

김훈 소설을 관통하는 주제는 바로 일상적인 갑남을녀의 사람이다. 이는 사건과 주제가 아니라는 점이다. 더구나 그 사람들은 하나같이 지면을 활보하면서 낭만적 사랑을 논하거나 인생의 달콤함을 논하거나 치열한 다툼을 일삼지 않는다. 그들은 운명처럼 하나같이 살고 죽는 인생의 거창한 화두 앞에서 그저 묵묵히 벽처럼 맞서 있을 뿐이다.

마치, 저승의 문 앞에 생을 비추는 명경이 있어서 그 앞에 벌거벗고 삶을 펼쳐 보이는 것 같은 섬뜩함을 보여줄 뿐이다. 〈화장, 2004〉에서 주인공 '나'는 부인의 죽음을 바라보면서 담담히 죽음을 목격하고, 〈빗살무늬토기의 추억, 1994〉에서 장철민의 죽음을 또 다른 삶의 모습으로 그려보였다. 『칼의 노래』에서 역시 이순신의 죽음을 자연사의 한 과정으로 그리고 있다. 그런데 김훈이 그리는 죽음은 끝이 아니라 삶의 다른 모습으로 그려지고 있다는 데 주목해야 한다. 삶과 죽음이 우로보로스 뱀의 입과 꼬리처럼 그렇게 서로를 물고 물리는 과정 속에 존재하는 것이다. 그러한 사유의 연장선에 『남한산성』이 놓여있다. 남한산성으로 떠난 임금을 모시기 위해 김상헌이 길을 떠나기 전에 되새기는 말에서 그대로 드러난다. '나는 살아 있으므로, 나는 살아 있는 인간이므로 성 안으로 들어가야 한다. 삶 안에 죽음이 있듯, 죽음 안에도 삶은 있다.' (40쪽)라고 작품에는 드러나고 있다.

이러한 우로보로스적인 삶과 죽음의 문제는 『공무도하, 2009』와 『흑산, 2011』에서도 변함없이 등장한다. 『공무도하』에서는 강을 떠난 자의 죽음보다는 강의 저편으로 차마 건너지 못하고 강의 이쪽에서 죽음보다 더 무서운 삶을 살아가는 사람들을 목격한다. 그럼에도 불구하고 작가 김훈은 판도라의 상자를 결코 잊지 않는다. 그는 인간 삶의 먹이와 슬픔, 더러움, 비열함 등을 이야기하지만 그럼에도 불구하고 함께 살아가는 이들의 희망을 여전히 보여주고자 한다. 즉 과거 안에서 현재를 이야기하면서 또한 그것은 미래를 이야기하는 셈이다. 그야말로 신화적 인간의 우주적 연속성 안에서 이야기가 전개된다고 볼 수 있다. 『흑산』 역시 그러한 독자의 기대를 결코 저버리지 않는다. 19세기 신미양요와 병인양요의 사건을 떠올리게 하는 작품으로 정약전을 다루고 있다. 그렇다고 주인공이 정약전이 되지는 않는다. 정약전을 비롯해서 순교한 자들과 배교한 자들의 삶과 죽음의 알레고리를 보여준다. 소설은 정약전이 흑산도로 유배를 떠나는 뱃길에서 시작한다. 그리고 절해고도 흑산에서 정약전이 마을 주민들과 아이들을 가르칠 서당을 세우고 새로 부임하는 수군별장을 기다리는 것으로 끝난다. 그 안에 많은 이들이 삶과 죽음을 살아가는 모습을 그린다. 작가는 '새로운 삶을 증언하면서 죽임을 당한 자들이나 돌아서서 현세의 자리로 돌아온 자들이나 누구도 삶을 단념할 수는 없다.' 고 진술한다.

작품『남한산성』안의 사람들은 크게 두 부류의 사람들이다. 나라와 민족, 자주와 복종, 자존과 굴욕, 권력과 지위라는 거대 담론 안에서 죽어가고 있는 사람들과 나라와 민족보다는 생존에 앞서고 전쟁보다는 생활 터전을 지키고자 하는 살아있는 사람들의 사소한 담론이 팽팽하게 긴장 관계로 놓여있다. 작품『흑산』에서도 이분화된 사람들의 유형이 보인다. 정약전, 정약용, 활사영 등을 비롯한 역사적으로 유명한 사람들과 그저 그런 일상을 살아가는 백성들이 같은 이야기 선상에서 동일한 무게를 가지고 그려진다. 누가 역사의 주인공이고 누가 역사의 주변인인지 구별되지 않는다. 그에게는 주인공을 중심으로 하는 거대 서사 구조가 이미 허물어진 지 오래다.

특별할 것 없는 이 같은 삶과 죽음의 이항 분리적 사유는 비단 김훈만이 독점적으로 소유한 것은 아닐 것이다. 그렇다면 김훈은 어떻게 이런 단순한 사유를 대중과 소통하는 데 성공했을까. 그 단서를 인간의 탈신비화를 시도했던 포스트모던적 글쓰기에서 찾는 것이 합당할 것이다. 인간이 대단한 무엇인가를 이룬다는 것은 고도의 문명사회인 현대 사회에서는 이미 무익한 꿈에 지나지 않는다. 그저 소립자처럼 세상의 주변을 돌다가 사라지는 운명이 현대인의 모습이다. 이 시대의 에피스테메 즉 우리 시대를 지배하는 인식론적 무의식은 바로 인간의 탈신비화라고 해도 틀리지 않을 것이다. 푸코가 논한 타자는 그런 의미에서 중심부와 주변부의 자리바꿈의 움직임으로 널리 읽혀왔다. 중심부의 문화 담론에서 억압받던 주변부의 문화가 언어의 표층 구조로 떠오르는 것이 바로 탈신화의 과정이라고 할 수 있다. 『남한산성』과 『공무도하』와 『흑산』 등은 작가 특유의 직설적인 언어를 차용한다. 그리고 신비화되었던 권력이나 중심의 이야기를 더 이상 가장하는 문장 꾸미기는 하지 않는다. 문화의 중심부를 적나라하게 묘사함으로써 드러나는 언어의 표층 구조는 벌거벗은 임금님의 모습이거나 당나귀 귀의 임금님의 추한 모습 그대로이다. 더 이상 벌거벗은 임금님의 모습을 보면서 신기한 옷을 입었을 것이라고 생각하지 말라는 작가의 무의식적이고 의도적인 주문인 것이다. 작가는 그의 문체를 통해 이러한 모습을 여실히 보여준다.

김훈의 묘사적 문체는 인간을 탈신비화시키는 중요한 도구로 사용된다. 『남한산성』에서 나라의 존폐를 논하는 거대 담론을 객관적으로 보여줌으로써 탈신화의 과정은 여실히 드러나고 있다. 척화파와 주화파의 논리가 팽팽히 맞서는 상황에서 임금은 그 어디에도 끼지 못하고 표류하는 담론을 보임으로써 그가 가지는 권위가 텅 비어 있는 껍데기임을 보여준다. 그는 척화파와 주화파들의 논쟁을 듣고 '말들이 엇물리나 모두 크구나. 경들은 어지럽지 아니한가.'(11쪽)라고 말할 수 있을 뿐이다. 이는 임금이라는 권력의 기표 안에서 권위의 기의가 미끄러지고 있는 라캉의 해석을 생각나게 하지만 권위의 미끄러짐은 궁극적으로 탈신비화의 과정을 보여준다고 할 수 있다. 나라가 위태로운 지경에 빠져 있을 때 백성들은 저마다 삶에 열중하지만 '임금의 울음소리는 행각에까지 들렸다.'(66쪽) 또한 천한 사공의 자식인 나루가 생사의 고비를 겪으면서 성에 들어왔을 때, 백성들의 마음이 임금에게 향하고 있다는 김류의 거대 담론에 맞서 임금이 아이에게 하는 유치한 질문은 권위 안에서 미끄러지는 언표 행위를 보여준다. '너는 청병을 보았겠구나. 성 밖에 청병이 많더냐? 청병이 성벽에서 가깝더냐? 무얼 하고 있더냐?'(110쪽)라고 임금의 언어가 권위 안에서 미끄러지고 있을 때, 척화파 예조판서 김상헌은 '전하, 어린아이에게 어찌 적정을 물으실 수가'(110쪽)라고 말하며 권위의 실추를 바로잡으려 한다. 그러나 임금은 신료들을 하나씩 꼽아보며 '경들에게 물으랴?'(111쪽)라고 다시 권위의 기표 안으로 힘없이 미끄러져 버린다. 임금은 남한산성에서 가장 나약한 존재로 단순히 생존하고 있을 뿐이다.

성안에는 임금을 비롯한 최명길, 김상헌, 김류, 이시백 등 중심인물들이 펼치는 거대 담론의 세계와 뱃사공을 비롯한 서날쇠, 정명수, 나루로 대변되는 주변의 사소한 담론의 세계가 시소의 양 끝처럼 매달려 있다. 성안에서 살아갈 수 있는 사람들은 서날쇠로 대변되는 사소한 담론의 세계에 살고 있는 사람들뿐이다. '조정이 나가야 성 안이 살 수 있다.'(230쪽)고 말하는 김상헌은 자신들이 성안에서 떠나야 하는 이방인임을 자각하고 있는 인물이다. 김상헌은 왕이 있는 남한산성으로 오다가 송파나루에서 사공의 목을 친다. 김상헌은 사공의 우직한 현실 원칙을 보면서 '이것이 백성이었구나.'(43쪽)라고 탄식한다. 전날 어가를 얼음 위로 인도한 사공은 좁쌀 한 줌 못 받은 것을 탄식하고 다음 날 올 청병을 인도해주면 곡식이라도 얻을 수 있을까 기대한다. 사공에게 어가나 청병은 아무런 권위와 의미를 가지지 못한다. 그들은 단지 뱃삯을 주어야 의미가 있는 행인들일 뿐이다. 민족의 자존을 위하여 목숨까지 내놓고 사지로 향하는 김상헌의 거대 담론이 사공의 현실적인 대응으로 무색할 만큼 작아져 버리고 만다. 사공에게는 배 이외에는 김상헌이 주는 말조차도 의미가 없다. 그저 생계 수단이 되는 배로 사람을 실어다 주고 노임을 받아 어린 딸을 굶주리지 않게 키우는 것만이 백성에게는 중요한 당면 과제일 수밖에 없다. 거대 담론이 미끄러지면서 그리는 비장미는 마치 민중의 삶과는 아무런 관련이 없는 무의미한 것처럼 보인다. 나라가 잘되어도 혹은 못되어도 민초의 삶에는 그다지 큰 영향이 없다는 것을 김상헌은 뼛속 깊이 느꼈던 것이다. 그는 자신의 거대 담론에 의해 청병을 건네줄 가능성이 있는 사소한 사공의 목을 벨 수밖에 없었다. 거대 담론에 의해 소멸되어가는 '사공의 몸은 가볍고 온순했다. 사공은 풀이 시들듯 천천히 스러졌다.' (46쪽) 나라와 임금을 위한다는 김상헌의 대의명분적인 거대 담론이 주변인으로 보이는 사공의 진실된 사체 앞에서 무익하게 보인다. 이러한 담론의 충돌 구조는 현실 세계에 그대로 적용되는 환유적 메타포가 된다. 독자의 첫 번째 기대 지평은 바로 이 지점에서 만날 수 있을 것이다. 대의명분과는 더 멀리 떨어져 살아가는 현대인들에게 사공의 모습은 바로 다름 아닌 자신의 모습일 수 있다. 현대인들은 사공처럼 자신을 옭아매는 거시적 대의명분을 부당하게 느끼고 있는지도 모른다.

비장미와 숭고미를 배반한 예술적 영웅성의 현현

소설『남한산성』은 첫 장부터 임금의 거대 담론과 민초의 사소한 담론 사이를 오가며 팽팽한 긴장감을 유발한다. 독자는 만만찮게 시작되는 서두를 만나게 된다. '임금의 몸이 치욕을 감당하는 날에, 신하는 임금을 막아선 채 죽고 임금은 종묘의 위패를 끌어안고 죽어도, 들에는 백성들이 살아남아서 사직을 회복할 것이라는 말은 크고 높았다.' (9쪽)라고 이야기의 빗장을 연다. 결국 역사는 누구에 의해서 진행되는가에 대한 작가 특유의 질문 방식인 것 같다. 김훈의 문체는 거대 담론이나 사소한 담론이나 지극히 객관적인 태도를 유지함으로써 오히려 더 비판적인 효과를 거둔다. 즉 철저히 보여주기만 하고 작가의 평을 최대한 자제함으로써 부당한 현실을 독자가 직접 살피고 느끼게 하는 서술 전략을 구사하는 것이다. 거대 담론이 임금과 권력층의 서술 층위였다면 그와는 반대편에 서있는 뱃사공, 서날쇠, 정명수, 나루는 시대적 사명과는 다른 철저히 살아야 하는 일만이 최대의 임무가 되어버린 사소한 담론에 속하는 범박한 인물들이다. 이들의 생존 방법과 철학을 최대한 객관적으로 보여줌으로써 작가는 이들 안에 많은 현대인들의 모습을 담아내는 데 성공한 듯하다. 두 번째 독자들의 기대 지평과 만나는 지점이다.

뱃사공은 위에서 김상헌의 거대 담론과 상충되는 측면으로 다루었으니, 여기에서는 서날쇠와 정명수의 시대정신을 살펴보고 나루의 역할을 살펴보는 것을 통해 작가가 보여주는 다른 편에 서있는 삶을 지켜볼 수 있을 것이다. 대장장이 서날쇠를 그리는 작가의 묘사는 객관적인 것 같지만 소설 속의 긍정적인 프로타고니스트의 지위를 부여하는 데 부족함이 없다. 서날쇠는 성안의 사람들이 무력함에 지쳐갈 때조차도 미래를 위한 준비를 게을리하지 않는다. 쇠를 녹이고 두드려서 농장기와 병장기를 만들고, 목수의 연장도 거뜬히 만들어낸다. 성안에 임금이 들어온 이상 청병이 올 것이라 생각한 그는 아내와 아이들을 성 밖으로 내보내고 성안에 들어오는 행렬을 지켜보며 '저것들이 겉보리 한 섬 지니지 않았구나.'(53쪽)라고 탄식한다. 그는 다음 해 농사를 위해 똥독을 땅에 파묻기까지 한다. 그는 김상헌에 의해 죽어간 뱃사공의 딸 나루를 거두어 돌본다. 서날쇠는 나루에게 곡식을 주고 솜옷을 바꾸어 입히고, 닭털을 넣은 짚신까지 깔아줄 정도로 삶을 사랑하는 인물이다. '김상헌은 서날쇠에게 일과 사물이 깃든 살아 있는 몸을 보는 듯했다.'(121쪽) 김상헌은 서날쇠의 똥독 물들을 보면서 다시 열리고 꽃잎이 날리는 봄의 환영을 상상하며 '봄이 오지 않겠느냐. 봄은 저절로 온다.'(122쪽)라고 말한다. 임금과 대신들은 척화냐 주화냐의 대의명분만 내세울 때, 서날쇠로 대변되는 민중은 봄을 준비하고 봄을 열기 위해 현실 속에서 움직이는 숭고하지 않지만 진정으로 숭고한 사람들이다. 김상헌의 부탁으로 성 밖에 나가 원군을 부르는 일을 감당하지만 그는 민족이나 국가를 위해서보다는 조정이 나가야 성안이 온전할 수 있고, 또다시 농사를 지을 수 있고, 그래서 궁극적으로 자식과 부인을 데려올 수 있는 것이다. 김상헌은 성 밖으로 나가는 서날쇠를 보며 '목젖이 뜨거워졌다.'(232쪽) 김상헌에게 서날쇠는 살아서 날아갈 수 있고 자유롭게 돌아올 수 있는 자유로운 영혼의 새처럼 보인 것이다. 조정이 성안에서 비켜줘야 서날쇠와 같은 민중은 살 수 있는 것이다. 역사의 신화는 무수한 서날쇠들이 견뎌주었기에 그 유구한 강물을 타고 흘러올 수 있었던 것이다.

정명수는 표면적으로 청병의 통역관이 된 평안도 은산 관아의 세습 노비이다. 무너지는 제국과 새롭게 다시 서는 제국 사이에서 누구의 땅도 아닌 곳의 백성이 아비와 어미의 부당한 삶과 죽음을 목격하고 얼어 죽은 아홉 살 된 누이를 보았다. 정명수가 살 수 있는 방법은 태어난 나라를 버리는 것이었다. 그는 조선을 치러 오는 용골대의 통역관으로 살 수밖에 없는 것이다. 정명수를 그리는 작가의 시선은 매우 절제되어 있지만 '어미를 묻고, 어미의 밑에서 나온 어린 누이를 묻을 때 정명수는 이제 죽지 말아야 한다며 이를 악물었다.'(71쪽)고 담담히 기술함으로써 결국 정명수의 선택이 민중의 생존 의식 자체임을 보여주고자 하였다. 많은 서사들에서 중심의 영웅을 위해 소소한 개인의 담론은 거대 담론 속에 묻혀버리곤 했다. 그러나 여기에서는 임금을 위시한 중심의 담론은 부유하고 표류하고 있었고 민초들의 담론은 생명을 얻어 그 존재 의미를 생생하게 보여주고 있다.

'나루'는 죽는 이유조차 인식하지 못한 채 죽어간 뱃사공의 딸로서 아비를 찾아 남한산성에 들어온 여자아이이다. 송파나루에서 적진 사이로 길을 뚫고 온 아이에게 성안의 사람들은 '신령이 가호하는 아이' (109쪽)라고 하였다. 나루의 모습은 원형적 상상력을 자아낸다. 우리의 민간 신화에 등장하는 여자아이들의 모습이 나루의 이미지 위에 겹쳐 보인다. 〈바리데기〉의 '바리'는 자기를 버린 아비의 약을 구하기 위해 저승길에 오르고, 〈세경본풀이〉의 '자청비'는 자신의 사랑을 위해 길을 떠나고, 〈원천강본풀이〉의 '오늘이'는 세상만사의 수수께끼를 짊어진 채 사계절의 원천이 있는 땅까지 여행을 한다. 소녀들은 세상이 감당할 수 없는 것을 기꺼이 자신의 운명으로 받아들여 길을 찾는다. 아무도 적진을 통과할 수 없었지만 나루는 아비를 찾기 위해 적진을 지나온다. 아이러니하게도 민족의 존폐를 논하는 자리에 여자아이의 끈질긴 생명력이 그 무엇보다도 더 강한 의미로 읽힌다. 서날쇠와 나루처럼 역사는 끈질긴 민중에 의해 다음 봄을 맞이할 수 있었던 것이다.

남한산성을 떠나는 거대 담론의 향유자들의 뒷모습은 초라하기 그지없다. 성을 나가면서 그들은 일종의 제의적 죽음을 치른 것이다. 반면에 남한산성으로 하나둘씩 돌아오는 민초들의 삶은 모두 활기에 차 있다. 왕의 대열이 들어오면서 피폐화되었던 성은 왕의 행렬이 나가면서 다시 생명력을 되찾고 있는 것이다. 백성을 구휼한다는 상징적 의미인 왕이 백성에게는 과연 어떤 의미인가. 위정자들이 대의명분으로 걸어놓았던 민중을 위하는 제도와 법률이 과연 누구의 안녕을 위하는 것인가. 여러 가지 생각들을 겹치게 함으로써 소설 『남한산성』은 현실과 교호하는 상호 텍스트성을 보인다.

소설 『흑산』에서도 『남한산성』의 주인공들처럼 주인공이 아니면서 진정한 주인공인 사람들이 무수히 등장한다. 소설 『흑산』의 노비 육손이와 마부 마노리에서 보이는 것처럼 인물들의 신분적 귀천은 중요하지 않다. 1801년 2월 처삼촌들이 체포되고, 4월에는 주문모 신부가 참수되고, 정순왕후가 직접 자신에 대한 체포령을 내리자, 황사영은 상복(喪服)을 입고 충북 제천의 산골 배론의 토굴로 숨지만 결국 11월에 체포돼 27세에 대역죄로 능지처참을 당했다. 역사적으로 중요한 인물이든 중요하지 않은 인물이든 죽음은 거의 동일하게 찾아오는 것이다. 정확하게 말하면 『흑산』에는 20명이 넘는 등장인물이 등장한다. 한때 세상 너머를 엿봤으나 다시 세상으로 돌아와 『자산어보』를 쓰는 정약전과 세상 너머의 구원을 위해 온몸으로 기존 사회와 맞서 죽임을 당한 황사영의 이야기가 큰 축을 이룬다. 또 다른 축으로는 조정과 양반 지식인, 중인, 하급 관원, 마부, 어부, 노비 등 각 계층의 인물들이 이야기를 엮어가며 장관을 이룬다. 특히 어부 장팔수를 비롯해 조풍헌, 황사영을 돕는 노비 김개동과 육손이는 조선 후기 신분 질서의 해체상과 혼돈을 드러내는 또 다른 중심축의 인물들이다. 또한 실제 천주교 탄압의 빌미가 됐던 여신도들의 활약은 작품 속에서 길갈녀와 강사녀 등의 헌신으로 형상화되고 있다. 즉 작가 김훈에게 인간의 고귀함과 야만성은 항상 공존하는 것이며, 숭고함을 넘어서는 일상적인 삶의 원형인 것이다.

포스트모던의 글쓰기 수사 변용과 신화적 변용

소설 『남한산성』 안에는 이렇다 하게 생각나는 서사적 사건이 없다. 그래서 소설을 덮으면 아련한 느낌과 해독해야 할 암호 같은 말들만 독자의 주위에 머문다. 암호의 해독이 귀찮아서 잠시 생각들을 접어두면 다시 꺼내려고 할 때 아무것도 남아있지 않는다. 고뇌하는 왕과 그와 다르게 생존하는 백성들의 상반된 이미지만 떠오른다. 서사적 사건을 떠난 소설은 존립할 수 있는가. 사건은 없고 논쟁만 난무하다. 마치 시사토론을 보거나 백분토론을 보면서 각자 자기의 생각을 정하라는 식의 소설이 가능한가. 그렇다면 소설『남한산성』이 구사하는 이 소설의 형태는 자기 반영성이라고 불러야 하지 않을까. 텍스트는 외부 세계를 재현하거나 내부 세계를 재현하지 않고 오로지 텍스트 안쪽을 향해 있다. 우리는 텍스트 안쪽에서 벌어지는 논쟁들의 의미망을 투시해야만 이 소설이 말하고자 하는 진실에 가까워지는 것이다. 이러한 텍스트의 자기 반영성은 인터넷 시대의 댓글처럼 호흡이 무척이나 빠르다. 김훈의 다른 작품에서도 자주 사용되지만 특히『남한산성』에서는 이런 빠른 호흡의 글쓰기가 절대적으로 많이 등장한다. 예를 들면, 시간적 순서에 따른 이야기 전개와 묘사를 진행할 때 '그리고', '그래서', '그런데' 라는 상관접속어를 일체 사용하지 않는다. 나루가 성안에 들어오는 장면을 살펴보자.

> 이배재 고개에서 산성이 올려다보였다. 능선과 하늘의 경계를 따라가며 성은 크고 우뚝했다. ……아, 세상에 저런 곳이 있었구나…… 아이는 놀라서 숨을 죽였다. ……할머니 이야기 속 하늘나라가 저기로구나……, 아버지는 저 안으로 들어가셨겠구나……, 아이는 빨려가듯 성을 향해 걸었다. 아이는 남문 앞 들판 청병 진지의 가장자리를 돌았다. 청병들은 돌맹이를 던져서 아이를 쫓았다. 아이는 작은 들짐승처럼 보였다.(108쪽)

이 부분의 시선은 조감 시선으로써 큰 그림부터 차근차근 읽어가면서 심리적인 기술에 다가간다. 여기까지는 다른 소설들과 별반 다르지 않다. 그런데 김훈만의 스타일로 읽게 하는 특별한 요소가 있다. 바로 빠른 단호흡의 가독성이라는 것이다. 서너 마디 이상의 호흡을 잘 사용하지 않는다. 이러한 호흡법은 마치 시처럼, 읽는 독자의 마음속에서 운율을 형성한다. 소설을 읽으면서 시를 체험한다. 그런데 시처럼 은유와 상징이 아니라 사실적으로 묘사하고 기술하기 때문에 독자는 사실을 읽는데도 호흡과 호흡 사이의 간격에서 철학적 의미를 찾으려고 한다. 이는 마치 독자로 하여금 우뚝 솟은 산성을 잠시 숨을 고르고 다시 쳐다보게 하는 환상적 공감을 가지게 한다.

　시가 되는 서술 양식은 독자에게 빠른 호흡을 강요한다. 그래서 김훈의 소설은 빠르게 읽힌다. 마치 흐르는 물처럼 소설의 풍경을 스쳐 지나간다. 성의 내부를 묘사하는 풍경에서도 그러한 수사적 기법은 활용되고 있다. '성 안은 오목했으나 산들이 바싹 조이지는 않았다. 성 안 마을은 하늘이 넓어서 해가 길었다. 순한 물은 여름에도 땅을 범하지 않았다.'(32쪽)라는 서술에서도 알 수 있듯이 마치 시를 읽는 듯하다. 작가의 주관적 생각을 배제하고 보이는 것만을 기술하는 전략을 구사하는데도 인생의 진리를 음미하게 하는 효과를 보인다. 시가 되게 하는 서술 전략만을 구사하는 것은 아니다. 가끔은 사고의 연쇄를 사용하여 논리적 사유의 치밀함을 구사함으로써 읽는 독자의 가독성을 향상시키기도 한다. 영의정 김류가 말과 군병들을 번갈아 보면서 드는 생각을 연쇄법으로 전개시킴으로써 독자에게 시의 운율만 아니라 서사의 논리도 함께 무장해 현실을 치열하게 보도록 주문한다.

　　백성의 초가지붕을 벗기고 군병들의 깔개를 빼앗아 주린 말을 먹이고, 배
　불리 먹은 말들이 다시 주려서 굶어 죽고, 굶어 죽은 말을 삶아서 군병을 먹
　이고, 깔개를 빼앗긴 군병들이 성첩에서 얼어 죽는 순환의 고리가 김류의

마음에 떠올랐다. 버티는 힘이 다하는 날에 버티는 고통은 끝날 것이고, 버티는 고통이 끝나는 날에는 버티어야 할 아무것도 남아있지 않을 것이었는데, 버티어야 할 것이 모두 소멸할 때까지 버티어야 하는 것인지 김류는 생각했다.(93쪽)

　순차적 연쇄는 어떤 의미에서는 시의 다른 변형 형태일 수 있다. 소설 안에서 수사적 변용을 통해 시를 그려 넣고 있다. 짧은 호흡의 문장과 연쇄적 흐름의 문장들은 독자로 하여금 글을 쓴다는 것의 환상성을 벗어나도록 하는 효과를 가진다. 글이란 특별한 것이 아니라 삶의 모습을 기술한 문장들의 조합일 뿐이라는 작가의 생각이 읽힌다. 글을 쓴다는 것이 어렵게만 느껴지는 독자에게 김훈 소설의 문체는 글이라는 것이 가지는 환상적 장막을 거두는 효과가 있다. 독자가 만나는 세 번째 기대 지평이라고 하겠다. 『남한산성』에서는 사건이 부재하고 논쟁만이 범람하는 형국이다. 그런데 이 논쟁의 기술 역시 매우 독특한 기술 방식을 가진다. 아무리 부인하려고 해도 김훈 소설의 논쟁은 현실 사회와 상호 텍스트성을 가지고 읽힐 수밖에 없다. 척화파 김상헌과 주화파 최명길의 논쟁, 왕과 신하들의 논쟁, 출성과 수성을 팽팽하게 주장하는 김상헌, 최명길과 영의정 김류의 논쟁, 용골대의 통역관이 된 정명수와 주화파 최명길의 논쟁 등 소설에서는 수많은 이념의 논쟁들이 전경화된다. 중요한 것은 이러한 논쟁의 장에서 작가는 철저히 좀 떨어져 있다는 것이다. 주화파의 편도 척화파의 편도 신하의 편도 왕의 편도 아니다. 그저 담담히 그들을 서로의 입장에 의거해서 보여줄 뿐이다. 그래서 척화파와 주화파의 견해에 나름대로의 분명한 근거를 제시하고 그들이 모두 나라를 위한다는 거국적인 의미를 살리려고 했다. 역사는 승자에 의해서 기술되지만 김훈의 소설에서 승자와 패자는 따로 없다. 단지 모두 나름대로의 존립 근거가 있을 뿐이다. 그러나 작가가 놓치지 않는 것 중 하나가 바로 청나라 칸의 인질로 척화파 교리 윤집과 부교리 오달제의 호송이라고 하겠다. 척화파와 주화파에 대해서 어디에도 동조하지 않았던 작가는 그다지 강성한 척화파도 아닌 힘없는 젊은이들을 제물로 내세운다. 이 부분이 바로 네 번째 독자가 만나는 기대 지평이다. 거대한 담론들은 힘 있는 자들의 항변이고 그들의 '말로써 말을 건드리면 말은 대가리부터 꼬리까지 빠르게 꿈틀거리며 새로운 대열을 갖추었고, 똬리 틈새로 대가리를 치켜들어 혀를 내밀었다.'(9쪽) 이 말들은 임금에게는 보이지 않는 산맥을 형성해서 임금의 시야를 가린다. 임금은 말들이 만들어놓은 겨울을 견디지 못한다. 고로 척화파와 주화파의 말들을 만들어낸 인물들에서 좀 벗어나 있는 인물들을 청병의 인질로 보내는 것이다. 이 시대의 독자들은 스스로를 청병에 끌려가는 윤집이나 오달제로 감정 이입시킬 것이다.

현실의 문화 지류에 머무는 신화의 감각적 잔상들

소설 『남한산성』에서 49일 동안 성안의 질곡된 역사를 통해서 작가 김훈이 만나는 의미의 물줄기는 분명 어떤 유형의 삼각주를 형성하고 있다. 작가가 열심히 실어 나르는 물줄기에 오롯이 남은 신화적 진실은 무엇인가. 작가는 이야기의 줄거리나 주제를 흘러가게 하지 않고 대신 그 자리에 사람들의 모습을 하나하나 수놓듯 배열하였다. 임금은 죽어도 백성이 살아남아 사직을 회복할 것이라고 빗장을 풀었던 그의 역사 인식은 마지막 장에서 '성안의 봄'을 묘사함으로써 대장정의 막을 내린다. 그렇다면 김훈은 그의 작품들에서 항상 어떤 의미의 물줄기를 가져오는가. 『칼의 노래』에서, 〈화장〉에서, 『빗살무늬토기의 추억』에서, 『남한산성』에서, 『공무도하』에서, 그리고 『흑산』에서 모두 흙을 밟고 현실을 건디는 사람들을 삼각주에 정직하게 내려놓았다. 『남한산성』에서 마지막으로 그가 의미의 삼각주에 내려놓은 사람들은 왕도 아니고 척화파 김상헌도 아니고 주화파 최명길도 아닌 바로 흙을 밟고 성을 가꾸어야 하는 백성들이다. 작가는 『남한산성』에서 왕과 그의 신하들을 매우 초라하고 비루하게 궁궐로 또는 사가로 돌려보냈다. 그러나 반대로 성을 찾는 사람들은 매우 활기에 찬 생명력을 보여주면서 불러들인다.

『흑산』에서 정약전은 '흑산어보'라 하지 않고 '자산어보'라고 말한다. 이 소설에서 가장 인상 깊은 곳은 정약전이 왜 자신의 책 제목을 흑산어보(黑山魚譜)가 아닌 자산어보(玆山魚譜)라고 했는가를 설명하는 부분이다. '흑은 무섭다. 흑산은 여기가 유배지라는 걸 끊임없이 깨우친다. 자(玆) 속에는 희미하지만 빛이 있다. 여기를 향해서 다가오는 빛이다.'(338쪽) 정약전이 말하는 자는 또 지금, 이제, 여기라는 뜻도 있다. 그는 흑은 무섭고 흑산은 여기가 유배지라는 걸 끊임없이 깨우치지만 자(玆) 속에는 희미하지만 빛이 있다고 말한다. 즉 '여기를 향해서 다가오는 빛'이 있다고 말한다. 그러나 정약전은 다시 집으로 돌아오지 못한 채 『자산어보, 1815』를 완성한 후 흑산에서 1년 후에 죽었다. 판도라의 모든 불행은 날아가도 여전히 남은 그 희망을 자산어보라는 말에 심어놓고 있는 셈이다. 현실이라는 지류에 놓인 희망이 우리가 만나는 다섯 번째 기대 지평이다.

역사는 누구에 의해서 수천 년 동안 강물을 이루며 유유히 흘러가고 있는가. 작가 김훈은 독자들에게 그 해답을 찾도록 제시하며 그들의 독서 체험에 적극적인 의미를 부여한다. 성안에 들어가 활보하는 존재로서 독자는 『남한산성』을 독해해나간다. 그리고 그 안에서 서날쇠가 되기도 하고 나루가 되기도 뱃사공이 되기도 한다. 궁극적으로 작품의 생명력은 서날쇠가 성 밖에 나갔던 아내와 두 아들 그리고 나루를 다시 데리고 성안의 삶을 시작하는 것으로부터 새롭게 시작되는 것이다.

> 서날쇠는 뒷마당 장독 속의 똥물을 밭에 뿌렸다. 똥물은 잘 익어서 말갛게 떠 있었다. 쌍둥이 아들이 장군을 날랐고, 아내와 나루가 들밥을 내 왔다. 다시 대장간으로 돌아온 날 나루는 초경을 흘렸다. 나루가 자라면 쌍둥이 아들 둘 중에서 어느 녀석과 혼인을 시켜야 할 것인지를 생각하며 서날쇠는 혼자 웃었다.(363쪽)

인용문은 작품의 대미를 이루는 부분이다. 서날쇠가 나라의 존폐를 논하는 임금들과 관료들의 논쟁에도 아랑곳하지 않고 장독 속에 똥물을 묻었던 것은 어쩌면 내일 지구의 멸망이 오더라도 한 그루의 사과나무를 심는다는 민중의 생명사상일 것이다. 그리고 어린 나루가 성장을 하여 어엿한 여인네가 될 것이며 언젠가는 아들의 부인도 될 것이다. 그리고 또 그들의 자식은 다시 성안에서 웃음을 피우며 또다시 찾아오는 성의 봄을 맞이할 것이다. 독자는 49일 동안 김훈이 성안에서 펼쳐 보였던 사유를 통해서 인간이 신화적 존재일 수밖에 없다는 단순한 진리를 깨닫게 되는 것이다. 즉 현재적 존재로서 인간은 과거의 존재들을 기억하고 또 다가올 미래의 존재들을 예측하는 것이다. 그리고 그들을 따뜻하게 맞이하는 것이다. 존재의 무거움도 가벼움도 아닌 현재의 신화적 구현체로서 인간은 묵묵히 자신의 주어진 길을 가야 하는 운명을 받아들일 뿐이다. 작가 김훈은 『흑산』에서 다윈의 새를 우리에게 선명하게 그려주고 싶어 한다.

작가는 스스로 '가고가리'라고 이름 붙인 기괴한 모양의 괴수가 하늘을 날아가는 그림을 직접 그려 표지에 붙였다. 그는 이를 '다윈의 새'라고 불렀다. 작가의 말을 빌리면 다음과 같다. '소설을 다 쓰고서 머리 속에 남은 영상을 그렸다. 원양을 건너가는 새, 대륙을 건너가는 말, 바다를 건너가는 배 등 멀리 가는 것들을 합성해서 진화의 공간을 향해 나아가는 생명체를 그린 것이다. 배교자나 순교자들이 그런 진화의 앞날을 향해 수억 만 년의 시공을 건너가는 존재로 읽히기를 바란다.' 이 새는 마치 신화 속의 우로보로스 뱀과 같은 기괴한 모습이다. 우로보로스는 입과 꼬리가 붙어있는 뱀인데, 삶과 죽음을 동일 선에서 이야기할 때 늘 인용되는 동물이다. 아마도 작가가 이야기하는 다원의 새인 가고가리는 배교자나 순교자의 사상이 모두 초월적으로 동일한 것이라는 의미일 것이다. 그들은 모두 삶을 견디며 살다간 세상살이의 주인공들이다.

나오며

__우리에게 신화는__ 과연 무엇일까. 나는 또다시 이 대답을 종교학과 신화학의 대가인 미르치아 엘리아데에게서 찾는다. 엘리아데는 그의 유명한 저서인 『성과 속』에서 세속적 인간과 종교적 인간의 관계를 다음과 같이 이야기한다. 세속적 인간은 종교적 인간의 어떤 흔적을 지니지 않을 수 없다고 한다. 그는 그 자신이 과거의 산물이므로 자신의 과거를 전적으로 폐기시키는 것은 불가능하다고 말한다. 그는 비종교적이라고 느끼며 그렇게 주장하는 현대인들도 여전히 수많은 신화와 변질된 제의를 유지하고 있다고 한다. 나는 신화도 마찬가지라고 생각한다. 자신이 신화적 인간이라고 인식하지 않아도 우리는 부지불식간에 신화적 세계에 살고 있기 때문이다.

나는 이 책을 마무리하는 한 학기 동안 학생들과 〈한국의 종교와 문화〉라는 수업을 했다. 이는 내가 머무는 학교에는 종교학과가 없어서 전공과목이 아니라 연계 전공으로 새롭게 개설된 과목이다. 사실 종교를 전공하지는 않았지만 종교는 신화에 관심을 가지고 있는 나에게는 늘 연계된 관심거리였으니, 내심 내게는 이 과목이 반가운 부담이기도 했다. 적당한 스트레스가 없으면 쉽게 게을러져서 더 이상 파고들려고 하지 않는 것이 인지상정이기 때문이다. 내가 특히 관심을 가진 부분은 근대 초창기 우리나라 사상사와 관련된 신화 상상력이었다. 모든 것이 변화하는 사회 변혁기에 신화적 상상력은 어떤 스펙트럼을 가지면서 진화했는지 궁금했다. 근대 신화를 조사하는 과정에서 나는 한 중앙의 자리에 우뚝 서있는 지식인이 바로 최남선이라는 것을 알게 되었다. 친일이라는 최남선의 부정적 수식어는 그가 했던 수많은 업적들도 무시해버리는 실수를 범하게 한다. 나는 심지어 『삼국유사』에 대해서 많은 논문을 쓰면서도 정작 『삼국유사』의 최초 소개자가 최남선이라는 사실을 알지 못했던 것이다.

　가끔씩 내가 관심을 가지고 연구하고자 하는 것을 찾을 때 과거에 그 누군가가 그것을 연구했던 것을 발견하고는 매우 희열을 느끼곤 한다. 『삼국유사』에 대한 나의 관심이 점점 심화되어갈 때 나는 1927년 최남선이 기록한 〈삼국유사해제〉를 만나게 되었다. 최남선은 1920년대 많은 신화 담론을 연구해나간다. 그것은 지식인이 어려운 시대를 헤쳐나가고자 하는 미래적 의지였다. 나는 친일이라는 부담스러운 딱지를 조심스럽게 떼고 최남선의 초기와 중기에 해당하는 1920년대와 1930년대의 작품들을 읽어나가기 시작했다. 생각했던 것보다 그의 연구는 훨씬 방대하고 심오했다. 혼란한 시기에 지식인이 자주적인 정신을 찾기 위해 신화를 기술하고 새롭게 기획하는 것에 놀라움을 금할 수 없었다. 조선의 산천을 다니면서 밝사상을 찾고자 했고 그것이 광명사상으로 이어지고 있음을 증명하고자 하였다. 최남선을 따라가는 신화 여행은 즐거운 지적 탐방이었다.

　새롭게 시작한 〈한국의 종교와 문화〉라는 수업에서 학생들과 함께 새롭게 만난 또 다른 인물들은 바로 동학을 열었던 수운 최제우와 해월 최시형이다. 마음에 하늘님을 받아들이면 바로 그것이 동학이라고 했던 최제우는 민족의 운명을 고민했던 처절한 지식 실천자였으며, 사람이 곧 하늘님이라고 했던 최시형은 현재 여기의 삶을 중요하게 여긴 민족적 선각자였다. 그로 인해 베 짜는 여자도 하늘님이 되고 어린이도 하늘님이 되었다. 그간 나는 1920년대 천도교, 원불교, 대종교, 증산교 등 한국의 신종교에 대해서 어떤 선입견을 가지고 있었던 것 같다. 나의 신화 상상력은 사실 수운 최제우와 원불교를 열었던 소태산 박중빈과 증산교를 열었던 강증산과 같은 신종교가들이 추구하는 우주적 세계관과 크게 다르지 않았다. 여자와 어린이와 신분의 고하를 막론하고 인간의 자존감 회복에 깊은 관계를 가지는 것이 신종교들의 사상이었다. 새로운 세상에 대한 원망이 신종교의 모태적 상상력이었다.

동서양 신화의 존립 근거는 치유적 상상력에 있을 것이다. 이야기를 통해 사람들은 과거와 현재를 연결하고 또다시 그 현재를 통해 미래를 예측하게 되기 때문이다. 서양의 아스클레피오스처럼 직접 치료하는 의학의 신이 있는가 하면, 불행을 치유하기 위한 신화 속 많은 사건들이 있다. 이들은 모두 치유의 상상력이라고 할 수 있다. 우리나라의 '바리'는 죽은 부모를 구하기 위해 저승길을 마다하지 않고, 이집트의 '이시스'는 죽은 남편 '오시리스'를 구하기 위해 온 천하를 누빈다. 또한 죽은 부인 '에우리디케'를 구하기 위해 '오르페우스'는 저승까지 마다하지 않고 길을 떠나고, 수메르의 '길가메시'는 인간의 유한한 삶의 허무함을 극복하기 위해 바닷속 심연을 경험하는 고통을 감내한다. 신화의 상상력은 근본적으로 인본주의적이다. 즉 언제나 신화의 촉수는 현재와 여기의 삶에 관심을 가진다. 수운 최제우는 그것을 '다시개벽'이라는 용어로 정의하였다. 또한 구한말 『기학』을 저술한 혜강 최한기는 우리나라에 절실히 필요한 것은 종교가 아니라 과학이라고 말한다. 그가 자연과학적 사유를 사회과학이나 인문과학에까지 적용하고자 한 것이 어쩌면 바로 현재 여기의 신화를 이해하는 또 하나의 경험적 방법이 될지도 모르겠다.

　신화는 분명히 이야기를 통해 사람들이 살았던 질서를 보여주는 인문과학의 보고이지만 어쩌면 삶의 질서를 보여주는 자연과학일 수도 있고 사람 살아가는 법칙을 이야기해주는 사회과학일 수도 있다. 내가 생각하는 신화는 종교학자들이 이야기하는 것보다 그 범위가 훨씬 넓다. 우리나라의 대표적인 종교학자인 정진홍은 종교를 신화의 상위 개념에 두고 있고, 반대로 신화학자의 대가인 김열규는 신화를 종교 위에 놓고 있다. 그런데 종교와 신화의 관계가 상위 개념과 하위 개념의 세계가 아니라 이 둘은 태초부터 서로 끊임없이 상호 교호하면서 서로를 보완하고 있었던 것이라는 생각이 든다.『신화적 상상력에 비쳐진 한국 문학』은 아마도 이러한 교호 과정을 보여주고자 하는 한 과정일 것이다. 이 책의 일부분들은 이전에 발표가 된 적이 있는 것들도 더러 있음을 밝힌다. 원래는 이 책을 써가는 과정이었고 중간중간 활용된 파편적인 논의들은 당시 논의들에 조금 도움이 되기에 활용했던 것이라 할 수 있다. 깊이 양해를 부탁드린다. 대표적으로 최남선의『삼국유사』논의가『삼국유사와 대화적 상상력』에서 일부 활용되었고, 황석영에 대한 논의는『양성성의 문화와 신화』에 일부 활용된 바 있다. 그러나 이미 언급된 논의들도 더욱 보완된 상태로 이 책에서는 언급되고 있음을 밝힌다.『신화적 상상력에 비쳐진 한국 문학』은 근대 초창기부터 현대까지 계속되고 있는 신화 상상력이 어느 날 갑자기 나온 상상력이 아니라 과거와의 연속체 속에서 인간이 존재하고 있음을 보여주고자 하였다. 나는 아마도 앞으로도 많은 분야를 신화 상상력이라는 투시경을 쓰고 기웃거려야만 할 것 같다. 그래야만 풀리지 않은 많은 세상의 진리가 조금이라도 이해될 것이라 믿기 때문이다.

1 최남선, 〈조선의 신화〉, 『육당 최남선 전집 5-신화, 설화, 시가, 수필』, 현암
   사, 1974.

2 이영화, 〈최남선의 문화사관과 역사연구방법론〉, 『한국근현대사연구』, 한
   국근현대사학회, 2003, 433-461쪽.

3 육당연구학회, 『최남선 다시 읽기』, 현실문학연구, 2009, 382쪽.

4 김현주, 〈문학사의 이념과 서사전략-1900~20년대 최남선의 문화사담론
   연구〉, 『대동문화연구 58』, 2007.
   김현주, 〈문화, 문화과학, 문화공동체로서의 '민족'-최남선의 '단군학'을
   중심으로〉 『대동문화연구 47』, 대동문화연구원, 2004.

5 류시현, 〈여행과 기행문을 통한 민족, 민족사의 재인식-최남선을 중심으
   로」, 『사총』, 역사학연구회, 2007.

6 서영채, 〈기원의 신화를 향해 가는 길-최남선의 「백두산 근참기」〉, 『한국
   근대문학연구 8』, 한국근대문학회, 2005.

7 윤영실, 〈최남선의 설화 연구에 나타난 탈식민적 '문화' 관념〉, 『비교한국
   학 16』, 국제비교한국학회, 2008.

8 이영화, 〈최남선의 문화사관과 역사연구방법론〉, 『한국근현대사연구』, 한
   국근현대사학회, 2003, 433-461쪽.

9 이재선, 『이광수의 지적 편력』, 서강대출판부, 2010, 337쪽.

10 최남선, 『조선상식문답』, 도서출판 기파랑, 2011.

11 서영채, 〈기원의 신화를 향해 가는 길-최남선의 「백두산 근참기」〉, 『한국 근대문학연구 8』, 한국근대문학회, 2005, 101쪽.

12 최남선, 최상진 옮김, 『조선의 상식: 조선의 한국인, 우리는 누구이며 어떻게 살아왔는가』, 두리미디어, 2007.

13 서영채, 〈기원의 신화를 향해 가는 길〉, 『한국근대문학연구 8』, 한국근대문학회, 2005, 101쪽.

14 조은주, 〈'나'의 기원으로서의 '단군'과 창세기적 문학사상의 의미〉, 『한국근대문학연구 29』, 한국근대문학회, 2009, 113쪽.

15 이능화, 〈고조선 단군〉, 『동광』 제12호, 1927. 4. 1.

16 김현주, 〈문화, 문화과학, 문화공동체로서의 '민족'-최남선의 '단군학'을 중심으로〉, 『대동문화연구 47』, 대동문화연구원, 2004, 234쪽.

17 조은주, 〈'나'의 기원으로서의 '단군'과 창세기적 문학사상의 의미〉, 『한국근대문학연구 29』, 한국근대문학회, 2009, 125쪽.

18 류시현, 『최남선 평전』, 한겨레출판, 2011, 108쪽을 참고해서 재구성하였다.

19 崔南善, 〈檀君論〉, 『六堂崔南善全集 2』, 高麗大學校 亞細亞問題研究所 六堂全集編纂委員會, 玄岩社, 1973, 93쪽.
　日本人의 檀君論은 대개 文獻 偏重의 弊에 빠졌다 할 것이다. 그 一은 記錄 本位로 나타나서 『三國遺事』의 資料를 檀君의 全生命으로 보게 되었고, 또 一은 字面 本位로 나타나서 『三國遺事』 所傳의 本文 批評에도 表面의 語句(量으로나 質로나)에 너무 얽매여서 도리어 記錄 그것의 性質 곧 그 本地와 背景과 成立 來歷 등 必須 條件을 檢覈하는 用意가 缺如하고, 甚하면 古意와 私注를 混同하여 닥치는 것 없는 팔을 내두르기도 했다.

20 최남선, 〈내가 경험한 第一痛快〉, 『별건곤』, 『六堂崔南善全集 10』, 현암사, 1973, 487쪽.
　朝鮮에 있는 高山 大山 名山에 白字 붙는 이름이 많고, 檀君이니 解夫婁니 하는 國祖들의 傳說地에도 그 비슷한 地名이 있는 것을 생각하게 되어… 朝鮮古代에 「밝」이라 하는 一大原理가 있어서 그것을 基礎로 하여

神話도 생기고, 神話의 雙生子로 하나는 歷史가 되고 하나는 宗敎가 된 것을 알게 된 때에, 캄캄하던 밤에서 凸畫가 나온 것 같은 온 세계에 새로운 빛을 보게 되었다.

21 최남선, 〈檀君及其研究(단군급기연구)〉, 『六堂崔南善全集 2』, 현암사, 1973, 242쪽.

22 최남선, 〈檀君께의 表誠一朝鮮心을 具現하라〉, 『六堂崔南善全集 9』, 현암사, 1973, 192쪽.

23 최남선, 〈不咸文化論(불함문화론)〉, 『六堂崔南善全集 2』, 현암사, 1973, 43-44쪽.

24 이영화, 『최남선의 역사학』, 경인문화사, 2003, 145-146쪽.

25 최남선, 〈바다와 조선민족〉, 『월간-해양한국』, 한국해양문제연구소, 1993, 56-72쪽.

26 최남선, 『육당 최남선 전집 6-백두산근참기, 금강예찬, 심춘순례 외』, 현암사, 1974, 121-131쪽.

27 윤명철, 『해양역사와 미래의 만남』, 학연문화사, 2012, 83쪽.

28 최남선, 〈바다와 조선민족〉, 『월간-해양한국』, 한국해양문제연구소, 1993, 56-72쪽.

29 최남선, 〈바다와 조선민족〉, 『월간-해양한국』, 한국해양문제연구소, 1993, 56-72쪽.

30 안정복, 『동사강목』, 경인문화사, 1989.

31 Edwin O. Reischauer, Ennen's Travels in Tang China, The Ronald Press Company, 1955.

32 최광식, 『천년을 여는 미래인 해상왕 장보고』, 청아출판사, 2003, 14쪽.

33 김동리, 〈장보고〉, 『김동리 문학전집 15 검군』, 도서출판 계간문예, 2013, 200-214쪽.

34 최남선, 〈바다와 조선민족〉, 『월간-해양한국』, 한국해양문제연구소, 1993, 56-72쪽.

35 요한 호이징아, 김윤수 옮김, 『호모루덴스 Homo Ludens』, 까치, 2007.

36 KBS 역사스페셜 〈이순신 1. 불패의 장군, 신화가 되다〉〈이순신 2. 역사의 선택, 급류 앞에 서다〉, 2007. 6. 30.

37 강봉룡 외, 『섬과 바다의 문화읽기』, 민속원, 2012, 36쪽.

38 이종호, 〈최남선의 지리(학)적 기획과 표상〉, 『상허학보』, 상허학회, 2008, 281쪽.

39 최남선, 『육당 최남선 전집 5』, 현암사, 1974, 4-65쪽.

40 송기한, 〈최남선의 계몽의 기획과 글쓰기 연구〉, 『한민족어문학』, 한민족어문학회, 2010, 427-428쪽.

41 박민영, 〈근대시와 바다 이미지〉, 『한어문교육』, 한국언어문학교육학회, 2012.

42 류시현, 〈한말 일제 초 한반도에 관한 지리적 인식- '반도' 논의를 중심으로〉, 『한국사연구』, 한국사연구회, 2007, 282쪽.

43 김지녀, 〈최남선 시가의 근대성: '철도'와 '바다'에 나타난 계몽적 근대인식〉, 『비교한국학』, 국제비교한국학회, 2006, 97쪽.

44 최남선, 〈不咸文化論(불함문화론)〉, 『全集 2』, 43-44쪽.

45 최남선, 〈檀君神典(단군신전)에 들어 있는 歷史素」, 『全集 2』, 현암사, 1974, 239쪽.

46 최남선, 〈檀君小考〉, 『全集 2』, 현암사, 1974, 349쪽.

47 이영화, 『최남선의 역사학』, 경인문화사, 2003, 149쪽.

48 최남선, 이주현, 정재승 옮김, 『불함문화론』, 우리역사연구재단, 2008, 41쪽.

49 최남선, 『조선상식문답』, 도서출판 기파랑, 2011, 23쪽, 33쪽.

50 최남선, 『육당 최남선 전집 8-삼국유사, 대동지명사전, 사문독본』, 현암사, 1974, 〈삼국유사해제: 5. 價値〉

51 윤영실, 〈최남선의 설화 연구에 나타난 탈식민적 '문화' 관념〉, 『비교한국학 16』, 국제비교한국학회, 2008, 369쪽.

52 김현주, 〈문화, 문화과학, 문화공동체로서의 '민족' -최남선의 '단군학'을 중심으로〉, 『대동문화연구 47』, 대동문화연구원, 2004, 241쪽.

53 류시현,『최남선평전』, 한겨레출판, 2011, 121쪽.

54 류시현, 〈여행과 기행문을 통한 민족, 민족사의 재인식-최남선을 중심으로〉,『사총』, 역사학연구회, 2007.
    류시현, 〈여행기를 통해 본 호남의 감성-최남선의『심춘순례』를 중심으로〉,『감성연구 3』, 2011, 25-26쪽.

55 이광수,『李光洙全集 18』〈金剛山遊記. 五道踏破旅行. 春園書簡文範(外)〉, 삼중당, 1962.

56 최남선, 〈조선문화의 본질〉,『六堂崔南善全集 9』, 32쪽.

57 고미숙,『한국의 근대성 그 기원을 찾아서』, 책세상, 2001, 35-40쪽.

58 최남선, 〈만몽문화〉,『六堂崔南善全集 10』, 현암사, 1973, 339쪽.

59 崔南善, 〈勇氣論〉,『六堂崔南善全集 10』, 현암사, 1973, 205쪽.
    코페르니쿠스 후의 갈릴레이처럼, 蔣英實의 후를 誰承하였는가. 로크 후의 밀처럼 李家煥의 후를 誰踵하였는가.

60 최남선, 〈바다와 조선민족〉,『월간-해양한국』, 한국해양문제연구소, 1993, 56-72쪽.

61 최남선, 〈바다와 조선민족〉,『월간-해양한국』, 한국해양문제연구소, 1993, 56-72쪽.

62 성호 이익,『성호사설』, 한길사, 1999.

63 김우창,『풍경과 마음』, 생각의나무, 2002, 38쪽.

64 나경수, 〈완도읍 장좌리 당제의 제의 구조〉,『호남문화연구 제13집』, 전남대학교 호남문화연구소, 1990, 43-44쪽.

65 전광용,『신소설 연구』, 새문사, 1986, 17쪽.

66 조남현,『한국현대소설유형론』, 집문당, 1999, 93쪽.

67 황정현,『신소설 연구』, 집문당, 1997, 225쪽.

68 조동일,『신소설의 문학사적 성격』, 서울대한국학연구소, 1973, 152쪽.

69 김교봉, 설성경,『근대전환기의 소설연구』, 국학연구원, 1991, 294쪽.

70 김석봉,『신소설의 대중성 연구』, 도서출판 역락, 2005, 118-119쪽.

71 전동렬,『기호학』, 연세대학교출판부, 2005, 17쪽.

72 주브 뱅상, 하태환 옮김, 『롤랑 바르트』, 민음사, 1998, 150쪽.

73 김윤식, 정호웅, 『한국소설사』, 문학동네, 2000, 36-56쪽.

74 연구공간 수유+너머 근대매체연구팀, 『新女性』, 한겨레신문사, 2005.

75 신동흔, 『살아있는 우리 신화』, 한겨레신문사, 2004.
    조현설, 『우리 신화의 수수께끼』, 한겨레출판, 2006.

76 정호웅, 『한국현대소설사론』, 새미, 1996.

77 조동일, 『신소설의 문학사적 성격』, 서울대한국학연구소, 1973.

78 우한용 외, 『한국 대표 신소설 상』, 빛샘, 1999, 77쪽.

79 조지프 캠벨, 『천의 얼굴을 가진 영웅』, 민음사, 1999, 196쪽.

80 김교봉, 설성경, 『근대전환기소설연구』, 국학연구원, 294쪽.

81 전광용, 『신소설 연구』, 새문사, 1986, 84-100쪽.

82 조현설, 신동흔, 서대석, 조동일 등의 우리 신화에 대한 담론을 종합한 것
    이어서 구체적 인용은 생략한다.

83 17)의 인용문과 동일함.

84 17) 18)의 인용문과 동일함.

85 〈삼공본풀이〉와 〈바리공주〉의 이야기도 각주 10)의 인용문을 따른다.

86 채호석, 〈「귀의 성」에 나타난 여인의 운명과 그 의미에 대하여〉, 『한국개
    화기소설연구』, 태학사, 2000, 79-112쪽.

87 〈칠성풀이〉 이야기도 각주 10)의 인용문을 따른다.

88 신동흔, 『살아있는 우리 신화』, 한겨레신문사, 2004, 204쪽.

89 슬라보예 지젝, 김소연, 유재희 옮김, 『삐딱하게 보기』, 시각과언어, 1995,
    276쪽.

90 이동하, 〈김동인의 삶과 문학〉, 『金東仁 短篇 全集 I』, 가람기획, 2006,
    11-25쪽.
    김동인은 人間을 尊敬할 줄 모른다고 主張한다. 「광염소나타」의 백성수와
    같은 천재 예술가나 「운현궁의 봄」에 나오는 홍선군, 「대수양」의 수양대
    군 같은 超人的 英雄이 있을 뿐, 그 나머지 대다수의 善男善女는 모두 蔑
    視한다.

91 김윤식,『韓國近代作家論考』, 일지사, 1974, 28-31쪽.

92 이재선,『現代小說의 敍事 主題學』, 문학과지성사, 2007, 48쪽, 57쪽.

93 송현호, 유려아,〈郁達夫와 김동인 소설의 여성문제〉,『比較文學論』, 국학 자료원, 1999, 155-177쪽.

94 엄미옥,〈김동인 소설에 나타난 '연애'의 의미 연구-「약한 자의 슬픔」, 「마음이 옅은 자여」, 「김연실전」을 중심으로〉,『詩學과 言語學』제10호, 2005, 223쪽.

95 질베르 뒤랑, 유평근 역,『신화비평과 신화분석』, 살림, 1998, 202쪽.

96 유기룡,〈「배따라기」- '노래'로서 승화된 '아내'의 죽음〉,『韓國現代小說 作品研究』, 삼영사, 1989, 12-38쪽.

97 이재선,『現代 小說의 敍事 主題學』, 문학과지성사, 2007, 414쪽.

98 이상우,『現代小說의 原型的 硏究』, 집문당, 1985, 33쪽.

99 손종흠,『다시 읽는 韓國 神話』, 휴먼북스, 2004.

    신동흔,『살아있는 우리 神話』, 한겨레신문사, 2004.

    조현설,『우리 神話의 수수께끼』, 한겨레출판, 2006.

    최원오,『이승과 저승을 잇는 다리 韓國 神話』, 여름언덕, 2004.

    황패강,『韓國 神話의 연구』, 새문사, 2006.

    김재용, 이종주,『왜 우리 神話인가』, 동아시아, 1999.

    나경수,『韓國의 神話』, 한얼미디어, 2005.

    김열규,『韓國 女性 그들은 누구인가』, 한국학술정보, 2003.

    위의 자료를 통해서 우리 신화의 많은 여성 주인공들을 만날 수 있게 된 다.〈천지왕본풀이〉의 총명부인,〈재석본풀이〉의 당금애기,〈바리데기〉 의 바리,〈원천강본풀이〉의 오늘이,〈이공본풀이〉의 원강아미,〈차사본풀 이〉의 강림도령 부인,〈삼공본풀이〉의 가믄장아기,〈세경본풀이〉의 자청 비,〈성주풀이〉의 막막부인,〈궁상이굿〉의 궁상이 부인 등 여성 주인공들 이 가지는 의미를 귀납적으로 추론해서 민간 신화에 등장하는 여성 이미 지를 한국의 원형적 여성상의 의미로 규정하고자 하였다.

100 송효섭,『脫神話의 神話들』, 기파랑, 2005, 63-67쪽.

101 최원식,『文學의 歸還』, 창작과비평사, 2001, 142쪽.

102 임규찬, 〈1920년대 문학과 근대성-3·1운동과 근대문학〉,『韓國 文學의 近代와 近代性』, 소명출판, 2006, 82-100쪽.

103 질 들뢰즈/펠릭스 가타리(1980), Mille Plateaux: Capitalisme et Schizo-phrenie 2, 김재인 옮김,『천개의 고원』, 새물결, 2001, 550-551쪽.
남성은 다수적인 문화 주체이고 생성들은 소수적이다. 따라서 모든 生成은 소수자-되기라고 정의된다. 여성-되기는 여성뿐만 아니라 男性도 변용시킨다. 생성의 주체는 언제나 남성이다.

104 최원식, 〈1930년대 단편소설의 새로운 행보〉,『문학의 귀환』, 창작과비평사, 2001, 197-214쪽.

105 李在銑,『현대소설의 서사 주제학』, 문학과지성사, 2007, 57쪽.
모성고착증과 여성기피증(misogyny)이 보이며 광기 애호의 지향성을 나타낸다. 김동리 〈무녀도〉와 이문열 〈금시조〉도 같은 광기의 예술로 보인다고 평가하고 있다.

106 미르치아 엘리아데, 이재실 옮김,『聖과 俗』, 한길사, 1998, 24쪽.

107 서양 신화의 여성성에 대한 개념 정의는 아래의 책을 참고한다.
김화경,『世界 神話 속의 여성들』, 도원미디어, 2003.
장영란,『神話 속의 女性, 女性 속의 神話』, 문예출판사, 2001.
우리 신화의 원형적 여성성의 모델이 민간 신화에 근거하고 있기 때문에 서양 신화의 여성성과 대립된 세계로 이해할 수 있다.

108 박숙자, 〈近代文學의 形成과 感情論〉,『어문연구』131호, 어문연구학회, 2006, 365쪽.

109 질베르 뒤랑, 유평근 역,『신화비평과 신화분석』, 살림, 1998, 202-203쪽.

110 김양선, 〈여성성과 대중성이라는 문제 설정-젠더화된 문화적 기억의 재현을 중심으로〉,『시학과 언어학』10호, 시학과언어학회, 2005, 140쪽.

111 질베르 뒤랑, 진형준 역,『상상력의 과학과 철학』, 살림, 2000, 46쪽.

112 한국의 문예 영화의 성공은 여성 그리기에 그 성패가 달려있다고 보아

야 할 것이다. 〈감자〉, 〈땡볕〉, 〈갯마을〉, 〈백치 아다다〉 등을 위시해서 〈뽕〉, 〈배따라기〉 등 여성의 영상화 기법에서 '복녀'의 이미지가 강하게 남아있다.

113 김윤식, 정호웅, 『한국소설사』, 문학동네, 2000, 91-92쪽.

인형조종술은 참예술을 창출한다고 주장한다. 참예술을 그리는 자를 참예술가라 한다면, 그는 참된 창조자이므로 곧 신에 해당하는 존재이다. 김동인은 톨스토이와 도스토예프스키를 비교하는 글에서 이 사실을 내세운 바 있다. 곧 두 작가 중 톨스토이가 더 위대한 참예술가인데 그것은 자기가 창조한 세계와 인물을 인형 놀리듯 했기 때문이다.

114 유기룡, 〈「배따라기」- '노래'로서 승화된 '아내'의 죽음〉, 『한국현대소설 작품연구』, 삼영사, 1989, 12-38쪽.

115 로버트 스탬 외, 이수길 외 역, 『어휘로 풀어 읽는 영상기호학』, 시각과 언어, 2003, 366쪽.

116 곽상순, 『사실주의 소설의 재인식』, 한국학술정보, 2005, 199쪽.

117 표정옥, 『현대문화와 신화』, 연세대학교출판부, 2006, 48-49쪽.

118 김열규, 『한국인의 자서전』, 웅진, 2005, 252-278쪽.

119 나경수, 『한국의 신화』, 한얼미디어, 2005, 114쪽.

120 이재선, 『한국현대소설사』, 홍성사, 1979, 313-315쪽.

121 표정옥, 〈놀이의 서사시학〉, 서강대학교 박사논문, 2003.

122 표정옥, 〈「비보이를 사랑한 발레리나」와 김유정 문학의 축제적 상상력 연구〉, 『인문과학』, 대구가톨릭대학교 인문과학연구소, 2008.

123 표정옥, 『서사와 영상, 영상과 신화』, 한국학술정보, 2007.

124 표정옥, 『양성성의 문화와 신화』, 지식과교양, 2013.

125 다시 읽기란 종교 텍스트나 신앙 수양을 위한 텍스트들에 대한 끊임없는 다시 읽기, 고대의 고전들에 대한 세속적인 다시 읽기, 중세의 성경에 대한 대중의 다시 읽기 즉 반-종교개혁에 선 로마 가톨릭권이나 신교도권에서 일시적으로 보인 '집중적'인 읽기의 관습을 말한다. 이것은 찰스 퍼스의 가추법으로 볼 수도 있으며 움베르토 에코의 표현을 빌

리자면 '추론적인 보행'의 과정이라고 볼 수 있다. 즉 읽는다는 것은 기대와 가설에 기반해서 추측을 내리는 것이거나 읽으면서, 혹은 읽은 후에도 오랫동안 그 추측을 수정하는 일이다. Calinescu Matei, Rereading, Yale University Press, 1993, Preface.

126 모든 소설은 반복 요소들, 예컨대 반복 내의 반복 요소들, 다른 반복 요소들과 쇠사슬처럼 연결된 반복 요소들로 이루어진 복잡한 조직이다. 따라서 소설은 부분적으로 반복 요소들 또는 그 요소들을 통해 생성되는 의미를 파악할 때 해석되게 마련이다. J. Hilis Miller, Fiction and Repetition, Basil Blackwell Oxford, 1982, pp. 1-2.

127 신동흔, 『살아있는 우리 신화』, 한겨레신문사, 2004.
오세정, 『한국 신화의 생성과 소통원리』, 한국학술정보, 2005.
조현설, 『우리 신화의 수수께끼』, 한겨레출판, 2006.
서대석, 『한국 신화의 연구』, 집문당, 2000. 등을 활용해 무속 신화를 정리한다.

128 프레임(frame)은 그레고리 베이트슨의 용어를 기초로 이루어진 개념이다. 상황의 정의가 사건을 지배하는 구조의 원리와 일치해서 틀은 세워질 수 있다고 가정한다. 프레임이란 자신의 정체성을 찾아가는 기본적인 것을 언급하기 위하여 사용한 용어이다. Erving Goffman, Frame Analysis: An Essay on the Organization of Experience, Northeastern University press, 1988, Introduction, pp. 10-20.

129 공자, 박종연 옮김, 『논어』, 을유문화사, 2006. 〈述而篇〉: 子曰 我非生而知之者, 好古敏以求之者也.

130 주영하, 〈근대적 인쇄 기술과 '삼강'의 지식 확산〉, 『조선시대 책의 문화사』, 휴머니스트, 2008, 198쪽.

131 이정원, 〈'삼강'의 권위적 지식이 판소리문학에 수용된 양상〉, 『조선시대 책의 문화사』, 휴머니스트, 2008, 160-161쪽.

132 설순 외 지음, 윤호진 옮김, 『삼강행실도』, 지식을만드는지식, 2011, 115-156쪽.

133 미르치아 엘리아데, 강응섭 옮김, 『신화·꿈·신비』, 도서출판 숲, 2006, 18-34쪽.

134 버지니아 울프, 이미애 옮김, 『자기만의 방』, 민음사, 2006, 149쪽.

135 미르치아 엘리아데, 이재실 옮김, 『메피스토펠레스와 양성인』, 문학동네, 2006.

136 표정옥, 『양성성의 문화와 신화』, 지식과교양, 2013, 2장 참고.

137 김정숙, 『자청비·가믄장아기·백주또』, 각, 2002, 113쪽.

138 표정옥, 『양성성의 문화와 신화』, 지식과교양, 2013, 2장 참고.

139 이수자, 〈농경기원신화「세경본풀이」의 특징과 의의〉, 『동아시아 여성신화』, 집문당, 2003, 217-246쪽.

140 질 리포베츠키, 『제3의 여성』, 도서출판 아고라, 2007, 82쪽, 102쪽.

141 신동흔, 『살아있는 우리 신화』, 한겨레신문사, 2004, 222쪽.

142 하비 콕스, 『바보제』, 현대사상사, 1992.

143 요한 호이징아, 김윤수 옮김, 『호모루덴스』, 까치, 2007.

144 장 뒤비뇨, 류정아 옮김, 『축제와 문명』, 한길사, 1998.

145 나카자와 신이치, 김옥희 옮김, 『대칭성 인류학』, 동아시아, 2005.

146 송효섭, 『해체의 설화학』, 서강대학교출판부, 2008, 263쪽, 274쪽.

147 우한용, 〈오영수 문학의 생산성 그 몇 국면〉, 『선제어문 38』, 서울대학교 국어교육과, 2008, 603-607쪽.

148 김경복, 〈오영수 소설의 서정성 양상과 그 의미〉, 『교육이론과 실제 19』, 경북대학교 국어교육연구소, 2009, 132-133쪽.

149 박훈하, 〈오영수 소설의 고향의 의미와 그 서정성의 좌표〉, 『인문학논총 14』, 경성대학교 인문과학연구소, 2009, 59-78쪽.

150 송준호, 〈오영수의 「갯마을」연구〉, 『한국언어문학 49』, 한국언어문학회, 2002, 322-324쪽.

151 김인호, 〈오영수 소설에 나타난 '향수'의 미학〉, 『한민족어문학 39』, 한민족어문학회, 2001, 58쪽.

152 우한용, 〈오영수 문학의 생산성 그 몇 국면〉, 『선제어문 38』, 서울대학교

국어교육과, 2008, 616쪽.

153 오태호, 〈오영수 소설에 나타난 서정적 리얼리즘 연구〉,『국제어문 48』, 국제어문, 2010, 1552쪽.

154 임명진, 〈작가 오영수의 생태적 상상력〉,『한국언어문학 70』, 한국언어 문학회, 2009, 307쪽.

155 김열규,『기호로 읽는 한국 문화』, 서강대학교출판부, 2008, 134-135쪽.

156 이어령,『이어령의 삼국유사 이야기』, 서정시학, 2006, 420-422쪽.

157 김현주,『토테미즘의 흔적을 찾아서』, 서강대학교출판부, 2009, 24쪽.

158 조규형,『해체론』, 살림, 2008, 37-40쪽.

159 빅터 터너, 이기우, 김익두 옮김,『제의에서 연극으로: 인간이 지니는 놀 이의 진지성』, 현대미학사, 1996, 46쪽.

160 홍상화,『디스토피아』, 랜덤하우스코리아, 2005.

161 마르코 마르티니엘로, 윤진 옮김,『현대사회와 다문화주의』, 한울, 2008, 91-92쪽.

162 한혜원,『호모나랜스』, 살림, 2010.

163 홍기돈, 〈김동리의 구경적(究竟的) 삶과 불교사상의 무(無)〉,『인간연 구』, 가톨릭대학교 인간학연구소, 2013, 145-168쪽.
     임영봉, 〈김동리 소설의 구도적 성격〉,『우리文學硏究 24』, 우리문학회, 2008, 341-371쪽.

164 김동리,『명상의 늪가에서』, 행림출판사, 1980, 230쪽.

165 곽근, 〈김동리 역사소설의 신라정신 고찰〉,『新羅文化 24』, 동국대학교 신라문화연구소, 2004, 305-322쪽.

166 김주현, 〈김동리 문학사상의 연원으로서의 화랑〉,『語文學 77』, 韓國語 文學會, 2002, 291-311쪽.
     김범부가 주목한 10명의 화랑은 사다함, 김유신, 비령자, 취도형제, 김흠 운, 소나부자, 해론부자, 필부, 물계자, 백결선생 등이다.

167 김동리 기념사업회 편,『김동리 문학전집 15』, 도서출판 계간문예, 2013. 여기에 대부분 수록되어 있다.

168 방민화, 〈「水路夫人」설화의 소설적 변용 연구-김동리의 「水路夫人」을
중심으로〉, 『한중인문학연구 27』, 한중인문학회, 2009, 1-20쪽.

조은하, 〈설화의 현대적 수용양상 연구: 삼국유사「광덕엄장조」와 김동
리의 「원왕생가」를 중심으로〉, 『한국문학이론과 비평 37』, 한국문학이론
과비평학회, 2007.

169 김슬기 편집, 『삼국유사프로젝트』, 재단법인 국립극단, 2013.

170 조은정, 〈『삼국유사』의 시적 수용과 '미당遺事'의 창조〉, 연세대학교 석
사논문, 2005.

송정란, 〈현대시의 삼국유사 설화 수용에 관한 연구-미당 서정주의 시를
중심으로〉, 동국대학교 석사논문, 1999.

이혜선, 〈서정주 시에 나타난 불교적 세계관〉, 『한국 사상과 문화』 Vol.
55, 한국사상문화학회, 2010.

서철원, 〈『삼국유사』의 현대역과 대중화 사이의 관련 양상〉, 『우리말글』
Vol. 56, 우리말글학회, 2012.

171 미르치아 엘리아데, 강응섭 옮김, 『신화·꿈·신비』, 도서출판 숲, 2006,
18-34쪽.

172 미르치아 엘리아데, 이은봉 옮김, 『신화와 현실』, 한길사, 2011, 80-81
쪽.

173 김동리 기념사업회 편, 『검객, 김동리 문학전집 15』, 도서출판 계간문예,
2013, 83쪽.

174 위의 책, 88쪽.

175 위의 책, 97쪽.

176 김병길, 『역사문학, 속과 통하다』, 삼인, 2013.

177 미르치아 엘리아데, 이은봉 옮김, 『신화와 현실』, 한길사, 2011, 81쪽.

178 위의 책, 268쪽.

179 김동리, 〈문학하는 것에 대한 私考〉, 『김동리전집 7』, 문학과인간, 1997,
71-73쪽.

180 김동리, 『꽃과 소녀와 달과』, 제삼기획, 1994, 157쪽.

181 위의 책, 90쪽.

182 위의 책, 93쪽.

183 진정성, 〈역사에서 설화로, 설화에서 우화로〉, 『김동리전집 4』, 민음사, 1995, 465쪽.

184 위의 책, 274쪽.

185 지그문트 프로이트, 이윤기 옮김, 『종교의 기원』, 열린책들, 2007, 6쪽.

186 미르치아 엘리아데, 이동하 옮김, 『성과 속』, 학민사, 2009, 150쪽.

187 조지프 캠벨, 박중서 옮김, 『신화와 인생』, 갈라파고스, 2009, 79쪽.

188 미르치아 엘리아데, 박규태 옮김, 『상징, 신성, 예술』, 서광사, 2011, 35쪽.

189 미르치아 엘리아데, 이재실 옮김, 『대장장이와 연금술사』, 문학동네, 2009, 147쪽.

190 미르치아 엘리아데, 강응섭 옮김, 『신화·꿈·신비』, 도서출판 숲, 2006, 155쪽.

191 표정옥, 『삼국유사와 대화적 상상력』, 세종출판사, 2013, 82-85쪽. '만파식적'에 대한 논의는 원전의 이야기를 다시 정리한 논의를 참고한다.

192 불교문화연구회 편, 『한국불교 문화사전』, 운주사, 2009, 293쪽.

193 한국불교민속학회, 『연등회의 종합적 고찰』, 민속원, 2013.
〈불교축제가 현대 사회에 함의하는 문화기호학적 의미와 대중성 고찰〉을 참조하였다.

194 이강옥, 〈『삼국유사』의 세계관과 서술미학〉, 『국문학 연구』 Vol. 5, 국문학회, 2001.
정천구, 〈삼국유사 글쓰기 방식의 특성 연구-수이전, 삼국사기, 해동고승전과의 비교를 통해〉, 서울대대학원, 1996.
박상영, 〈『삼국유사』소재 찬사를 통해 본 일연의 세계인식〉, 『고전문학연구』 Vol. 30, 한국고전문학회, 2006.
고운기, 〈일연의 글쓰기에서 정치적 감각-삼국유사 서술방법의 연구 2〉, 『한국언어문화』 Vol. 42, 한국언어문화학회, 2010.

195   임재해, 〈삼국유사 설화 자원의 문화 콘텐츠와 길 찾기〉, 『구비문학연구』
        Vol. 29, 한국구비문학회, 2009.

      장만식, 〈『삼국유사』권2 〈무왕조〉에 나타난 오이디푸스 콤플렉스와 문학
      치료적 함의〉, 『문학치료 연구』 Vol. 6, 한국문학치료학회, 2007.

      하은하, 〈『삼국유사』소재설화를 이용한 문학 치료의 한 사례〉, 『문학치료
      연구』 Vol. 2, 한국문학치료학회, 2005.

196   이대형, 〈모성담론의 문화적 형성과 재현: 고대에서 근대전환까지 모성
        담론의 문화적 조명: 『삼국유사』에 나타난 모성의 형상화〉, 『한국고전
        여성문학연구』, 한국고전여성문학회, 2007.

      최선경, 〈『삼국유사』불교설화에 등장하는 여성 인물 형상과 기능에 관하
      여〉, 『인간연구』 Vol. 8, 가톨릭대학교 인간학연구소, 2005.

197   리상호, 『삼국유사』, 까치, 2000, 50쪽.

198   김슬기 편집, 『삼국유사프로젝트』, 재단법인 국립극단, 2013년.

198   삼국유사 국제학술심포지엄, 『삼국유사 그리고 신화 상상력과 예술』, 국
        립고궁박물관, 2012년 8월 31일 개최.

199   조은정, 〈『삼국유사』의 시적 수용과 '미당遺事'의 창조〉, 연세대학교 석
        사논문, 2005.

      송정란, 〈현대시의 삼국유사 설화 수용에 관한 연구-미당 서정주의 시를
      중심으로〉, 동국대학교 석사논문, 1999.

      이혜선, 〈서정주 시에 나타난 불교적 세계관〉, 『한국 사상과 문화』 Vol.
      55, 2010.

      서철원, 〈『삼국유사』의 현대역과 대중화 사이의 관련 양상〉, 『우리말글』
      Vol. 56, 2012.

200   김슬기 편집, 『삼국유사프로젝트』, 재단법인 국립극단, 2013, 136-137
        쪽.

201   〈불교신문〉, 2011. 8. 23.

      이 뮤지컬의 대본을 쓴 도권 스님은 "일연 스님이 우리에게 들려주는 꿈
      과 문화의 유구성을 부각시키고자 뮤지컬 형식의 현대적으로 재해석한

삼국유사를 대중에게 알리는 각색 작업을 시작하게 됐다."고 말한다.

202 소포클레스, 천병희 옮김,『오이디푸스왕, 안티고네』, 문예출판사, 2006.

203 주디스 버틀러, 조현순 옮김,『안티고네의 주장』, 동문선, 2005, 166-167쪽.

204 서정주,『미당시전집 2』, 민음사, 2002. 이하 서정주의 시는 이 책에서 인용한다.

205 송기한,『서정주 연구-근대인의 초상』, 재단법인 한국연구원, 2012, 164-168쪽.

206 김슬기 편집,『삼국유사프로젝트』, 재단법인 국립극단, 2013년, 100-101쪽.

207 표정옥,〈박상륭의 소설「유리장」에 현현된 신화적 상상력과 의미의 기호작용 연구-불교의 '십우도'와『삼국유사』의 '사복불언'과의 연관성을 중심으로〉,『기호학연구』, 한국기호학회, 2012.

208 김헌선,〈가락국기의 신화학적 연구〉,『시민인문』, 경기대 인문과학연구소, 1998, 37-59쪽.

209 김용덕,〈가야불교 설화의 연구〉,『동아시아 문화연구』vol. 121, 한양대학교 한국학연구소, 1992, 199-225쪽.

210 박진태,〈삼국유사를 통해 본 고대사회의 제의문화〉,『비교민속학』Vol. 21, 비교민속학회, 2001, 367-394쪽.

211 김열규,〈가락국기고찰〉,『한국의 신화』, 일조각, 2005.

212 장 보드리야르, 하태환 옮김,『시뮬라시옹』, 민음사, 2007.

213 김정,『허황옥, 가야를 품다』, 푸른책들, 2010.

214 서정주,『미당시전집』, 민음사, 1983, 自序.

215 이명희,『현대시와 신화적 상상력』, 새미, 2003, 58쪽.

216 서정주,『미당시전집』, 민음사, 1983.
〈月明스님〉-『三國遺事』第五,〈月明師 兜率歌〉條 參照.

217 오세정,『삼국유사프로젝트』, 재단법인 국립극단, 2013, 69쪽.

218 위의 시집, 新羅사람들의 未來通-『三國遺事』卷三,〈彌勒仙, 未尸郎 眞

慈師〉條.

219 질베르 뒤랑, 유평근 옮김, 『신화비평과 신화분석』, 살림, 2002, 64쪽.

220 서정기, 〈『죽음의 한 연구』 시론-박상륭론〉, 『신화와 상상력』, 살림, 2010, 134쪽.

221 서정기, 〈살 속에서 살을 넘어 나가기-박상륭론-소설 「유리장」 분석〉, 『신화와 상상력』, 살림, 2010, 162-189쪽.
서정기, 〈『칠조어론』: 말씀의 마을-정념에서 수난으로, 피학과 가학의 형이상학〉, 『신화와 상상력』, 살림, 2010, 190-224쪽.

222 임금복, 『박상륭 소설 연구』, 푸른사상, 2004.

223 김진량, 〈박상륭의 「유리장」에 나타난 제의성과 상징〉, 『한국언어문화』 Vol. 15, 한국언어문화학회, 1997, 460-488쪽.

224 김사인, 『박상륭 깊이 읽기』, 문학과지성사, 2001.

225 채기병, 『소통의 잡설』, 문학과지성사, 2010.

226 변지연, 〈자연을 기억하는 신화(神話)-박상륭의 『죽음의 한 연구』 해독〉, 『한국어문학연구』, Vol. 35, 한국어문학연구학회, 1999, 535쪽.

227 박상륭, 『열명길』, 문학과지성사, 2006, 409-410쪽.

228 박상륭, 『열명길』, 문학과지성사, 2006, 401-402쪽. 본문의 내용에서 '나'를 '그'로 바꾸고 다소 전달하기 편한 문장으로 바꾸어서 작품의 시간론을 변형 없이 싣는다. 이후부터는 작품의 변용 없는 인용은 페이지만 기록한다.

229 십우도(十牛圖)는 심우도(尋牛圖)라고도 불린다. 논고에서는 단계별 서사의 분절을 위해 십우도(十牛圖)를 쓰기로 한다.

230 이종성, 〈장자와 심우도〉, 『동양철학』 vol. 25, 한국동양철학회, 2006, 217-219쪽.
중국에서는 소 대신 말을 등장시킨 십마도(十馬圖)가, 티베트에서는 코끼리를 등장시킨 십상도(十象圖)가 전해진다. 한국에는 송(宋)나라 때 제작된 확암본과 보명(普明)본이 전해져 두 가지가 조선 시대까지 함께 그려졌는데 현재는 보명본보다 확암본이 널리 그려진다. 확암본과 보명본은 용어와 화면 형식이 달라서 확암본은 처음부터 마지막 단계까지 원상(圓相) 안에 그림을 그리는데 보명본은 10번째 그림에만 원상을 그린다.

231　미르치아 엘리아데, 이은봉 옮김,『성과 속』, 한길사, 2006, 89쪽.

232　박상륭,『열명길』, 문학과지성사, 2006, 371쪽.〈유리장〉부분의 시간 이야기를 다시 재구성해서 정리한다.

233　일연, 김원중 옮김,『삼국유사』, 을유문화사, 2002.

234　일연, 김원중 옮김,『삼국유사』, 을유문화사. 2002.

235　미르치아 엘리아데, 이은봉 옮김,『성과 속』, 한길사, 2006, 39쪽.

236　박상륭,『열명길』, 문학과지성사, 2006, 398-399쪽.〈유리장〉부분의 타원형과 양극에 대한 이야기를 다시 재구성해서 정리한다.

237　미르치아 엘리아데, 이재실 옮김,『메피스토펠레스와 양성인』, 문학동네, 2008.

238　박상륭,『열명길』, 문학과지성사, 2006, 374쪽.〈유리장〉부분의 이분화된 시간 이야기를 다시 재구성해서 정리한다.

239　나카자와 신이치,『불교가 좋다』, 동아시아, 2010, 171쪽.

240　미르치아 엘리아데, 이재실 옮김,『성과 속』, 한길사, 1998, 55-87쪽.

241　오은영,〈이청준 소설의 신화적 상상력과 공간-「신화의 시대」와「신화를 삼킨 섬」을 중심으로〉,『현대소설연구』35권, 현대소설학회, 2010, 266-268쪽.

242　양진오,〈이청준의 신화적 상상력과 그 문학적 의미〉,『인문과학연구』29권, 대구대학교 인문과학연구소, 2005, 96쪽.

243　서정기,〈노래여, 노래여-이청준 작품 속에 나타난 신화적 상상력〉,『작가세계』, 세계사, 1992, 가을.

244　이동진,〈「서편제」와「패왕별희」〉,『영화같은 세상을 꿈꾸며』, 도서출판 둥지, 1995.

245　노귀남,〈소리의 빛과 한의 리얼리티〉,『소설구경 영화읽기』, 청동거울, 1998, 260쪽.

246　김지석,〈길, 실패한 꿈의 기록-임권택론〉,『한국 영화 읽기의 즐거움』,

책과몽상, 1995, 94쪽.

247 김경용, 〈한의 육화, 한의 세앙스〉,『기호학의 즐거움』, 민음사, 2001.

248 우찬제, 〈한의 역설〉,『서편제』, 열림원, 1998, 208쪽.

249 권국영, 〈이청준의 남도소리 모티프 연구〉,『한국말글학』 17권, 한국말글학회, 2000, 176쪽.

250 김주연, 〈억압과 초원, 그리고 언어〉,『남도사람』, 문학과지성사, 1987.

251 정과리, 〈용서, 그 타인들의 세계〉,『겨울광장』, 한겨레, 1987, 393-419쪽.

252 이윤선, 〈연행방식을 통해서 본 남도소리의 축제적 성격〉,『구비문학연구』 24권, 한국구비문학회, 2007, 3쪽.

253 박병훈, 김연갑,『진도 아리랑』, 범우사, 1997, 25쪽.

254 표정옥,『현대문화와 신화』, 연세대학교출판부, 2006, 78-83쪽. 이 부분의 논의가 본고에서 심화된다.

255 질베르 뒤랑, 유평근 옮김,『신화비평과 신화분석』, 살림, 1998, 25-30쪽.

256 2012년 6월 15일 국제비교한국학회 〈아리랑 학술대회〉, 국립중앙박물관 기초연설 중에서.

257 서유경, 〈판소리를 통한 문화적 문식성 교육 연구-이청준「남도사람」 연작을 중심으로〉,『판소리연구』 28권, 판소리학회, 2009, 171-196쪽.

258 서정기,『신화와 상상력』, 살림, 2010, 108쪽.

259 서우석, 〈음악, 떠도는 기의〉,『기호학연구』 vol. 2. No. 1, 한국기호학회, 1996, 64쪽.

260 이윤선, 〈연행방식을 통해서 본 남도소리의 축제적 성격〉,『구비문학연구』 24권, 한국구비문학회, 2007, 8쪽.

261 Roger Caillois, 이상률 옮김,『놀이와 인간』, 문예출판사, 1994, 70쪽.

262 서유경, 〈판소리를 통한 문화적 문식성 교육 연구-이청준「남도사람」 연작을 중심으로」『판소리연구』 28권, 판소리학회, 2009, 173쪽.

263 권국영, 〈이청준의 남도소리 모티프 연구〉,『한국말글학』 17권, 한국말

글학회, 2000, 181쪽.

264 서우석, 〈음악, 떠도는 기의〉, 『기호학연구』 vol. 2. No. 1, 한국기호학회, 1996, 39쪽.

265 김연갑, 『아리랑, 민족의 숨결, 그리고 발자국 소리』, 현대문화사, 1986, 127쪽.

266 표정옥, 『서사와 영상, 영상과 신화』, 한국학술정보, 2007, 151-164쪽. 소설과 영상의 관계로 접근한 이청준 편의 논의에서 단초를 잡아 본고에서는 축제성으로 심화된다.

267 줄리아 크리스테바, 여홍상 옮김, 〈말, 대화, 그리고 소설〉, 『바흐친과 문학이론』, 문학과지성사, 1997, 253쪽.

268 줄리아 크리스테바, 위의 논문, 252쪽.

269 미르치아 엘리아데, 이재실 옮김, 『성과 속』, 한길사, 1998, 45쪽.

270 허경진, 〈19세기 인천에서 불려졌던 아리랑의 근대적 성격〉, 『동방학지』 115집, 연대 국학연구원, 2002, 257-268쪽.

271 박병훈, 김연갑, 『진도아리랑』, 범우사, 1997, 75쪽.

272 〈소설 한류, 유럽 독자 사로잡다〉, 2006. 2. 3. 〈기자수첩〉

273 〈한국문학: 유럽서 뿌리 내린다〉, 2006. 10. 27. 〈서울신문〉

274 〈라디오: 시사자키-황석영과의 인터뷰〉, 2011. 6. 9.

275 고인환, 〈황석영 소설에 나타난 전통 양식 전용 양상 연구-『손님』, 『심청』, 『바리데기』를 중심으로〉, 『한민족문화연구』 제26집, 한민족문화학회, 2008, 175-200쪽.
     문재원, 〈황석영 『심청』의 근대성과 탈근대성〉, 『한국문학논총 43』, 2006, 한국문학회, 351-375쪽.
     미야자마 히로시, 〈황석영 『심청』과 19세기 동아시아〉, 『역사비평 67』, 역사문제연구소, 2004, 123-134쪽.
     양진오, 〈세계문학으로서의 한국문학, 그 위상과 전망-황석영의 『바리데기』를 중심으로〉, 『한민족어문학』, 제51집, 한민족어문학회, 74-92쪽.

276 권성우, 〈서사의 창조적 갱신과 리얼리즘의 퇴행 사이-황석영의 『바리

데기』론〉,『한민족문화연구』제24집, 한민족문화학회, 2008, 229-245쪽.

김경수, 〈작가의 욕망과 소설의 괴리-황석영의 『바리데기』에 대한 한 생각〉,『황해문화』, 겨울호, 새얼문화재단, 2007, 415-420쪽.

277 김미영, 〈황석영 소설에 나타난 여성인물 연구〉,『한국문학이론과 비평』 29집, 한국문학이론과비평학회, 2005, 419-444쪽.

류보선, 〈모성의 시간, 혹은 모더니티의 거울〉,『심청 하』 해설, 문학동네, 2003, 311-328쪽.

박숙자, 〈여성의 몸을 탐하는 남성의 서사-황석영의 『심청』과 김영하의 『검은 꽃』〉,『여성과 사회』 제16호, 한국여성연구소, 창작과비평사. 216-235쪽.

278 유경수, 〈다원적 소통을 향한 디아스포라적 상상력-황석영의 『바리데 기』를 중심으로〉,『비교한국학』 17집, 국제비교한국학회, 2009.

박정근, 〈다이아스포라로 인한 다문화 사회의 바리데기적 비전-황석영 의 『바리데기』를 중심으로〉,『한민족문화연구』 31호, 한민족문화학회, 2009.

이명원, 〈약속 없는 시대의 최저낙원-황석영의 『바리데기』에 대하여〉, 『문화/과학』, 겨울호, 문화과학사, 2007, 305-318쪽.

지용신, 〈문학사 밖의 문인들: 재현된 서사와 이산체험의 복원-천운영의 「잘가라 서커스」와 황석영의 『바리데기』를 중심으로〉,『한국문예비평연 구』 Vol. 27, 한국현대문예비평학회, 2008.

심진경, 〈한국 문학은 살아 있다-소설가 황석영과의 대화〉,『창작과비평』, 가을호, 창작과비평사, 305-318쪽.

279 댄 킨딜런, 최정숙,『알파걸』, 시대의창, 2007.

280 버지니아 울프, 오진숙 옮김,『자기만의 방』, 솔, 2004.

281 버지니아 울프, 최홍남 옮김,『올랜도』, 평단, 2008.

282 소포클레스, 천병희 옮김,『오이디푸스와 안티고네』, 문예출판사, 2006.

283 주디스 버틀러, 조인순 옮김,『안티고네의 주장』, 동문선, 2005, 26-27 쪽.

284 게르드 브란트베르그, 노옥재 외 옮김, 『이갈리아의 딸들』, 황금가지, 2011.

285 미르치아 엘리아데, 이재실 옮김, 『메피스토펠레스와 양성인』, 문학동네, 2008.

286 황석영, 『바리데기』, 창작과비평사, 2007, 205쪽.

287 고인환, 〈황석영 소설에 나타난 전통 양식 전용 양상 연구-『손님』, 『심청』, 『바리데기』를 중심으로〉, 『한민족문화연구』 제26집, 한민족문화학회, 2008, 190쪽.

288 표정옥, 〈한국 여성 신화에 나타난 양성성의 욕망과 문화적 의미작용 연구-제주도 무속 신화 속 여성의 현대적 의미 해석을 중심으로〉, 『인문과학연구』 16집, 대구가톨릭대학교, 2011.

289 유경수, 〈다원적 소통을 향한 디아스포라적 상상력-황석영의 『바리데기』를 중심으로〉, 『비교한국학』 17집, 국제비교한국학회, 2009, 444쪽.

290 지용신, 〈문학사 밖의 문인들: 재현된 서사와 이산체험의 복원-천운영의 「잘가라 서커스」와 황석영의 『바리데기』를 중심으로〉, 『한국문예비평연구』 Vol. 27, 한국현대문예비평학회, 2008, 326쪽.

291 황석영, 『바리데기』, 창작과비평사, 2007, 작가 인터뷰, 295-301쪽.

292 황석영, 『문학의 미래: 현대 사회와 문학의 운명-동아시아와 외부세계』, 중앙북스, 2009, 194쪽.

293 황석영, 『심청』, 문학동네, 2007. 〈류보선 작품평〉 참조.

294 질베르 뒤랑, 유평근 옮김, 『신화비평과 신화분석』, 살림, 2002, 201쪽.

295 김성곤, 『글로벌 시대의 문학: 세계 문학 속의 한국문학』, 민음사, 2006, 329쪽.

참고문헌

단행본

게르드 브란트베르그, 노옥재 외 옮김, 『이갈리아의 딸들』, 황금가지, 2011.

고운기, 『삼국사기열전』, 현암사, 2005.

고운기, 『삼국유사 글쓰기 감각』, 현암사, 2010.

고운기, 『우리가 정말 알아야 할 삼국유사』, 현암사, 2002.

고혜경, 『선녀는 왜 나무꾼을 떠났을까』, 한계레출판, 2006.

곽상순, 『사실주의 소설의 재인식』, 한국학술정보, 2005.

권오령, 『이청준 깊이 읽기』, 문학과지성사, 1999.

기호학연대, 『기호학으로 세상읽기』, 소명, 2002.

김경용, 『기호학의 즐거움: 기호학으로 읽는 예술, 대중문화, 실천』, 민음사,
    2001.

김경용, 『기호학이란 무엇인가』, 민음사, 1994.

김경용, 『기호학의 즐거움』, 민음사, 2001.

김교봉, 설성경, 『근대 전환기 소설 연구』, 국학자료원, 1991.

김대문, 이종욱 옮김, 『화랑세기』, 소나무, 1999.

김동리기념사업회 편, 『검객, 김동리 문학전집 15』, 도서출판 계간문예, 2013.

김동리, 『꽃과 소녀와 달과』, 제삼기획, 1994.

김동리, 『명상의 늪가에서』, 행림출판사, 1980.

김병길, 『역사문학, 속과 통하다』, 삼인, 2013.

김병욱, 『한국문학과 신화』, 예림기획, 2006.

김사인,『박상륭 깊이 읽기』, 문학과지성사, 2001.

김석봉,『신소설의 대중성 연구』, 도서출판 역락, 2005.

김선풍 외,『한국 축제의 이론과 현장』, 월인, 2000.

김성곤,『글로벌 시대의 문학: 세계 문학 속의 한국문학』, 민음사, 2006.

김시업 외,『근대의 노래와 아리랑』, 소명출판, 2009.

김연갑,『아리랑, 민족의 숨결, 그리고 발자국 소리』, 현대문화사, 1986.

김연갑,『아리랑』, 현대문화사, 1988.

김열규,『최남선과 이광수의 문학』, 새문사, 1996.

김열규,『동북아 샤머니즘과 신화론』, 아카넷, 2003.

김열규,『기호로 읽는 한국 문화』, 서강대학교출판부, 2009.

김열규,『도깨비 날개를 달다』, 한국학술정보, 2003.

김열규,『도깨비 본색, 뿔난 한국인』, 사계절, 2010.

김열규,『신삼국유사』, 학연사, 2000.

김열규,『아리랑, 역사여, 겨레여, 소리여』, 조선일보사, 1987.

김열규,『한국 여성 그들은 누구인가』, 한국학술정보, 2001.

김열규,『한국인의 자서전』, 웅진, 2006.

김영순,『인문학과 문화콘텐츠』, 다홀미디어, 2006.

김영순, 최민성 외,『축제와 문화콘텐츠』, 다홀미디어, 2006.

김용석,『메두사의 시선』, 푸른숲, 2010.

김우창,『풍경과 마음』, 생각의나무, 2002.

김원중,『삼국유사』, 을유문화사, 2002.

김유정,『동백꽃』, 문학사상사, 1997.

김윤식, 정호웅,『한국 소설사』, 문학동네, 2000.

김윤식,『김동리와 그의 시대』, 민음사, 1995.

김윤식,『한국근대작가론고』, 일지사, 1974.

김정,『허황옥, 가야를 품다』, 푸른책들, 2010.

김정숙,『자청비, 가믄장아기, 백주또』, 각, 2002.

김중하,『개화기 소설 연구』, 국학자료원, 2005.

김현주,『토테미즘의 흔적을 찾아서』, 서강대학교출판부, 2009.

김화경,『일본의 신화』, 문학과지성사, 2002.

김화경,『세계 신화 속의 여성들』, 도원미디어, 2003.

김홍우,『한국의 놀이와 축제 1, 2』, 집문당, 2004.

김홍우,『한국의 지역축제』, 지성의샘, 2006.

나경수,『서동요-서동신화와 함께 찾아가는 백제문화기행』, 한얼미디어, 2005.

나경수,『한국의 신화』, 한얼미디어, 2005.

나카자와 신이치,『불교가 좋다』, 동아시아, 2010.

나카자와 신이치, 김옥희 옮김,『대칭성 인류학』, 동아시아, 2005.

나혜석 외 지음,『신여성, 길 위에 서다』, 호미, 2007.

노귀남,『소설구경 영화읽기』, 청동거울, 1998.

노스럽 프라이, 임철규 옮김,『비평의 해부』, 한길사, 2000.

댄 킨딜런, 최정숙 옮김,『알파걸』, 시대의창. 2007.

데이비드 보드웰, 크리스틴 톰슨 지음, 주진숙·이용관 옮김,『영화예술』, 이론과실천, 1993.

동아시아고대학회,『동아시아 여성신화』, 집문당, 2003.

로버트 스탬 외, 이수길 외 옮김,『어휘로 풀어 읽는 영상기호학』, 시각과언어, 2003.

로버트 A. 존슨, 고혜경 역,『신화로 읽는 남성성 He』, 동인, 2006.

로버트 A. 존슨, 고혜경 역,『신화로 읽는 여성성 She』, 동인, 2006.

로제 까이와, 이상률 옮김,『놀이와 인간』, 문예출판사, 1994.

류시현,『최남선 연구』, 역사비평사, 2009.

류시현,『최남선 평전』, 한겨레출판, 2011.

류정아,『축제인류학』, 살림, 2003.

리상호,『삼국유사』, 까치, 2000.

마르코 마르티니엘로, 윤진 옮김,『현대사회와 다문화주의』, 한울, 2008.

메리 E. 위스너-행크스, 노영순 옮김,『젠더의 역사』, 역사비평사, 2009.

문성환, 『최남선의 에크리튀르와 근대, 언어, 민족』, 한국학술정보, 2009.

미르치아 엘리아데, 강응섭 옮김, 『신화·꿈·신비』, 도서출판 숲, 2006.

미르치아 엘리아데, 박규태 옮김, 『상징, 신성, 예술』, 서광사, 2011.

미르치아 엘리아데, 이은봉 옮김, 『성과 속』, 한길사, 2006.

미르치아 엘리아데, 이은봉 옮김, 『신화와 현실』, 한길사, 2011.

미르치아 엘리아데, 이재실 옮김, 『이미지와 상징』, 까치, 1998.

미르치아 엘리아데, 이재실 옮김, 『대장장이와 연금술사』, 문학동네, 2009.

미르치아 엘리아데, 이재실 옮김, 『메피스토펠레스와 양성인』, 문학동네, 2008.

박병훈, 김연갑, 『진도 아리랑』, 범우사, 1997.

박상륭, 『열명길』, 문학과지성사, 2006.

박성창, 『글로벌 시대의 한국문학』, 민음사, 2009.

박진태, 『삼국유사의 종합적 이해』, 박이정, 2002.

방민화, 『김동리 소설연구』, 보고사, 2005.

버지니아 울프, 이미애 옮김, 『자기만의 방』, 민음사, 2006.

버지니아 울프, 최홍남 옮김, 『올랜도』, 평단, 2008.

불교문화연구회 편, 『한국불교 문화사전』, 운주사, 2009.

빅터 터너, 이기우−김익두 옮김, 『제의에서 연극으로: 인간이 지니는 놀이의 진지성』, 현대미학사, 1996.

사마천(司馬遷), 정범진 외 옮김, 『사기본기(史記本紀)』, 까치, 1995.

서대석, 『한국 신화의 연구』, 집문당, 2000.

서영채, 『아첨의 영웅주의』, 소명출판, 2011.

서재원, 『김동리와 황순원 소설의 낭만성과 역사성』, 월인, 2005.

서정기, 『신화와 상상력』, 살림, 2010.

서정오, 『우리가 정말 알아야 할 우리 신화』, 현암사, 2003.

서정주, 『미당 시전집 2』, 민음사, 2011.

설성경, 『신소설 연구』, 새문사, 2005.

설순 외 지음, 윤호진 옮김, 『삼강행실도』, 지식을만드는지식, 2011.

소포클레스, 천병희 옮김,『오이디푸스왕, 안티고네』, 문예출판사, 2006.

손종흠,『다시 읽는 한국 신화』, 휴먼북스, 2004.

송기한,『서정주 연구-근대인의 초상』, 재단법인 한국연구원, 2012.

송현호, 유려아,『비교문학론』, 국학자료원, 1999.

송효섭,『해체의 설화학』, 서강대학교출판부, 2009.

송효섭,『탈신화 시대의 신화들』, 기파랑, 2005.

스튜어트 컬린, 윤광봉 옮김,『한국의 놀이-유사한 중국, 일본의 놀이와 비교
    하여』, 열화당, 2003.

신동흔,『살아 있는 우리 신화』, 한겨레신문사, 2004.

신화아카데미,『세계의 영웅신화』, 동방미디어, 2002.

신화아카데미,『세계의 창조 신화』, 동방미디어, 2001.

안정복,『동사강목』, 경인문화사, 1989.

엔닌, 김문경 옮김,『엔닌의 입당구법순례행기』, 도서출판 중심, 2001.

엠마누엘 레비나스, 강영안 옮김,『시간과 타자』, 문예출판사, 2009.

연구공간 수유+너머 근대매체연구팀 지음,『신여성』, 한겨레출판, 2005.

연변대학조선민족연구소 편,『중국조선민족문화대계』, 흑룡강조선민족출판
    사, 2005.

연세대출판부 편집부 엮음,『축제와 문화』, 연세대학교출판부, 2003.

오세정,『한국 신화의 생성과 소통원리』, 한국학술정보, 2005.

오양호,『일제강점기 만주조선인 문학연구』, 문예출판사, 1996.

오영수 원작, 신봉승 각색,『갯마을-한국시나리오걸작선 15』, 커뮤니케이션북
    스, 2005.

오영수, 강신재 외,『20세기 한국소설 14』, 창작과비평사, 2005.

오오노야스마로 지음, 권오엽-권정 옮김,『고사기(古事記)』, 고즈윈, 2007.

요시다 아츠히코 외 지음, 김수진 옮김,『우리가 알아야 할 세계신화』, 이손,
    2000.

요한 호이징아, 김윤수 옮김,『호모루덴스 Homo Ludens』, 까치, 2007.

우한용 외,『한국 대표 신소설 上, 下』, 빛샘, 1999.

우한용,『문학교육과 문화론』, 서울대학교출판부, 1997.

육당연구학회,『최남선 다시 읽기』, 현실문학연구, 2009.

윤선자,『축제의 문화사』, 한길사, 2008.

윤이흠 외,『단군-그 이해와 자료』, 서울대출판부, 1994.

이강엽,『신화』, 연세대출판부, 2004.

이규보, 이승휴, 박두포 역주,『동명왕편(東明王篇)-제왕운기(帝王韻紀)』, 을
　　　유문화사, 1987.

이도흠,『신라인의 마음으로 삼국유사를 읽는다』, 푸른역사, 2000.

이동하,『金東仁 短篇 全集 1, 2』, 가람기획, 2006.

이동하,『김동리: 가장 한국적인 작가』, 건국대학교출판부, 1996.

이동하,『김동인 단편 전집』, 가람기획, 2006.

이명화,『최남선의 역사학』, 경인문화사, 2003.

이명희,『현대시와 신화적 상상력』, 새미, 2003.

이어령,『이어령의 삼국유사 이야기』, 서정시학, 2006.

이영화,『최남선의 역사학』, 경인문화사, 2003.

이용남,『한국 개화기 소설 연구』, 태학사, 2000.

이익,『성호사설』, 한길사, 1999.

이재선 외,『개화기 문학론』, 형설출판사, 1993.

이재선,『이광수 문학의 지적 편력』, 서강대출판부, 2010.

이재선,『한국 현대 소설사』, 홍성사, 1979.

이재선,『현대소설의 서사 주제학』, 문학과지성사, 2007.

이청준,『아리랑 강강』, 우석, 1986.

이화여대 한국문화연구원,『근대계몽기 지식개념의 수용과 그 변용』, 소명출
　　　판, 2006.

일연, 김원중 옮김,『삼국유사』, 을유문화사, 2002.

임금복,『박상륭 소설 연구』, 푸른사상, 2004.

임영천,『김동인-김동리와 기독교문학』, 푸른사상, 2005.

임형택 외,『한국현대소설선 2, 3, 4, 5』, 창작과비평사, 1996.

장 뒤비뇨, 류정아 옮김, 『축제와 문명』, 한길사, 1998.

장 보드리야르, 하태환 옮김, 『시뮬라시옹』, 민음사, 2007.

장영란, 『신화 속의 여성, 여성 속의 신화』, 문예출판사, 2001.

장춘식, 『일제강점기 조선족 이민문학』, 민족출판사, 2005.

전광용, 『신소설 연구』, 새문사, 1986.

전동렬, 『기호학』, 연세대학교출판부, 2005.

전성곤, 『근대 조선의 아이덴티티와 최남선』, 제이앤씨, 2008.

전성곤, 『내적 오리엔탈리즘 그 비판적 검토』, 소명출판, 2012.

전신재편, 원본 『김유정 전집』, 한림대출판부, 1987.

전용신 역주, 『일본서기』, 일지사, 2006.

정과리, 『겨울광장』, 한겨레, 1987.

정재서, 『이야기 동양신화 1, 2』, 황금부엉이, 2005.

정재승 외, 『바이칼, 한민족의 시원을 찾아서』, 정신세계사, 2003.

정진홍, 『신화와 역사』, 서울대학교출판부, 2003.

정호웅, 『한국현대소설사론』, 새미, 1996.

제임스 로지 프레이저, 박규태 옮김, 『황금가지』, 을유문화사, 2005.

조규형, 『해체론』, 살림, 2008.

조남현, 『한국현대소설유형론』, 집문당, 1999.

조동일, 『신소설의 문학사적 성격−전대소설과의 관련을 중심으로』, 서울대 한
    국문화연구소, 1973.

조동일, 『한국문학통사 1』, 지식산업사, 1989.

조지프 캠벨, 박중서 옮김, 『신화와 인생』, 갈라파고스, 2009.

조지프 캠벨, 『신화의 세계』, 까치, 1998.

조지프 캠벨, 『천의 얼굴을 가진 영웅』, 민음사, 1999.

조지프 캠벨, 이윤기 옮김, 『신화의 힘』, 고려원, 1992.

조지프 캠벨, 이은희 옮김, 『신화와 함께하는 삶』, 한숲, 2004.

조현설, 『우리 신화의 수수께끼』, 한겨레출판, 2006.

조흥윤, 『신화/탈신화와 우리』, 한양대출판부, 2009.

주디스 버틀러, 조현순 옮김,『안티고네의 주장』, 동문선, 2005.

주브 뱅상, 하태환 옮김,『롤랑 바르트』, 민음사, 1998.

지그문트 프로이트, 이윤기 옮김,『종교의 기원』, 열린책들, 2007.

질 리포베츠키,『제3의 여성』, 도서출판 아고라, 2007.

질베르 뒤랑, 유평근 옮김,『신화비평과 신화분석』, 살림, 2002.

질베르 뒤랑, 진형준 옮김,『상상력의 과학과 철학』, 살림, 1997.

차옥숭,『동아시아 여신 신화와 여성 정체성』, 이화여자대학교출판부, 2010.

채기병,『소통의 잡설』, 문학과지성사, 2010.

최광식,『천년을 여는 미래인 해상왕 장보고』, 청아출판사, 2003.

최기숙,『환상』, 연세대학교출판부, 2003.

최남선,『금강예찬』, 동명사, 2000.

최남선,『백팔번뇌』, 태학사, 2006.

최남선,『삼국유사』, 서문문화사, 2009.

최남선,『육당 최남선 전집 1-14』, 현암사, 1974.

최남선,『육당 최남선 전집 1-14』, 역락, 2003.

최남선,『조선상식문답』, 도서출판 기파랑, 2011.

최남선, 이주현, 정재승 옮김,『불함문화론』, 우리역사연구재단, 2008.

최원식,『문학의 귀환』, 창작과비평사, 2001.

최원오,『이승과 저승을 잇는 다리 한국 신화』, 여름언덕, 2004.

최재천,『여성 시대에는 남성도 화장을 한다』, 궁리, 2007.

최학주,『나의 할아버지 육당 최남선』, 나남출판, 2011.

최혜실,『신여성들은 무엇을 꿈꾸는가』, 생각의나무, 2000.

카렌 암스트롱, 이다희 옮김,『신화의 역사』, 문학동네, 2005.

표정옥,『그곳 축제에서 삼국유사를 만나다』, 연세대학교출판부, 2010.

표정옥,『놀이와 축제의 신화성』, 서강대학교출판부, 2009.

표정옥,『삼국유사와 대화적 상상력』, 세종출판사, 2013.

표정옥,『상상력과 창의력을 키우는 신화여행』, 대교출판, 2010.

표정옥,『서사와 영상, 영상과 신화』, 한국학술정보, 2007.

표정옥, 『양성성의 문화와 신화』, 지식과교양, 2013.

표정옥, 『현대문화와 신화』, 연세대학교출판부, 2006.

한경자 외, 『근대 동아시아 담론의 역설과 굴절』, 소명출판, 2011.

한국기호학회, 『문화와 기호』, 문학과지성사, 1995.

한국불교민속학회, 『연등회의 종합적 고찰』, 민속원, 2013.

한혜원, 『호모나랜스』, 살림, 2010.

홍기돈, 『김동리 연구』, 소명출판, 2010.

홍상화, 『디스토피아』, 랜덤하우스코리아, 2005.

황석영, 『문학의 미래: 현대 사회와 문학의 운명-동아시아와 외부세계』, 중앙
　　　북스, 2009.

황석영, 『바리데기』, 창작과비평사, 2007.

황정현, 『신소설 연구』, 집문당, 1997.

황패강, 『한국 신화의 연구』, 새문사, 2006.

Bionsky, Marshall, 곽동훈 역, 『베일 벗기기: 기호학으로 풀어 읽는 현대문화』,
　　　시각과언어, 1995.

Calinescu Matei, Rereading, Yale University Press, 1993.

Cho Dong-il, Korean literature in cultural context and comparative per-
　　　spective, Jipmoondang, 1997.

Edwin O. Reischauer(1955), Ennen's Travels in Tang China, The Ronald
　　　Press Company, 1955.

Erving Goffman, Frame Analysis: An Essay on the Organization of Experi-
ence, Northeastern University press, 1988.

J. 호이징아, 권영빈 옮김, 『놀이하는 인간』, 기린원, 1989.

J. Hilis Miller, Fiction and Repetition, Basil Blackwell Oxford, 1982.

K. K. Ruthven, 김명열 옮김, 『신화』, 서울대학교출판부, 1987.

Paech J. 임정택 옮김, 『영화와 문학에 대하여』, 민음사, 1997.

Robert Richardson, 이형식 옮김, 『영화와 문학』, 동문선, 2000.

Seo Dae-Seok, Myths of Korea, Jipmoondang, 2000.

논문

고운기, 〈일연의 글쓰기에서 정치적 감각-삼국유사 서술방법의 연구 2〉, 『한
　　국언어문화』 Vol. 42, 한국언어문화학회, 2010.

고인환, 〈황석영 소설에 나타난 전통 양식 전용 양상 연구-『손님』, 『심청』, 『바
　　리데기』를 중심으로〉, 『한민족문화연구』 제26집, 한민족문화학회, 2008,
　　175-200쪽.

곽근, 〈김동리 역사소설의 신라정신 고찰〉, 『新羅文化 24』, 동국대학교 신라문
　　화연구소, 2004.

구인모, 〈국토순례의 민족의 자기구성〉, 『한국문학연구』 27집, 동국대한국학
　　연구소, 2004.

권국영, 〈이청준의 남도소리 모티프 연구〉, 『한국말글학』 17권, 한국말글학회,
　　2000.

권보드래, 〈신소설의 근대와 전근대-『귀의 성』을 중심으로〉, 『한국문화 28』,
　　서울대학교 한국문화연구소, 2001.

권성우, 〈서사의 창조적 갱신과 리얼리즘의 퇴행 사이-황석영의 『바리데기』
　　론〉, 『한민족문화 연구』 제24집, 한민족문화학회, 2008, 229-245쪽.

김경복, 〈오영수 소설의 서정성 양상과 그 의미〉, 『교육이론과 실제 19』, 경북
　　대학교 국어교육연구소, 2009, 127-144쪽.

김경수, 〈작가의 욕망과 소설의 괴리-황석영의 『바리데기』에 대한 한 생각〉,
　　『황해문화』, 겨울호, 새얼문화재단, 2007, 415-420쪽.

김동리, 〈문학하는 것에 대한 私考〉, 『김동리 전집 7』, 문학과인간, 1997.

김명신, 〈말씀의 우주에서 마음의 우주로의 편력〉, 『박상륭 깊이 읽기』, 문학
　　과지성사, 2001.

김명희, 〈아기장수 이야기의 신화적 주제 탐색〉, 『구비문학연구』 제10집, 한국
　　구비문학회, 2000.

김미영, 〈황석영 소설에 나타난 여성인물 연구〉, 『한국문학이론과 비평』 29집,
　　한국문학이론과비평학회, 2005, 419-444쪽.

김병용, 〈근대의 안과 밖-박상륭의 『열명길』론」, 『한국언어문학』 Vol. 44, 한

국언어문학회, 2000.

김선숙, 〈『삼국유사』 무왕조의 서동설화에 대한 검토〉, 『동아시아 문화연구 42』, 한양대학교 한국학연구소, 2001.

김승종, 〈이청준 소설 「남도사람」 연작에 나타난 '한'의 미학과 '용서'의 정신〉, 『현대문학이론연구』 39권, 현대문학이론학회, 2009.

김시업, 〈근대 민요 아리랑의 성격형성〉, 『민요, 무가, 탈춤 연구』, 국문학연구 총서 12, 태학사, 1998.

김양선, 〈여성성과 대중성이라는 문제설정-젠더화된 문화적 기억의 재현을 중심으로〉, 『시학과 언어학』 10호, 시학과언어학회, 2005.

김영민, 〈「서편제」 혹은 '반편제' - '신토속주의를 경계한다'〉, 『철학으로 영화 보기, 영화로 철학하기』, 철학현실사, 1994.

김용덕, 〈가야불교 설화의 연구〉, 『동아시아 문화연구』 vol. 121, 서울: 한양대 학교 한국문학연구소, 1992.

김인호, 〈오영수 소설에 나타난 '향수'의 미학〉, 『한민족어문학』 39, 한민족어 문학회, 2001.

김주연, 〈억압과 초원, 그리고 언어〉, 『남도사람』, 문학과지성사, 1987.

김지녀, 〈최남선 시가의 근대성: '철도'와 '바다'에 나타난 계몽적 근대 인식〉, 『비교한국학』, 국제비교한국학회, 2006.

김진량, 〈근대 일본 유학생 기행문의 전개 양상과 의미〉, 『한국언어문화 26』, 한국언어문화학회, 2004.

김진량, 〈박상륭의 「유리장」에 나타난 제의성과 상징〉, 『한국언어문화』 Vol. 15, 한국언어문화학회, 1997.

김치수, 〈소리에 대한 두 질문〉, 『우리시대 작가연구총서』, 은애, 1979.

김학현, 〈현대문학: 박상륭 소설의 원리와 형식의 기원 연구-초기 소설을 중심으로〉, 『泮矯語文研究』 Vol. 32, 반교어문학회, 2012.

김헌선, 〈가락국기의 신화학적 연구〉, 『시민인문』, 경기: 경기대인문과학연구 소, 1998.

김현주, 〈문화, 문화과학, 문화공동체로서의 '민족'-최남선의 '단군학'을 중심으로〉,『대동문화연구 47』, 대동문화연구원, 2004.

김현주, 〈근대 초기 기행문의 전개 양상과 문학적 기행문의 '기원'〉,『현대 문
학의 연구 16』, 한국문학연구학회, 2001.

김현주, 〈문화사의 이념과 서사전략-1900~20년대 최남선의 문화사담론 연
구〉,『대동문화연구 58』, 성균관대학교 대동문화연구원, 2007.

나경수, 〈완도읍 장좌리 당제의 제의 구조〉,『호남문화연구 제13집』, 전남대학
교 호남문화연구소, 1990.

류보선, 〈모성의 시간, 혹은 모더니티의 거울〉,『심청 하』 해설, 문학동네,
2003.

류시현, 〈한말 일제 초 한반도에 관한 지리적 인식- '반도' 논의를 중심으로」,
『한국사연구』, 한국사연구회, 2007.

류시현, 〈1920년대 최남선의 '조선학' 연구와 민족성 논의〉,『역사문제연구
17』, 역사문제연구소, 2007.

류시현, 〈여행과 기행문을 통한 민족, 민족사의 재인식-최남선을 중심으로〉,
『사총』, 역사학연구회, 2007.

류시현, 〈여행기를 통해 본 호남의 감성-최남선의『심춘순례』를 중심으로〉,
『감성연구 3』, 전남대학교 호남학연구원, 2011.

류시현, 〈한말 일제 초 한반도에 관한 지리적 인식- '반도' 논의를 중심으로〉,
『한국사연구』, 한국사연구회, 2007.

문재원, 〈황석영『심청』의 근대성과 탈근대성〉,『한국문학논총 43』, 한국문학
회, 2006.

미야자마 히로시, 〈황석영『심청』과 19세기 동아시아〉,『역사비평 67』, 역사문
제연구소, 2004.

박경수, 〈민요「아리랑」의 근대시 수용 양상〉,『한국민요학』 제3집, 한국민요
학회, 1995.

박기석, 〈『삼국유사』 소재 설화의 읽기의 한 방법〉,『문학치료연구』, 서울: 문
학치료연구학회, 2011.

박민영, 〈근대시와 바다 이미지〉,『한어문교육』, 한국언어문학교육학회, 2012.

박상영, 〈『삼국유사』 소재 찬사를 통해 본 일연의 세계인식〉, 『고대문학연구』
　　　Vol. 30, 한국고대문학회, 2006.

박숙자, 〈여성의 몸을 탐하는 남성의 서사-황석영의 『심청』과 김영하의 『검은
　　　꽃』〉, 『여성과 사회』 제16호, 한국여성연구소, 창작과비평사, 2009.

박승희, 〈민족과 세계의 연대방식-황석영의 『바리데기』를 중심으로〉, 『한민족
　　　어문학』 57권, 한민족어문학회, 2010.

박정근, 〈다이아스포라로 인한 다문화 사회의 바리데기적 비전-황석영의 『바
　　　리데기』를 중심으로〉, 『한민족문화연구』 31호, 한민족문화학회, 2009.

박진태 외, 〈『삼국유사』의 종합적 연구Ⅰ〉, 『민속학』, 민속학회, 1997.

박훈하, 〈오영수 소설의 고향의 의미와 그 서정성의 좌표〉, 『인문학논총 14』,
　　　경성대학교 인문과학연구소, 2009.

서영채, 〈창녀 심청과 세 개의 진혼제-황석영의 『심청』 읽기〉, 『문학과 윤리』,
　　　문학동네, 2004.

서영채, 〈기원의 신화를 향해 가는 길-최남선의 「백두산근참기」〉, 『한국근대
　　　문학연구 8』, 한국근대문학회, 2005.

서영채, 〈최남선과 이광수의 금강산 기행문에 대하여〉, 『민족문학사연구 24』,
　　　민족문학사학회, 2004.

서우석, 〈음악, 떠도는 기의〉, 『기호학연구』 Vol. 2, No. 1, 한국기호학회, 1996.

서유경, 〈판소리를 통한 문화적 문식성 교육 연구-이청준〈남도사람〉연작을
　　　중심으로〉, 『판소리연구』 28권, 판소리학회, 2009.

서정기, 〈『칠조어론』: 말씀의 마을-정념에서 수난으로, 피학과 가학의 형이상
　　　학〉, 『신화와 상상력』, 살림, 2010.

서정기, 〈노래여, 노래여-이청준 작품 속에 나타난 신화적 상상력〉, 『작가세
　　　계』 가을, 세계사, 1992.

서정기, 〈살 속에서 살을 넘어 나가기-박상륭론-소설 「유리장」 분석〉, 『신화
　　　와 상상력』, 살림, 2010.

서철원, 〈『삼국유사』의 현대역과 대중화 사이의 관련 양상〉, 『우리말글』 Vol.
　　　56, 우리말글학회, 2012.

송기한, 〈최남선의 계몽의 기획과 글쓰기 연구〉, 『한민족어문학』, 한민족어문학회, 2010.

송정란, 〈현대시의 삼국유사 설화 수용에 관한 연구-미당 서정주의 시를 중심으로〉, 동국대학교 석사논문, 1999.

송준호, 〈오영수의 「갯마을」 연구〉, 『한국언어문학 49』, 한국언어문학회, 2002.

신정숙, 〈김동리 소설의 문학적 상상력 연구〉, 연세대학교대학원 박사논문, 2012.

심진경, 〈한국 문학은 살아 있다-소설가 황석영과의 대화〉, 『창작과 비평』, 가을호, 창비, 2007.

양진오, 〈세계문학으로서의 한국문학, 그 위상과 전망-황석영의 『바리데기』를 중심으로〉, 『한민족어문학』, 제51집, 한민족어문학회, 2007.

양진오, 〈이청준의 신화적 상상력과 그 문학적 의미〉, 『인문과학연구』 29권, 대구대학연구소, 2005.

엄미옥, 〈김동인 소설에 나타난 '연애'의 의미연구-「약한자의 슬픔」, 「마음이 약한 자여」, 「김연실전」을 중심으로〉, 『시학과 언어학』 10호, 시학과언어학회, 2005.

오은엽, 〈김동리 소설에 나타난 신화적 이미지와 공간」, 『한국문학이론과 비평 54』, 한국문학이론과비평학회, 2012.

오은엽, 〈이청준 소설의 신화적 상상력과 공간-「신화의 시대」와 「신화를 삼킨 섬」을 중심으로〉, 『현대소설연구』 35권, 현대소설학회, 2010.

오태호, 〈오영수 소설에 나타난 서정적 리얼리즘 연구〉, 『국제어문 48』, 국제어문, 2010.

우미영, 〈근대여행의 의미 변이와 식민지/제국의 자기 구성 논리〉, 『동방학지 133』, 연세대 국학연구원, 2006.

우찬제, 〈한의 역설〉, 『서편제』, 열림원, 1998.

우한용, 〈오영수 문학의 생산성 그 몇 국면〉, 『선제어문 38』, 서울대학교 국어교육과, 2008.

유경수, 〈다원적 소통을 향한 디아스포라적 상상력-황석영의 『바리데기』를 중심으로〉, 『비교한국학』 17집, 국제비교한국학회, 2009.

유기룡, 〈김동리 문학작품에 나타난 원형적 상징의 연구〉, 『어문논총 33』, 경북어문학회, 1999.

유기룡, 〈배따라기- '노래' 로서 승화된 '아내' 의 죽음〉, 『한국 현대 소설 작품 연구』, 삼영사, 1989.

유승현, 〈박상륭 소설 「유리장」의 인물 연구〉, 『현대소설연구』 Vol. 33, 한국현대소설학회, 2007.

유영옥, 〈근대 계몽기 정전화(正典化) 모델의 일변화(一邊化)- '성군(聖君)' 에서 '영웅(英雄)' 으로〉, 『대동문화연구 67』, 성균관대학교 대동문화연구원, 2009.

유영옥, 〈1920년대 『삼국유사』에 대한 인식〉, 『동양한문학연구 29』, 동양한문학회, 2009.

유종호, 〈현실주의의 승리〉, 『무녀도: 황토기』, 민음사, 1985.

윤영실, 〈최남선의 설화 연구에 나타난 탈식민적 '문화' 관념〉, 『비교한국학 6』, 국제비교한국학회, 2008.

윤영실, 〈'경험' 의 글쓰기를 통한 '지식' 의 균열과 식민지 근대성의 풍경〉, 『현대소설연구 35』, 한국현대소설학회, 2008.

윤영실, 〈최남선의 설화 연구에 나타난 탈식민적 '문화' 관념〉, 『비교한국학 16』, 국제비교한국학회, 2008.

이강옥, 〈『삼국유사』의 세계관과 서술미학〉, 『국문학 연구』 Vol. 5, 국문학회, 2001.

이대영, 〈박상륭 소설의 상징성 연구〉, 『語文硏究』 Vol. 42, 어문연구학회, 2003.

이대영, 〈박상륭의 『죽음의 한 연구』 고찰〉, 『한국언어문학』 Vol. 47, 한국언어문학회, 2001.

이대형, 〈모성담론의 문화적 형성과 재현: 고대에서 근대전환까지 모성 담론의 문화적 조명: 『삼국유사』에 나타난 모성의 형상화〉, 『한국고전 여성문학연구』, 한국고전여성문학회, 2007.

이명원, 〈약속 없는 시대의 최저낙원-황석영의 『바리데기』에 대하여〉, 『문화/
　　과학』, 겨울호, 문화과학사, 2007.

이수자, 〈농경기원신화 〈세경본풀이〉의 특징과 의의〉, 『동아시아 여성신화』,
　　집문당, 2003.

이영화, 〈1920년대 문화주의와 최남선의 조선학 운동〉, 『한국학연구 13』, 인하
　　대학교 한국학연구소, 2004.

이용군, 〈황석영 '성장소설'에 나타난 모티프 연구〉, 『우리문학연구』 29집,
　　우리문학회, 2010.

이윤선, 〈연행방식을 통해서 본 남도소리의 축제적 성격〉, 『구비문학연구』 24
　　권, 한국구비문학회, 2007.

이재복, 〈황순원과 김동리 비교 연구〉, 『語文研究 74』, 어문연구학회, 2012.

이정원, 〈'삼강'의 권위적 지식이 판소리문학에 수용된 양상〉, 『조선시대 책의
　　문화사』, 휴머니스트, 2008.

이종성, 〈장자와 심우도〉, 『동양철학』 Vol. 25, 한국동양철학회, 2006.

이종호, 〈최남선의 지리학적 기획과 표상〉, 『상허학보』, 상허학회, 2008.

이창식, 〈아리랑, 아리랑 콘텐츠, 아리랑학〉, 『한국민요학』 19집, 한국민요학
　　회, 2007.

이창식, 〈아리랑의 문화콘텐츠와 창작산업 방향〉, 『한국문학과 예술』 Vol. 6,
　　숭실대학교 한국문예연구소, 2010.

이혜선, 〈서정주 시에 나타난 불교적 세계관〉, 『한국 사상과 문화』 Vol. 55, 한
　　국사상문화학회, 2010.

임규찬, 〈1920년대 문학과 근대성-3·1운동과 근대문학〉, 『한국문학의 근대와
　　근대성』, 소명출판, 2006.

임명진, 〈작가 오영수의 생태적 상상력〉, 『한국언어문학 70』, 한국언어문학회,
　　2009.

임수만, 〈육당 최남선론〉, 『국어국문학』 142호, 국어국문학회, 2006.

임영봉, 〈김동리 소설의 구도적 성격〉, 『우리文學硏究 24』, 우리문학회, 2008.

임재해, 〈삼국유사 설화 자원의 문화 콘텐츠와 길 찾기〉,『구비문학연구』Vol. 29, 한국구비문학회, 2009.

장만식, 〈『삼국유사』권2「무왕조」에 나타난 오이디푸스 콤플렉스와 문학치료적 함의〉,『문학치료 연구』Vol. 6, 한국문학치료학회, 2007.

정재림, 〈김동리 소설에 나타난 '근대/전통'의 배치와 그 의미〉,『批評文學』, 韓國批評文學會, 2011.

정천구, 〈삼국유사 글쓰기 방식의 특성 연구–수이전, 삼국사기, 해동고승전과의 비교를통해〉, 서울대대학원, 1996.

조미숙, 〈한국문학의 세계문학의 가능성: 신상성을 중심으로〉,『인문사회논총』, 용인대학교, 2007.

조윤정, 〈최남선의 신화 연구와 문학의 관련 양상〉,『한국근대문학연구 22호』, 한국근대문학회, 2007.

조윤정, 〈최남선의 신화 연구와 문학의 관련 양상〉,『한국근대문학연구 22호』, 한국근대문학회, 2007.

조은정, 〈『삼국유사』의 시적 수용과 '미당遺事'의 창조〉, 연세대학교 석사논문, 2005.

조은주, 〈'나'의 기원으로서의 '단군'과 창세기적 문학사상의 의미〉,『한국근대문학연구 29』, 한국근대문학회, 2009.

조은하, 〈설화의 현대적 수용양상 연구: 삼국유사「광덕엄장조」와 김동리의「원왕생가」를 중심으로〉,『한국문학이론과 비평 37』, 한국문학이론과 비평학회, 2007.

조태흠, 〈중국 조선족 아리랑의 전승양상과 의미〉,『한국문학논총』제31집, 한국문학회, 2002.

조현설, 〈동아시아 신화학의 여명과 근대적 심상지리의 형성〉,『민족문학사연구 16』, 민족문학사연구소, 2000.

주영하, 〈근대적 인쇄 기술과 '삼강'의 지식 확산〉,『조선시대 책의 문화사』, 휴머니스트, 2008.

줄리아 크리스테바, 여홍상 옮김, 〈말, 대화, 그리고 소설〉,『바흐친과 문학이론』, 문학과지성사, 1997.

지용신, 〈문학사 밖의 문인들: 재현된 서사와 이산체험의 복원-천운영의 「잘
　　가라 서커스」와 황석영의 『바리데기』를 중심으로〉, 『한국문예비평연구』
　　Vol. 27, 한국현대문예비평학회, 2008.

진정성, 〈역사에서 설화로, 설화에서 우화로〉, 『김동리전집 4』, 민음사, 1995.

진형준, 〈연금술사의 꿈〉, 『박상륭 깊이 읽기』, 문학과지성사, 2001.

차봉준, 〈창세 모티프의 소설적 구현과 박상륭 소설의 기독교적 상상력〉, 『현
　　대소설연구』 Vol. 37, 한국현대소설학회, 2008.

채호석, 〈「귀의성」에 나타난 여인의 운명과 그 의미에 대하여〉, 『한국개화기
　　소설연구』, 태학사, 2000.

최선경, 〈『삼국유사』 불교설화에 등장하는 여성 인물 형상과 기능에 관하여〉,
　　『인간연구』 Vol. 8, 가톨릭대학교 인간학연구소, 2005.

표정옥, 〈장보고 축제의 신화성과 새로운 축제 콘텐츠의 구축방안에 대한 연
　　구〉, 『대외문물교류연구 8』, 해상왕장보고기념사업회, 2009.

표정옥, 〈한국 해양 축제에 현현된 '해신'의 신화적 상상력과 트랜스컬쳐의
　　놀이적 기호작용〉, 『내러티브』, 서사학회, 2010.

표정옥, 〈박상륭의 소설 「유리장」에 현현된 신화적 상상력과 의미의 기호작용
　　연구-불교의 「십우도」와 『삼국유사』의 「사복불언」과의 연관성을 중심으
　　로〉, 『기호학연구』, 한국기호학회, 2012.

표정옥, 〈『삼국유사』에 재현된 여성의 양성성에 대한 현대적 문화 담론 연구
　　-「기이편」에 등장하는 여성을 중심으로〉, 『인간연구』, 가톨릭대학교 인간
　　학연구소, 2011.

하은하, 〈『삼국유사』 소재 설화를 이용한 문학치료의 한 사례〉, 『문학치료연
　　구』, 문학치료연구학회, 2005.

한수영, 〈김동리와 조선적인 것〉, 『한국근대문학연구』, 한국근대문학회, 2010.

허련화, 〈김동리 불교소설 연구〉, 『한국현대문학연구 25』, 한국현대문학회,
　　2008.

홍기돈, 〈김동리의 구경적(究竟的) 삶과 불교사상의 무(無)〉, 『인간연구』, 가

톨릭대학교 인간학연구소, 2013.

황석영, 〈삶과 글쓰기〉,『진보평론 8』, 2001.

황은주, 〈초등학교에서의 신화 지도 방안 연구〉, 한국교원대학원 석사논문, 2007.

황인미, 〈아리랑의 브랜드화 전략에 관한 연구〉, 동국대학교대학원 석사논문, 2009.

황호덕, 〈여행과 근대, 한국 근대 형성기의 세계 견문과 표상권의 근대〉,『인문과학』 46집, 성균관대학교 인문과학연구소, 2010.

찾아보기

한국연구총서